劉禹錫集箋證

〔唐〕劉禹錫　著
瞿蜕園　箋證

劉禹錫集箋證卷第十七

狀

爲淮南杜相公論新羅請廣利方狀

淮南節度觀察處置等使敕賜貞元廣利方五卷。右臣得新羅賀正使朴如言狀稱請前件方一部，將歸本國者。伏以纂集神效，出自聖衷。藥必易求，疾無隱狀。搜方伎之秘要，拯生靈之夭瘥。坐比華胥，咸躋仁壽。遂令絶域，逖聽風聲。美茲豐功，爰有誠請。臣以其久稱藩附，素混車書。航海獻琛，既已通於華禮；釋痾蠲癘，豈獨隔於外區？正當四海爲家，冀覩十全之效。臣即欲寫付，未敢自專，謹録奏聞。

【校】

〔題〕崇本下注：貞元十九年（八〇三）九月十七日。

〔朴如言〕全唐文朴作忭，誤。

〔豐功〕畿本豐作置。

〔奏聞〕崇本下有伏聽勑旨四字。

【注】

〔杜相公〕杜佑，時任淮南節度使。

〔賀正使〕續漢書禮儀志：百官賀正月。注引蔡質漢舊儀曰：「正月旦，天子幸德陽殿，臨軒，公卿將大夫百官各陪朝賀，蠻貊胡羌朝貢畢見，屬郡計吏皆陛覲。」賀正爲東漢以後通行朝儀之一。

【箋證】

按：舊唐書職官志：「凡下之所以達上，其制亦有六，曰表、狀、牋、啓、辭、牒，表上於天子，其近臣亦爲狀。」表爲上奏之正章，其但陳述一事者則爲狀。本集卷十一謝手詔表云：「應緣軍旅庶務，謹具别狀奏聞」，是其例也。據本卷尚有上於宰相者亦稱狀。史所言非唐代通行之習俗。又按：本卷中惟此一篇是禹錫在淮南使幕時所作。

〔貞元廣利方〕新唐書藝文志，醫術類有德宗貞元集要廣利方五卷，即此。唐大詔令有頒行廣利方制，知各州府皆有寫本。金石録跋尾有唐崔淙謝廣利方表。

〔十全〕語出周禮天官醫師，云：「十全爲上，十失一次之，十失二次之，十失三次之，十失四爲次。」

爲京兆韋尹降誕日進衣狀

衣一副四事，黄折造衫一領，白吴綾汗衫一領，白花羅半臂一領，白花羅袴一腰。

右伏以正陽令月，誕聖嘉辰。運協千年，慶流萬國。凡在臣子，合有獻陳。敢傾就日之心，願奉如山之壽。輕瀆宸扆，無任兢惶。

【校】

〔題〕崇本下注：貞元十八年四月十九日。

〔令月〕畿本令作今，誤。

【箋證】

按：韋夏卿任京兆尹年月，見本集卷十三京兆韋尹賀雨止表箋證。此篇及進野豬狀，皆代夏卿作也。據紀，德宗以天寶元年（七四二）四月生，表中所謂「正陽令月」，指此。誕日進衣蓋當時令文以外之進獻。

〔衣一副四事〕四事者：折造衫一，汗衫二，半臂三，袴四。折造爲貴賤通服之衣料。唐會要三一云：「大和六年（八三二），三司奏准今年六月勅令，三司官典及諸色塲庫所由等，其孔目、勾檢、勾覆、支對、勾押、權遣指引進庫官、門官等，請許服細葛布折造及無紋綾充衫及袍襖。」可證。

〔吴綾〕唐時綾絹，主要産於河南、河北兩道，觀通典所載每年常貢：貢絹者爲汴、鄭、宋、許、亳、濮、曹、陳、鄆、徐、潁、冀、德、深、瀛、棣等州，貢絹者爲滑、豫、兖、幽等州。而定州且析其名數曰：細綾千二百七十疋，兩窠細綾十五疋，瑞綾二百五十五疋，大獨窠綾二十五疋，獨窠綾十疋。其産於江淮者，惟有揚州之獨窠細綾十疋，江陵之方文綾十疋，潤州之方文綾七疋、水文綾八疋，杭州之白編綾十疋。産於巴蜀者，則閬州之重連綾二十疋，遂州之樗蒱綾十五疋。羅則惟有益州之單絲羅二十疋，蜀州之羅十疋，恒州之羅二十疋。由此可略知唐時絲織工業之分布，此云吴綾，蓋以遠物爲貴，或尚不如定州之精且多。

爲京兆李尹降誕日進衣狀

衣一副四事。右伏以水德方清，真龍下降。天長地久，瞻北極以常尊；獻壽稱觴，配南山而永固。臣地居宗屬，職忝尹京。慶賀之誠，倍萬常品。前件衣服謹詣銀臺門奉進。輕瀆旒扆，伏用兢惶。貞元十九年四月十九日。

【校】

〔水德〕崇本、英華均作德水。

〔地居〕繼本居下注云：一作叨；英華、全唐文均與一作同。
〔兢惶〕英華惶作惕。

【箋證】

按：此表應依全唐文列在次篇之後，蓋李實任京兆尹在韋夏卿之後也。據紀，貞元十九年（八〇三）三月乙亥，以司農卿李實爲京兆尹，是此表上時，實尚到任不久。

爲京兆韋尹進野豬狀

右伏以收穫之餘，田獵有獲。異於芻豢，著在方書。既堪充庖，輒敢上獻。前件野豬謹隨狀進，謹奏。

【校】

〔右伏〕崇本右上有野豬一口四字。
〔狀進〕崇本進上有上字。

【箋證】

按：爲韋夏卿作各表皆在貞元十八年（八〇二）。

爲杜相公自淮南追入長安至長樂驛謝賜酒食狀

具官臣某。右臣今日至長樂驛，高品某奉宣聖旨，賜臣酒食者。伏以恩降王人，榮分御膳。未展儀於雙闕，先受賜於八珍。品越賑膰，味兼醪醴。頓驚凡口，倍益歡心。無任欣躍。

【校】

〔具官〕崇本官下無臣字，下同。

【箋證】

按：杜佑自淮南入朝是貞元十九年（八〇三）二月事，三月壬子朔拜同平章事，見紀。

〔長樂驛〕長樂驛爲出長安之首驛，大臣出入，例於此迎送以示恩禮。權德輿謝借飛龍馬狀（見全唐文四八五）云「右今月十日中使張少禺至長樂驛奉宣進止借臣前件馬送出府界」，皆其比也。此篇杜佑自淮南召入，下篇韋夏卿自長安東出，皆於此賜食。又長安往來行旅，無論取潼關或取武關道，皆於此暫留。故白居易有長樂坡送人詩云：「行人南北分征路，流水東西接御溝。終日坡前恨離別，漫名長樂是長愁。」

爲杜相公謝就宅賜食狀

具官臣某。右高品某奉宣聖旨，賜臣食者。出自大官，飫於私第。光榮曲被，猥承推食之恩。駑蹇未施，益重素餐之責。舉其匕筯，若負丘山。無任戰荷踴躍之至。

【校】

〔大官〕紹本、崇本、畿本大均作太，非。

【箋證】

〔賜食〕按白氏長慶集有謝賜設及匹帛狀，云：「惠加賜食，榮及承筐。」蓋唐制如此。

爲東都韋留守謝賜食狀

具官臣某。右臣今日發至長樂驛，中使某奉宣聖旨，賜臣食者。伏以味兼海陸，品溢圓方。降自御廚，光臨傳舍。臣初辭魏闕，倍懷犬馬之誠。猥受珍羞，更切稻粱之感。無任欣躍。

【校】

〔具官〕崇本具作某。

〔臣初〕崇本無臣字。

【注】

〔圓方〕謂鼎俎也。

【箋證】

按：舊唐書一六五韋夏卿傳：轉京兆尹、太子賓客、檢校工部尚書、東都留守。據紀，貞元十九年（八〇三）十月乙未，以太子賓客韋夏卿爲東都留守，東都畿汝都防禦使。

爲裴相公進東封圖狀

集賢殿御書院開元東封圖一面。右臣謹按開元十三年，玄宗皇帝以天下太平，登封東岳。聲明文物，振耀古今。伏惟陛下丕承耿光，再闡鴻業。祖宗盛事，紹復有期。臣所以寫成此圖，輒敢上獻。至於繢畫，躬自指揮。徵史氏之文，纂禮容之要。山川氣象，悉擬真形。羽衛威儀，咸稽故實。所冀叡情一覽，遐想玄蹤。臣叨榮過深，抱疾已久。望陛下告成之日，心必前知；嗟老臣將謝之年，身恐不見。疲羸之際，感激倍深。前件圖謹差某官某謹詣光順門上進，謹奏。

【校】

〔集賢〕結一本集作進，誤。

〔上進〕纖本、英華上均作奉。

【箋證】

按：狀有「嗟老臣將謝之年」語，據裴度本傳，當在大和三四年（八二九、八三〇），任司徒兼門下侍郎同平章事兼集賢殿大學士之時，其時禹錫亦以禮部郎中充集賢殿學士，故能爲之草表。

〔東封圖〕唐語林四云：「文宗自大和乙卯（八三五）歲後，常戚戚不樂，事稍閒則必有歎息之音。會幸三殿東亭，見橫御架巨軸，上指謂畫工程修己曰：此開元東封圖也。命内臣懸于廡下。上舉玉如意指張説輩嘆曰：使吾得其中一人，則可致開元之理。」今以此表參之，則正是裴度所進，度之寓意亦可揣而知矣。

又按：唐語林同卷云：「玄宗幸泰山回……及車駕過金橋（原注：在潞州）御路縈轉，上見數十里旌旗嚴潔，羽衛整肅，……遂詔吴道玄、韋無忝、陳閎等令寫金橋圖，其聖容及上所乘馬照夜白，陳閎主之，橋梁山水車輿人物草樹鷹鳥器仗帷幕，吴道玄主之，犬馬驢騾牛羊駱駝熊猿猪鷄之類，韋無忝主之，其圖謂之三絶。」東封圖疑即本此。新唐書藝文志未載此圖，蓋至宋初已佚矣。

〔光順門〕唐兩京城坊考一：集賢殿書院西有南北街，街北出光順門，百官上書皆於光順門，故表末云：詣光順門上進。

舉崔監察羣自代狀

御史臺：宣歙池等州都團練判官監察御史裏行崔羣。右臣蒙恩授監察御史，伏準建中元年正月五日制，常參官上後三日舉一人自代者。伏以前件官在諸生中號爲國器。繫維外府，人咸惜之。臣既深知，敢舉自代。貞元十九年閏十月日。

【校】

〔御史臺〕此三字及末句年月，崇本均注題下，閏十月作十一月，下同。是。

〔都團練〕崇本無都字。

〔自代〕崇本代下有謹具如前謹録聞奏候敕旨等字。

【注】

〔崔羣〕舊唐書一五九、新唐書一六五各有傳，詳箋證中。

〔蒙恩授監察御史〕據自傳，禹錫自京兆渭南主簿，明年冬擢爲監察御史，據此文確知爲貞元十九年（八〇三）事。

【箋證】

按：韓愈集有舉錢徽自代狀，其式先列所舉之人結銜姓名，然後提行云：右臣伏準建中元年（七八〇）正月五日勅：常參官授上後五日（紀作三日）内舉一人自代者。本集併爲一行，非唐人舊式矣。德宗紀，是年正月丁卯朔，辛未大赦，其中一條云：「常參官、諸道節度、觀察、防禦等使，都知兵馬使、刺史、少尹、畿赤令、大理司直、評事等，授訖三日内於四方館上表，讓一人以自代，其外官委長吏附送，其表付中書門下。每官闕，以舉多者授之。」此除官舉人自代之制所由來。辛未正爲正月五日。監察御史在常參官之列。又按：紀文雖云於四方館上表，此文首云「御史臺」，下篇首云「東都尚書省」，又云「蘇州狀上中書門下」，蓋仍由主管司代進也。韓愈集中舉張正甫自代狀亦首云尚書兵部。

〔都團練判官〕新唐書百官志，團練使下有副使、判官、推官、巡官、衙推各一人。宣歙池觀察使蓋兼都團練使，觀察、團練各置判官。

〔監察御史裏行〕新唐書百官志御史臺下云：開元中置御史裏行使，侍御史裏行使，殿中裏行使，監察裏行使，以未爲正官，無員數。

〔崔羣〕崔羣，舊唐書一五九、新唐書一六五均有傳，惟未載其爲宣歙判官事。以羣與禹錫及白居易三人交誼最深，又韓愈、柳宗元皆與爲知友，兹綜本集及諸集撮敍於此。據外集卷四和樂天過敦詩（羣之字）舊宅詩注云：敦詩與予友樂天三人同甲子，平生相約同休洛中。外集卷八歷陽書事詩載羣爲宣州觀察使時邀禹錫話舊，情誼殷摯，溢於言表。外集卷八尚有陪崔大尚書及諸閣老宴杏園詩，其時蓋羣於大和五年（紀作四年，傳作五年）除吏部尚書而禹錫尚未赴蘇州之際。交情踪跡約略可見。當居易爲左拾遺時，羣爲庫部員外郎，同制除官，在元和初，皆以任翰林學士之故也。長慶集中敍述最詳者，如除忠州寄謝崔相公詩，有「提拔出泥知力竭，吹噓生翅見情深」之句，居易得羣在相位之助殆無疑義。居易在忠州復召還禁近，則在元和十五年（八二〇），憲宗卒後，羣已去位。又觀元和十年（八一五）居易初貶江州之日，羣方爲户部侍郎，由户部公牒致書居易存問，居易復書云：「院長公望日重，啓沃非遥，仰惟勉樹勳名，勿以鄙劣爲念。」蓋已知羣有爰立之望矣。餘如渭村退居寄禮部崔侍郎翰林錢舍人詩，敍元和初同制之情事，亦足見其交舊。然則羣之仕履與禹錫、居易二人之升沈大有關係。羣登科早於禹錫一年，而年齒則同。貞元年中，二人皆從事江南使府，及禹錫登朝，即舉羣自代。禹錫被罪以後，羣雖居内制，無從援手。及元和十二年（八一七）羣入相，則禹錫已刺連州，未幾又丁母憂以去，意者羣若不被皇甫鎛之讒以去，則禹錫服闋後不止僅得一夔州也。禹錫補夔州亦已在穆宗即位後，羣旋出鎮徐州，殆無能爲力矣。至後此禹錫自禮部郎中除蘇州，羣雖不當國，而方居吏部尚書之任，或亦嘗爲之道地也。居易與元稹詩有云：「憐君不久在通川，知已新提造化權。」謂李夷簡新入相，稹必得志也。唐中葉以後，親知在相位，必得其援引護持，乃人人意中所有之事。羣與韓愈爲同年進士，知交亦篤。羣早年踪跡亦賴於韓集中得知其梗概。韓集舊注云：「貞元十二年（七九六）八月，以崔衍爲宣歙觀察使，羣與李博俱在幕府，公送楊儀之序亦云：當今藩翰之賓客，惟宣州多賢，與之遊者二人焉：隴西李博、清河崔羣。」愈與羣書推崇甚至，亦可概見其爲人。書云：「自足下離東都，凡兩度枉問，尋承已達宣州，主人仁賢，同列皆君子，雖抱羈旅之念，亦且可以度日，無入而不自得，樂天知命者，固前修之所以禦外物者也；況足下度越此等百千輩，豈以出處遠近累其靈臺邪？宣州雖稱清涼高爽，然皆大江之南，風土不並以北。將息之道，當先理其心，心閑無事，然後外患不入，風氣所宜，可以審備，小小者亦當不至矣。足下之賢，雖在窮約猶能不改其樂，況地至近，官榮禄厚，親愛盡在左右者邪！所以如此云云者，以爲足下賢者，宜在上位，託於幕府，則不爲得其所，是以及之，乃相親重之道耳。非所以待足下者也。僕自少至今，從事於往還朋友間一十七年矣。日月不爲不久，所與交往相識者千百人，非不多，其相與如骨肉兄弟者亦且不少。或以事同，或以藝取，或慕其一善，或以其久故，或初不甚知而與之已密，其後無大惡，因不復決捨，或其人雖不皆入於善而於己已厚，雖欲悔之不可。凡諸淺者固不足道，深者止如此。至於心所仰服，考之言行而無瑕尤，窺之閫奥而不見畛域，明白淳粹，輝光日新者，惟吾崔君一人。……」愈作此書時，羣年未及三十，已推服如此。其從事宣州一事亦與禹錫此狀合，足補史傳之闕。又柳河東集亦有送崔羣序，略云：「清河崔敦詩有柔儒温文之道以和其氣，近仁復禮，物議歸厚，其有稟者歟！有雅厚直方之誠以正其性，懇論忠告，交道甚直，其有合者歟！是故日章之聲振於京師。嘗與隴西李杓直（李建）、南陽韓安平（韓泰）洎予交友。杓直敦柔深明，冲曠坦夷，慕崔君之和，安平厲莊端毅，高朗振邁，説崔君之正。余以剛柔不常，造次爽宜，求正於韓，襲和於李，就崔君而考其中焉。忘言相視，默與道合。今將寧覲東周，振策于邁，且餞于野，或命爲之序。余於崔君有通家之舊，外黨之睦，然吾不以是合之。崔君以文學登于儀曹，歇于王庭，甲俊造之選，首讎校之列，然吾不以是視之，於其序也，載之其末云。」舊注：「貞元八年（七九二），羣試禮部中其科，十年（七九四），舉賢良方正，授校書郎。」尤可見羣於永貞八司馬中交其三人，而此三人皆八司馬中之尤有才名者。又按：集中涉及羣者，尚有本集卷二十二，外集卷二、四、六、八等篇。

舉開州柳使君公綽自代狀

尚書屯田某官等，守開州刺史柳公綽。

右臣蒙恩授尚書屯田員外郎，伏準建中元年正月五日制，常參官上後三日舉一人自代者。伏以前件官以賢良方正，再歇王庭。在流輩間，號爲端士。昨除遠郡，人皆惜之。臣初蒙授官，得以論薦。多士之内，非無其人。竊惟用材，宜自遠始。謹具如前謹録奏聞，伏聽敕旨。貞元二十一年四月八日。

【校】

〔題〕崇本無使君二字。

〔尚書屯田〕崇本此四字及年月均在題下。

〔某官等〕紹本、崇本均無等字，是。

【注】

〔屯田員外郎〕據職官志，工部尚書之屬：屯田郎中、員外郎各一人。

【箋證】

按：禹錫以貞元十九年（八〇三）閏十月授監察御史，二十一年（八〇五）四月遷屯田員外郎，前篇與此篇年月可爲明證。

〔柳公綽〕公綽舊唐書一六五、新唐書一六三均有傳。舊唐書云：「年十八，應制舉，登賢良方正直言極諫科，授秘書省校書郎，貞元元年（七八五）也。貞元四年，復應制舉，再登賢良方正科，時年二十一。制出，授渭南尉。……慈隰觀察使姚齊梧奏爲判官，得殿中侍御史。冬，薦授開州刺史，入爲侍御史，再遷吏部員外郎。」此狀中所謂以賢良方正再敭王庭，亦即禹錫初爲郎官時事。公綽後自劍南判官入爲吏部郎中，元和初爲御史中丞，出爲湖南及鄂岳觀察使。又歷給事中、京兆尹、兵部、吏部侍郎、尚書右丞，出鎮襄陽。寶曆中，又自刑部尚書爲邠寧節度使。大和四年（八三〇），仍自刑部尚書出爲河東節度使，六月徵還卒。其晚年必仍與禹錫有往還。但詩集中不見。

舉姜補闕倫自代狀

東都尚書省：前左補闕姜倫。

右臣蒙恩授尚書主客郎中分司東都，伏準建中元年正月五日敕，常參官上後三日舉一人自代者。臣伏詳詔旨，欲達聽旁求，發揚幽遠。故人人得言所知，不當循其階次也。臣伏以前件官有儒學士行，蒙以諫官徵。會其年老被疾，不堪上道。有司按視如狀，不復逼迫。至今家居，而篤志無倦。臣謹舉爲郎吏，分司別都。冀優賢振滯，兩得其道。大和元年六月十四日。

【校】

〔題〕崇本下注云：東都尚書省大和元年八月十四日。

〔會其年老〕紹本會其作命真，誤。

【注】

〔左補闕〕據職官志門下省，左補闕二員，從七品上。

〔主客郎中〕據職官志，禮部尚書所屬有主客郎中一員。

【箋證】

按：禹錫授主客郎中分司東都，舊傳未載，新傳載於作遊玄都觀詩後，錢大昕諸史拾遺二云：「案禹錫集，再遊玄都觀絶句在大和二年（八二八）三月，是年歲在戊申，而除主客郎中分司東都在大和元年（八二七）六月，史以分司東都繫於作遊玄都觀詩之後，殆失其序矣。」蓋以此狀有明確之年月可據也。

蘇州舉韋中丞自代狀

蘇州狀上中書門下：諸道鹽鐵轉運江淮留後、朝議郎、守太僕少卿、兼御史中丞、上柱國賜紫金魚袋韋應物。右臣蒙恩授蘇州刺史，伏準建中元年正月五日制刺史上後舉一人自代者。前件官歷掌劇務，皆有美名。執心不回，臨事能斷。今領職雖重，本官尚輕。伏以當州口賦首出諸郡。況經災沴，切在撫綏。尚省無能，輒敢公舉。司榷筦之利，誠藉時才；流豈弟之風，實惟邦本。非承臆説，以塞詔書。今具聞奏。大和六年十二月九日。

【校】

〔門下〕崇本無以上八字。

〔右臣蒙恩〕崇本此九字作：「右某伏奉去年十月十二日敕授使持節蘇州諸軍事守蘇州刺史。」

〔領職〕結一本領作預，非。

〔尚省〕紹本、崇本尚均作内。

〔非承〕紹本、崇本、畿本、全唐文承均作敢。

〔聞奏〕全唐文作奏聞。

【注】

〔本官尚輕〕韋本官爲守太僕少卿兼御史中丞，皆試官帶銜，未嘗一日居於其位，故云本官尚輕也。

【箋證】

按：此狀中之韋應物爲一疑案。全唐文紀事八八引葉石林南宮詩話云：「蘇州詩律深妙，白樂天輩固皆尊稱之，而行事略不見唐史爲可恨。以其詩語觀之，其人物當亦高勝不凡。劉禹錫集中有大和六年（八三二）舉自代一狀。然應物温泉行云：北風慘慘投温泉，忽憶元皇巡幸年。身騎廐馬引天仗，直至華清列御前。則嘗逮事天寶間也，不應猶及大和時，蓋別是一人，或集之誤。苕溪漁隱云：蘇州集有燕李録事詩云：與君十五侍皇闈，曉拂鑪煙上玉墀。又温泉云：出身天寶今幾年，頑鈍如槌命如紙。余以編年通載考之，天寶元年（七四二）至大和六年（八三二）計九十一年，應物於天寶時已年十五，及有出身之語，不應能至大和間也。蔡寬夫云：劉禹錫所舉別是一人，可以無疑矣。」又錢大昕十駕齋養新録一二云：「韋應物貞元二年（七八六）由左司郎中出爲蘇州刺史，而劉禹錫集中有大和六年（八三二）除蘇州舉韋應物自代狀。宋葉少蘊、吴元任已疑其非一人，而沈作喆撰韋傳合而一之，篇末雖亦有疑詞，而終未敢決。近世陳少章景雲據白樂天於元和中謫江州後貽書元微之，於文盛稱韋蘇州，又言當蘇州在時，人亦未甚愛重，必待身後人始貴之。則是時蘇州已歿，而劉狀又在此書十年以後，則其所舉必別是一人矣。樂天守蘇日，夢得以詩酬之云：蘇州刺史例能詩，西掖今來替左司。言白之詩名足繼左司耳，非謂實代其任也。沈傳謂貞元二年（七八六）補外得蘇州刺史，久之白居易自中書舍人出守吴門，應物罷郡，寓郡之永定佛寺，則誤甚矣。白公出守在長慶間，距貞元初垂四十年，豈有與韋交代之理乎？大昕案，樂天刺蘇州在寶曆元年（八二五），陳以爲在長慶間，亦誤。」今考此狀所舉之韋應物，非但與詩人韋應物時代迥不相接，繫銜云「諸道鹽鐵轉運江淮留後」，即此一端已足明其別是一人矣。何況狀中歷掌劇務之語絶非對詩人之品評。然白居易雖云應物在時人亦不甚愛重，故相隔四十年有人與之同名亦不足怪，而禹錫必舉此一同名之人以爲蘇州刺史，終屬不近情理，頗疑應物二字有訛。白集中有別韋蘇州詩云：「百年愁裏過，萬感醉中來。惆悵城西別，愁眉兩不開。」編在第十三卷，是早期之作。據詩之語氣不似施之於年輩在前之韋應物，檢宋本白集，果無州字，是韋蘇乃一人姓名，非韋蘇州也。準此例之，後人震於韋應物之名，見有近似者即奮筆改竄，此狀中之韋應物，是否因其名近似而爲傳寫者所臆改，亦未可定耳。又白集中吴郡詩石記云：「貞元初，韋應物爲蘇州牧，房孺復爲杭州牧，皆豪人也，韋嗜詩，房嗜酒。」文爲寶曆元年（八二五）作，劉之舉狀更在其後，其非貞元時之韋應物，又一明證。

〔江淮留後〕唐會要八七轉運鹽鐵總敍所載，代宗時劉晏與第五琦，繼與韓滉分領鹽鐵使，自此以後，鹽鐵轉運使爲計相之職，所屬巡院分布於各道，其禮制之崇，職任之繁，爲真相所不及。故使在揚州，則上都有留後，使在京都，則揚州有留後。兩唐書志皆以其非正官，故不具載其制，遂無可徵考。今略録會要所載元和五年（八一〇）詔：「兩稅法悉委郡國，初極便人，但緣約法之時，不定物估。今度支鹽鐵，泉貨是司，各有分巡，置於都會，爰命貼職，周視四方，簡而易從，庶叶權便，政有所弊，事有所宜，皆得舉聞，副我憂寄，以揚子鹽鐵留後爲江淮已南兩稅使，江陵留後爲荆衡漢沔東界彭蠡南及日南兩稅使，山南西道分巡院官充三川兩稅使。……八年，以崔倰爲揚子留後淮嶺已東兩稅使，崔柷爲江陵留後荆南已東南兩稅使。」巡院留後之規模略見於此。此狀云：「領職雖重，本官尚輕。」留後之權任俸給皆在刺史之上，而禹錫舉以自代者，蓋以未居牧守之任爲未足也。又，江淮留後通稱揚子留後。通鑑二三七：「元和四年（八〇九），初，王叔文之黨既貶，有詔雖遇赦無得量移，吏部尚書鹽鐵轉運使李巽奏，郴州司馬程异吏才明辨，請以爲揚子留後。」注云：「揚州揚子縣，自大曆以來，鹽鐵轉運使置巡院於此，故置留後。」

蘇州上後謝宰相狀

朝議大夫、使持節蘇州諸軍事、守蘇州刺史、上柱國劉禹錫。

右某，今月六日到州上訖。某山東一書生，潦倒疏闊。在少壯日，猶不逮人。况今衰遲，智力愈短。相公哀憐不遇，擢授名邦。實荷弘獎，慚非器使。伏以當州縣大祲之後，物力蕭然。肌寒殞仆，相枕於野。誓當悉心條理，續具奏論。才術素空，憂勞方始。懼無聞問，忝負恩知。不任瞻望懇迫之至。

【校】

〔縣大祲〕崇本縣下注云：一作經。紹本、崇本、全唐文祲均作浸，是。大浸用莊子「大浸稽天而不溺」語。據紀，大和五年（八三一），浙東西水害稼，即其事。

〔肌寒〕按：當作飢寒。

【箋證】

按：遷除錫命，表奏以外，仍謝宰相，此在後世爲不可公然形之筆墨者。唐人不似後世之事事避嫌，故舉進士可以通榜，上宰相可以求官，彼此汲引，視爲故常。甚至於不止謝宰相。資暇集云：「近有因覽授之説，問予曰：今新拜官，非恩薦之地，僉申謝禮，無乃不誠乎！斯甚無謂。予曰：却是故事，劉歆拜黄門侍郎，其父向戒曰：今若年少得顯處新拜，宜皆謝貴人叩頭謹慎，戰戰慄慄，乃可免也。今之偏謝，其暗合邪！」李氏此語未知所據，然可知唐時授官有偏謝之禮，其特受恩薦者更無論矣。此狀直向宰相稱謝，猶爲近理者，然不能免於所謂受爵公門、拜恩私室之譏矣。是時秉權之宰相爲牛僧孺、李宗閔，禹錫蓋更不能不屈意感恩也。

〔山東一書生〕唐人通以關陝以東爲山東，禹錫貫爲彭城，望爲中山，居爲淮泗，墓在鄭州，皆可以山東概之。唐代諸名人之里貫，或虚稱郡望，或以暫居之地爲稱，大抵祖宗丘墓或累世卜居所在，與其羈遊之地不必相應。李白之稱山東，亦猶此也。試觀本卷汝州謝上表云，家本滎上，籍占洛陽。按諸近世之習，則禹錫當爲洛陽人，而從無此説，但稱中山或彭城，故知唐人所稱籍貫多不符其實也。參見本集卷二十三謁枉山會禪師詩箋證。

蘇州加章服謝宰相狀

右某，素乏吏才，謬居劇郡。以無庸之器，當難治之時。恭守詔條，勤求人瘼。伏以聖德柔遠，皇明燭幽。凡有上陳，皆可其奏。遂令管見，得及疲黎。自承雨露之恩，非有循良之政。猥蒙朝奬，特降命書。顧逢掖之腐儒，被華章之貴服。有黷陟明之典，誠招彼已之譏。限以守官，不獲相謝。瞻望榮感，心魂載馳。大和七年十二月日。

【校】

〔守官〕崇本二字乙。

〔相謝〕紹本、崇本、畿本、全唐文相均作拜。

【箋證】

按：禹錫有賜紫金魚袋謝表，見本集卷十六。

汝州上後謝宰相狀

朝議大夫、使持節汝州諸軍事、守汝州刺史、兼御史中丞、充本州防禦使、上柱國、賜紫金魚袋劉某。

右某自領吳郡，仍歲天災。上稟詔條，下求人瘼。地苞藪澤，俗尚剽輕。悉心撫綏，用法擒擿。事繁才短，常積憂虞。忽蒙天恩，稍移近郡。家本滎上，籍占洛陽。

病辭江干，老見鄉樹。榮感之至，實倍常情。印綬所拘，不獲拜謝。瞻望德宇，精誠坐馳。無任感戀之至。

【校】

〔題〕崇本下注云：大和八年。無狀字。

〔劉某〕以上各字崇本無。

【箋證】

按：汝州雖是支郡，而帶本州防禦使兼中丞，比於同、華二州，自蘇遷汝，非但近移，且有擢居方面之望矣。禹錫以大和八年（八三四）七月任，其時李德裕、王涯在位，二人當於禹錫有援。

汝州舉裴大夫自代狀

正議大夫、使持節杭州諸軍事、守杭州刺史、上柱國、賜紫金魚袋裴弘泰。

右臣蒙恩授汝州刺史、兼御史中丞、充本州防禦使。伏準建中元年正月五日敕，諸州刺史上後舉一人自代者。伏以前件官前爲九卿，出領兩鎮。頃因微累，遂有左遷。今授遠州，物情未塞。臣前任鄰接，具知公才。舊屈未伸，輒舉自代。云云。

【校】

〔題〕崇本下注云：大和八年（八三四）。裴大夫作裴弘恭。

〔裴弘泰〕崇本泰作恭。

〔鄰接〕崇本接作境。

〔公才〕崇本公作其。

【箋證】

按：文宗紀，大和元年（八二七）八月，以太府卿裴弘泰爲黔中觀察使。五年二月，改桂管觀察使，十二月，貶饒州刺史，以除鎮淹遲不進，爲御史所糾故也。與此狀所敍前爲九卿，出領兩鎮者合，弘泰蓋自饒州量移杭州也。

汝州進鷹狀

汝州防禦使：當使進奉籠母鷹六聯。右伏以前件鷹等學習應期，馴養斯至。列於常貢，有異衆禽。受紲之時，志已存於雲外。下鞲之際，思展用於軍前。既懷百中之能，願獻三驅之禮。謹差防禦押衙景再休隨狀奉進以聞。大和九年九月十一日。

【校】

〔展用〕紹本、崇本兩字均乙，是。

同州舉蕭諫議自代狀

同州防禦使：前諫議大夫蕭俶。

右臣蒙恩授同州刺史、兼御史中丞、充本州防禦長春宫等使。伏準貞元二年正月二十四日敕，上後三日舉一人自代者。伏以前件官生於貴族，伏膺儒門。搢紳之間，號爲端士。昨蒙朝奬，冠於諫垣。時方被病，不果上道。長告已滿，塊然家居。今聞疾瘳，可以録用。臣與俶久同班列，知其材能。爲官擇人，敢舉自代。大和九年十二月四日。

【校】

〔題〕崇本諫議二字作俶。

【箋證】

按：舊唐書一七二蕭俛傳：弟俶，以蔭授官。大和中，累遷至河南少尹。九年五月，拜諫議大夫。開成二年（八三七），出爲楚州刺史。四年三月，遷越州刺史御史中丞浙東都團練觀察使。會昌中，入爲左散騎常侍，遷檢校刑部尚書華州刺史潼關防禦等使。大中初，坐在華州時斷獄不法，授太子賓客分司。四年，檢校户部尚書兗州刺史兗沂海節度使，復入爲太子賓客。大中十四年（八六〇），以太子少保分司東都卒。俶兄弟爲開元中宰相蕭嵩之曾孫，故狀中有生於貴族之語。俛與令狐楚爲同年進士，同時爲相，此舉疑即徇楚之意。

上宰相賀德音狀

同州狀上中書門下：今月十六日德音，右被刑部牒宣示德音。伏以聖澤滋深，新恩廣被。言念正刑之外，或有詿誤之徒。爰降殊私，特弘在宥。瑕累咸滌，危疑獲安。此皆廟算弼諧，致君及物。事光前史，功格上玄。某限以守官，不獲隨例拜賀。無任抃躍之至。大和九年十二月二十三日。

【箋證】

按：此即甘露變後所下之赦詔，已見本集卷十六賀德音表。

上宰相賀改元赦書狀

同州狀上中書門下：改元赦書。右伏奉今月一日制書改大和十年爲開成元年大赦天下者。伏以律首三元，禮崇四始。順陽和發生之德，敷大號涣汗之恩。宥過恤刑，弛征已責。盡去人瘼，通知物情。德音朝發於九天，和氣夕周於四海。此皆相公弼諧之道，燮贊之功。進熟於密勿之間，發揚成滂沛之澤。某恪守官業，印綬所拘，不獲隨例拜賀。

【校】

〔題〕崇本下注開成元年正月日。

〔進熟〕紹本熟作孰，古字通。崇本熟作退，恐非。按：唐制，宰相撰擬詔令進呈謂之進熟。此文爲改元肆赦而賀宰相，措詞不得不歸功於宰相之進擬文字也。崇本似爲校者誤改。

〔滂沛〕崇本作雱霈。

【箋證】

按：開成改元赦書已見本集卷十六賀赦表。狀中云進熟於密勿之間者，春明退朝録云：「唐宰相奉朝請即退，延英止論政事大體，其進擬差除，但入熟狀畫可。今所存有開元宰相奏請狀二卷，鄭畋鳳池藁草内載兩爲相奏擬狀數卷，祕府有擬狀注制十卷，多用四六，紀其人履歷性行，論請皆宰相自草，五代亦然。寇萊公謂楊文公曰：予不能爲唐時宰相，蓋嬾於命詞也。」唐人常以進熟爲進熟狀之省稱。

薦處士嚴毖狀

處士嚴毖。右左庶子損之之孫，國子司業士元之子。舊名保嗣，亦有官班。頃者李賓客渤常與之游，辟爲桂州支使。其後寄家汝海，專静自居。某嘗典汝州，與語甚熟。歷代史及國朝故事悉能該通。操心甚危，觀跡相副。未達知己，已過壯年。汩没風塵，有足悲者。伏見赦文節目委州郡長吏搜訪隱淪。此舉無他，惟善所在。每覽珠英卷後學士姓名，有常州人符鳳白衣在選，取其藝業，不棄遠人。某忝被儒官，得以薦士。亦非出位，冀不廢言。倘弘文集賢史氏之館，采其實學，有勸諸生。伏以桂州辟之於前，某薦之於後，豈必有土長吏，然後事行？伏惟試味斯言，降意詳擇。謹狀。

【校】

〔嘗典〕結一本、全唐文嘗均作常，誤。

〔未達〕紹本、崇本、畿本達均作逢。

〔此舉〕紹本、崇本、全唐文此均作夫。

〔珠英〕崇本珠作殊，蓋校者不知珠英爲書名而誤改。

〔卷後〕紹本、崇本、全唐文後下均有列字。

〔忝被〕紹本、崇本、全唐文忝均作忝。按：此狀是作汝州刺史後所上，不應以儒官自居，以作早爲是，被當爲備之誤。儒官似指集賢學士，非指太子賓客。

【箋證】

按：狀中有嘗典汝州及「豈必有土長吏」之語，蓋禹錫之薦𢲷在罷同州爲賓客分司之時。狀乃上宰相者。

〔損之〕損之爲嚴挺之之弟，見舊唐書九九挺之傳中。

〔士元〕士元之名見本集卷九連州刺史廳壁記。

〔李賓客渤〕舊唐書一七一李渤傳云：「渤爲給事中，以上疏論中官毆鄠縣令崔發事出爲桂管觀察使，在桂管二年，風恙求代，罷歸洛陽。大和五年（八三一），以太子賓客徵，至京師月餘卒。渤孤貞力行，操尚不苟合，而闒茸之流非其沽激，至於以言擯退，終不息言，以救時病，服名節者重之。」禹錫爲此狀時，渤已卒矣。

〔珠英〕舊唐書經籍志，三教珠英并目一千三百一十三卷，張昌宗等撰。又文宗紀，開成二年（八三七），詔改天后所修三教珠英爲海内珠英。

薦處士王龜狀

處士王龜。古者選公族大夫，必以惇惠者教之，文敏者道之，果敢者諗之，鎮静者循之。孜孜於此者，蓋膏粱之性難正，而懼公侯之胤不能嗣其耿光，可以深惜。然則成宣之後而老爲大夫，非恥乎！此智武子誡文子既冠而見之詞也。是知古之取士，不專寒族，必參用世胄，以廣得人之路。今見處士王龜即居守之第三子也。天性貞静，操心甚危。不由門資，誓志自立。樂處士之號，不汩綺襦之間。自到洛都，便居山寺。躭玩墳籍，放情煙霞。曾邀與語，如鋸木屑。信有稟受，居然出羣。以比在京師，甚足知者。諫院有狀，名流亟言。某流滯周南，静閲時輩。身雖不用，心甚愛才。况遇相公持衡，敢有所啓。誠懸之下，輕重難欺。伏惟深賜詳擇，知卿族之内有遺逸焉。謹狀。正議大夫、檢校禮部尚書、兼太子賓客分司東都劉某狀。

【校】

〔天性〕紹本、崇本性均作生。

〔綺襦〕崇本襦下注云：一作羅。按：綺襦用漢書敍傳：「在于綺襦紈絝之間」，作羅者非。

〔以比〕紹本作以此，崇本作伏聞比者。

【注】

〔智武子〕國語晉語：「趙文子（趙武）冠……見智武子，武子曰：吾子勉之，成宣之後而老爲大夫，非恥乎？」注：「成，成子，文子曾祖趙衰也。宣，宣子，文子祖父趙盾也。言文子二賢之後，長老乃爲大夫，非恥乎？欲其修德早爲卿也。」

〔居守〕謂王起，時爲東都留守，故稱以居守。集中涉及起者有卷二十三、二十四、二十八，外集卷四、五等篇。

〔木屑〕晉書四九胡毋輔之傳：王澄嘗與人書曰：「彦國（輔之字）吐佳言如鋸木屑，霏霏不絶。」

〔流滯周南〕語出史記太史公自序。

〔正議大夫〕據舊唐書職官志爲正四品上階，蓋禹錫在蘇州刺史任時階居正五品下，今已五轉矣。

【箋證】

按：王龜事附見舊唐書一六四王播傳中，有可與此狀相參證者。傳云：「龜字大年，性簡澹蕭灑，不樂仕進，少以詩書琴酒自適，不從科試。京城光福里第，起兄弟同居，斯爲宏敞，龜意在人外，倦接朋遊，乃於永達里園林深僻處創書齋，吟嘯其間，目爲半隱亭，及從父起在河中，於中條山谷中起草堂，與山人道士遊，朔望一還府第，後人目爲郎君谷。及起保釐東周，龜於龍門西谷構松齋，棲息往來，放懷事外。起鎮興元，又於漢陽之龍山立隱舍，每浮舟而往，其閑逸如此。」考起鎮興元爲大和八年（八三四）事，在第一次任東都留守之後，武宗即位後，檢校左僕射東都留守，則第二次任，乃禹錫薦龜之時，故稱起爲居守也。及起再鎮興元，則禹錫已卒矣。龜於丁父憂服闋後以右補闕徵，洊歷顯官，咸通末，在浙東觀察使任内被殺。此文署「正議大夫、檢校禮部尚書、太子賓客分司東都」，是禹錫開成末會昌初之繫銜，亦即禹錫最後之公牘矣。其時崔鄲、李德裕在位，文中所謂「況遇相公持衡」，或指二人。

劉禹錫集箋證卷第十八

啓

上杜司徒啓 時謫朗州。

某啓：一自謫居，七悲秋氣。越聲長苦，聽者誰哀？湯網雖疏，久而猶詿。失意多病，衰不待年。心如寒灰，頭有白髮。愓厲之日，利於退藏。是以彌年不敢奏記。近本州徐使君至，奉手筆一函，稱謂不移，問訊加劇。重復點竄，一無客言。忽疑此身，猶在門下。收紙長想，欣然感生。尋省遭罹，萬重不幸。方寸之地，自不能言。求人見諒，豈復容易？復蒙遠示，且曰浮謗漸消。況承慶宥，期以振刷。方今聖賢合德，朝野多歡。澤柔異類，仁及行葦。萬族咸説，獨爲窮人。四時平分，未變寒谷。自同類牽復，又已三年。側聞衆情，或似哀歎。某材略無取，廢錮是宜。若非舊恩，孰肯留念？六翮方鎩，思重託於扶摇；孤桐半焦，冀見收於煨燼。伏紙流涕，不知所言。謹啓。

【校】

〔題〕崇本無「時謫朗州」四字小注。

〔猶註〕崇本註作挂。

〔客言〕結一本客作容，誤。

〔欣然〕崇本欣作歆。

【注】

〔行葦〕詩大雅行葦序云：行葦，忠厚也。周家忠厚，仁及草木，故能内睦九族，外尊事黄耇，養老乞言，以成其福禄焉。

【箋證】

按：本集卷十有上杜司徒書，在初貶朗州之時，詞繁意切，似佑受浸潤之譖，禹錫急欲自明，以期全終始。而佑非但不爲之援，且置之不復，故此啓有「越聲長苦，聽者誰哀」之語。蓋禹錫亦不能無憾於佑矣。佑以元和七年（八一二）致仕，即以其年卒，此書云七悲秋氣，知亦即是年，書到時，佑不惟不能爲力，或且並未寓目矣。豈其自知不起，稍悔待禹錫之薄，故先致一書耶？啓中云：「同類牽復，又已三年。」按程异起用在元和四年（八〇九），此啓作於元和七年（八一二），正合，自是指异。至所謂「況承慶宥」，或指元和三年（八〇八）受尊號大赦。

又按：佑之爲人乃所謂全軀保妻子之臣。嘉話録中有一條云：「大司徒杜公在維揚也，嘗召賓僚閑語，我致政之後，必買一小駟八九千者，飽食訖而跨之，著一粗布襴衫，入市看盤鈴傀儡，足矣。又曰：郭令公位極之際，常慮禍及，此大臣之危事也。司徒深旨不在傀儡，蓋自汙耳。司徒公後致仕，果行前志，諫官上疏言三公不合入市，公曰：吾計中矣。計者即自汙耳。」禹錫對韋絢述此事，顯有不滿於佑之意。

〔徐使君〕禹錫在朗州爲員外司馬時，刺史之知名者惟竇常，常有之任武陵寒食日途次松滋渡先寄劉員外禹錫詩云：「算老重經癸巳年。」癸巳爲元和八年（八一三），禹錫即於次年召還京，此徐使君乃常之前任也，其名待考。

上淮南李相公啓

某啓：某向以昧於周身，措足危地。駭機一發，浮謗如川。巧言奇中，別白無路。祝網之日，漏恩者三。咋舌兢魂，分終裔壤。豈意天未剿絶，仁人登庸。施一陽於剥極之際，援衆溺於坎深之下。南箕播物，不勝曷言？危心鎩翮，繇是自保。陰施之德已然，乃聞受恩同人，盟以死答。私感竊抃，積於窮年。化權禮絶，孤志莫展。今幸伍中牽復，司存宇下。伏慮因是記其姓名。謹獻詩二篇，敢聞左右。古之所以導下情而通比興者，必文其言以表之。雖甿謡俚音，可儷風什。伏惟降意詳擇，斯大幸也。謹因揚子程留後行，謹奉啓，不宣。謹啓。

【校】

〔某向〕紹本作某間，崇本二字作間。

〔曷言〕崇本曷作願，䥶本、英華、全唐文均作昌，皆失句意，似爲校者所臆改。按：詩小雅大東：「惟南有箕，不可以簸揚……維南有箕，載翕其舌。」禹錫用此，蓋自説詩義，不據傳箋及疏。唐語林二云：「劉禹錫云：與柳八、韓七詣施士匄聽毛詩……又言：維北有斗，不可以挹酒漿。言不得其人也。毛鄭不注。」此條采自劉賓客嘉話録，禹錫所自言，必爲可信。云「不勝曷言」者，比之小人不能復恣播弄，或即本施氏之説。

〔盟以〕崇本盟作明。

〔孤志〕中山集志作去。

【注】

〔李相公〕謂李吉甫，詳箋證。

〔陰施〕按以下三句文義不明，疑有脱誤。

【箋證】

按：舊唐書一四八李吉甫傳載，吉甫元和二年（八〇七）爲中書侍郎同平章事，以竇羣之構，不安於位，薦裴垍自代。三年（八〇八）九月，出鎮淮南。五年（八一〇）冬，垍病免。明年正月，吉甫復自淮南入知政事。自此至九年（八一四）冬方卒于位。據此，當禹錫貶在朗州之時，即元和九年（八一四）以前，除吉甫外，無得稱淮南李相公者，則此啓爲上吉甫可知。啓中「祝網之日，漏恩者三」之語，蓋謂元和元、二、三年（八〇六、八〇七、八〇八）凡三次大赦，王、韋之黨皆不得量移也。又有「今幸伍中牽復，司存宇下」之語，自是指元和四年（八〇九）程异之起用爲揚子留後，此啓既由异之便，則亦必作於四年（八〇九）可知。蓋禹錫於吉甫雖非有甚深之淵源，而吉甫之留意人才，固爲時論所共悉。舊唐書一四八裴垍傳云：「吉甫謂垍曰：吉甫自尚書郎流落遠地十餘年方歸，便入禁署，今纔滿歲，後進人物罕所接識。宰相之職，宜選擢賢俊，今則懵然莫知能否，卿多精鑒，今之才傑，爲我言之。垍取筆疏其名氏，得三十餘人，數月之間，選用略盡。」是其證也。禹錫此啓云「伏慮因是記其姓名」，亦自媒之意。然「受恩同人，盟以死答」等語，意頗晦澀，未詳所指。

〔揚子程留後〕程留後謂八司馬中之程异，舊唐書一三五、新唐書一六八均有傳。傳云：貞元末，擢授監察御史，遷虞部員外郎，充鹽鐵轉運揚子院留後。……元和初，鹽鐵使李巽薦异曉達錢穀，請棄瑕録用，擢爲侍御史，復爲揚子留後。

上門下武相公啓

某啓：去年本州吏人自蜀還後，伏奉示問，兼衣服繒綵等。雲水路遥，緘縢既厚。恭承惠下之旨，重以念舊之懷。熙如陽和，列在緗簡。苦心多感，危涕自零。鶩神驛思，若侍杖屨。伏以聖上注意理本，鋭求國楨。念外臺報政之功，追宣室前席之事。重下丹詔，再升黄樞。羣情合符，和氣來應。八柄所在，三人同心。協台坐之精，膺傑材之數。談笑於規矩之際，從容於陶冶之間。物皆由儀，人識所措。某久罹憲網，兀若枯株。當萬類咸説之辰，抱窮途終慟之苦。清朝無絳、灌之列，至理絶椒、蘭之嫌。此時不遇，可以言命。

嗟乎！一身主祀，萬里望枌榆之鄉；高堂有親，九年居蠻貊之地。從坐之典，固有等差。同類之中，又尋牽復。頃在臺日，獲奉準繩。指吏途於按讞，道文律於章奏。藻鑑之下，難逃陋容。炎涼載移，足見真態。自違間左右，沈淪遐荒，歲月滋深，艱貞彌厲。緬思受譴之始，他人不知。屬山園事繁，孱懦力竭。本使有内嬖之吏，供司有恃寵之臣。言涉猜嫌，動礙關束。城社之勢，函矢紛然。彌縫其間，崎嶇備盡。

始慮罪因事闕，寧虞謗逐跡生？智乏周身，又誰咎也？

伏以趙國公頃承一顧之重，高邑公夙荷見知之深。雖提挈不忘，而顯白無自。蓋以永貞之際，皆在外方。雖得傳聞，莫詳本末。特哀黨錮，亟形話言。自前歲振淹，命行中止。或聞輿論，亦愍重傷。伏遇相公秉鈞，輒已自賀。儻重言一發，清議攸同。使聖朝無錮人，大冶無廢物。自新之路既廣，好生之德遠彰。羣蟄應南山之雷，窮鱗得西江之水。指顧之內，生成可期。伏惟發膚寸之陰，成彌天之澤。回一瞬之念，致再造之恩。誠無補於多事之時，庶有助於陰施之德。無任懇悃之至。謹啓。

【校】

〔還後〕紹本、崇本、中山集均無後字。

〔衣服〕崇本、全唐文衣上均有賜字。

〔杖屨〕紹本、全唐文均作穎杖，不可解，崇本作函杖，亦非。

〔國楨〕結一本楨作禎，誤。

〔再升〕結一本升作弁，誤。

〔傑材〕崇本傑作保，注云：一作傑。英華、全唐文均作俊傑。

〔規矩〕紹本、崇本、畿本、全唐文矩均作隨。

〔道文律〕全唐文道作遵，似非。
〔載移〕崇本載下注云：一作幾。
〔罪因〕崇本因作同。
〔一顧〕畿本下注云：一作顧遇；崇本、英華、全唐文均與一作同。
〔輿論〕畿本輿作與。

【注】

〔本州〕謂朗州。
〔八柄〕周禮天官大宰：以八柄詔王馭羣臣。八柄者，爵禄予置生奪廢誅。
〔椒蘭〕似用離騷「謂幽蘭其不可佩，謂申椒其不芳」二語。
〔道文律〕謂武元衡爲中丞時禹錫曾爲之草奏，見卷十三。
〔趙國公〕謂李吉甫，見本傳。
〔高邑公〕謂李絳，本傳，八年封高邑縣男。

【箋證】

按：此啓爲元和八年（八一三）所上，武相公謂武元衡，趙國公謂李吉甫（元和六年封），高邑公謂李絳（見下）。據紀，自六年（八一一）正月，吉甫自淮南復知政事，十一月，絳自户部侍郎爲中書侍郎同中書門下平章事，同在相位者尚有權德輿。八年（八一三）正月，德輿罷，三月，元衡自西川復知政事。啓中所謂「八柄所在，三人同心」，正謂此也。據舊唐書一五八元衡本傳，貞元二十年（八〇四），遷御史中丞。禹錫時爲監察御史，故云「頃在臺日，獲奉準繩」也。韓愈順宗實録云：二十一年（八〇五）正月，以檢校司空平章事杜佑攝冢宰兼山陵使，中丞武元衡爲副使，宗正卿李紓爲按行山陵地使，刑部侍郎鄭雲逵爲鹵簿使。元衡本傳云：「王叔文等使其黨以權利誘元衡，元衡拒之，時奉德宗山陵，元衡爲儀仗使，禹錫求充儀仗判官，元衡不與，其黨滋不悦，數日罷元衡爲右庶子。」其實禹錫已判度支鹽鐵案兼崇陵使判官矣，何至復求爲儀仗使判官，若云未爲崇陵使判官之前先求之於元衡，則以情分論，杜佑親於元衡，以職任論，山陵重於儀仗，未必禹錫捨所親所重而謀於所疏所輕也。史傳據實録，疑不足深信。此啓云：「山園事繁，孱懦力竭，本使有内嬖之吏，供司有恃寵之臣。」以本集卷十上杜司徒書參之，本使必指佑無疑，此時佑已卒，故不嫌直揭其短。禹錫雖爲佑之舊僚，此時利權所在，其左右必有媒蘖禹錫之過者，禹錫無以自明，非盡出於元衡之怨也。

又按：禹錫元和十年（八一五）復貶自播州改連州一事，韓愈集中柳子厚墓誌銘云：「其召至京師而復爲刺史也，中山劉夢得禹錫亦在遣中，當詣播州，子厚泣曰：播州非人所居，而夢得親在堂，吾不忍夢得之窮，無辭以白其大人，且萬無母子俱往理。請於朝，將拜疏，願以柳易播，雖重得罪死不恨。遇有以夢得事白上者，夢得於是改刺連州。」通鑑考異備引本傳、實録，趙元拱唐諫諍集、趙璘因話録諸説，而斷從實録及諫諍集。故通鑑敍其事曰：「會中丞裴度亦爲禹錫言曰：禹錫誠有罪，然母老，與其子爲死别，良可傷。上曰：爲人子尤當自謹，勿貽親憂，此則禹錫重可責也。度曰：陛下方侍太后，恐禹錫在所宜矜。上良久乃曰：朕所言以責爲人子者耳，然不欲傷其親心。退謂左右曰：裴度愛我終切。明日，改連州刺史。」今考韓愈作柳誌之時，去元和未遠，雖不得不載此事，而不顯書度之名，殆愈工於周防，慎於予奪之故，其事出於裴度，衆説昭然，必不誣也。詔命之行，出於宰相。是時在相位者張弘靖、韋貫之與元衡也。非臺長抗言，宰相焉得改已行之詔，非臺長又誰能力争於殿陛上乎？是年五刺史之除，惟播州最爲遠惡，是執政於禹錫獨有深恨，不僅爲王、韋之獄，自可斷言。其爲元衡有意洩恨，似亦無疑義。特元衡何以與禹錫齟齬至此，不可悉考耳。禹錫上此啓時，尚頗感元衡之存問，未幾果有召還之舉，似此時元衡之恨禹錫亦未甚深，乃至京僅兩月，情態忽變，恐禹錫未及料也。

又按：李絳本傳，以元和八年（八一三）封高邑縣男，故啓中稱爲高邑公。絳登貞元八年（七九二）進士第，與崔羣皆早禹錫一科。而貞元末同爲監察御史。又禹錫曾爲渭南主簿（見子劉子自傳），絳爲渭南尉（見本傳），亦同官一邑，又據本集卷二十九李絳集紀，二人相識尚在未通籍時。雖元和以後升沉懸絶，而舊誼固在。若李吉甫則貞元末連刺遠州，無由款接，或曾於元和初一訪禹錫之名，故云「頃承一顧之重」也。惟絳未聞外任，而云永貞之際皆在外方，殊所未詳。絳事别詳下卷。

上中書李相公啓

|絳

某啓：去年國子主簿楊歸厚致書相慶。伏承相公言及廢錮，愍色甚深。哀仲翔之久謫，恕元直之方寸。思振淹之道，廣錫類之仁。遠聆一言，如受華衮。伏自不窺牆仞，九年於兹。高卑邈殊，禮數懸絶。雖身居廢地，而心恃至公。

伏以相公久以訏謨，參于宥密。材既爲時而出，道以得君而專。令發於流水之源，化行猶偃草之易。習强伉者自納於軌物，困杼軸者咸躋於仁壽。六轡在手，平衡居心。運思於陶冶之間，宣猷於魚水之際。然能軫念廢物，遠哀窮途。嗟哉小生，有足悲者。内無手足之助，外乏强近之親。爲學苦心，本求榮養。得罪由己，翻乃貽憂。捫躬自劾，愧入肌骨。禍起飛語，刑極淪胥。心因病怯，氣以愁耗。

近者否運將泰，仁人持衡。伏惟推曾閔之懷，憐烏鳥之志。處夔龍之位，傷屈賈之心。沛然垂光，昭振幽蟄。言出口吻，澤濡寰區。昔者行葦勿傷，枯骸猶掩。哀老以出幣，愍窮而開懷。無情異類，尚或嬰慮。顧惟江干逐客，曾是相府故人。言念材能，誠無所取。譬諸飛走，庸或知恩。嗚呼！以不駐之光陰，抱無涯之憂悔。當可封之至理，爲永廢之窮人。聞弦尚驚，危心不定。垂耳斯久，長鳴孔悲。腸回淚盡，言不宣意。謹啓。

【校】

〔題〕注綘字崇本作緯，誤。

〔仲翔〕崇本翔作朔，誤。

〔久謫〕紹本久作人，誤。

〔方寸〕結一本寸作才，誤。

〔之仁〕紹本、崇本、中山集仁均作人，非。

〔心恃〕結一本恃作持，非。

〔而專〕畿本專作亨。

〔爲學〕崇本爲上有何字。

〔自効〕英華効作効，非。

〔枯骸〕紹本、崇本、畿本、全唐文骸均作骼，是。

【注】

〔仲翔〕謂虞翻，見三國志本傳。

〔方寸〕用三國徐庶語，禹錫有母，故以之自比。

【箋證】

按：楊歸厚以元和七年（八一二）自拾遺貶國子主簿分司，已見本集卷八鄭州刺史東廳壁記。李絳以元和六年（八一一）十一月入相，此啓云：「否運將泰，仁人持衡。」又云：「自不窺牆仞，九年於兹。」亦似元和七、八（八一二、八一三）年間之語氣。絳以九年（八一四）罷知政事，禹錫望之雖切，竟不及爲援矣。

又按：集中涉及李絳者，自本集卷十九集紀外，尚有外集卷二、十等篇。絳爲中書侍郎同平章事，故稱中書相公。

〔内無手足之助〕與本集卷十上杜司徒書：「同生無手足之助」，語同。知禹錫無同胞兄弟。

謝門下武相公啓

某啓：某一坐飛語，廢錮十年。昨蒙徵還，重罹不幸。詔命始下，周章失圖。吞聲咋舌，顯白無路。豈謂烏鳥微志，惻于深仁。恤然動拯溺之懷，煦然存道舊之旨。言念鷇觫，慰安蒼黄。推以恕心，期於造膝。重言一發，叡聽克從。回陽曜於肅殺之辰，沃天波於蹭蹬之際。俾移善地，獲奉安輿。率土知孝治之源，羣生識人倫之厚。感召和氣，發揚皇風。豈惟匹夫，獨受其賜？

某即以今月十一日到州上訖。守在要荒，拘於印綬。巾鞲詣謝，有志莫從。誠知微生，不足酬德。捐軀之外，無地寄言。效節蕭屏，虔然心禱，無任懇悃屏營之至。謹勒軍事衙官左威衛慈州吉昌府別將員外置同正員常懇奉啓起居，不宣。謹啓。

【校】

〔始下〕畿本始作失，誤。

〔縠餗〕紹本、崇本縠均作斛。

〔蕭屏〕畿本蕭下注云：一作肅。全唐文與一作同。按：蕭屏即蕭牆，作肅者非。

【注】

〔要荒〕禹貢：五服：甸、侯、綏、要、荒。

〔左威衛〕據舊唐書職官志，左右威衛爲十六衛之一，慈州吉昌府別將乃折衝府官之寄銜也。

【箋證】

按：武元衡以元和八年（八一三）三月入相，十年（八一五）六月被刺。啓中所云「俾移善地，獲奉安輿」，即禹錫初貶播州，以裴度力争而改連州之事，此非特不出於元衡之拯援，且恐正是由元衡所陷害。禹錫不敢不巽詞以求紓禍耳。授連州在元和十年（八一五）三月，到任在夏初，此書到京當已在元衡遇刺之際，恐終未入元衡之目矣。

謝中書張相公啓

某啓：某智乏周身，動必招悔。一坐飛語，如衝駭機。昨者詔書始下，驚懼失次。叫閽無路，擠壑是虞。草木賤軀，誠不足惜。烏鳥微志，實有可哀。伏蒙聖慈，遽寢前命。移莅善部，載形綸言。凡在人臣，皆感至德。凡爲人子，同荷至仁。豈唯鰥生，獨受其賜？伏以相公心符上德，道冠如仁。一夫不獲，戚見於色。密旨未下，歎形於言。竟回三舍之光，能拔九泉之厄。袁公之平楚獄，不忍錮人。晏子之哀越石，乃伸知己。所以慶垂胤祚，言成春秋。神理孔昭，報應斯必。身侔蟬翼，何以受恩？死輕鴻毛，固得其所。卑身有限，拜謝末由。無任感激兢惶之至。謹勒軍事衙官守左威衛慈州吉昌府别將員外置同正員常懇奉啓起居，不宣。謹啓。

【校】

〔如衝〕崇本衝下注云：一作觸。

〔如仁〕崇本如作至，非。

〔密旨〕英華旨作啓。

〔乃伸〕崇本、全唐文乃均作仍。

〔卑身〕紹本、崇本、畿本、英華、全唐文身均作守，似是。

【注】

〔袁公〕後漢書七五袁安傳：永平十三年，楚王英謀爲逆，事下郡覆考。明年，三府舉安能理劇，拜楚郡太守。是時英辭所連及，繫者數千人，顯宗怒甚，吏案之急，迫痛自誣，死者甚衆。安到郡不入府，先往案獄，理其無明驗者，條上出之。府丞掾史皆叩頭争，以爲阿附反虜，法與同罪，不可。安曰：「如有不合，太守自當坐之，不以相及也。」遂分别具奏，帝感悟，即報許，得出者四百餘家。

〔越石〕史記管晏列傳：越石父賢，在縲紲中，晏子出，遭之塗，解左驂贖之，載歸。弗謝，入閨。久之，越石父清絶。晏子懼然攝衣冠謝曰：「嬰雖不仁，免子於厄，何子求絶之速也？」石父曰：「不然，吾聞君子詘於不知己而信於知己者。方吾在縲紲之中，彼不知我也。夫子既已感寤而贖我，是知己；知己而無禮，固不如在縲紲之中。」

【箋證】

按：張相公謂張弘靖，舊唐書一二九、新唐書一二七均有傳。據紀，弘靖以元和九年（八一四）六月入相，十二月，守中書侍郎，故稱中書相公。此啓亦到連州後所上，及十一年（八一六）正月，即罷相出鎮河東矣。觀此啓知禹錫於時宰徧致謝書，乃循例徇情之虚文，非真謂賴其力而移善地也。是時在相位者尚有韋貫之，想亦有一啓已佚耳。

賀門下裴相公啓

某啓：伏以相公含道傑出，降神挺生。坐籌以弼叡謨，秉鉞以行天討。風雲助氣，川岳效靈。制勝於尊俎之間，指縱於韝緤之末。繡斧既定，衮衣以歸。君心如魚水，人望如風草。一德交浹，萬邦和平。運神思於鴻鑪，納生靈於壽域。文武丕績，冠於古今。某恪守遐荒，不獲隨例拜賀。瞻望欣躍，無任下情。

【校】

〔天討〕畿本天作大。

〔川岳〕全唐文川作山。

〔指縱〕紹本、崇本縱均作蹤。

〔緤〕結一本作蹀，誤。

〔繡斧〕紹本、崇本、英華、全唐文繡均作蕭。

〔交浹〕紹本、崇本浹均作暢。

〔萬邦〕崇本邦下注云：一作方。英華此二句作一德交暢，萬方和平。

〔鴻鑪〕畿本鴻作洪。

【注】

〔裴相公〕謂裴度。舊紀，元和十二年（八一七）七月，以中書侍郎平章事裴度，守門下侍郎同平章事，充彰義軍節度使，仍充淮西宣慰處置使。

〔繡斧〕繡斧多用以指御史，漢書武帝紀，遣直指使者暴勝之等衣繡衣杖斧分部逐捕是也。此文似非其意。蓋用桓譚新論「礰蕭斧以伐朝菌」語，見文選魏都賦注引。

【箋證】

按此啓賀淮西之平，是爲公牘，故但隨例略抒數語，而私情則具於別啓如次篇。

上門下裴相公啓

某啓：曩者淮右逋誅，即戎歲久。天子齋戒，以命元臣。登壇之日，上略前定。從九天而下，縱以神兵。分六符之光，掃其長彗。授鉞於西顥之半，策勳於北陸之初。功成偃節，復執大柄。君臣相遇，播於樂章。山河啓封，載在盟府。上方注意，人益具瞻。因魚水之協符，極夔龍之事業。時屬四始，恩覃萬方。致君及物，其德兩大。古先俊賢所未備者，我從容而保之。殆非人事，抑有幽贊。夫異同之論，我以獨見剖之。文武之道，我以全材統之。崇高之位，我以大功居之。造物之權，我以虛心運之。然持盈之術，古所難也。實在陰施及物，厚其德基，以左右功庸而百禄是荷。人所欽戴，久而愈宜。昔袁太尉不忍錮人，而楚獄衰息。一言之慶，子孫丕承。以今日將明之材，行前脩博施之義。筆端膚寸，澤及九垠。猶夫疾耕，必有滯穗。某頃墮危厄，常受厚恩。詛盟於心，要之自效。常懼廢死荒服，永辜願言。敢因賀牋，一寄丹懇。固非奇理，不足以縈於沖襟。然則利於行者固在乎常談，而卓詭孤特之言未必利於行也。伏惟以愚言與賢者參之。謹啓。

【校】

〔曩者〕全唐文曩作嚮。

〔掃其〕英華掃作拂。

〔其德〕崇本德作得，注云：一作德。

〔俊賢〕紹本俊作畯。

〔及物〕崇本、全唐文及均作拯，英華及作極。

〔欽戴〕全唐文欽作欣。

〔詛盟〕英華、全唐文詛均作誼。

〔常懼〕崇本常作嘗。

〔固非〕紹本、崇本、全唐文固均作顧。

〔然則〕全唐文無則字。按：唐人語法然則與然而往往通用，非誤衍則字。

【注】

〔六符〕漢書藝文志，天文家有泰階六符一卷，注：李奇曰：三台謂之泰階，兩兩成體，三合故六。觀色以知吉凶，故曰符。

〔四始〕史記天官書正義：謂正月旦歲之始、時之始、日之始、月之始。故云四始。

〔袁太尉〕見本卷謝中書張相公啓。

〔將明〕詩大雅烝民：肅肅王命，仲山甫將之，邦國若否，仲山甫明之。

【箋證】

按：啓中有「時屬四始」之語，知是元和十三年（八一八）改歲之際所作。十二年（八一七）冬，平淮西之露布已到連州，預料元旦必有赦音也。禹錫於度似交分已深，故詞頗質直，責望之意多，而懇祈之情略，既不敍恩，亦無溢美。「頃墮危厄，嘗受厚恩」一語亦足證度爲禹錫力争由播改連之爲事實。又按：元和十三年（八一八）平淮西以後，裴度得君，爲時人所屬望，禹錫諸人之重被録用，最爲難逢之機遇，而柳宗元既已辭世，禹錫又同時丁艱，遂終不獲及於寬政，此人事之不幸也。然即使無此波折，度之爲援亦恐甚微。考淮西平後，與度同在中樞者，王涯、李鄘、李夷簡皆旋罷，惟崔羣居位稍久。羣與度固皆能爲禹錫道地，而度以移兵討李師道之故，軍書旁午，不暇他及，勢不能以宥過棄瑕之説進於憲宗。及淄青平，則皇甫鎛、程异、令狐楚相繼入相，而度旋已出鎮矣。异雖與禹錫同爲永貞案中人，而救過不遑，舊唐書本傳云：「异自知叨據，以謙遜自牧，月餘日不敢知印秉筆。」其不安於位可見。鎛與羣又不相能，羣亦旋被黜。故未及元和之末，政局已變，度終無爲力。

賀門下李相公啓 自西川入爲大夫，拜相。

某啓：伏以聖君當功成愷樂之日，而求賢愈切，思治益深。是上玄垂休，欲速致太平之明效。以相公事業而逢此時，天下之人視仁壽之域，其猶尋尺。故命書所至，德風隨之。微材片善，咸自磨拂。況同主國柄，如吹塤篪。含生之倫，唯所措置。日月停午，物無邪陰。聖賢合德，人識正道。雖居畎畝，足以詠歌。某遐守要荒，不獲隨例拜賀。私感竊抃，實倍恒情。

【校】

〔人識〕紹本識作謀。

〔遐守〕紹本、崇本、中山集、全唐文遐均作遐。

〔私感〕崇本無此下八字。

【注】

〔功成愷樂〕謂初平淮西。

【箋證】

按：憲宗紀，元和十三年（八一八）三月庚寅，以前劍南西川節度使李夷簡爲御史大夫。庚子，以御史大夫李夷簡爲門下侍郎同平章事，故稱爲門下相公。夷簡爲人碌碌無他長，亦非能知禹錫者。其登第在貞元二年（七八六），於禹錫爲前輩。新唐書載於一三一宗室宰相傳中，略云：「擢進士第，中拔萃科，調藍田尉，遷監察御史，元和時至御史中丞。京兆尹楊憑性驁倪，始爲江西觀察使，冒没于財。夷簡爲屬州刺史，（據元氏長慶集爲饒州刺史）不爲憑所禮，至是發其貪。憑貶臨賀尉。夷簡賜金紫，以户部侍郎判度支。……十三年（八一八），召爲御史大夫，進門下侍郎、同中書門下平章事。李師道方叛，裴度當國，帝倚以平賊，夷簡自謂才不能有以過度，乃求外遷。……」舊唐書載其以私怨訐楊憑事於憑傳中，似頗不直夷簡所爲。其在相位猶未及半年，不足齒數蓋亦明矣。

上僕射李相公啓

某啓：州吏還，伏蒙攡落常態，手筆具書，言及貞元中登朝人逮今無十輩。及發中書相公一函，具道閤下亟言曩遊，顔間頗有哀色。夫溝中之木，與犧象同體。追琢不至，坐成枯薪。朱而藍之，猶足爲器。苟液樠曲戾，不足枉斧斤，願爲庭燎，以照嘉客。謹啓。

【校】

〔題〕全唐文上作謝，與其他二篇一律，是。

〔液樠〕紹本樠作瞞，誤。英華注云：見莊子、集作滿，非。

【注】

〔溝中〕按此下雜用莊子、淮南子語而出以自鑄之詞。宋晁無咎亳州謝到任表有云：樗櫟無堪，猶供燔燎，似即出於禹錫此文，禹錫復有所本否，則待考。

【箋證】

按：此篇之僕射相公謂李逢吉，中書相公謂李程，蓋上於長慶末寶曆初。據宰相表，長慶四年（八二四），李逢吉爲尚書右僕射，次年寶曆元年（八二五）正月，李程守中書侍郎，在相位者此二人也。禹錫自夔州遷和州，似即由二人之力。

又按：李逢吉爲貞元十年（七九四）進士，後禹錫一科，故啓中有「言及貞元中登朝人今無十輩」等語。禹錫與逢吉志趣不同，所言未必由衷，特以其方在政地，不得不與周旋。觀書詞之簡勁，亦可見禹錫不願向之乞哀。然二人亦非毫無情分，觀外集卷六，禹錫赴任蘇州道出洛陽時之相與欵曲，其平素頗有往還可知。逢吉爲長慶以後政争中心人物，不可不詳究，舊唐書一六七、新唐書一七四均有傳，摘録舊唐書本傳中語略爲疏釋如下：李逢吉，字虚舟，隴西人。登進士第，釋褐振武節度掌書記，入朝爲左拾遺、右補闕，改侍御史，充入吐蕃册命副使，工部員外郎，又充入南詔副使。元和四年（八〇九）使還，拜祠部郎中，轉右司。九年（八一四），改中書舍人。十一年（八一六）二月，權知禮部貢舉，四月，加朝議大夫、門下侍郎、同平章事。逢吉天與姦回，妬賢傷善。時用兵討淮蔡，憲宗以兵機委裴度。逢吉慮其成功，密沮之，由是相惡。及度親征，學士令狐楚爲度制辭，言不合旨。楚與逢吉相善，帝皆黜之。罷楚學士，罷逢吉政事，出爲劍南東川節度使，檢校兵部尚書。穆宗即位，移襄州刺史、山南東道節度使。逢吉於帝有侍讀之恩，遣人密結倖臣，求還京師。長慶二年（八二二）三月，召爲兵部尚書。時裴度亦自太原入朝，以度招懷河朔功，復留度，與工部侍郎元稹相次拜平章事。度在太原時，嘗上表論稹姦邪，及同居相位，逢吉以爲勢必相傾，乃遣人告和王傅于方結客欲爲元稹刺裴度。及捕于方鞫之無狀，稹、度俱罷相位，逢吉代度爲門下侍郎平章事。自是寖以恩澤，結朝臣之不逞者，造作謗言，百端中傷裴度。賴學士李紳、韋處厚等顯於上前言度爲逢吉排斥，而度於國家有功，不宜擯棄，故得以僕射在朝。時已失河朔，而王智興擅據徐州，李㝏據汴州，國威不振，天下延頸俟度再秉國鈞以攘暴亂。及爲逢吉嫁禍，奪其權，四海爲之側目，朝士上疏論列者十餘人。屬時君荒淫，政出羣小，而度竟逐外藩。學士李紳有寵，逢吉惡之，乃除爲中丞。又欲出於外，乃以吏部侍郎韓愈爲京兆尹兼御史大夫，放臺參。以紳褊直，必與愈爭。及制出，紳果移牒往來。愈性木强，遂至語辭不遜，喧論於朝。逢吉乃罷愈爲兵部侍郎，紳爲江西觀察使。紳中謝日，帝留而不遣。翼城人鄭注以醫藥得幸於中尉王守澄，逢吉令其從子仲言（即李訓）賂注，求結於守澄。仲言辯譎多端，守澄見之甚悦。自是逢吉有助，事無違者。敬宗初即位，年方童丱。守澄從容奏曰：陛下得爲太子，逢吉之力也，是時杜元穎、李紳堅請立深王爲太子。乃貶紳端州司馬。朝士代逢吉鳴吠者，張又新、李續之，張權輿、劉栖楚、李虞、程昔範、姜洽、李仲言，時號「八關十六子」。又新等八人居要劇，而胥附者又八人。有求於逢吉者，必先經此八人，納賂無不如意者。逢吉尋封凉國公，邑千户，兼右僕射。昭愍即位，（按：昭愍即敬宗，上文已言初即位矣，語意重複，其雜采衆説，且多矛盾可知。新書亦覺其非，乃改即位二字爲新立。）左右屢言裴度之賢，曾立大勳，帝甚嘉之，因中使往興元，即令問訊。寶曆初，度連上章請入覲。逢吉之黨坐不安席，如矢攢身，乃相與爲謀，欲沮其來。張權輿撰緋衣小兒之謡，傳於閭巷，言度相有天分應謡讖，而韋處厚於上前解析。言權輿所撰之言既不能沮，又令衛尉卿劉遵古從人安再榮告武昭謀害逢吉。武昭者，有才力，裴度破淮蔡時奬用之，累奏爲刺史。及度被斥，昭以門吏久不見用，客于京師，途窮頗有怨言。逢吉冀法司鞫昭行止，則顯裴度任用，以沮入朝之行。逢吉又與同列李程不協，太學博士李涉、金吾兵曹茅彙者，於京師貴游間以氣俠相許。二人出入程及逢吉之門。水部郎中李仍叔，程之族，知武昭鬱鬱，恨不得官，仍叔謂昭曰：程欲與公官，但逢吉沮之。昭愈憤怒，因酒與京師人劉審、張少騰説刺逢吉之言。審以昭言告張權輿，乃聞於逢吉。即令茅彙召昭相見，逢吉厚相結託。自是疑怨之言稍息。逢吉待茅彙厚，嘗與彙書云：「足下當字僕爲自求，僕當字足下爲利見。」（按：自求取詩「自求多福」之意，利見取易「利見大人」之意。）文字往來，其間甚密。及裴度求覲，無計沮之，即令訐武昭事以暴揚其迹。再榮既告，李仲言誡彙曰：言武昭與李程同謀則活，否則爾死。彙曰：寃死甘心，誣人以自免，予不爲也。及昭下獄，逢吉之醜迹皆彰。昭死，仲言流象州，茅彙流嶲州，李涉流康州，李虞自拾遺爲河南士曹。（按：拾遺雖八品，爲供奉官，士曹雖七品，爲判司，自供奉官出爲京府參軍，亦左遷也。）敬宗待裴度益厚，乃自漢中召還，復知政事。逢吉檢校司空、平章事、襄州刺史、山南東道節度使，仍請張又新、李續之爲參佐。大和二年（八二八），改汴州刺史、宣武軍節度使。五年（八三一）八月，入爲太子太師、東都留守、東畿汝防禦使，加開府儀同三司。八年（八三四），李訓（即仲言）用事，三月，徵拜左僕射，兼守司徒。時逢吉已老病，足不任朝謁，即以司徒致仕，九年（八三五）正月卒。」此傳中敍逢吉事，幾於全爲與裴度立異而發，立言似有所偏，未敢謂全爲真相。傳言逢吉令李訓賂鄭注以結王守澄，其後乃有武昭之獄，而訓傳則言逢吉爲留守，思復爲宰相，訓揣知其意，以奇計動之，自言與鄭注善云云，乃敍其事於大和五年（八三一）逢吉爲東都留守之後，先後不倫。此訓傳誤也。通鑑考異亦論及之。又謂由李訓結守澄之説出於李讓夷之實録，則以讓夷乃李德裕之黨，惡逢吉欲重其罪，使與李訓、鄭注皆有連結之迹。然逢吉恃守澄以自託於敬宗有援立之功，當爲事實。逢吉與度不協，雖貫串於長慶、寶曆兩朝，實則仍以士大夫造言求進而致紛争爲其關鍵。通鑑二四三云：「初，穆宗既留李紳，李逢吉愈忌之，紳族子虞頗以文學知名，自言不樂仕進，隱居華陽川。及從父耆爲左拾遺，虞與耆書求薦，誤達於紳，紳以書誚之，且以語於衆人。虞深怨之，乃詣逢吉，悉以紳平日密論逢吉之語告之。逢吉益怒，使虞與補闕張又新及從子前河陽掌書記仲言（李訓）等伺求紳短，揚之於士大夫間。且言紳潛察士大夫有羣居議論者，輒指爲朋黨，白之於上，由是士大夫多忌之。」此頗能道其實，亦本於韋處厚之論也。（見本集卷十九韋公集紀箋證）

謝裴相公啓

某啓：某遭不幸，歲將二紀。雖累更符竹，而未出網羅。親知見憐，或有論薦。如陷還濘，動而愈沈。甘心終否，無路自奮。豈意天未剿絶，仁人持衡。紆神慮於多方，起堙沈於久廢。居剥極之際，一陽復生。出坎深之中，平路資始。通籍郎位，分曹樂都。喬木展舊國之思，行雲有故山之戀。姻族相賀，壺觴盈門。官無責詞，始自今日。禽魚之志，誓以死生。草木之年，惜其晼晚。章程有守，拜謝無由。瞻望巖廊，虔然心禱。謹啓。

【校】

〔某遭〕全唐文遭下有罹字。

〔樂都〕按：似當作洛都。全唐文作樂部，尤非。

〔畹晚〕崇本作婉娩。

【箋證】

按：此爲自和州刺史授主客郎中分司東都時作。郎中分司之除在大和元年（八二七）六月，見本集卷十七舉姜倫狀。自永貞元年（八〇五）至此凡二十三年，故云歲將二紀。裴度自寶曆二年（八二六）復入相，至大和元年（八二七）之間，同在位者爲竇易直、韋處厚、王播。禹錫自元和末丁母憂後，一除夔州，再轉和州。至是僅得省郎，而猶止分司，不入京曹。度之爲力亦不過如此而已。據下篇謝竇相公啓，罷和州後尚非即有新命，故云「昨蒙罷免，甘守丘園」也。

又：按啓中所云「親知見憐，或有論薦」，蓋指夔州、和州之兩任。禹錫夔州之授在長慶元年（八二一）之末，其時宰相爲崔植、杜元穎、王播，和州之授在四年（八二四），其時宰相爲李逢吉、牛僧孺、李程、竇易直。

謝竇相公啓

某啓：某一辭朝列，二十三年。雖轉郡符，未離謫籍。卑溼生疾，衰遲鮮歡。望故國而未歸，如痿人之念起。昨蒙罷免，甘守丘園。相公不棄舊遊，特哀久廢。每奉華翰，賜之衷言。果蒙新恩，重忝清貫。薦延有漸，拯拔多方。六律變幽谷之寒，一丸銷彌年之疹。鎩翮將舉，危心獲安。布武夷途，自此而始。分曹有繫，拜謝無由。瞻望德藩，坐馳精爽。無任感激之至。謹啓。

【校】

〔未歸〕崇本歸下注云：一作回。

〔幽谷〕崇本幽作窮。

〔無由〕全唐文由作因。

【注】

〔清貫〕禹錫以主客郎中分司東都，雖爲閒曹，然唐制郎官爲清望官，非庶僚所比，故云重忝清貫。

【箋證】

按：竇易直自長慶四年（八二四）五月入相、次年十一月罷，此啓當作於大和元年（八二七），易直已出鎮山南西道矣。此特追謝在相位時之諸言，故有瞻望德藩之語。易直，舊唐書一六七、新唐書一五一均有傳，舊唐書本傳云：「自入仕十年餘，常居散秩，不應請辟，及居方任，亦以公廉聞，在相位未嘗論用親黨，凡於公舉即無所避。」然其人恐非端士，新唐書宋申錫傳載其爲左僕射，首請誅宋申錫，而於易直本傳亦載其子爲王涯壻，涯被禍，宦官知易直子得不死。豈非夤緣宦官而得高位者乎？新唐書與闞播、董晉、袁滋、趙宗儒同傳，皮裏陽秋之意亦略可見。

劉禹錫集箋證卷第十九

集紀

唐故相國李公集紀

天以正氣付偉人，必飾之使光耀於世。粹和絪緼積於中，鏗鏘發越形乎文。文之細大視道之行止。故得其位者，文非空言，咸繫於訏謨宥密，庸可不紀？惟唐以神武定天下。羣慝既讐，驟示以文。韶英之音與鉦鼓相襲。故起文章爲大臣者，魏文貞以諫諍顯，馬高唐以智略奮，岑江陵以潤色聞，無草昧汗馬之勞，而任遇在功臣上。唐之貴文至矣哉！後王纂承，多以國柄付文士。元和初，憲宗遵聖祖故事，視有宰相器者貯之内庭，繇是釋筆硯而操化權者十八九。公實得時而光焉。

公諱絳，字深之，趙郡人。在貢士中傑然有奇表。既登太常第，又以詞賦升甲科。授祕書省校書郎，歲滿從調，有司設甲乙問以觀決斷，復居高品。補渭南尉，擢拜監察御史。未幾以本官充翰林學士，居中轉尚書主客員外郎，歷司勳郎中、知制誥，遷中書舍人。風儀峻整，敷奏讜切，言事感動，上輒目送之。一旦召至浴堂門，與語半日，曰：將移用於大位，宜稔熟民隱。遂出爲户部侍郎，遷中書侍郎同平章事，毅然有直聲。及册免而問望益大。周旋公卿間，五爲尚書，歷御史大夫、左僕射，一以三公領太常，刺近輔，居保釐，登齋壇皆再焉。大和三年，以司空鎮南鄭，居二歲，坐氣剛玉折，海内寃惜之。後三年，嗣子前京兆府尹户曹掾琢、次子前監察御史裏行瑱等，泣持遺草，請編之。肇自從試有司，至於宰天下，詞賦、詔誥、封章、啓事、歌詩、贈餞、金石、颺功凡四百餘篇，勒成二十卷。上所以知君臣啓沃之際，下所以備風雅詩聲之義。洪鐘駭聽，瑶瑟清骨。其在翰苑，及登台庭，亟言大事。誠貫理直，感通神祇。龍鱗收怒，天日回照，古所謂一言興邦者，信哉！

始愚與公爲布衣游，及仕畿服，幸公同邑。其後雖翔泳勢異，而不以名數革初心。今考其文至論事疏，感人肺肝，毛髮皆聳。嗚呼，其盛唐之遺直歟！

【校】

〔題〕英華紀作序，下同。崇本無紀字，下同，非。

〔智略〕英華略作謀。

〔半日〕崇本日作省，誤。

〔移用〕崇本移作柄。

〔於大位〕崇本於作子，無位字，誤。英華位作寮。

〔民隱〕紹本、崇本、中山集、全唐文隱均作聽。

〔遂出爲〕英華作遂拜，下云：明年遷中書侍郎。

〔毅然〕崇本毅作殷。

〔問望〕崇本、全唐文問均作聞。

〔掾琢〕崇本、英華、全唐文琢均作璆，紹本、崇本、畿本、全唐文掾上均無尹字，中山集有尹字，無户字。按：李絳本傳云：子璋、頊，璋登進士第，官至宣歙觀察使，新、舊唐書同，無琢、璆名。

〔肇自〕崇本自作白。

〔通神〕英華作神動，注集作通神。

〔皆聳〕英華作聳然。

【注】

〔刺近輔〕謂爲華州刺史。

〔保釐〕用書命畢公保釐東郊語，以指東都留守，爲唐人習用之詞。

〔齋壇〕用史記漢高祖拜韓信爲大將事，以指節度使，亦唐人習用之詞。本集中亦屢見。

〔南鄭〕謂興元尹所治，即秦漢之漢中郡所治也。唐仍而不改。

〔同邑〕謂禹錫與絳俱嘗爲渭南尉。

【箋證】

按：此文爲李絳作，絳之仕履，兩唐書本傳（舊唐書一六四、新唐書一五二）雖詳載而微有參差。今以其人關係憲、穆、敬、文四朝政局，試據舊唐書本傳參訂如次。絳登兩科後，由校書郎補渭南尉，貞元末爲監察御史。元和二年（八〇七）充翰林學士。五年（八一〇）遷司勳郎中知制誥，進中書舍人，仍爲學士。六年（八一一）乃罷學士，爲户部侍郎判本司，旋拜中書侍郎平章事。九年（八一四），罷授禮部尚書。十年（八一五）出刺華州，未幾復入爲兵部尚書。十四年（八一九），復出爲河中觀察使，以爲皇甫鎛所惡，不授旄節，穆宗即位，改御史中丞，復爲兵部、吏部尚書，東都留守。長慶二年（八二二），爲兖海節度使。（按：兖海字似誤，新唐書作東川節度使。）舊唐書穆宗紀則於是年三月載以前東都留守復拜舊官，八月爲華州刺史。三年（八二三）復爲東都留守。（按：紀亦有東川節度使李絳語，見下。）寶曆元年（八二五）爲左僕射，又爲李宗閔、王播所排，左授太子少師分司。（按：紀云：寶曆元年（八二五）四月，以東川節度使檢校司空李絳爲左僕射，其年十二月，以左僕射李絳爲太子少師分司。）文宗即位，徵爲太常卿。大和二年（八二八），爲山南西道節度使。是爲所終之官。此文云「刺近輔再」，謂元和十年，長慶二年，兩次爲華州刺史也。云「居保釐再」，謂元和十五年（八二〇）、長慶三年（八二三），兩次爲東都留守也。云「登齋壇再」，謂河中、東川兩鎮也。經此疏剔，始知此文足補史傳之缺略。至「五爲尚書」一語，據傳只爲禮、吏各一次、兵部二次，其一仍未詳。又按：絳之出處與禹錫之遭際有可互稽者。傳言絳與吉甫不協，以吉甫善逢迎，絳梗直多所規諫。又吉甫頗右吐突承璀，而絳則力攻承璀。故二人在位，或以互相牽制而不暇爲禹錫援手。絳在位三年，至元和九年（八一四）二月罷政。其年之冬，方有召還遷客之舉。十年（八一五）春，禹錫至京，絳正出爲華州，似未及相見，惟大和初內召，禹錫亦以郎官直集賢院，方得敍舊，故祭文有「復以郎吏交歡上公」之語。今此文云「翔泳異勢，而不以名數易初心」，似亦微恨絳之不能相汲引。至絳本傳云「以浴堂北廊論奏中人，爲憲宗所斥」，而此文云：「將用於大位，宜稔熟民隱。」絳在興元，以募軍賞薄，致變遇害，而此文云：「坐氣剛玉折。」爲文集作敍，非作碑傳，固不妨隱約其詞耳。又據新唐書本傳云：「絳所論事萬餘言，其甥夏侯孜以授蔣偕，次爲七篇。」此禹錫所不及知者。又傳言，嘗取內署所上疏稿焚之，則存本亦皆非完璧也。今存李相國論事集六卷。（郡齋讀書志作李絳論諫集七卷）即偕所編，四庫收入傳記類。事多兩唐書所未載。

又按：文中云：「後三年，嗣子……泣持遺草請編之。」絳卒後之三年則大和六年（八三二），禹錫作此文時蓋在蘇州。

又按：禹錫父名緒，故避嫌名，爲人作序皆代以紀字，詩序則代以引字。

〔魏文貞〕謂魏徵。舊唐書七一、新唐書九七均有傳。

〔馬高唐〕謂馬周，舊唐書七四、新唐書九八均有傳。傳云高宗時追贈高唐縣公。

〔岑江陵〕謂岑文本，舊唐書七〇、新唐書一〇二均有傳。傳云封江陵縣子。以上三人，徵爲侍中，（馬）周及文本爲中書令，在唐初皆真宰相也。

〔登太常第〕謂進士登第。下文詞賦升甲科，謂宏詞入等。有司設甲乙問，謂拔萃試判也。據新唐書選舉志，選未滿而試文三篇，謂之宏詞，試判三條，謂之拔萃，中者即授官。能文之士往往由此，不必作選人也。絳以宏詞拔萃補畿縣尉，故云。

〔翰林學士〕新唐書百官志云：「開元二十六年（七三八），又改翰林供奉爲學士，別置學士院，專掌內命。凡拜免將相，號令征伐，皆用白麻，其後選用益重，而禮遇益親，號爲內相，又以爲天子私人。凡充其職者無定員，自諸曹尚書下至校書郎，皆得與選。入院一歲則遷知制誥，未知制誥者不作文書。班次各以其官，內宴則居宰相之下，一品之上。憲宗時又置學士承旨。」此文所謂遵聖祖故事，指玄宗之初置翰林學士也。

〔浴堂門〕唐兩京城坊考一：大明宮紫宸之東有浴堂殿，殿前有浴堂門。白居易八月十五日夜禁中獨直對月憶元九詩云：「浴殿西頭鐘漏深。」乃翰林學士内直之所也。絳本傳則云浴堂北廊。

唐故中書侍郎平章事韋公集紀

漢庭以賢良文學徵有道之士，公孫弘條對第一，席其勢鼓行人間，取丞相且侯。使漢有得人之聲，伊弘發也。皇唐文物與漢同風。故天后朝燕國張公説以詞標文範徵，玄宗朝曲江張公九齡以道侔伊吕徵，德宗朝天水姜公公輔、杜陵韋公執誼、河東裴公垍以賢良方正徵，憲宗朝河南元公稹、京兆韋公淳以才識兼茂徵，隴西牛公僧孺、李公宗閔以能直言極諫徵，咸用對策甲於天下，繼繼爲有聲宰相。古今相望，落落然如騎星辰。與夫起版築飯牛者異矣。

公本名淳，舉進士，登第賢良。既仕方更名處厚，字德載。漢丞相扶陽侯之裔孫，後周逍遥公敻之八代孫，江陵節度參謀、監察御史裏行、贈右僕射某之元子。生而聰明絶人，在提孩發言成詩。未幾能賦，受經於先君僕射，學文於伯舅許公孟容。及壯通六經，旁貫百氏，洽天人之際，遂探曆數，明天官，窮性命之源，以至於佛書尤邃。初爲集賢殿校書郎，宰相李趙公監修國史，引直東觀。就改咸陽尉，遷右拾遺，轉左補闕。世稱有史才而能諫諍，入尚書爲郎，歷禮部考功，皆人望所在。上方用威武以讋不庭，宿兵寖久。韋丞相貫之酌人情上言，不合意册免，因歷詆所善，公在伍中，出爲開州刺史。居三年，執友崔敦詩爲相，徵拜户部郎中，至闕下。旬歲間以本官知制誥。穆宗新即位，注意近臣，召入翰林，充侍講學士。初授諫議大夫，續换中書舍人。侍遊蓬萊池，延問大義。退而進六經法言二十篇，優詔答之，賜以金紫。尋遷權知兵部侍郎，知制誥，翰林侍講，史館修撰。

長慶四年春，敬宗踐阼，以公用經術左右先帝五年，稔聞其德，尤所欽倚。内署故事與外廷不同，凡言翰林學士必草詔書，有侍講者專備顧問。雖官爲中書舍人，或他官知制誥，第用其班次耳，不竄言於訓詞。至是上器公，且有以寵之，乃使内謁者申命，去侍講之稱。慮未諭於百執事，居數日，降命書重舉舊官以明新意。尋真拜夏官貳卿，由是内庭詞臣無出其右者。凡密旨必承乎權輿，故號承旨學士。

上富春秋，未親庶政，或有凝滯，視公如蓍龜。寶曆季年，宮壼間一夕生變，人情大駭，雖鼎臣無所關決，唯内署得參焉。羣議闃然，俟公一言而定。戡難纘服，再維乾綱。今上繼明，策勳第一，擢拜中書侍郎同中書門下平章事。以高材遇英主，功顯人伏，言無不從。筆端膚寸，澤及天下。盡罷冗食，請歸材人。事先有司，物止常貢。

城社無託，巖廊益尊。感恩盡瘁，不啻神用。大和二年十二月，上前言事，未及畢詞，疾作暴僨，以朝服委地。同列白奏，搢笏扶持之，不能起。上命中貴人左右翼負，歸於中書，如大醉狀。上震驚咨嗟，徵醫賜藥，旁午疊委。會莫，肩輿至第，詰旦以不起聞。贈䘕加常禮。

後十年，嗣子蕃以太子舍人直弘文館，編次遺文七十通，銜哀貢誠，乞詞以冠其首。謹按公未爲近臣已前，所著詞賦、讚論、記述、銘志，皆文士之詞也，以才麗爲主。自入爲學士至宰相以往，所執筆皆經綸制置財成潤色之詞也，以識度爲宗。觀其發德音，福生人，沛然如時雨；褒元老，諭功臣，穆然如景風。命相之册和而莊，命將之誥昭而毅。薦賢能其氣似孔文舉，論經學其博似劉子駿，發十難以摧言利者，其辯似管夷吾。噫！逢時得君，奮智謀以取高位，而令名隨之，豈不偉哉！

初蕃既纂修父書，咨於先執李習之，請文爲領袖，許而未就。一旦習之憮然謂蕃曰：「翺昔與韓吏部退之爲文章盟主，同時倫輩，惟柳儀曹宗元、劉賓客夢得耳。韓、柳之逝久矣。今翺又被病，慮不能自述，有孤前言，齎恨無已，將子薦誠於劉君乎！」無何習之夢奠於襄州，蕃具道其語。余感相國之平昔，且嘉蕃之虔虔孝敬，庶幾能世其家，故不讓云。

【校】

〔文範〕紹本、崇本、全唐文範均作苑。

〔淳〕崇本、全唐文均作惇，誤。按：淳爲憲宗名，故改。

〔繼繼〕紹本、崇本、畿本均無下繼字，全唐文繼繼爲作繼而。

〔登第〕紹本、崇本、英華、全唐文均無第字。

〔尤邃〕英華、全唐文均作尤所通達。

〔伍中〕結一本伍作位，誤。

〔居三年〕英華、全唐文三作二。

〔翰林學士〕崇本翰林作内翰。

〔上富〕全唐文富下有有字。

〔庶政〕畿本庶作爲。

〔參焉〕英華、文粹、全唐文均作預參畫。

〔繼明〕英華、全唐文明均作統。

〔材人〕紹本、崇本、全唐文材均作才。

〔無託〕英華、全唐文託均作犯。

〔疾作暴僨〕英華作疾暴盛。全唐文作疾暴作。

〔左右翼負〕崇本左作在，負作輔。
〔詞賦〕崇本無此二字。
〔一旦〕崇本無此二字。
〔憮然〕紹本、崇本、英華、文粹、全唐文憮均作悄。
〔襄州〕紹本襄作褒。按：李翺卒官於山南東道節度使，則作襄州爲是。褒州乃梁州之別稱。
〔且嘉〕文粹嘉作憐。
〔虔虔孝敬〕崇本、英華均作虔敬。

【注】

〔對策〕按新唐書選舉志略云：唐興，世崇儒學，自京師外至州縣，有司常選之士，以時而舉，而天子又自詔四方德行才能文學之士，或高蹈幽隱與其不能自達者，下至軍謀將略翹關拔山絕藝奇技，莫不兼取，其爲名目隨其人主臨時所欲，而列爲定科者，如「賢良方正直言極諫」，「博通墳典達於教化」，「軍謀宏遠堪任將率」，「詳明政術可以理人」之類，其名則著。此即所謂制科，往往於慶典赦令時特詔行之。文中所舉張説以下皆此類也。
〔扶陽侯〕謂韋賢、立成父子，見漢書七三。
〔逍遥公〕謂韋敻，北史六四有傳。

【箋證】

按：此文爲韋處厚作。韋，舊唐書一五九、新唐書一四二均有傳。處厚自在内廷，即爲李紳護持，在相位又力推裴度，禹錫與處厚之氣誼大抵相同。本傳略云：「敬宗嗣位，李逢吉用事，素惡李紳，乃構成其罪，禍將不測。處厚與紳皆以孤進同年進士，心頗傷之，乃上疏曰：李紳是前朝任使，縱有罪愆，猶宜洗釁滌瑕，念舊忘過，以成無改之美。今逢吉門下故吏遍滿朝行，侵毀加誣，何詞不有？所貶如此，猶爲（謂）太輕。建中之初，山東向化，只緣宰相朋黨，上負朝廷，楊炎爲元載復仇，盧杞爲劉晏報怨，兵連禍結，天下不平，伏乞聖明，察臣愚懇。帝悟其事，紳得減死，貶端州司馬。（按：此語據通鑑考異以爲稍不確，處厚上疏在紳貶端州後。）寶曆元年肆赦，李逢吉以李紳之故，所撰赦文但云左降官已經量移者與量移，不言未量移者，蓋欲紳不受恩例。處厚疏論之曰：臣與逢吉素無讎嫌，與李紳本非親黨，所論者全大體，所陳者在至公。乃追改赦文。後於延英召對，言裴度勳高望重，爲人盡心切直，宜久任，可壯國威。」此亦本文所未及詳者。又通鑑二四三云：「上（敬宗）聞王庭湊屠牛元翼家，歎宰輔非才，使凶賊縱暴，處厚上疏言裴度勳高中夏，聲播外夷，若置之巖廊，委其參決，河北山東必稟朝算。臣與逢吉素無私嫌，嘗爲裴度無辜貶官，（按此即指處厚昔爲韋貫之黨累貶開州，而貫之則與裴度不協者。）今之所陳，上答聖明，下達羣議耳。上見度奏狀無平章事，以問處厚，處厚具言李逢吉排沮之狀。上曰：何至是邪？李程亦勸上加禮於度。」此節處厚本傳亦未載。元和以後，在相位而稍能行其志者，惟處厚與禹錫臭味差同，即右李紳而左逢吉一節觀之可見。故究心禹錫生平者，於此文宜加之意。文中稱文宗爲今上，又云：「後十年，嗣子蕃以太子舍人直弘文館，編次遺文七十通，銜哀貢誠，乞詞以冠其首。」自處厚之卒，越十年即開成二三年之間（八三七、八三八），則禹錫作此文時方退居洛陽。

〔張公九齡〕九齡，舊唐書九九、新唐書一二六均有傳。

〔姜公公輔〕公輔，舊唐書一三八、新唐書一五二均有傳。

〔韋公執誼〕執誼，舊唐書一三五、新唐書一六八均有傳。

〔裴公垍〕垍，舊唐書一四八、新唐書一六九均有傳。

〔元公稹〕稹，舊唐書一六六、新唐書一七四均有傳。

〔牛公僧孺〕僧孺，舊唐書一七二、新唐書一七四均有傳。

〔李公宗閔〕宗閔，舊唐書一七六、新唐書一七四均有傳。

〔贈右僕射某〕據舊傳云：處厚父名萬。

〔許公孟容〕孟容，舊唐書一五四、新唐書一六二均有傳。傳云：「少以文學知名。」柳河東集有與許京兆孟容書。

〔集賢殿校書郎〕據舊唐書職官志，集賢殿但有修撰官、校理官，皆以他官兼之，似不應有校書郎。疑是祕書省之校書郎直集賢殿者。

〔李趙公〕謂李吉甫。據本傳，以元和六年（八一一）再入爲相時封趙國公。

〔韋丞相貫之〕貫之，舊唐書一五八，新唐書一六九均有傳，通鑑二三九：「（元和十一年八一六），韋貫之性高簡，好甄别流品，又數請罷用兵。左補闕張宿毁之於上，云其朋黨，八月壬寅，貫之罷爲吏部侍郎。九月丙子，以韋貫之爲湖南觀察使，猶坐前事也。辛巳，以吏部侍郎韋顗、考功員外郎韋處厚等皆爲遠州刺史，張宿讒之，以爲貫之之黨也。」

〔崔敦詩〕敦詩爲崔羣字，詳見本集卷十七薦崔監察羣自代狀。

〔初授諫議大夫〕處厚自知制誥，拜中書舍人，皆穆宗新即位時事。翰苑羣書重修承旨學士院壁記云：元和十五年（八二〇）二月十四日自户部郎中知制誥充侍講學士，三月十日賜緋，二十二日遷中書舍人。無授諫議大夫事。惟傳與此文同。

〔有侍講者專備顧問〕按：唐制，翰林學士之外復有侍講學士，以其專司講授書史，不預政事，亦不掌詞命，故非常設，亦無定員。六典及兩唐書職官、百官志均不詳載。職官志於集賢殿書院下云：「開元中，褚無量、馬懷素侍講禁中，名爲侍讀，其後康子元爲侍講學士，未言翰林院也。」舊唐書處厚本傳云：「穆宗以其學有師法，召入翰林，爲侍講學士。換諫議大夫，改中書舍人，侍講如故。始正名爲翰林侍講學士。」據禹錫此文之意，處厚雖以郎中知制誥，及正拜中書舍人，爲翰林侍講學士，猶未當內制之任。敬宗始罷其侍講之名，以兵部侍郎充翰林學士，且進而爲承旨。仍使中官申命，且降詔以告外廷百官。翰林學士名號之重如此。

此一節爲自來言唐官制者所未及，足補史闕。

〔承旨學士〕李肇翰林志云：「元和以後，院長一人别勑承旨，或密受顧問，獨召對敭，居北壁之東閣，號爲承旨閣子。」胡三省通鑑注中申言之云：「唐置翰林學士之始無承旨，永貞元年（八〇五），上始命鄭絪爲承旨。大誥令大慶置，丞相之密畫，中外之密奏，上之所注意者，莫不專受專對。」又云：「學士六人，内擇年深德重者一人爲承旨，所以獨當密命。德宗好文，尤難其選，貞元以後，爲學士承旨者多至宰相。」

〔一夕生變〕通鑑二四三：「（寶曆二年八二六）十二月辛丑，上（敬宗）夜獵還宫，與宦官劉克明……等二十八人飲酒，上酒酣，入室更衣，殿上燭忽滅，蘇佐明等弑上於室内。劉克明矯稱上旨，命翰林學士路隋草遺制，以絳王悟權勾當軍國事。壬寅，宣遺制，絳王見宰相百官於紫宸外廡。克明等欲易置内侍之執權者。於是樞密使王守澄、楊承和、中尉魏從裔、梁守謙定議，以衞兵迎江王涵入宫，發左右神策飛龍兵進討賊黨，盡斬之。克明赴井，出而斬之。絳王爲亂兵所害。時事起倉猝，守澄等以翰林學士韋處厚博通古今，一夕處置皆與之共議，……時不暇復問有司，凡百儀法皆出於處厚，無不叶宜。」今此文中所言宫壼間一夕生變，人情大駭，其事如此。考唐自永貞以後，朝臣内外，於儲位各有所擁戴，久已成習。穆宗之升儲，則有澧王之嫌，得崔羣而始定。穆宗之患病，則李逢吉主立景王（即敬宗），而謂李紳、杜元穎欲立穆宗之弟深王。及敬宗之被害，則中人一擁穆宗之弟絳王，一擁敬宗之弟江王（即文宗）。文宗在時，則有宋申錫擁立漳王之嫌，而文宗卒後亦有楊嗣復擁立安王之説。（漳、安二王皆文宗之弟）其他不復具論。朋黨水火，以此而益甚，成敗禍福決於俄頃，其幾甚微。處厚爲文宗定策功臣，亦未免秉中官意旨耳。禹錫此文云：雖鼎臣無所關決，唯内署得參，似有微詞焉。永貞之事，復見於寶曆，與子劉子自傳中所謂「建桓立順，功歸貴臣」語會參，知禹錫不無感觸。

〔盡罷冗食〕處厚本傳云：「初，貞元中宰相齊抗奏減冗員，罷諸州別駕，其在京百司當入別駕者，多處之朝列。元和已來，兩河用兵，偏裨立功者，往往擢在周行，率以儲寀王官雜補之。皆盛服趨朝，朱紫填擁。久次當進及受代閑居者常數十人，趨中書及宰相私第，摩肩候謁，繁於詞語。及處厚秉政，復奏置六雄、十望、十緊、三十四州別駕以處之，而清流不雜，朝政清肅。」此文所云「盡罷冗食，請歸材人」，或即其一端。又通鑑二四三：「上（文宗）自爲諸王，深知兩朝之弊。及即位，勵精求治，去奢從儉。詔宫女非有職掌者皆出之，出三千餘人。五坊鷹犬，準元和故事，量留校獵，外悉放之。有司供宫禁年支物並準貞元故事，省教坊翰林，（按此翰林謂宫廷中以技藝供奉者，非翰林學士及侍講學士也）總監（按謂諸苑總監）冗食千二百餘員，停諸司（按謂内諸司）新加衣糧，御馬坊場及近歲別貯錢穀，所占陂田，悉歸之有司，先宣索組繡雕鏤之物悉罷之。」以上亦皆可與所謂「盡罷冗食」者相印證。文宗初政稍善，自出處厚之訏謨，本傳亦言：「啓沃之謀，頗叶時譽。」且據順宗實録，順宗即位以後：

一、罷翰林陰陽星卜醫相覆棋諸待詔三(或作四)十二人。二、禁宫市。三、禁選乳母。四、禁五坊小兒。五、停鹽鐵使進獻。六、出後宫三百人,又出後宫并教坊女妓六百人。凡處厚所以導文宗者,皆二十年前王叔文所行之於永貞之世也。禹錫於此當不能無感慨焉。

〔巖廊益尊〕文中「城社無託,巖廊益尊」二語,固屬溢美,然亦略有所指。本傳略云:宰相奏事得請,往往中變。處厚獨論奏曰:言既不從,臣宜先退。即趨下再拜陳乞。出延英門,文宗復令召還,謂曰:凡卿所欲言並宜啓論。帝皆聽納:自是宰臣敷奏,人不敢横議。至於宦官之横,亦未能稍抑止也。

〔先執李習之〕習之爲李翱字,舊唐書一六〇、新唐書一七七均有傳。舊唐書略云:貞元十四年(七九八),登進士第。翱與李景儉友善,初,景儉拜諫議大夫,舉翱自代,至是景儉貶黜。七月,出翱爲朗州刺史,俄而景儉復爲諫議大夫,翱亦入爲禮部郎中。翱自負詞藝,以爲合知制誥,以久未如志,鬱鬱不樂。因入中書謁宰相,面數李逢吉之過失,逢吉不之較,翱心不自安,乃請告,滿百日,有司準令停官,逢吉奏授廬州刺史。大和初,入朝爲諫議大夫,尋以本官知制誥。三年(八二九)二月,拜中書舍人。五年(八三一),出爲桂管。七年(八三三),改湖南。八年(八三四),徵爲刑部侍郎。九年(八三五),轉户部侍郎,七月,檢校户部(紀作禮部)尚書,充山南東道節度使。會昌中卒于鎮。按:末數語有誤。據紀,翱以大和九年(八三五)八月出鎮,開成元年(八三六)七月,殷侑充山南東道節度使。是翱卒於開成元年(八三六），非會昌中也。正此文所謂夢奠於襄州。韋處厚大和二年（八二八）卒後之十年，李蕃乞文，亦與開成初相近，可證會昌中卒之不確。姚範援鶉堂筆記三三已訂其誤。

附録　白居易祭中書韋相公文

惟公忠貞大節，輔弼嘉謨，倚注深恩，哀榮盛禮，伏見册贈制中已詳。惟公世禄官業，家行士風，茂學清詞，冲襟宏度，伏見碑誌文中已詳。此不重書，但申夙願。公佩服世教，棲心空門，外爲君子儒，内修菩薩行，常接餘論，許追高蹤。元和中，出守開、忠二郡日，公先以喻金鑛偈相問，往復再三，由是法要心期，始相會合。長慶初，俱爲中書舍人日，尋詣普濟寺宗律師所，同受八戒，各持十齋，由是香火因緣，漸相親近。及公居相位，走在班行，公府私家，時一相見。佛乘之外，言不及他。誓趨菩提，交相度脱。去年臘月，勝業宅中，公云：必結佛緣，無如願力。因自開經篋，出大方廣佛華嚴經中十願品一通，合掌焚香，口讀手授，云自持護，始傳一人。曾未經旬，公即捐館，追思覆視，似不偶然。今即日於道場齋心持念，一願一禮，如公在前，以至他生，不敢廢墜。若與公同科第，聯官僚，奉笑言，蒙推奬，窮通榮悴之感、離合存殁之悲，盡成虚空，何足言歎！今兹薦奠，不設葷腥，庶幾降臨，鑒察精意。噫！浮生是幻，真諦非空，靈鷲山中，既同前會，兜率天上，豈無後期？嗚呼韋君，先後間耳。

按酉陽雜俎續集六「光宅坊光宅寺，丞相韋處厚自居内廷至相位，每歸輒至此塔焚香瞻禮」，皆與此文於佛書尤邃之語合。惟居易文中勝業宅中一語，似謂處厚宅在勝業坊，坊在朱雀門街東第四街，而唐兩京城坊考未引居易文。禹錫、居易皆與處厚深交，故居易之文可資參證。

唐故相國贈司空令狐公集紀

起文章而陟大位，丹青景化，焜燿藩方，如非煙祥風，緣飾萬物，而與令名相終始者，有唐文臣令狐公實當之。

公名楚，字殼士，燉煌人，今占數於長安右部。天授神敏，性能無師。始學語言，乃協宮徵。故五歲已爲詩成章，既冠參貢士，果有名字。時司空杜公以重德知貢舉，擢居甲科。琅邪王拱識公於童丱，雅器重之。至是拱自虞部正郎領桂州，鋭於辟賢以酬不次之遇。先拜章而後告公。既而授試弘文館校書郎。公爲人子，重難遠行，禀命而去。居一歲，竟迫方寸而歸。家在并、汾間，急於禄養，捧從事檄於并州。凡更三牧，官至監察御史。

元和初，憲宗聞其名，徵拜右拾遺，歷太常博士，入尚書爲禮部員外郎。性至孝，既孤，以善居喪聞。中月除刑部員外。時帝女下嫁，相禮闕官，公以本官攝博士。當問名之答，上親臨帳幄簾内以窺之，禮容甚偉，聲氣朗徹。上目送良久，謂左右曰：

是官可用，記其姓名。未幾改職方，知制誥。詞鋒犀利，絶人遠甚。適有旨選司言高第者視草内庭，宰臣以公爲首。遂轉本司郎中，充翰林學士。滿歲遷中書舍人，專掌内制。武帳通奏，柏梁陪燕。嘉猷高韻，冠於一時。

會淮右稽誅，上遣丞相即戎以督戰，公草詔書，詞有涉嫌者，相府上言，有命中書參詳竄定。因罷内職歸閤中。而君心眷然，將有大用，且出入以試之。乃牧華州，兼御史中丞，錫以金紫。居鎮七月，遷大夫，充河陽三城懷州節度使。又七月，急召抵京師，拜中書侍郎、同中書門下平章事。天下然後知上心倚以爲相，非一朝也。是歲元和十四年秋。明年正月，憲宗晏駕。惜其在位日淺，遭時大變。穆宗踐阼，轉門下侍郎平章事。萬幾百度，别有所付，第以舊相署位，充山陵使。七月禮畢，部下吏有以贓狀聞者。朝典用責率之義，是以左授宣歙池等州都團練觀察處置使兼御史大夫。恩顧一異，媒孽隨生。旋又貶衡州刺史，移郢州，轉太子賓客分司東都，尋起爲陝虢觀察使。或有上封者，稱前以奉陵寢不檢下獲譴，今陵土猶溼，未宜遽用，次陝一日，重爲賓客分司。

長慶四年，改河南尹。其秋授檢校禮部尚書，兼汴州刺史，充宣武軍節度管内觀察處置等使。汴州爲四戰之地，擇帥先有功。峻刑右武，疑似沈命，號爲危邦者積年。公始以清儉自律，以恩信待人，以夷坦去羣疑，以禮讓汰慘急，自上化下，速於置郵。泮林革音，無復故態。璽書勞之，就加大司馬。文宗纂服，三年冬，上表以大臣未識天子，願朝正月，制曰可。操節入覲，遷户部尚書。俄爲東都留守，又轉檢校尚書右僕射，兼鄆州刺史、天平軍節度使。後以王業之始，實爲北京，移鎮太原，從人望也。以吏部尚書徵，續換太常卿，真拜尚書左僕射。

大和九年冬十一月，京師有急兵起，上方御正殿，即日還宫。是夕召公決事禁中，以見事傅古義爲對。其詞讜切，無所顧望，上心嘉之。居一二日，守本官，兼諸道鹽鐵轉運使以斡利權，既非素尚，仡仡牢讓，故復爲檢校左僕射，興元尹、山南西道節度觀察使、兼御史大夫。開成二年十一月十二日，薨於漢中官舍，享年七十。齊終之前一日自脩遺表，初述感恩陳力之大義，中及朝廷刑政之或闕，意切言盡，神識不昏。上深悼之，形於愍册。未登三事，故以贈之。歸全之夕，有大星殞於正寢之上，光燭於庭。天意若曰：既稟之而生，亦有涯而落。其文章貴壽之氣啖歟！

初憲宗覽國書，見五王復辟之際，狄梁公實尸之，公爲臺臣，獨召便殿。問曰：「仁傑有後乎？」公以其支孫試校書郎兼謩爲對，即日拜左拾遺，公遂草制。他日相銜者因挾其詞，以爲非春秋諱魯之旨。穆宗新即位，謙讓不自決，遂有衡州之貶，公議寃之。嗟乎！天之於賦予也甚嗇而難周。公獨賦文華，丁良時，歷名卿，至元老。蓋忠廉孝友，愛才與物，合是粹美以將之邪！可謂全德矣。

既免喪，嗣子左補闕絢集公之文，成一百三十卷，因長子太子左諭德弘分司東都，負其笥來謁，泣曰：「先正司空與丈人爲顯交，撤懸之前五日，所賦詩寄友非他人也。今手澤尚存。」言之嗚咽長號，予爲之慟，收淚而視，分當編次之。始公參大鹵記室，以文雄於邊。議者謂一方不足以騁用，徵拜於朝。累遷儀曹郎，乃登西掖，入内署，訏謨密勿，遂委魁柄，斯以文雄於國也。嗚呼！咫尺之管，文敏者執而運之，所如皆合。在藩聳萬夫之觀望，立朝賁羣寮之頰舌，居内成大政之風霆。導畎澮於章奏，鼓洪瀾於訓誥。筆端膚寸，膏潤天下。文章之用，極其至矣。而又餘力工於篇什，古文士所難兼焉。昔王珣爲晉僕射，夢人授大筆如椽，覺而謂人曰：此必有大手筆事。後孝武哀册文乃珣之詞也。公爲宰相，奉詔撰憲宗聖神章武孝皇帝哀册文，時稱乾陵崔文公之比。今考之而信，故以爲首冠，尊重事也。其他各以類聚著於篇。

【校】

〔非煙〕崇本非作霏。按：此用史記天官書語，不當作霏，必校者誤改。

〔占數〕崇本占作古，誤。按：占數即占籍，用漢書語，已見卷二令狐氏先廟碑。

〔已爲〕結一本已作以，非。

〔既冠〕崇本冠上有即字。

〔重之〕紹本、崇本重均作異。

〔辟賢〕結一本辟上衍一部字。

〔右拾遺〕崇本右下注云：一作左。

〔入尚書爲〕崇本作入爲尚書。

〔中月除〕崇本作表除爲。按：儀禮士虞禮：「中月而禫。」據注，中月即間一月。上已有居喪字，不當復云喪除，此校者臆改之證。

〔之答〕畿本答作夕。

〔乃牧〕崇本乃作及。

〔郢州〕結一本郢作道，誤。本傳作郢州，各本同。

〔公始以〕崇本始作但。

〔化下〕結一本作下化，誤。

〔三年冬〕按：本傳及文宗紀，皆云大和二年（八二八）徵爲户部尚書，及三年（八二九）則又出爲東都留守矣。此文三年必二年之誤。蓋楚願朝正月，因即内召也。

〔續換〕崇本無續字。

〔傅古義〕崇本、畿本傅均作傳。按：傅古義，語出漢書張湯傳，作傳者顯爲校者所臆改。

〔意切〕崇本切作竊，誤。

〔歸全〕崇本全作泉，非。

〔因挾〕紹本、畿本、中山集、全唐文挾均作抉，崇本作扶。

〔獨賦〕紹本、崇本、畿本、中山集、全唐文賦均作富。

〔泣曰〕紹本泣作之。結一本曰作白，誤。

〔先正〕畿本正下贈下注云：一作贈，全唐文與一作同，似是。

〔予爲〕崇本、畿本爲下均有亦字。

〔其至〕崇本、畿本至均作致。

〔昔王珣〕結一本昔作晉，誤。

【注】

〔殼士〕按楚之名與字當相應，殼乃俗字，疑當依説文作㱿。

〔弘文館校書郎〕據職官志，弘文館校書郎二員，從九品上。

〔太常博士〕據職官志，太常寺博士四員，從七品上。

〔中月〕謂禫服。參見卷二奚公神道碑。

〔沈命〕漢書咸（減）宣傳：「散卒失亡，復聚黨阻山川，往往而羣，無可奈何。於是作沈命法。」注：「應劭曰：沈，没也，敢蔽匿盜賊者，没其命也。」

〔泮林革音〕詩魯頌泮水：「翩彼飛鴞，集于泮林。食我桑黮，懷我好音。」

〔就加大司馬〕蓋謂加檢校兵部尚書，傳未載。

〔五王復辟〕五王謂桓彦範、敬暉、崔玄暐、張柬之、袁恕己。復辟謂中宗即位，革周復爲唐也。

〔左拾遺〕據職官志，中書省左拾遺二員，從八品上。

〔諱魯〕公羊傳隱十年：「内大惡諱。」春秋以魯爲内，謂不當揚武后之惡也。

〔左補闕〕據職官志，中書省左補闕二員，從七品上。

〔太子左瑜德〕據職官志，東宮官屬左瑜德一員正四品下。

〔大鹵〕穀梁傳昭元年：「晉荀吴帥師敗狄于太原。」傳曰：「中國曰太原，夷狄曰大鹵，號從中國，名從主人。」

〔王珣〕附晉書六五王導傳，導之孫也。

【箋證】

按：令狐楚與禹錫之交誼，見集中所作詩文，無慮數十篇。大和二年（八二八），與白居易同遊汴州，爲楚之上客，自此唱酬未嘗稍間。但在政争中，則凡楚之敵皆劉、白之所厚，劉、白所厚亦多與楚不相爲謀，殊爲可異。本傳云：物議以楚因皇甫鎛作相而逐裴度，羣情共怒，以蕭俛之故，無敢措言。時元稹初得幸爲學士，素惡楚與鎛膠固希寵，稹草楚衡州刺史制略曰：「異端斯害，獨見不明。密隳討伐之謀，潛附奸邪之黨，因緣得地，進取多門，遂忝台階，實妨賢路。」楚深恨稹。（長慶）二年十一月，授陝虢觀察使。制下旬日，諫官論奏，遽令追制，時楚已至陝州，視事一日矣，復授賓客，歸東都。時李逢吉作相，極力援楚，以李紳在禁密沮之，未能擅柄。敬宗即位，逢吉逐李紳，尋用楚爲河南尹。」其與稹、紳不相能如此。要之皆進士同年互相援引之故，李宗閔、牛僧孺、楊嗣復三人與楚、鎛、俛三人尤其結納之最膠固者，楚之爲人本無可言，禹錫之交楚似亦但取其文字。蓋唐人從事方鎮幕府者皆有聲應氣求之雅，禹錫與楚雖訂交在後，固早引爲同調也。外集卷九彭陽唱和集後引云：「貞元中，予爲御史，彭陽公從事於太原，以文章相往來有日。」是其證也。舊唐書李商隱傳云：「商隱能爲古文，不喜偶對，從事令狐楚幕，楚能章奏，遂以其道授商隱。」可見當時都以駢體之章奏文推楚，奉爲宗匠，此文首云起文章而陟大位，亦紀實也。

〔司空杜公〕杜公謂杜黃裳，舊唐書一四七、新唐書一六九均有傳。黃裳以貞元七年（七九一）知貢舉。

〔王拱〕拱兩唐書無傳，僅見楚傳中，蓋即采此文。

〔凡更三牧〕謂貞元中相繼爲河東節度使者李説、嚴綬、鄭儋三人。

〔選司言高第者視草内庭〕上文言改職方、知制誥，所掌爲外制。視草内庭則充翰林學士也。下文言遷中書舍人，專掌内制，謂所居之官雖名外制，而未離學士院也。始則中書舍人不任職而以他官知制誥者任之，繼則知制誥亦爲空名，而實職重在翰林學士，又繼而學士之職專重在承旨，元和以後之制大抵如此。通鑑二四一胡注：「唐制中書舍人六人，一人知制誥，開元初以它官掌詔敕，未命謂之兼知制誥。」蔡寬夫詩話云：「唐制，中書舍人六員，皆預省事。嘗以其間一人專掌進畫，故謂之知制誥，闕則用他官兼知。」此言知制誥之本意。

〔相府上言〕舊唐書裴度傳載楚所草詔書。度以韓弘已爲淮西行營都統，不欲更爲招討，請祇稱宣慰處置使，又以此行既兼招撫，請改翦其類爲革其志。又以弘已爲都統，請改更張琴瑟爲近輟樞衡，（按樞衡不能與上句鼓鼙爲偶，當有微誤）煩我台席爲授以成算。此文云「有涉嫌」者，蓋謂嫌於侵韓弘都統之名。本傳云不合度旨，非有他也。楚與度至文宗之世已酬唱釋嫌矣。

〔罷内職歸閣中〕此謂楚出學士院守中書舍人本官也。舍人屬中書省，稱鳳閣，故云閣中。中書舍人實無職任，特猶以資望見重耳。

〔以舊相署位〕署位爲唐官制中習用語，謂但居本官不任職責。楚以元和十四年（八一九）七月入相，次年七月得罪。所謂「萬幾百度，別有所付」者，指蕭俛、段文昌。

〔貶衡州刺史〕楚初貶宣歙觀察使，由親吏贓汙，繼貶衡州刺史，則傳僅連類及之，不言所自。舊唐書武元衡傳附載武儒衡事云：「儒衡氣岸高雅，論事有風采，羣邪惡之，尤爲宰相令狐楚所忌。元和末年，垂將大用，楚畏其明俊，欲以計沮之，以離其寵。有狄兼謩者，梁公仁傑之後，時爲襄陽從事。楚乃自草制詞召兼謩爲拾遺，曰：朕聽政餘暇，躬覽國書，知奸臣擅權之由，見母后竊位之事，我國家神器大寶，將遂傳於他人。洪惟昊天，降鑒儲祉，誕生仁傑，保佑中宗，使絶維更張，明辟乃復，宜福胄胤，與國無窮。及兼謩制出，儒衡泣訴於御前，言其祖平一在天后朝辭榮終老，當時不以爲累，憲宗再三慰撫之，自是薄楚之爲人。」本文謂貶衡州，由此，乃追論其草制之失詞耳。

〔京師有急兵起〕楚傳云：李訓兆亂，京師大擾。訓亂之夜，文宗召左僕射鄭覃與楚宿於禁中，商量制敕，上皆欲用爲宰相，楚以王涯賈餗冤死，敍其罪狀浮泛，仇士良等不悦，故輔弼之命移於李石。禹錫敍甘露之變，但云京師有急兵起，不從官書加罪於訓、注，尤見直筆。

〔乾陵崔文公〕乾陵指高宗，崔文公謂崔融，舊唐書九四、新唐書一一四均有傳。舊唐書云：融爲文典麗，當時罕有其比。朝廷所須洛出寶圖頌，則天哀册文及諸大手筆，並手敕融撰。撰哀册文，用思精苦，遂發病卒。

唐故尚書主客員外郎盧公集紀

心之精微，發而爲文，文之神妙，詠而爲詩。猶夫孤桐朗玉，自有天律。能事具者，其名必高。名由實生，故久而益大。

尚書郎盧公諱象，字緯卿，始以章句振起於開元中，與王維、崔顥比肩驤首，鼓行於時。妍詞一發，樂府傳貴。由前進士補祕書省校書郎，轉右衛倉曹掾。丞相曲江公方執文衡，揣摩後進，得公深器之。擢爲左補闕，河南府司録，司勳員外郎。名盛氣高，少所卑下。爲飛語所中，左遷齊、汾、鄭三郡司馬，入爲膳部員外郎。時大盜起幽陵，入洛師，東夏衣冠不克歸王所，爲虜劫執，公墮脅從伍中。初謫果州長史，又貶永州司户，移吉州長史。天下無事，朝廷思用宿舊，徵拜主客員外郎，道病留武昌，遂不起。故相崔太傅時爲右史，方在鄂，以文誌其墓，其一詞曰：噫公妙年有聲，振耀當代，翱翔雲路，不虞矰繳。盛名先物，易生癘疵。三至郎署，坐成遺釁。蹭蹬江皐，棲棲没齒。見知者恨之。

公遠祖元魏、北齊、後周皆爲帝師。公之叔父嵩山逸人諫議大夫顥然，真隱者也。公下世後七十三年，其孫元符捧遺草來乞詞以表之。嘗經亂離，多散落，今之存者十有二卷，凡若干篇。

【校】

〔天律〕紹本天作大。

〔汾鄭〕全唐文汾作邠。

〔其一詞〕畿本、英華、全唐文其下均無一字。

〔多散落〕紹本、崇本、畿本、英華、全唐文多下有所字，散落二字乙。

【注】

〔右衛倉曹掾〕據職官志，十六衛各有倉兵騎胄四曹參軍。

〔曲江公〕謂張九齡。

〔司録〕據職官志，河南府有司録參軍二員，正七品。

【箋證】

按：李白集有贈盧司户詩云：「秋色無遠近，出門盡寒山。白雲遥相識，待我蒼梧間。借問盧耽鶴，西飛幾時還？」新唐書藝文志：「盧象集十二卷。」注云：「字偉卿（按偉當作緯）。左拾遺、膳部員外郎。授安禄山僞官，貶永州司户參軍。」與李詩語意合，盧司户即盧象。封氏聞見記贊成條云，西河太守盧象贈（鄭）虔詩云云，所舉之官與此文微有不合。禹錫此文作於象卒後七十三年，在大和中。

〔王維崔顥〕王維集中今存與盧象集朱家及與盧員外象過崔處士興宗林亭詩，崔顥集中今存贈盧八象詩云：「客從巴水渡，傳爾泝行舟。」蓋即其赴梁州時，與此文合。

〔崔太傅〕謂崔祐甫。舊唐書一一九、新唐書一四二均有傳。祐甫相德宗，卒贈太傅，嘗爲起居舍人，故文云時爲右史。其因何至鄂則未詳。

〔帝師〕按當指盧玄等，北史三〇有傳。

〔嵩山逸人〕此謂盧鴻一，見兩唐書隱逸傳。

唐故衡州刺史吕君集紀

五行秀氣得之居多者爲俊人。其色瀲灩於顔間，其聲發而爲文章。天之所與，有物來相。彼由學而致者，如工人染夏以視羽畎，有生死之殊矣。初貞元中，天子之文章焕乎垂光。慶霄在上，萬物五色。天下文人爲氣所召，其生乃蕃。靈芝蓮莆，與百果齊坼。然煌煌翹翹出乎其類終爲偉人者幾希矣。

東平吕和叔實生是時，而絶人遠甚。始以文學震三川，三川守以爲貢士之冠。名聲四馳，速如羽檄。長安中諸生咸避其鋒。兩科連中，芒刃愈出。德宗聞其名，自集賢殿校書郎擢爲左拾遺。明年犬戎請和，上問能使絶域者，君以奇表有專對材膺選，轉殿内史，錫之銀章。還拜尚書户部員外郎，轉司封，遷刑部郎中，兼侍御史，副治書之職。會中執法左遷，緣坐道州刺史，以政聞，改衡州，年四十而没。後十年，其子安衡泣捧遺草來謁，咨余紬之，成一家言，凡二百篇。

和叔名温，别字化光。祖考皆以文學至大官，早聞詩禮於先侍郎。又師吴郡陸質，通春秋，從梁肅學文章。勇於六藝之能，咸有所祖。年益壯，志益大。遂撥去文學，與雋賢交，重氣槩，覈名實，歆然以致君及物爲大欲。每與其徒，講疑考要，王霸富强之術，臣子忠孝之道，出入上下百千年間，詆訶角逐，疊發連注。得一善輒盱衡擊節，揚袂頓足，信容德色，舞於眉端。以爲按是言，循是理，合於心而氣將之，昭昭然若揭日月而行，孰能閼其勢而争光者乎？嗚呼！言可信而時異，道甚長而命窄，精氣爲物，其有所歸乎！

古之爲書者，先立言而後體物。賈生之書首過秦，而荀卿亦後其賦。和叔年少遇君而卒以謫似賈生，能明王道似荀卿，故余所先後視二書，斷自人文化成論至諸葛武侯廟記爲上篇，其他咸有爲而爲之。始學左氏書，故其文微爲富豔。夫羿之闢弓，唯巴蛇九日乃能盡其彀，而回注鶡爵，亦要失中於尋常之間。非羿之手弓有能有不能，所遇然也。後之達解者，推而廣之，知余之素交不相索於文字之内而已。

【校】

〔居多〕崇本居作若。

〔文人〕文粹作人文。
〔貢士〕崇本貢作貴，非。
〔名聲〕文粹聲作都。
〔四馳〕紹本、崇本四均作西。
〔兩科〕崇本兩作丙，注云：一作兩。
〔內史〕結一本史作使，誤。
〔緣坐〕英華、全唐文下均有出爲二字。
〔以政聞〕全唐文政上有善字。
〔紬之〕崇本紬作伸，畿本作紀，注云：一作紋。全唐文與一作同，非。
〔二百篇〕英華、全唐文此下均有勒成十卷四字。
〔化光〕結一本光作老，誤。
〔陸質〕結一本、全唐文質均作贄；文粹陸作李，皆誤。
〔梁肅〕崇本、全唐文上均有安定二字。
〔六藝之能〕紹本、崇本均作藝能。
〔撥去文學〕崇本學作字，是；全唐文作章，非。
〔王霸富强之術〕崇本作皇王霸强之際，全唐文作皇王富强之術。

〔連注〕崇本注作衹；文粹、全唐文均作中。
〔德色〕紹本、崇本、全唐文德均作得。
〔争光〕紹本争下有夫字，崇本有天字。
〔首過秦〕文粹作道過哉，誤。
〔要失中〕崇本、英華要下均無失字。
〔所遇然也〕英華此句作所遇然而然也。

【注】

〔羽畎〕書禹貢：「羽畎夏翟。」孔疏：「釋鳥云：翟，山雉。此言夏翟，則夏翟共爲雉名。周禮立夏采之官，取此名也。」禹錫此語意謂染羽不如真鳥羽之善也。
〔吕和叔〕謂吕温，舊唐書一三七、新唐書一六〇有傳。
〔三川〕謂河南。
〔殿内史〕蓋謂侍御史。據職官志，侍御史四員，從六品下。

【箋證】

按：吕温事均附見舊唐書一三七，新唐書一六〇其父渭傳中。云：「貞元末登進士第。與翰林學士韋執誼善。順宗在東宫，侍書王叔文勸太子招納時之英俊以自輔，温與執誼尤爲叔文所睠，起家再命拜左拾遺。二十年（八〇四）冬，副工部侍郎張薦爲入吐蕃使。行至鳳翔，轉侍御史，賜緋袍牙笏。明年，德宗晏駕，順宗即位。張薦卒于青海。吐蕃以中國喪禍，留温經年。時王叔文用事，故與温同遊東宫者皆不次任用。温在蕃中，悲歎久之。元和元年（八〇六）使還，轉户部員外郎。時柳宗元等九人坐叔文貶逐，（按：九人當指韋執誼、王伾、韓泰、韓曄、程异、凌準、陳諫、柳宗元及禹錫。）惟温以奉使免。温天材俊拔，文彩瞻逸，爲時流柳宗元、劉禹錫所稱。然性多險詐，好奇近利，與竇羣、羊士諤趣尚相狎。羣爲韋夏卿所薦，自處士不數年至御史中丞，李吉甫尤奇待之。三年（八〇八），吉甫爲中官所惡，將出鎮揚州，温欲乘其有間傾之。温自司封員外郎轉刑部郎中，竇羣請爲知雜。吉甫以疾在第，召醫人陳登診視，夜宿于安邑里第。温伺知之，詰旦令吏捕登鞫問之，又奏劾吉甫交通術士。憲宗異之，召登面訊，其事皆虚。乃貶羣爲湖南觀察使，羊士諤資州刺史，温均州刺史。朝議以所責太輕，羣再貶黔南，温貶道州刺史。五年（八一〇），轉衡州，秩滿歸京，不得意，發疾卒。（按：温蓋卒於衡州，未歸京，傳稍誤。）温文體富豔，有丘明、班固之風，所著凌煙閣功臣銘、張始興畫贊、移博士書，頗爲文士所賞。」禹錫此文中所謂中執法，即指竇羣，唐人多稱御史中丞爲中執法，大夫則稱亞相。温祖延之，肅宗時爲浙江東道節度使，見代宗紀乾元二年（七五九）。父渭，官至湖南觀察使，故云祖考皆至大官。

又按：温自負用世之才，於柳宗元、元稹及禹錫之挽詩中見之。此文所謂「歆然以致君及物爲大欲」，亦頗相合。禹錫之意，蓋許其材智而不甚許其文，故云：「知余之素交，不相索於文字之内」，似有微詞焉。

又按：唐以前人編文集多先詩賦而後文，禹錫爲温編集，獨援荀、賈之例，先文而後詩賦，實爲新式。今傳世之呂衡州集又非劉所編之本矣。

〔副治書之職〕唐制，侍御史年深者一人判臺事，知公廨雜事，謂之知雜，常以他官秩高者奏請爲之，見趙璘因話録。晉宋以來不置御史大夫，中丞遂爲臺長，其下則治書侍御史二人，分統侍御史。唐避高宗諱，不置治書侍御史，即以中丞當之。禹錫意以呂温爲知雜，即治書侍御史之副也。此時高宗已祧，或不復諱治字矣。

〔陸質〕陸質舊唐書入儒林傳，新唐書一六八與韋執誼等同傳。質傳啖助、趙匡春秋之學，與執誼善，亦永貞政變中有關之人物也。柳河東集有陸文通先生墓表。又答元饒州論春秋書云：「往年曾記裴封叔宅聞兄與裴太常言，晉人及羌戎敗秦師于殽一義，常諷習之。又聞韓宣英及亡友呂和叔輩言他義，知春秋之道久隱，而近乃出焉。京中於韓安平處始得微指，和叔處始見集注，恒願掃於陸先生之門。及先生爲給事中，與宗元入尚書同日，居又與先生同巷，始得執弟子禮，未及講討，會先生病。……復於亡友凌生（凌準）處盡得宗指、辯疑、集注等一通。」是八司馬中受陸學者四人（柳、二韓、凌），加呂温爲五，宗元於人少所許可，而傾服如此，殆非偶然。啖、趙、陸皆明春秋尊攘之義者，豈王、韋所持政見皆出其指授歟！大和中，劉蕡對策攻宦官，亦本春秋立言，蓋一脈相傳也。

〔梁肅〕舊唐書韓愈傳云：「大曆、貞元之間，文字多尚古學，効揚雄、仲舒之述作，而獨孤及、梁肅最稱淵奥。」蓋肅實開韓、柳之先，而推尊韓氏者多不肯言之。〔微爲富豔〕范寧穀梁傳集解序云：「左氏豔而富，其失也巫。」語即本此。

唐故尚書禮部員外郎柳君集紀

八音與政通，而文章與時高下。三代之文至戰國而病，涉秦漢復起，漢之文至列國而病，唐興復起。夫政龐而土裂，三光五嶽之氣分，大音不完，故必混一而後大振。初貞元中，上方嚮文章。昭回之光，下飾萬物，天下文士，争執所長，與時而奮，粲焉如繁星麗天，而芒寒色正，人望而敬者，五行而已。河東柳子厚斯人望而敬者歟！

子厚始以童子有奇名於貞元初，至九年爲名進士，十有九年爲材御史，二十有一年以文章稱首，入尚書爲禮部員外郎。是歲以疏雋少檢獲訕，出牧邵州，又謫佐永州。居十年，詔書徵不用，遂爲柳州刺史。五歲不得召，病且革，留書抵其友中山劉某曰：「我不幸卒以謫死，以遺草累故人。」某執書以泣，遂編次爲三十通，行於世。

子厚之喪，昌黎韓退之誌其墓，且以書來弔曰：「哀哉若人之不淑。吾嘗評其文，雄深雅健似司馬子長，崔、蔡不足多也。」安定皇甫湜於文章少所推讓，亦以退之之言爲然。凡子厚名氏與仕與年暨行己之大方，有退之之誌若祭文在。今附於第一通之末云。

【校】

〔題〕崇本繫銜只作柳州刺史。

〔政龐〕紹本、崇本、全唐文龐均作厖。

〔不完〕結一本不作又，誤。

〔得召〕崇本召下有歸字。

〔遂編〕文粹遂作因。

〔三十通〕英華、全唐文十下均有二字，文粹作四十五通。

〔退之之言〕崇本、英華、全唐文均少一之字。

【注】

〔列國〕指魏、晉、南北朝。

〔疏雋少檢〕此處敍遷謫之由，不涉王、韋一字。蓋宗元不肯於叔文有貶詞，且自明獲罪由於不逞者之懷怨騰謗，禹錫知宗元甚深，故徇其意而立言。

〔三十通〕三十通即三十卷也，今本柳集爲四十五卷。

〔崔蔡〕按宋書謝靈運傳論有「王褒、劉向、揚、班、崔、蔡之徒」一語，崔謂崔駰，蔡謂蔡邕，蓋古人以崔、蔡爲文章之美者與揚班並稱，不似後世言古文者貶爲不足道也。

〔皇甫湜〕新唐書附韓愈傳中，元和四年（八〇九）登賢良方正制科，湜爲翰林學士王涯甥，以不先上言得罪。同舉者李宗閔、牛僧孺，史稱以對策刺譏時政爲李吉甫所怒，其實不確，殆牛黨所造蜚語。

【箋證】

按：柳宗元之與禹錫，其科名、宦迹、年齒、趣尚無不相同，宜其被禍亦同，名爲王、韋之累，實則别有被謗之由，皆以營求仕宦未遂所欲者羣起流言所致也。宗元之自述，一則曰：「狠忤貴近，狂疏繆戾，蹈不測之辜，羣言沸騰，鬼神交怒。加以素卑賤，暴起領事，人所不信。射利求進者填門排户，百不一得，一旦快意，更造怨讟。以此大罪之外，詆訶萬端，旁午搆煽，盡爲敵讎，協心同攻，外連强暴失職者以致其事。」（見寄許京兆孟容書）再則曰：「僕之罪在年少好事，進而不能止，儔輩恨怒，以先得官。又不幸早嘗與游者居權衡之地，十薦賢幸乃一售，不得者譸張排報，僕可出而辯之哉？性又倨野，不能摧折，以故名益惡，勢益險，有喙有耳者相郵傳作醜語耳。不知其卒云何。」（見與裴塤書）三則曰：「嚮者進當軏軏不安之勢，平居閉門，口舌無數，況又有久與游者，乃岌岌而造其門哉？其求進而退者皆聚爲仇怨，造作粉飾，蔓延益肆。」（見與蕭翰林俛書）與禹錫上杜佑與武元衡二書（見本集卷十及十八）所言頗有相似者。皆由仕宦中人飛短流長，自相傾陷。其中「一旦快意，更造怨讟」一語尤可玩味。不止其敵，即其友中亦有入室操戈者，禹錫作口兵戒（本集卷二十）亦即其意。禹錫相知既切，而必以墓誌及祭文推韓愈爲之，殆欲避黨同之嫌而堅傳世之效耳。獨編集乃自任之。其所編次，蓋極精審，與今世所傳不盡同。柳集五百家注載紹興丙子張敦頤韓柳音釋序云：「柳文簡古不易校，其用字奥僻或難曉。給事沈公晦嘗用穆伯長、劉夢得、曾丞相、晏元獻四家本參考互證。」然則劉本在宋時猶存。

董氏武陵集紀

片言可以明百意，坐馳可以役萬里，工於詩者能之。風雅體變而興同，古今調殊而理異，達於詩者能之。工生於才，達生於明。二者還相爲用，而後詩道備矣。余嘗執斯評爲公是，且衡而度之。誠懸乎心，默揣羣才，鈞銖尋尺，隨限而盡。如是所閲者百態。一旦得董生之詞，杳如搏翠屏，浮層瀾，視聽所遇，非風塵間物。亦猶明金綷羽得於遐裔，雖欲勿寶可乎？

生名侹，字庶中。幼嗜屬詩，晚而不衰。心源爲鑪，筆端爲炭。鍛鍊元本，雕礱羣形。糺紛舛錯，逐意奔走。因故沿濁，協爲新聲。嘗所與游者皆青雲之士。聞名如盧、杜，盧員外象，杜員外甫。高韻如包、李，包祭酒佶，李侍郎紓。迭以章句揚於當時，末路寡徒，值余歡甚。因相謂曰：「間者以廷尉屬爲荆州從事，移疾罷去，幽卧於武陵，迨今四年。言未信於世，道不施於人。寓其情懷，播爲吟咏，時復發笥，紛然盈前。凡五十篇，因地爲目。吾子嘗號知我，盍表而志之，爲生羽翼！余不得讓而著於篇，因系之曰：詩者其文章之藴耶！義得而言喪，故微而難能。境生於象外，故精而寡和。千里之繆，不容秋毫。非有的然之姿，可使户曉。必俟知者，然後鼓行於時。自建安距永明已還，詞人比肩，唱和相發。有以朔風、零雨高視天下，蟬噪、鳥鳴蔚在史策。國朝因之，粲然復興。由篇章以躋貴仕者相踵而起。兵興已還，右武尚功。公卿大夫以憂濟爲任，不暇器人於文什之間。故其風寖息。樂府協律不能足新詞以度曲，夜諷之職，寂寥無紀。則董生之貧卧於裔土也，其不得於時者歟！其不試故藝者歟！

【校】

〔萬里〕紹本、崇本、英華、全唐文里均作景。

〔理異〕紹本、崇本、全唐文異均作冥，畿本作具。

〔綷羽〕結一本綷作粹，誤。

〔幼嗜屬詩〕紹本、崇本嗜均作恃，崇本詩下有者字。

〔游者〕紹本、崇本、中山集、英華、全唐文均無者字。

〔問者〕紹本、崇本者作身。全唐文者下有身字。

〔情懷〕紹本、崇本、畿本、中山集、全唐文情均作性。

〔吟咏〕崇本吟作味。

〔時復〕崇本無復字。

〔嘗號〕崇本、畿本嘗均作常。

〔志之〕英華志作出。

〔藴耶〕英華耶作也。

〔憂濟〕英華憂作安。

〔新詞〕英華、全唐文詞均作音。

【注】

〔朔風零雨〕宋書謝靈運傳論：「子荆零雨之章，正長朔風之句。」孫子荆詩「晨風飄歧路，零雨被秋草。」王正長詩：「朔風動秋草，邊馬有歸心。」

〔蟬噪鳥鳴〕王籍詩：「蟬噪林逾静，鳥鳴山更幽。」

【箋證】

按：董生名侹，字庶中，其生平略見外集卷十故董府君墓誌。本集卷七與董生論易，卷二十三和董庶中詩等篇可參證。本文言所與遊者有杜甫，董卒於元和七年（八一二），距甫之卒已四十餘年矣，可謂早達者，甫之卒，禹錫尚未生也。新唐書藝文志列有董侹武陵集，注云「已亡」，疑即據禹錫此文著録。

〔包李〕詳見下篇。

〔廷尉屬〕謂董侹官大理評事。

澈上人文集紀

釋子工爲詩尚矣。休上人賦別怨，約法師哭范尚書，咸爲當時才士之所傾歎。厥後比比有之。上人生於會稽，本湯氏子。聰察嗜學，不肯爲凡夫。因辭父兄出家，號靈澈，字源澄。雖受經論，一心好篇章。從越客嚴維學爲詩，遂籍籍有聞。維卒，乃抵吴興，與長老詩僧皎然游，講藝益至。皎然以書薦於詞人包侍郎佶，包得之大喜。又以書致於李侍郎紓。是時以文章風韻，主盟於世者曰包、李。以是上人之名由二公而颺，如雲得風，柯葉張王。以文章接才子，以禪理説高人，風議甚雅，談笑多味。貞元中，西遊京師，名振輦下。緇流疾之，造飛語激動中貴人，因侵誣得罪，徙汀州，會赦歸東越。時吴、楚間諸侯多賓禮招延之。元和十一年，終於宣州開元寺，年七十有一。門人遷之，建塔於越之山陰天柱峯之陲，從本教也。

初上人在吴興居何山，與晝公爲侶。皎然字晝，時以字行。時予方以兩髦執筆硯，陪其吟詠，皆曰孺子可教。後相遇於京、洛，與支、許之契焉。上人没後十七年，予爲吴郡，其門人秀峯捧先師之文來乞詞以志，且曰：「師嘗在吴，賦詩僅二千首，今删取三百篇，勒爲十卷，自大曆至元和凡五十年間，接詞客聞人唱酬别爲十卷。今也思行乎昭世，求一言羽翼之。」因爲評曰：世之言詩僧多出江左。靈一導其源，護國襲之。清江揚其波，法振沿之。如幺絃孤韻，瞥入人耳，非大樂之音。獨吴興晝公能備衆體。晝公後澈公承之。至如芙蓉園新寺詩云：「經來白馬寺，僧到赤烏年。」謫汀州云：「青蠅爲弔客，黄耳寄家書。」可謂入作者閫域，豈特雄於詩僧閒邪？

【校】

〔嚴維〕文粹無維字。

〔李侍郎紓〕崇本紓作紆，下同。

〔是時〕結一本是下脱時字。

〔張王〕崇本張作長，非。文粹作柯少葉張。

〔風議〕紹本、崇本、畿本、全唐文議均作儀。按：風議恐是用詩小雅北山：「或出入風議。」

〔招延之〕崇本，延下注云：一作迓。

〔七十〕紹本、崇本、結一本七十上均無年字，全唐文有。又英華「宣州開元寺」與下文「越之山陰」互易。

〔何山〕文粹何作河，誤。

〔支許〕崇本支作友，誤。

〔吴郡〕崇本郡作都，誤。

〔僅二千首〕全唐文僅作近，此館臣不知僅字之義而臆改。

〔三百篇〕崇本無三字。

〔唱酬〕結一本唱下衍和字，紹本、全唐文作酬唱。

〔昭世〕纖本世作代。

〔江左〕文粹左作右，唐詩紀事同。

〔黄耳〕崇本耳作犬。

〔特雄〕紹本、崇本、纖本、全唐文特均作獨。

【注】

〔支許〕世説文學篇：支道林、許掾（詢）諸人共在會稽王齋頭，支爲法師，許爲都講。支通一義，四坐莫不厭心，許送一難，衆人莫不忭舞，但共嗟詠二家之美，不辯其理之所在。

【箋證】

按：靈澈與皎然爲中唐詩人中之方外宗主，有關當時文壇風氣，事跡詳見高僧傳。唐詩紀事七一：「僧靈澈生於會稽，本湯氏，字澄源（本文作源澄）與吴興詩僧皎然遊，皎然薦之包佶、李紓，以是上人之名由二公而颺。正（貞）元中遊京師，緇流嫉之，造語激動中貴人，浸誣得罪，徙汀州，後歸會稽，元和十一年（八一六）終于宣州。」

又按：唐語林五：「越僧靈澈得蓮花漏於廬山，傳江西觀察使韋丹。初，惠遠以山中不知更漏，乃取銅葉製器，狀如蓮花，置盆水之上，底孔漏水，半之則沉。每一晝夜十二沉，爲行道之節，冬夏短長，雲陰月晦，一無所差。」考其里貫時代行蹤皆合，即此靈澈。

又按：禹錫於文中自言幼時學詩之事，蓋頗得其淵源。故特舉「經來白馬寺，僧到赤烏年」，及「青蠅爲弔客，黄耳寄家書」之句，以爲入作者閫域。此亦禹錫自道其詩法也。

〔嚴維〕全唐詩小傳：「嚴維，字正文，越州山陰人，至德二載（七五七）進士，擢辭藻宏麗科，調諸暨尉，辟河南幕府，終祕書省校書郎，與劉長卿善。」

〔包侍郎〕按：全唐詩小傳：「包佶，字幼正，天寶六年（七四七）進士，累官諫議大夫，坐善元載貶嶺南，劉晏奏起爲汴東兩税使。晏罷，以佶充諸道鹽鐵輕貨錢物使，遷刑部侍郎，改祕書監，封丹陽縣公。」新唐書附劉晏傳中。

〔李侍郎〕全唐詩小傳：李紓，字仲舒，天寶末拜祕書省校書郎。大曆初，以吏部侍郎李季卿薦爲左補闕。累遷司封員外郎，知制誥，改中書舍人，歷禮部侍郎，貞元中應制詩與劉太真皆爲上等。今其詩不傳。舊唐書一三七、新唐書一六一均有傳。

附録一　高僧傳三集一五：會稽雲門寺靈澈傳

釋靈澈，不知何許人也。禀氣貞良，執操無革，而吟詠情性尤見所長。居越谿雲門寺。成立之歲，爲文之譽襲遠，講貫無倦，生徒戾止如闤闠焉。故祕書郎嚴維、劉隨州長卿、前殿中侍御史皇甫曾覿面論心，皆如膠固，分聲唱和，名散四陬。澈遊吴興，與杼山晝師一見爲林下之遊，互相擊節。晝與書上包佶中丞，盛標揀其警句。最所重者，歸湘南作則有：山邊水邊待月明，暫向人間借路行。如今還向山邊去，唯有湖水無行路句。此僧諸作皆妙，獨此一篇，便老僧見欲棄筆硯。伏冀中丞高鑒深量，其進諸乎，其捨諸乎？方今天下有故，大賢勤王，輒以非急于清視聽，亦昭愚老僧不達時也。然澈公秉心立節，不可多得，其道行空慧，無慚安達，復著律宗引源二十一卷，爲緇流所歸。至於玄言道理，應接靡滯，風月之間，亦足以助君子之高興也。其爲同曹所重也如此。晝又賫詩附澈去見佶，禮遇非輕。又權德輿聞澈之譽，書問晝公，迴簡極筆稱之，建中貞元已來，江表諺曰：越之澈，洞冰雪。可謂一代勝士，與杭標、霅晝分鼎足矣。不測其終。

附録二　唐詩紀事載諸人往還詩

柳宗元韓漳州書報澈上人亡因寄二絶云：早歲京華聽越吟，聞君江海分逾深。他時若寫蘭亭會，莫畫高僧支道林。頻把瓊書出袖中，獨吟遺句立秋風。桂江日夜流千里，揮淚何時到浙東。又聞澈上人亡寄侍郎楊丈云：東越高僧還姓湯，幾時瓊佩觸鳴璫。空花一散不知處，誰採金英與侍郎。又：澈與劉夢得友善，夢得送僧仲剬東遊末句呈澈云：一旦揚眉望沃洲，自言王謝許同遊。憑將雜擬三十首，寄與江南湯惠休。

又：權載之酬以詩代書見寄云：蓮花出水地無塵，中有南宗了義人。已取貝多翻半字；還將陽燄諭三身。碧雲飛處詩偏麗；白月圓時性本真。更喜開緘銷熱惱，（自注：時在薦福寺坐夏）西方社裏舊相親。又：載之月夜宿澈上人房云：此身會逐白雲去，未洗塵纓還自傷。今夜幸逢清淨境，滿庭秋月對支郎。

又：劉長卿送師云：蒼蒼竹林寺，杳杳鐘聲晚。荷笠帶殘陽。青山獨歸遠。長卿酬師相招云：石澗泉聲久不聞，獨臨長路雪紛紛。如今漸欲生黄髮，願脱頭冠與白雲。

又：澈於東林寺寄陳、丘二侍郎云：年老心閑無外事，麻衣坐草亦容身。相逢盡道休官好，林下何曾見一人。

又：張祜題澈上人舊房云：寂寞空門支道林，滿堂新板舊知音。秋風吹葉古廊下，一半繩床燈影深。祜又寄師詩云：老僧何處寺，秋夢遶江瀕。獨樹月中鶴；孤舟雲外人。榮華長指幻；衰病久觀身。應笑無成者，滄洲垂一綸。

又：呂温在道州戲贈云：僧家亦有芳春興，自是禪心無滯境。君看池水湛然時，何曾不受花枝影？（按：呂衡張荆州畫讚云：「曹溪沙門靈澈雖脱離世務而猶好正直，得其圖像，因以示之。」此文所謂吴、楚間諸侯多賓禮之也。）

劉禹錫集箋證卷第二十

雜著

傷我馬詞

馬龍類，蓋健而善馳，君子之所宜求爲畀也。故法求於力，或逸而善駭。法求於和，或乾而易仆。由德稱者鮮焉。曩予知善馬之難遭也，不求於肆而於其鄉。一旦果得陰山之阿。蠖略其形，蕭蕭其鳴；長顧遠視，順而能力。顧其軀非驁然而偉也，雖士得以乘之。

始予被皁衣於朝，朝之人多四三其牡以迭馭，予無兼焉。水轍之淋灕，淖途之汪洋。結爲確犖，融爲坳堂。前有僨輈，後有濡裳。我策垂空，我鑣方揚。振鬣軒昂，矯如飛翔。翹翹其雄也，非力而何？烈火之具舉，鈎膺之疊舞。一蹊千趾，騈比齟齬。痑者斯擠，悍者斯怒。我鞍如山，我轡如組。弭毛容與，宛若孤處。靡靡其柔也，非慧而何？前日予之獲譴於闕下，背商顔，趨昭丘，日中而踰舍。修門之南，非騎所宜。夷則沮洳，高則嶮巇。虎跑空林，鼉鬬荒塠。風雨孤征，簡書之威。俾予弗顛，我馬焉依。屑屑其勞也，非德而何？

予至武陵，居沅水之傍，或踰月未嘗跨焉。以故莫得伸其所長。跼蹐顧望兮，頓其鎖韁。飲齕日削兮，精耗神傷。寒櫪騷騷兮，瘁毛蒼涼。路聞蹀蹀兮，逸氣騰驤。朔雲深兮邊草遠，意欲往兮聲不揚。隤然似不得其所而死，故其嗟也兼常。

初玄宗羈大宛而盡有名馬，命典牧以時起居。洎西幸蜀，往往民間得其種而蕃焉。故良毛色者率非中土類也。稽是毛物，豈祖於宛歟！漢之歌曰：龍爲友。武陵有水曰龍泉，遂歸骨於是川。且弔之曰：生於磧礫善馳走，萬里南來困丘阜。青菰寒菽非適口，病聞北風猶舉首。金壺已平骨空朽，投之龍淵從爾友。

【校】

〔題〕崇本作弔馬文。

〔龍類〕紹本、崇本、英華龍均作乾。

〔罯〕即畜字，崇本作獸，誤。

〔善駭〕紹本、英華善作喜。

〔法求〕英華法作主，下句同。崇本下句無法字。

〔蕭蕭〕崇本作蕭然。

〔顧其〕崇本其下有低字。

〔其牡〕英華牡作狀，崇本作壯，注云：一作牲，紹本、中山集作壯。

〔迭馭〕英華馭作取。

〔兼焉〕英華焉作馬。

〔疹〕紹本、崇本均作㾓。

〔前日〕全唐文無前字，是。按：左傳：「日衛不睦，故取其地。」國語：「日君之使於楚也」。史記淮南厲王傳：「日得幸於上有子。」此在古語爲常見，不當有前字。

〔修門〕崇本修作循，非。

〔虎跑〕紹本、崇本、英華、全唐文跑均作咆。

〔甕〕崇本注云：一作蝛，全唐文與一作同。

〔之傍〕紹本、崇本均無之字。

〔神傷〕崇本神作氣。

〔逸氣〕崇本作巴馬。

〔毛色〕崇本毛作也，非。

〔非適口〕崇本非作何。

〔金壺〕全唐文壺作臺，是。

〔龍淵〕崇本淵作荆。

【注】

〔乾而易仆〕按乾字誤，疑當作軋。

〔德稱〕論語：驥不稱其力，稱其德也。

〔皁衣〕按黑衣爲古宿衛之服，史記趙世家：「願得補黑衣之缺以衛王宮。」禹錫蓋以郎官比宿衛。

〔商顔〕漢書溝洫志注：應劭曰：商顔，山名也。師古曰：商顔者，商山之顔也。謂之顔者，譬人之顔額也。

〔昭丘〕文選王粲登樓賦注：荆州圖記曰：當陽東南七十里有楚昭王墓，登樓則見，所謂昭丘。

〔修門〕按修門出楚辭，謂郢都之門。與上文昭丘皆指荆南之地。

【箋證】

按：文云「前日予之獲譴於闕下」，又云「予至武陵，居沅水之傍」，是貶朗州未久所作也。又云「背商顔，趨昭丘」，則其初聞貶連州刺史之命，實取道商州而至荆州矣，中途得再貶朗州司馬之命，則文中略而未敍。當時由長安南行不外兩途，一出藍田，經商州達襄陽；一由洛陽出南陽，亦達襄陽。禹錫此文既有背商顔之語，則必不經洛陽。而外集卷五有赴連州途經洛陽諸公置酒相送一詩何也？此尚當存疑俟考。

又按：唐會要七二：「天寶六載（七四七）十二月，九姓堅昆及室韋獻馬六十匹，令：於西受降使納之。又十三載（七五四）六月一日，隴右羣牧都使奏：臣差判官等就羣牧交點，總六十萬五千六百三頭匹口。」又張説有隴右羣牧使頌。文中所云玄宗羈大宛而盡有名馬，命典牧以時起居，泛指當時駟牧之盛。

口兵戒

余讀蒙莊書曰：「兵莫憯於志，莫邪爲下。」缺然知志士之傷夫生也。他日讀遠祖中壘校尉書曰：「口者，兵也。」畫然知言之爲兵，又憯乎志。因博考前載，極其兩端。夫志兵之薄人，激烈抗憤，不過無從容於世耳。口兵之起，其刑渥焉。繇是知吾祖之言爲急，作戒以書於盤盂。

五刃之傷，藥之可平。一言成痾，智不能明。人或罹兵，道塗奔救。投方效技，思恐其後。人或罹譖，比肩狐疑。借有解紛，毁輒隨之。故曰：舌端之孼，憯乎楚鐵。夷竄誠謀，執戈以驅。掩人誠智，折笄以詈。賢者誨子，信有其旨。發言之難，伸舌猶爾。辯爲詐媒，默爲德基。玉櫝不啓，孰能瑕疵？轝麋深居，孰謂可嗤？戒哉我口之啓，爾心之門。無爲我兵，當爲我藩。以慎爲鍵，以忍爲閽。可以多食，勿以多言。

【校】

〔知志〕畿本、全唐文志下均注云：一作智。

〔思恐〕畿本思作恩。

〔誨子〕崇本子作予。

〔伸舌〕畿本下注云：一作往古，英華、全唐文均與一作同。

〔有其〕紹本、崇本二字均乙。

〔詐謀〕崇本謀作媒。

〔孰能〕紹本、崇本、全唐文孰均作焉。

〔戒哉〕崇本無此二字，畿本下注云：一本無此二字，英華、全唐文戒哉我口之啓六字作我誡於口四字。

【注】

〔中壘校尉〕謂劉向。

【箋證】

按：文中「人或罹譖，比肩狐疑，借有解紛，毀輒隨之」數語，蓋深慨讒人之罔極。本集卷十上杜司徒書亦痛陳此意。當時朋輩中必有坐視禹錫之困阨甚至投井下石者，吕温集中由鹿賦亦猶此意，所指何人，今不可知矣。

〔盤盂〕漢書藝文志：「孔甲盤盂二十六篇。」王應麟考證：「文選注：七略曰：盤盂書者，其傳言孔甲爲之，孔甲，黄帝之史也。書盤盂中爲誡法，或於鼎名曰銘。蔡邕銘論：黄帝有巾機之法，孔甲有盤盂之誡。」

〔五刃〕五刃即五兵，五兵古有兩説，周禮注謂戈、殳、戟、酋矛、夷矛。穀梁傳注謂矛、戟、鉞、盾、弓矢。

〔犨糜〕文選左思魏都賦：「亦猶犨糜之與子都。」語出吕氏春秋遇合，陳有惡人焉曰敦洽犨糜。

猶子蔚適越戒

猶子蔚晨跪於席端曰：「臣幼承叔父訓，始句萌至於扶疏。前日不自意，有司以名汙賢能書，又不自意，被丞相府召爲從事。重兢累媿，懼貽叔父羞。今當行，乞辭以爲戒。」余曰：若知彝器乎？始乎斲輪，因入規矩刳中廉外，楞然而有容者，理膩質堅，然後如密石焉。風戾日晞，不副不聱。然後青黄之，鳥獸之，飾乎瑶金，貴在清廟。其用也羃以養潔，其藏也櫝以養光。苟措非其所，一有毫髮之傷，儡然與破甑爲伍矣。汝之始成人猶器之作朴，是宜力學爲礱斵，親賢爲青黄，睦僚友爲瑶金，忠所奉爲清廟，盡敬以爲羃，慎微以爲櫝，去怠以護傷，在勤而行之耳。設有人思披重霄而挹顥氣，病無階而升。有力者揭層梯而倚泰山，然而一舉足而一高，非獨揭梯者所能也。凡天位未嘗曠，故世多貴人。唯天爵并者乃可偉耳。夫偉人之一顧踰乎華章，而一非亦慘乎黥刖。行矣，慎諸！吾見垂天之雲在爾肩腋間矣。昔吾友柳儀曹嘗謂吾文雋而膏，味無窮而炙愈出也。暹汝到丞相府，居一二日，袖吾文入謁以取質焉。丞相吾友也，汝事所從如事諸父，借有不如意，推起敬之心以奉焉，無忽！

【校】

〔臣幼〕崇本臣作某。

〔又不自意〕紹本、崇本均作又自不意。

〔因入〕紹本因作困，崇本入作人。

〔刳中廉外〕崇本無刳字，廉作度，英華亦作度。

〔然後如〕崇本、全唐文、畿本作後加。紹本如作加，崇本無然字。

〔不副〕鐖本副下注云：一作剖，英華與一作同。全唐文作剖，注云：一作副。

〔親賢〕鐖本親作新，誤。

〔披重霄〕紹本披作被。

〔凡天位〕崇本凡作尺，誤。紹本天作大，崇本、英華、全唐文均作大。

【注】

〔柳儀曹〕謂柳宗元。

〔丞相〕謂元稹。

【箋證】

按：嘉泰會稽志一六：「禹穴碑，鄭昉撰，元稹銘，韓杼材行書，陸洿篆額。寶曆景午（八二六）秋九月作，後有大和元年八月三日中山劉蔚續記二行，在龍瑞宮。」知此文乃爲其姪蔚赴浙東幕而作，稹初鎮浙東正在寶曆初，禹錫當在和州。又外集卷八桃源翫月詩有劉蔇跋語，稱禹錫爲叔父，蔚、蔇連名，必胞兄弟也。文中「偉人之一顧踰乎華章，而一非亦慘乎黥刖」爲禹錫自述其經歷，豈非有懲於杜佑之交誼不終乎！

又按：禹錫之文格與柳宗元尤相近，故所述宗元之語云「雋而膏，味無窮而炙愈出」，亦的評也。

觀博

客有以博戲自任者，速余觀焉。初主人執握槊之器寘於廡下，曰主進者要約之。既揖讓即次，有博齒二，異乎古之齒。其制用骨，觚稜四均，鏤以朱墨，耦而合數，取應期月。視其轉止，依以争道。是制也通行之久矣，莫詳所祖。以其用必投擲，故以博投詔之。

是日客抵骨於局，且祝之曰：「其來如趨，其去如脱。事先趦趄，命中無蹉跌，無從彼呼，無戾我恒。」分曹遒迫，自朝至於日中稷。稷，昃也，穀梁傳。而率與所祝異焉。客視骨如有情焉，如或憑焉，悉詈之不泄，又從而齕齧蹂躪之，莫顧其十目之咍讓也。乃曰：「非予術之不工，是朽骼者不予畀也。」請刷恥於弈棋。主人云從命，命燭以續。騖神默計，巧竭智匱，主進者書勝負之數於牘，視其所喪，又倍前籍焉。觀者曰：以夫人之褊心，亦將詬棋而抵枰矣。既乃恬而不恤，赧然有失鵠求身之色，人咸異之。

子劉子曰：先人者制人，博投是已。從人制於人，枯棋是已。二者豈有數存乎其間哉！但處之勢異耳。是知當軸者易生嫌，而退身者易爲譽。易生之嫌，不足貶也；易爲之譽，不足多也。在辨其所處而已。

【校】

〔齒二〕英華作齒齒。

〔古之〕崇本古作齒負。

〔詔之〕英華詔作設。

〔我恒〕崇本恒作詛，英華、全唐文此句作無俾我怚。

〔稷昃也〕結一本昃作具，誤。纖本作昃，是。紹本、崇本無此注，英華、全唐文逕作日中昃，非。按：穀梁傳定十五年：「日下稷乃克葬。」注：「稷，昃也。」公羊傳作「日中昃」。書無逸：「自朝至于日中昃。」禹錫蓋並三者而用之。禹錫深於穀梁之學，文體似之，故亦多用其詞句。

〔云從命〕紹本作從之，崇本、中山集三字作促，全唐文此句作促命燭以續之。

〔從人〕崇本、纖本、全唐文人下均有者字，似是。

〔枯棋〕崇本枯作枰。

〔但處〕崇本、英華但均作何。

【注】

〔握槊〕魏書藝術傳：握槊蓋胡戲，近入中國。云王有第一人，遇罪將殺之，弟從獄中爲此戲以上之，意言孤則已亡也。世宗以後，大盛於時。

〔主進〕漢書高帝紀：「蕭何爲主吏，主進。」按陳遵傳云：「與宣帝博數負進。」則進謂所賭之財也。主進則主管賭貲之人。

【箋證】

按：此文取勢甚遠而曲，其指歸全在末數語，所謂「當軸者易生嫌，而退身者易爲譽。易生之嫌，不足貶也；易爲之譽，不足多也」，蓋爲永貞中爲崇陵使判官之遭謗而發。此篇與觀市相次，彼爲元和二年（八〇七）作，此當亦同時作，故憤激乃爾。

觀市

由命士已上不入於市，周禮有焉。乃今觀之，蓋有因也。元和二年，沅南不雨，自季春至於六月，毛澤將盡。郡守有志於民，誠信而雩，遂徧山川、方社，又不雨，遂遷市於城門之逵。余得自麗譙而俯焉。

肇下令之日，布市籍者咸至，夾軌道而分次焉。其左右前後，班間錯跱，如在闤之制。其列題區榜，揭價名物，參外夷之貨焉。馬牛有紼，私屬有閑。在巾笥者織文及素焉，在几閣者彫彤及質焉，在筐筥者白黑巨細焉。業於饔者列饔饎陳餅餌而苾然，業於酒者舉酒旗滌梧盂而澤然，鼓刀之人設膏俎解豖羊而赫然。華實之毛，畋漁之生，交蜚走，錯水陸，羣狀夥名，入隊而分，韞藏而待價者，負挈而求沽者，乘射其時者，奇贏以游者，坐賈顒顒，行賈遑遑，利心中驚，貪目不瞬。於是質劑之曹，較估之倫，合彼此而騰躍之。冒良苦之巧言，斁量衡於險手，秒忽之差，鼓舌傖儜。詆欺相高，詭態横出。鼓囂譁，坌煙埃，奮羶腥，疊巾屨，嗑而合之，異致同歸。雞鳴而争赴，日中而駢闐。萬足一心，恐人我先。交易而退，陽光西徂。幅員不移，徑術如初。中無求隙地俱。唯守犬烏烏，樂得腐餘。

是日倚衡而閲之，感其盈虚之相尋也速，故著於篇云。

【校】

〔二年〕崇本作三年。

〔闐之〕英華、全唐文闐下均有闐字。

〔列題〕崇本無題字。

〔貨焉〕崇本、全唐文無焉字。

〔有綷〕崇本綷作緯，英華、全唐文均作牽，結一本作綷，俗字不合。

〔膏俎〕崇本、英華膏均作高。

〔入隊〕紹本、崇本、畿本隊均作隧。按：隧用西都賦「貨别隧分」語，但隊古字亦通。全唐文入作人。

〔較估〕崇本、中山集、英華、全唐文估均作固。

〔冒良苦〕畿本冒下注云：一作易。按：良苦即良窳之意。周禮天官典婦功：「辨其苦良」；史記五帝本紀：「河濒器皆不苦窳。」全唐文與一作同。之作於。

〔徑術如初〕崇本無術字。

〔唯守犬烏烏〕崇本唯作爲，上烏字作鳥，紹本、英華同。按：左傳襄十八年：「烏烏之聲樂，齊師其遁。」烏烏字本此。

〔閱之〕紹本、崇本、全唐文之下均有三字。

【注】

〔命士〕周禮地官司市：命夫過市罰一蓋，命婦過市罰一帷。

〔有志於民〕此亦用穀梁傳：閔雨者有志乎民者也。（見僖三年）禹錫好用穀梁，此亦一證。有志乎民，謂關心民事。

〔麗譙〕見卷一楚望賦。

〔倚衡〕論語：在輿則見其倚於衡也。衡謂横於車前之木。

【箋證】

按：文中有元和二年（八〇七）句，知其初遭遷斥，怨望尤深，故假以譏嘲朝士之鬩争，然亦曲盡市肆喧囂溷雜之狀。

論書

或問曰：「書足以記姓名而已，工與拙可損益於數哉？」答曰：此誠有之，蓋舉下之説爾，非中道之説。亦猶言居室曰避燥溼而已，言衣裳曰適寒燠而已，言飲食曰充腹而已，言車馬曰代勞而已，言禄位曰代耕而已。今夫考居室必以閎門豐屋爲美，笥衣裳必以文章適澤爲甲，評飲食必以精良海陸爲貴，第車馬必以華輈絶足爲高，干禄位必以重侯累封爲意。是數者皆不行舉下之説，奚獨於書也行之邪？禮曰：「士依於德，游於藝。」德者何？曰至，曰敏，曰孝之謂。藝者何？禮、樂、射、御、書、數之謂。是則藝居三德之後，而士必游之也，書居數之上，而六藝之一也。語曰：「飽食終日，無所用心，難矣哉！不有博弈者乎？爲之猶賢乎已。」是則博弈不得列於藝，差愈於飽食無所用心耳。吾觀今之人適有面詆之曰：「子書居下品矣。」其人必逌爾而笑，或謷然不屑。詆之曰：「子握槊弈棋居下品矣。」其人必赧然而媿，或艴然而色。

是故敢以六藝斥人，不敢以六博斥人。嗟乎！衆尚之移人也。

問者曰：「然則彼魏晉宋齊間亦嘗尚斯藝矣。至有君臣争名，父子不讓，何哉？」答曰：吾姑欲求中道耳，子寧以尚之之弊規我歟！且夫信者美德也。秦繆尚之而賢臣莫贖。黄老者至道也，竇后尚之而儒臣見刑。道德且不可尚，矧由道德以下者哉？所謂中道而言書者何？處之文學之下，六博之上。材鈞而善者得以加譽，遇鈞而善者得以議能。所加在乎譽，非實也，不黷於賞。所議在乎過，非實也，不紊於刑。夫如是，庶乎六書之學不湮墜而已乎！

【校】

〔可損益〕紹本、崇本可均作何。

〔中道〕紹本、崇本、中山集、全唐文均作蹈中。

〔閟門〕紹本、崇本、全唐文閟均作閱。

〔遒澤〕崇本、文粹、全唐文遒均作鮮。

〔之謂〕崇本、英華謂上有爲字，似非。

〔語曰〕結一本語作詩，誤。

〔詆之〕崇本、英華詆上有有字。

〔是故〕崇本、英華故下均有時字。

〔吾姑〕英華、全唐文，姑均作始。

〔遇鈞〕結一本鈞下注云：一作過。

〔非實也〕紹本、崇本、全唐文實均作罪。

〔湮〕全唐文作堙。

【箋證】

按：禹錫亦工書法者，今所傳楊岐山乘廣禪師碑是其所書。故有此論。詳見外集卷八各詩。

〔君臣争名〕齊書王僧虔傳：「太祖善書，及即位，篤好不已，與王僧虔賭書畢，謂僧虔曰：誰爲第一？僧虔曰：臣書第一，陛下亦第一。」南史則云：「帝問我書何如卿，答曰：臣正書第一，草書第二，陛下草書第二而正書第三，臣無第三，陛下無第一。」此所謂君臣争名。

〔父子不讓〕晉書王獻之傳：「謝安問曰：君書何如君家尊？答曰：故當不同。安曰：外論不爾。答曰：人那得知？」孫過庭書譜序云：「子敬又答：……敬雖權以此辭折安所鑒，自稱勝父，不亦過乎？」此所謂父子不讓。

〔儒臣見刑〕謂趙綰、王臧也。漢書武帝紀：「御史大夫趙綰坐請毋奏事太皇太后，及郎中令王臧皆下獄自殺。」注：「應劭曰：王臧儒者，欲立明堂辟雍，太后素好黄老術，非薄五經，因欲絶奏事太后，太后怒，故殺之。」通鑑一七：「太皇竇太后好黄老言，不悦儒術，趙綰請毋奏事東宫，竇太后大怒曰：此欲復爲新垣平邪？陰求得趙綰、王臧姦利事，以讓上，上因廢明堂事，諸所興爲皆廢，下綰、臧吏，皆自殺。」

劉氏集略説

子劉子曰：五達之井，百汲而盈科，未必涼而甘，所處之勢然也。人之詞待扣而揚，猶井之利汲耳。始余爲童兒，居江湖間，喜與屬詞者游，謬以爲可教。視長者所行止，必操觚從之。及冠舉秀才，一幸而中説，有司懼不厭於衆，亟以口譽之。長安中多循空言，以爲誠，果有名字，益與曹輩畋漁於書林，宵語途話，琴酒調謔，一出於文章。俄被召爲記室參軍。會出師淮上，恒磨墨於楯鼻上，或寢止羣書中。居一二歲，由甸服升諸朝，凡三進班而所掌猶外府，或官課，或爲人所倩，昌言奏記，移讓告諭，奠神志葬，或猥并焉。及謫於沅、湘間，爲江山風物之所蕩，往往指事成歌詩，或讀書有所感，輒立評議。窮愁著書，古儒者之大同，非高冠長劍之比耳。前年蒙恩澤，以郡符居海壖，多雨慝作，適晴喜，躬曬書於庭，得以書四十通。逌爾自哂曰：道不加益，焉用是空文爲？真可供醬蒙藥楮耳。他日子壻博陵崔生關言曰：「某也鄙游京師，偉人多問丈人新書幾何，且欲取去。而某應曰無有，輒媿起於顏間。今當復西，期有以弭媿者。」繇是删取四之一爲集略，以貽此郎，非敢行乎遠也。

【校】

〔鼻上〕紹本、崇本、中山集、全唐文均無上字。

〔以郡〕紹本、崇本、全唐文以上均有授字。

〔以書〕紹本、崇本、全唐文以均作已。

〔欒楮〕崇本楮作褚。

【注】

〔以郡符居海壖〕謂任蘇州刺史時，當水災之後。

【箋證】

按：此謂禹錫自編之集，唐人稱四十通即四十卷，復略取四之一，則不過十卷，據文云前年蒙恩澤以郡符居海壖，則似是刺蘇州之第三年，即大和七年（八三三），是時當水災之後。大抵今集中表狀書啓碑誌多出其手訂，而外集則别加掇拾者也。

又按：文中云：「及謫於沅、湘間，爲江山風物之所蕩，往往指事成歌詩，或讀書有所感，輒立評議。」歌詩當是指在朗州、連州詠其風土諸篇。至本集卷二十二各詩多借古事述懷，此外則卷五諸論及本卷觀博、觀市諸篇，殆即所謂讀書有所感輒立評議者。據此言之，禹錫之志事大抵皆具於此。若其代人命策之文，以及牽率酬應晚年遣興之詩，皆非其所重，此篇不啻即其全集自序也。

〔舉秀才〕唐制雖設秀才一科，而應者少，高宗永徽中已停，見新唐書選舉志。此云舉秀才，其實即舉進士之意。

〔出師淮上〕此指杜佑任淮南節度使時出兵徐州討張愔事。見本集卷十一。

〔由甸服升諸朝〕禹錫本傳云：從杜佑入朝爲監察御史。略去渭南主簿一節。據子劉子自傳，實先補渭南主簿，繼擢監察御史，故云由甸服升朝。

〔三進班〕謂自主簿遷御史，復擢屯田員外郎，主簿正九品，監察御史正八品，員外郎從六品也。云所掌猶外府，意謂未掌綸誥也。

〔博陵崔生〕禹錫有女，僅見於此，其婿名待考。

名子説

魏司空王昶名子制誼，咸得立身之要。前史是之。然則書紳銘器，孰若發言必稱之乎？今余名爾：長子曰咸允，字信臣，次曰同廙，字敬臣。欲爾於人無賢愚，於事無小大，咸推以信，同施以敬。俾物從而衆説，其庶幾乎！夫忠孝之於人，如食與衣，不可斯須離也。豈俟余勖哉？仁義道德，非訓所及，可勉而企者，故存乎名。夫朋友字之，非吾職也。顧名旨所在，遂從而釋之。孝始於事親，終於事君，偕曰臣，知終也。

【校】

〔名爾〕崇本爾作示。

〔欲爾〕崇本爾作示。

〔道德〕崇本德作深。

〔事親〕紹本、崇本、中山集、全唐文均無事字。

【注】

〔咸允〕按允有信義，故字曰信臣，廙有敬義，故字曰敬臣，名字相應，古法也。

【箋證】

按：禹錫本傳云：子承雍，登進士第，亦有才藻。則未知爲此文中之咸允抑同廙。雲谿友議中山誨條云：誡子弟咸元、（唐詩紀事作咸久，元、久皆允之訛。）承雍等曰云云，則似承雍即同廙之改名。可爲禹錫無三子之證。

又按：咸允事跡雖不見於史，而溫畬續定命録載一事云：「祕書監劉禹錫，其子咸允久在舉場無成，禹錫憤惋宦途，又愛咸允甚切，比歸闕，以情訴於朝賢。大和四年（八三〇），故吏部崔羣與禹錫深於素分，見禹錫蹭蹬如此，尤欲推挽咸允。其秋，羣門生張正謩充京兆府試官，羣特爲禹錫召正謩，面以咸允託之，覬首選焉，及榜出，咸允名甚居下。」（太平廣記一五六引）據此，咸允恐未得科名矣。

又按：郎官石柱題名考二左司員外郎劉承雍：「舊僖宗紀：乾符三年（八七六）七月，王仙芝攻汝州下之，刑部侍郎劉承雍在郡爲所害。資治通鑑：咸通十四年（八七三）十月，貶韋保衡所親翰林學士、户部侍郎劉承雍爲涪州司馬。（重修承旨學士院壁記司馬作司户，又失載户侍及入充學士年月。）」

〔王昶〕三國志魏志王昶傳，其爲兄子及子作名字，皆依謙實以見其意，故兄子默字處靜，沉字處道；其子渾字玄冲，深字邃冲。

奏記丞相府論學事

十一月七日使持節都督夔州諸軍事、夔州刺史劉某謹奏記相公閣下：凡今能言者，皆謂天下少士。而不知養材之道，鬱堙而不揚，非天不生材也；亦猶不耕者而歎廪庾之無餘，非地不産百穀也。伏以貞觀中增築學舍千二百區，生徒三千餘人。時外夷上疏，請遣子弟入附於三雝者五國。雖菁菁者莪，育材之道，不足比也。今之膠庠不聞弦歌，而室廬圮廢，生徒衰少。非學官不能振舉也，病無貲財以給其用。鰥生今有一見使太學立富，幸遇相公在位，可以索言之。

禮云：凡學官春釋奠於其先師。斯禮止於辟廱頖宮，非及天下也。今四海郡縣咸以春秋上丁有事孔子廟，其禮不應於古。且非孔子意也。炎漢初定，羣臣皆起屠販爲公卿，故孝惠、高后之間，置原廟於郡國。逮孝元時，韋玄成以碩儒爲丞相，遂建議罷之。夫以子孫尚不敢違禮以饗其祖，況後學師先聖之道而首違之乎？祭義曰：祭不欲數。語云：祭神如神在。與其煩於舊饗，孰若行其教道？今夫子之教日頹靡，而以非禮之祀媚之，斯儒者所宜憤悱也。

竊觀歷代無有是事。皇家武德二年詔於國學立周公、孔子廟，四時致祭。貞觀十一年，又詔修宣尼廟於兖州。至二十年，許敬宗等奏，乃遣天下諸州縣置三獻官，其他如方社。敬宗非通儒，不能稽典禮。開元中，玄宗嚮學，與儒臣議，繇是發德音，其罷郡縣釋奠牲牢，唯酒脯以薦。後數年令定。時王孫林甫爲宰相，不涉學，委御史中丞王敬從刊之。敬從非文儒，遂以明衣牲牢編在學令。是首失於敬宗而終失於林甫，習以爲常，罕有敢非之者。

謹按本州四縣，一歲釋奠物之直緡錢十六萬有奇。舉天下之郡縣，當千七百不啻，羈縻者不在數中。凡歲中所出於經費過四千萬。適資三獻官飾衣裳飽妻子而已。於尚學之道無有補焉。前日詔書許列郡守臣得以上言便事，今謹條奏，某乞下禮官博士詳議典制，罷天下縣邑牲牢衣幣。如有生徒，春秋依開元敕旨，用酒醴腶脩腒䐹榛栗示敬其事，而州府許如故儀。然後籍其資，半附益所隸州，使增學校，其半率歸國庠，猶不下萬計。築學室，具器用，豐饔食，增掌固以備使令。凡儒官各加稍食，其紙筆鉛黄視所出州，率令折入。學徒既備，明經日課繕書若干紙，進士命讎校亦如之。則貞觀之風粲然不殊。其他郡國，皆立程督。投紱懷璽，棫樸菁莪，良可詠矣。

伏惟相公發迹咸自諸生，其尊素王之道，儀刑四方，宜在今日。是以小生敢沿故事以奏記於左右，姑舉其大較。至於證據纖悉，條奏具之，章下之日，乞留神省察，不勝大願。惶恐拜手稽首。

【校】

〔而歎〕紹本、崇本、全唐文而均作不。

〔不能振舉〕紹本、崇本、全唐文能均作欲。

〔今有〕結一本有作日，非。

〔違之乎〕崇本之下無本字。

〔稽典〕崇本無稽字。

〔令定〕紹本、崇本、全唐文均作定令。

〔釋奠物〕結一本釋作失，誤。

〔飽妻子〕紹本、崇本、畿本、中山集、全唐文飽均作飴。

〔腒驌〕崇本驌作鱐。

〔饔食〕紹本、崇本、畿本、全唐文饔均作篹，誤。

〔菁莪〕紹本作華華，崇本作皇華。

〔儀刑〕紹本、崇本刑均作形。

〔乞留神〕崇本乞上有某字。

【注】

〔禮云〕禮記文王世子：「凡學春官釋奠于其師，秋冬亦如之。」注：「官謂禮樂詩書之官，不言夏，夏從春可知也。」今此文作凡學官春釋奠于其先師，蓋依據令文，見唐會要三五，似不用鄭義。

〔原廟〕按漢書四三叔孫通傳：「願陛下爲原廟渭北，衣冠月出游之。」此漢制原廟之始。至韋玄成建議所罷者郡國之廟，不止渭北之原廟，皆以不合古禮爲言。

【箋證】

按：漢時官民上書三公皆稱奏記，如漢書蕭望之傳：「待詔鄭朋奏記望之」，文選有阮籍奏記詣蔣公一首。禹錫上此書當在長慶二三年（八二二、八二三），其時任宰相者爲杜元穎、王播、李逢吉、牛僧孺。若裴度、元稹則爲時甚暫也。四人皆進士出身，故云發迹咸自諸生。

〔許敬宗等奏〕唐會要三五：「貞觀二十一年（六四七），中書侍郎許敬宗等奏：……州縣釋奠既請遣刺史縣令親爲獻主，望准祭社給明衣，修附禮令爲定式。學令，祭以太牢，樂用軒懸，六佾之舞，並登歌一節，與大祭祀相遇改用中丁，州縣常用上丁，無學，祭用少牢。」此文所謂明衣牲牢編在學令者指此。

澤宮詩

澤宮，送士歲貢也。晉昌唐如晦以信誼爲良弓，文學爲菆矢，規爵禄猶梟禽。密彀持滿，遡風蜚繳者數矣。有措梧之妙，而無雙鶬之獲。韔弓收視，歸究其術，繇是跡愈屈而名愈聞，君子益多之。彼不由其術一幸而中者，雖懸貆在庭，君子未嘗多也。歲殫矣，告予以西，予爲賦澤宮一章，庶見子之弓弗再張也已。

秩秩澤宮，有的維鵠。祁祁庶士，於以干禄。彼鵠斯微，若止若翔。千里之差，起於毫芒。我矢既直，我弓既良。依於高墉，因我不臧。高墉伊何？維器與時。視之以心，誰謂鵠微？

【校】

〔題〕全唐文詩下有引字。各本此詩列入詩集。

〔蜚繳〕纖本繳作徼，誤。

〔因我〕崇本因作罔。

〔與時〕英華與作維。

【箋證】

按禮記射義：諸侯歲獻貢士於天子，天子試之於射宮。又：天子將祭，必先習射於澤，澤者所以擇士也，已射於澤，然後射於射宮。又：郊特牲：王立於澤。注：澤，澤宮也。所以擇賢之宮也。禹錫取澤宮二字以寓試士之所之意。

又：新唐書選舉志：「舉選不由館學者謂之鄉貢，皆懷牒自列于州縣。」此文中之唐如晦即從鄉貢而入都試進士者，故以弓弗張爲祝，望其一試而中第也。

魏生兵要述

余爲書殿學士四年，所與居皆鴻生彦士。一旦詔下，懷吴郡章而東，門下生感惜是行。且曰：吴中富士必有知書，宜爲太守所禮者。及下車，閲客籍，森然三千，有鉅鹿魏生持所著書來謁曰：「不佞始讀書爲文章，凡二十年，在貢士中，孤鳴甚哀，卒無善聽者。退而收視易慮，伏北窗下，考前言，成兵要十編。度諸侯未遑是事，將笈而西，求一言以生羽翼。」予取書觀之，始自黄帝伏蚩尤，至於隋氏平江南，語春秋戰國事最備。磅礴下上數千年間，其攟摭評議無遺策，用是以干握兵符貴人，宜有虚己而樂聞者。子盍行乎！吾知元侯上舍不獨善雞鳴、彈長鋏，三五九九之伎，顓之而已。

【校】

〔感惜〕紹本、崇本、畿本感均作咸。

〔魏生持〕英華、全唐文持均作將。

〔取書〕崇本、全唐文書上均有其字。

〔至於〕英華、全唐文至均作終。

〔元侯上舍〕結一本無侯字，非。

【注】

〔三五〕文選江淹詣建平王上書：「備鳴盜淺術之餘，豫三五賤伎之末。」注引抱朴子軍術曰：「大將軍當明案九宮，視年在宮，常就三居五，五爲死，三爲生，能知三五，横行天下。」

〔九九〕韓詩外傳：「齊桓公設庭燎，待人士不至，有以九九見者，曰九九薄能耳，君猶禮之，況賢於九九者乎？」九九蓋算法之一。

【箋證】

按：此當是大和六七年（八三二、八三三）間在蘇州時徇人祈請之作。鉅鹿魏生指其郡望，非謂其爲鉅鹿人。觀其自言「讀書爲文章，凡二十年，在貢士中，孤鳴甚哀，卒無善聽者」，可見唐時文士縈心科名，窮老不遇之狀。禹錫爲其所撰兵要作序，不曰紀，亦不曰引或解，但曰述，以其書之不足道，聊徇其意爲之薦揚耳。

救沈志

貞元季年夏大水，熊、武五溪鬭決於沅，突舊防，毁民家。躋高望之，溟涬葩華，山腹爲坻，林端如莎。湍道駛悍，不風而怒。崱嶷前邁，浸淫旁掩。柔者靡之，固者脱之。規者旋環之，矩者倒顛之。輕而泛浮者硠磕之，重而高大者前卻之。生者力音，殪者弛形。蔽流而東，若木梯然。有僧愀然焉誓於路曰：「浮圖之慈悲，救生最大。能援彼於溺，我當爲魁。」里中兒願從四三輩，皆狎川勇游者。相與乘堅舟，挾善器。維以修絎，杙於崇丘。水當洄洑，人易寘力。凝矑執用，俟可而拯。大凡室處之類，穴居之彙，在牧之羣，在豢之馴，上羅黔首，下逮毛物，拔乎洪瀾，致諸生地者，數十百焉。

適有摯獸如䝙夷而前，攫持流栟，首用不陷，隅目傍睨，其姿弭然，甚如六擾之附人者。其徒將取焉，僧趣訶之曰：「第無濟是爲！」目之可里所，而不能有所持矣。舟中之人曰：「吾聞浮圖之教貴空，空生普，普生慈，不求報施之謂空，不擇善惡之謂普，不逆困窮之謂慈。曏也生必救而今也窮見廢，無乃計善惡而忘普與慈乎！」

僧曰：「甚矣問之迷且妄也！吾之教惡乎無善惡哉？六塵者在身之不善也，佛以賊視之。末伽聲聞者在彼之末痞也，佛以邪目之。惡乎無善惡邪？吾鄉也所援而出死地者衆矣。形乾氣還，各復本狀。蹄者躑躅然，羽者翹蕭然，而言者諓諓然，隨其所之，吾不尸其施也。不德吾則已，焉能害爲？彼形之乾，鬈鬐之姿也，彼氣之還，暴悖之用也。心足反噬而齒甘最靈，是必肉吾屬矣。庸能躑躅諓諓之比歟？大虎之不可使知恩，猶人之不可使爲虎也。非吾自貽患爲爾，且將貽患於衆多，吾罪大矣。」

子劉子曰：余聞善人在患，不救不祥。惡人在位，不去亦不祥。僧之言遠矣，故志之。

【校】

〔決於沅〕紹本、崇本決均作泆。

〔葩〕英華葩作范。

〔如莎〕畿本莎作沙，注云：一作莎。

〔矩者〕畿本矩作短。

〔愀然焉〕紹本、畿本、全唐文焉上均無然字。

〔誓於〕崇本、英華誓均作憯，誤。

〔目之〕紹本、崇本目作自，非，英華此下有佛字。

〔無善惡邪〕崇本邪作也。

〔之還〕英華還作遷。

〔爲爾〕紹本、崇本、英華爲均作焉。

〔貽患〕崇本貽作遺。

虎言。

【注】

〔五溪〕按水經注沅水：武陵有五溪，謂雄溪、樠溪、無溪、酉溪、辰溪。雄亦作熊，無亦作武。

【箋證】

按：此文述朗州遭大水時，拯援漂溺之人畜而獨不救一虎，意即左傳所謂「一日縱敵，數世之患」，及「除惡務盡」之旨，虎雖被迫而乞命，及其得生，則本來面目將復現矣。文首云貞元季年，則禹錫尚未貶朗州，此亦假朗州人之言以託諷耳。據董侹修陽山廟碑（見全唐文六八四）：永貞元年（八〇五），沅水泛溢，壞及廬舍，幾盈千室，生人禽畜隨流逝止。所述正相似，貞元季年與永貞元年即是一年，禹錫既與董侹常有往還，或至朗州後聞之於董侹，因而筆之於書耳。

又按：本卷各篇，自在朗州以至夔、和、蘇州，非一時所作，爲本集中文篇之最後一卷，似是編集時搜遺而成，故不依年月次第，亦不依文體，其文亦有不足存者。

〔摯獸〕按：禮記曲禮：「前有摯獸則載貔貅。」疏：「摯獸，猛而能縶，謂虎狼之屬也。」此文當指

劉禹錫集箋證卷第二十一

雜興三十一首

學阮公體三首

少年負志氣，信道不從時。只言繩自直，安知室可欺？百勝慮無敵，三折乃良醫。人生不失意，焉能暴己知？

朔風悲老驥，秋霜動鷙禽。出門有遠道，平野多層陰。滅没馳絶塞，振迅拂華林。不因感衰節，安能激壯心？

昔賢多使氣，憂國不謀身。目覽千載事，心交上古人。侯門有仁義，靈臺多苦辛。不學腰如磬，徒使甑生塵。

【校】

〔學阮〕崇本學作效。

〔慮無〕紹本、崇本作難慮，全唐詩同，注云：一作慮無敵。

〔暴己〕紹本、崇本、全唐詩暴均作慕。

【注】

〔室可欺〕按南史阮長之傳，「一生不侮暗室。」安知室可欺者，謂不料有人竟以暗室爲可欺也。

〔三折〕左傳定十三年：三折肱乃爲良醫。

〔暴己知〕按此句似謂不經患難即不能自知所短。暴字頗費解，作慕亦未必然。

〔靈臺〕按以靈臺喻心，出莊子。

〔腰如磬〕按此用禮記曲禮「立則磬折垂佩」之意，兼用陶潛爲五斗米折腰之語。

〔甑生塵〕後漢書范冉傳：甑中生塵范史雲，釜中生魚范萊蕪。

【箋證】

按：此三首雖以學阮公體爲題，其實非學其詩體，特學其詠懷之意。第一首言身經憂患方知直道之難行。第二首以老驥鷙禽爲喻，言雖當衰節仍不改壯志。第三首言心慕古賢而世無公道，末句以不能隨俗貶節即不免陷於窮困爲結。此必禹錫初遭貶斥時憤激之詞，第二首特顯其壯心未已，當與本集卷二十四始聞秋風詩及卷二十六秋詞第一首參看。

又按：本卷各詩皆有所諷，雖以古體爲主，然偶作二首爲半律體，題欹器圖爲絶句，編集時乃以詩意連類而及，非必盡依體裁。

偶作二首

終朝對尊酒，嗜興非嗜甘。終日偶衆人，縱言不縱談。世情閑盡見，藥性病多諳。寄謝嵇中散，予無甚不堪。

萬卷堆牀書，學者識其真。萬里長江水，征夫渡要津。養生非但藥，悟佛不因人。燕石何須辨，逢時即至珍。

【校】

〔盡見〕全唐詩盡作静。

【箋證】

按：此詩第一首自述處世之道。雖對酒而意不在沉湎，雖接衆人而止於虚與委蛇。此皆由於在閒暇中故能深體世情，正如病中之能諳藥性。結以不似嵇康之不堪，蓋康乃玩世不恭之詞，禹錫則自云不敢玩世傲物也。第二首言讀書貴於得要，而求知乃所以爲己非以爲人。故外物之變遷不必因之而自擾。韓非子云：「宋之愚人得燕石於梧臺之側，藏之以爲大寶，周客聞而觀焉，笑曰：「此燕石也，與瓦甓同。」結句用此，蓋有兩意。一謂既不假外物，則燕石之寶與非寶皆不足辨。一謂燕石逢時，人仍視爲至珍。微露譏刺權貴之意。自是禹錫在患難中深有所悟之言，與柳宗元南澗中題及溪居詩同一境界。「藥性病多諳」及「養生非但藥」二語乃禹錫平日所持論，參看本集卷六因論及卷十答道州薛郎中論方書書。

又按：此二詩乃律體中之變格，唐人偶一爲之，與古體仍稍有别。

古調二首 一作諷古。

軒后初冠冕，前旒爲蔽明。安知從復道，然後見人情。

簿領乃俗士，清談信古風。吾觀蘇令綽，朱墨一何工？

【校】

〔題〕全唐詩作古詞，崇本無一作諷古小注。

〔復道〕紹本、崇本、畿本、文粹復均作複。按：復即複字，史記留侯世家集解引如淳云：「上下有道，故謂之復道。」韋昭云：「閣道。」謂走廊上有樓，從樓上可以觀牆外，而外間不能見牆内也。

〔何工〕崇本工作同。

【箋證】

按：漢書張良傳：「上（高帝）已封大功臣二十餘人，其餘日夜争功而不決，未得行封。上居雒陽南宫，從復道望見諸將往往數人偶語。上曰：此何語？良曰：陛下不知乎？此謀反耳。上曰：天下屬安定，何故而反？良曰：陛下起布衣，與此屬取天下，今陛下已爲天子，而所封皆蕭、曹故人所親愛，而所誅者皆平生仇怨。今軍吏計功不足以徧封。此屬畏陛下不能盡封，恐見疑過失及誅，故相聚謀反耳。」此詩第一首謂帝王以窺見隱微不苛察細故爲貴，然安知聰明蔽塞，外間人情全無所覺，爲害不尤甚乎？

周書蘇綽傳：「蘇綽，字令綽……少好學，博覽羣書，尤善算術。……太祖乃召爲行臺郎中……謂周惠達曰：蘇綽真奇士也，吾方任之以政。即拜大行臺左丞，參典機密，自是寵遇日隆。綽始制文案程式，朱出墨入，及計帳户籍之法。」此詩第二首「朱墨一何工」之語，即指此。前二語「簿領乃俗士」云云乃述時人之言，貴清談而不務實效，後二語乃禹錫之意，蘇綽是賢士，固深求簿領之精密者也，安得以簿領爲俗務而輕之耶？

綜觀以上二詩，皆有感於當時之弊政而發，舊唐書李實傳云：「（貞元）二十年（八〇四）春夏旱，關中大歉，實爲政猛暴，方務聚斂進奉以固恩顧，百姓所訴，一不介意。因入對，德宗問人疾苦，實奏曰：今年雖旱，穀田甚好。由是租稅皆不免。」此特舉其一端，君主不能周歷閭閻，親察民隱，致爲姦邪所蒙蔽。德宗以後諸帝有自十六宅登大位者，從未一至外間，其不知民情蓋更甚於德宗。穆宗屢從複道往興慶宮及華清宮，敬宗且欲往東都。守文之士以逸豫爲戒，固亦正論，禹錫此詩之旨或廣其意欲君主之察輿情而問疾苦也。又德宗好文，盈廷多詞華之士，而吏材無聞，相習成風，不以課績爲重，亦當時之一弊。舊唐書一六八韋温傳云：「鹽鐵判官姚勗知河陰院，嘗雪寃獄，鹽鐵使崔珙奏加酬獎，乃令權知職方員外郎。制出，令勗上省，温執奏曰：國朝已來，郎官最爲清選，不可以賞能吏。上令中使宣諭言，勗能官，且放入省。温堅執不奉詔，乃改勗檢校禮部郎中。（通鑑二四六胡注云：姚勗權知職方員外郎而韋温爭之，檢校禮部郎中而温不復言者，蓋唐制藩鎮及諸使僚屬率帶檢校官，而權知則爲職事官故也。）翌日，帝謂楊嗣復曰：韋温不放姚勗入省，有故事否？嗣復對曰：韋温志在銓擇清流。然姚勗士行無玷，梁公元崇之孫，自殿中判鹽鐵案，陛下獎之宜也。若人有吏能不入清流，孰爲陛下當煩劇者？此衰晉之風也。」又通鑑二四九載：「大中十二年（八五八），劉瑑與崔慎由議政於上前，慎由曰：惟當甄別品流，上酬萬一。瑑曰：昔王夷甫祖尚浮華，妄分流品，而遽以品流爲先，臣未知致理之由。」此雖在禹錫以後之事，然唐中葉以後科第清流傲視一切之積習，固爲章章在人耳目者。通鑑二三九云：「中書侍郎同平章事韋貫之性高簡，好甄別流品。」貫之在相位時，正禹錫赴召還京而復貶之時，或禹錫爲貫之而發，未可知也。禹錫蓋以幹濟自負者，宜其不以此等浮薄之論爲然。此二詩寓意甚深，必非苟作。

寓興二首

常談即至理，安事非常情。寄語何平叔，無爲輕老生。

世途多禮數，鵬鷃各逍遥。何事陶彭澤，抛官爲折腰？

【注】

〔何平叔〕三國志魏志二九管輅傳載「鄧颺曰：此老生之常譚。輅答曰：夫老生者見不生，常譚者見不譚。」按鄧颺與何晏同見管輅，輅爲陳禍福之義，故颺有是言。然實爲晏發也。平叔，晏字。

【箋證】

按：此二首疑與古調二首本屬一題，同時所作。惟此二首意較淺明。一譏蹈常襲故者，一譏苛責禮數者。四詩各舉一古詩以爲喻，殆即前卷劉氏集略説所云「讀書有所感輒立評議」之一例。

昏鏡詞 并引

鏡之工列十鏡於賈匳，發匳而視，其一皎如，其九霧如。或曰：「良苦之不侔甚矣。」工解頤謝曰：「非不能盡良也，蓋賈之意唯售是念，今來市者必歷鑒周睞，求與己宜。彼皎者不能隱芒秒之瑕，非美容不合，是用什一其數也。」予感之作昏鏡詞。

昏鏡非美金，漠然喪其晶。陋容多自欺，謂若他鏡明。瑕疵既不見，妍態隨意生。一日四五照，自言美傾城。飾帶以紋繡，裝匣以瓊瑛。秦宮豈不重？非適乃爲輕。

【校】

〔苦〕全唐詩注云：一作楛。

〔今來〕英華、全唐詩今下均有夫字。

〔鑒〕全唐詩注云：一作覽。

〔作昏鏡〕英華鏡下有之字。

〔既不見〕全唐詩既下注云：一作闇。

〔紋繡〕崇本紋作文，是。全唐詩注云：一作綺。

【注】

〔賈匳〕按此謂待鬻之器所貯之匳。

〔良苦〕按此苦字爲苦窳之苦。史記五帝本紀：「舜陶河濱，河濱器皆不苦窳。」謂製造不精也。

本卷賈客詞同。

〔解頤〕按漢書匡衡傳：「諸儒語曰：無説詩，匡鼎來。匡説詩，解人頤。」注：「如淳曰：使人笑不能止也。此謂大笑過甚，以至頤脱而不能闔口也。」用此二字，甚言鏡工之冷眼觀人。

〔什一其數〕按謂十鏡中明鏡僅居其一。

〔秦宮〕按此似用照膽鏡事。西京雜記云：始皇有方鏡，照見心膽，女子有邪心，即膽張心動，乃殺之。特借以爲明鏡之稱耳。

【箋證】

按：此首自是憤世之詞，謂人不自知其醜，反憚明鏡之洞照。然則懷才待沽者無寧自溷於庸流，以期易售耳。意雖激切，語甚蘊藉。禹錫少年時意氣頗盛，涇渭分明，故招讒謗，於本集卷十上杜司徒書見之，此詩仍有不改素志之意。

養鷙詞　并引

途逢少年，志在逐絶，方呼鷹隼以襲飛走，因縱觀之。卒無所獲。行人有常從事於斯者曰：夫鷙禽飢則爲用，今哺之過篤故然也。余感之作養鷙詞。

養鷙非玩形，所資擊鮮力。少年昧其理，日月哺不息。探雛網黄口，旦莫有餘食。寧知下韛時，翅重飛不得。碞䨜上林表，狡兔自南北。飲啄既已盈，安能勞羽翼？

【校】

〔逐絶方〕紹本、文粹絶方均作絶句二字平列。崇本逐下作禽獸二字，無絶字，全唐詩逐下作獸。

〔日月〕畿本月下注云：一作日，一作夜。紹本、崇本、文粹、全唐詩均作日日，全唐詩注云：一作夜。

〔上林〕紹本、崇本、畿本、文粹、全唐詩上均作止，似是。

【注】

〔飢則爲用〕後漢書吕布傳：布因陳登求徐州牧不得。布怒，拔戟斫机。登曰：登見曹公，言：養將軍譬如養虎，當飽其肉，不飽則將噬人。公曰：不如卿言，譬如養鷹，飢則爲用，飽則颺去。布乃解。

【箋證】

按：詩云：「碞䨜上林表，狡兔自南北。飲啄既已盈，安能勞羽翼？」似是刺武臣。舊唐書一二九韓滉傳云：「滉之入朝也，路由汴州，厚結劉玄佐，將薦其可任邊事，玄佐納其賂，因許之。及來覲，上訪問焉，初頗禀命，及滉以疾歸第，玄佐意怠，遂辭邊任，盛陳犬戎未衰，不可輕進。」又一四五劉玄佐傳云：「興元初，進加檢校左僕射，加平章事。是歲來朝，又拜涇原四鎮北庭等道兵馬副元帥、檢校司空，益封八百户。」史言德宗姑息藩鎮，禄位過厚，亦其一端也。禹錫殆有感於類此之事。

〔擊鮮〕此二字出漢書陸賈傳。顔注云：「鮮謂新殺之肉也。」史記作「數見不鮮」，意全不同。禹錫用漢書顔解，謂擊殺狐兔之屬以資鮮食也。

武夫詞 并引

有武夫過，詑余以從軍之樂。翌日，質於通武之善經者，則曰果有樂也。夫威恣而賞勞則樂用，威雌而賞虓則樂横。顧其樂安出耳。余惕然作是詞。

武夫何洸洸？衣紫襲絳裳。借問胡爲爾？列校在鷹揚。依倚將軍勢，交結少年場。探丸害公吏，袖刃妒名倡。家産既不事，顧眄自生光。酣歌高樓上，袒裼大道傍。昔爲編户人，秉耒甘哺糠。今來從軍樂，躍馬飫膏粱。猶思風塵起，無種取侯王。

【校】

〔威雌〕全唐詩雌作雄。

〔袖刃〕全唐詩袖作抽。

〔酣歌〕全唐詩酣下注云：一作醒。

〔膏粱〕紹本膏作持，崇本作峙。

【注】

〔武之善經〕按語出左傳宣十二年。「兼弱攻昧，武之善經也」，杜注：「經，法也。」

〔依倚將軍勢〕辛延年羽林郎詩：「依倚將軍勢，調笑酒家胡。」將軍原指霍光，此乃借用。

〔探丸〕漢書尹賞傳：閭里少年羣輩殺吏受賕報仇，相與探丸（今本下衍爲彈二字），得赤丸者斫武吏，得黑丸者斫文吏，白者主治喪。

【箋證】

按：新唐書兵志：「自肅宗以後……京畿之西多以神策軍鎮之，皆有屯營，軍司之人散處甸内，皆恃勢凌暴，民間苦之。自德宗幸梁還，以神策兵有勞，皆號興元元從奉天定難功臣，恕死罪。中書、御史府、兵部乃不能歲比其籍，京兆又不敢總舉名實。三輔人假比於軍，一牒至十數，長安姦人多寓占兩軍，身不宿衛，以錢代行，謂之納課户，益肆爲暴，吏稍禁之，輒先得罪。故當時京尹、赤令皆爲之斂屈。」此詩極寫其恣横之狀，證之以史，自是當時之實情。

〔鷹揚〕新唐書兵志略云：隋制驃騎、車騎二府皆有將軍，後更驃騎曰鷹揚郎將，車騎曰副郎將。至唐而鷹揚郎將改爲統軍，又改爲折衝都尉，諸府總曰折衝府。此詩所謂「列校在鷹揚」，即列校在折衝也。當禹錫之時，折衝府兵亦已成陳迹。此詩所指之武夫，乃神策軍人，不過假折衝爲名，不欲斥言耳。

賈客詞 并引

五方之賈以財相雄，而鹽賈尤熾。或曰賈雄則農傷。余感之作是詞。

賈客無定遊，所遊唯利并。眩俗雜良苦，乘時取重輕。心計析秋毫，捶鈎侔懸衡。錐刀既無棄，轉化日已盈。徼福禱波神，施財遊化城。妻約雕金釧，女垂貫珠纓。高資比封君，奇貨通倖卿。趨時鶩鳥思，藏鏹盤龍形。大艑浮通川，高樓次旗亭。行止皆有樂，關梁自無征。農夫何爲者？辛苦事寒耕。

【校】

〔題〕樂府詩集作引。

〔取重輕〕樂府詩集取作知。

〔捶鈎〕全唐詩捶作摇，注云：一作捶。按：作摇必非。

〔自無〕樂府詩集自作似，全唐詩注云：一作似。

【注】

〔化城〕法華經：導師以方便力於險道中過三百由旬化作一城。是時疲極之衆心大歡喜，我等今者免斯惡道，前入化城，生安穩想。

【箋證】

按：禹錫父爲鹽官，見外集卷九子劉子自傳。禹錫生長江淮間，親見富商之擅鹽利，交通賄賂，不勞而獲，故知之最悉而疾之最深，末句以農民之辛苦相對照，譴責之意極顯。又按：元和中以新樂府諷諭時事，自李紳、元稹，白居易相繼倡導，禹錫既與此三人皆爲密友，亦從而仿爲之。雖不居新樂府之名，而用意則同。於此等詩見之，四人志趣略同，詩派亦各張一幟，要亦互相切磋觀摩所致。

調瑟詞　并引

里有富豪翁，厚自奉養而嚴督臧獲。力屈形削，然猶役之無藝極。一旦不堪命，亡者過半追，亡者亦不來復。翁頩沮而追昨非之莫及也。余感之作調瑟詞。

調瑟在張弦，弦平音自足。朱絲二十五，闕一不成曲。美人愛高張，瑤軫再三促。上弦雖獨響，下應不相屬。日莫聲未和，寂寥一枯木。卻顧膝上弦，流淚難相續。

【校】

〔藝極〕崇本藝作何，無極字，英華亦無極字，全唐詩注云：一無極字。按：左傳文十六年：「樹之藝極。」藝極猶言制限。此詩極言主之待奴無復人理。若作無何，則下文一旦二字無根。

〔朱絲〕全唐詩絲作弦。

【注】

〔臧獲〕漢書司馬遷傳：「且夫臧獲婢妾，猶能引決，況若僕之不得已乎。」注：「應劭曰：揚雄方言云：海岱之間，罵奴曰臧，罵婢曰獲。燕之北郊，民而壻婢謂之臧，女而婦奴謂之獲。」

【箋證】

按：朝野僉載：「筋斷須續者，取旋覆根絞取汁，以根相對，以汁塗面而封之，即相續如故。蜀兒奴逃走，多刻筋，以此續之，百不一失。」此唐時虐待逃亡奴隸之例證。此詩雖以調瑟爲名，略取改絃更張之意，然由富豪之虐待家奴而興此感，仍是斥富豪之爲富不仁。但細審詩意，恐亦兼刺德、憲兩朝之遇下少恩，人心離散。

讀張曲江集作 并引

世稱張曲江爲相，建言放臣不宜與善地，多徙五溪不毛之鄉。及今讀其文，自内職牧始安，有瘴癘之歎。自退相守荆門，有拘囚之思。託諷禽鳥，寄詞草樹，鬱然與騷人同風。嗟夫！身出於遐陬，一失意而不能堪。矧華人士族而必致醜地，然後快意哉！議者以曲江爲良臣，識胡雛有反相，羞凡器與同列。密啓廷争，雖古哲人不及。而燕翼無似，終爲餒魂。豈忮心失恕，陰謫最大，雖二美莫贖邪？不然，何袁公一言明楚獄而鍾祉四葉？以是相較，神可誣乎？余讀其文因爲詩以弔。

聖言貴忠恕，至道重觀身。法在何所恨？色傷斯爲仁。良時難久恃，陰謫豈無因？寂寞韶陽廟，魂歸不見人。

【校】

〔題〕崇本作弔張曲江并引。

〔自内職〕崇本自上有張字。

〔荆門〕崇本門作州，注云：一作南。

〔鬱然與騷人同風〕全唐詩與作有，無同字。

〔身出〕崇本身下有世字。

〔羞凡器與同列〕崇本與字在羞字下。

〔色傷〕結一本傷作相，必誤。全唐詩作相，注云：一作傷。

【注】

〔始安〕桂州在唐以前爲始安郡。

〔胡雛〕謂安禄山。

〔凡器〕謂李林甫及牛仙客，皆見九齡傳中。

〔袁公〕見卷十八謝中書張相公啓。

【箋證】

按：吴曾辨誤録辨唐詩載張曲江燕翼無似云：「王彦輔麈史載：劉夢得讀曲江集詩，其序略曰：世稱曲江爲相，建言放臣不宜與善地，今讀其文，自内職牧始安，有瘴癘之歎，自退相守荆門，有拘囚之思。嗟夫！身出于遐陬，一失意而不能堪，矧華人士族，而必致醜地然後快意哉？議者以曲江識胡雛有反相，羞凡器與同列，密啓庭争，雖古哲人不及，而燕翼無似，終爲餒魂。豈忮心失恕，陰謫最大，雖二美莫贖耶？故其詩云：寂寞昭陽廟，魂歸不見人。按唐史，曲江有子極，而不見其他子孫。有朝請張君唐輔，來守安州，蓋曲江人也，自稱九齡十世孫。皇祐間，儂智高亂嶺南，朝廷推恩，凡名舉人者悉官之，無慮七百人，唐輔在其中，後稍遷至于牧守。當途諸公往往以名相之後推薦之。夫以夢得去曲江纔五六十年，乃言燕翼無嗣，豈知數百年後有十世孫耶？豈夢得困于遷謫，有所激而言也？是皆不可得而知也。以上皆王説，余考唐書宰相世系表，九齡之子極爲右贊善大夫，極之子藏器爲長水丞，藏器之子敦慶爲袁州司倉參軍，敦慶之子景新，景新之子淯爲嶺南觀察衙推。弟鄖爲湖南鹽鐵判官，淯之子皓爲仁化令，皓之子文嵩監東太倉，自九齡至文嵩凡八代，任宦不絶。而劉夢得乃以爲燕翼無似，終爲餒魂，何耶？王彦輔不考系表，而以本朝張唐輔爲證，益非矣。」今考白居易題岳陽樓詩云：「岳陽城下水漫漫，獨上危樓憑曲欄。春岸緑時連夢澤，夕波紅處近長安。猿攀樹立啼何苦，雁點湖飛渡亦難。此地唯堪畫圖障，華堂張與貴人看。」與禹錫此詩意同。蓋身處患難，奮飛不能，志士之所爲慨歎而不得不致怨於秉鈞者之讒嫉也。居易謂此圖宜張與貴人看，禹錫亦欲貴人諷此詩耳。若斤斤辨其燕翼無似一語，不免高叟説詩之固矣。

又按：此詩引，新唐書采入禹錫本傳云：「禹錫久落魄，鬱鬱不自聊，其吐辭多諷託幽遠，作問大鈞、謫九年等賦數篇。又敘張九齡爲宰相，建言放臣不宜與善地，悉徙五谿不毛處。然九齡自内職出始安，有瘴癘之歎，罷政事，守荆州，有拘囚之思。身出遐陬，一失意不能堪，矧華人士族，必致醜地然後快意哉？議者以爲開元名臣而卒無嗣，豈忮心失恕，陰責最大，雖他美莫贖邪？欲感諷權近而憾莫釋。」新唐書此語可謂能知禹錫作詩之意者。所欲感諷者爲誰，宜莫如武元衡。然元衡在禹錫再貶之後不過三月，已身死非命，禹錫亦無所用其感諷。或是指元衡在元和初初入相之時。

又按：全唐文五二引桂故云：「九齡自洪州都督徙桂州，其詩則巡按自灕水南行者，甚稱山川之佳。至句云：目因詭容逆，心與清暉遊。驚歎其勝如此。劉禹錫乃謂九齡在始安有瘴癘之歎，亦非也。」

〔羞凡器與同列〕通鑑二一四云：「朔方節度使牛仙客前在河西，能節用度，勤職業，倉庫充實，器械精利，上（玄宗）聞而嘉之，欲加尚書。張九齡曰：不可。尚書古之納言。唐興以來，惟舊相及揚歷中外有德望者乃爲之。仙客本河湟使典，今驟居清要，恐羞朝廷。上曰：然則但加實封可乎？對曰：不可。封爵所以勸有功也，邊將實倉庫，修器械，乃常務耳，不足爲功，陛下賞其勤，賜之金帛可也，裂土封之，恐非其宜。上默然。李林甫言於上曰：仙客，宰相才也，何有於尚書？九齡書生，不達大體。上悅，明日復以仙客實封如言，九齡固執如初。上怒變色曰：事皆由卿邪？九齡頓首謝曰：陛下不知臣愚，使待罪宰相，事有未允，臣不敢不盡言。上曰：卿嫌仙客寒微，如卿有何閥閱？九齡曰：臣嶺海孤賤，不如仙客生於中華。然臣出入臺閣，典司誥命有年矣。仙客邊隅小吏，目不知書，若大任之，恐不愜衆望。……初，上欲以李林甫爲相，問於中書令張九齡，九齡對曰：宰相繫國安危，陛下相林甫，臣恐異日爲廟社之憂。」禹錫所謂「羞凡器與同列」，指此而言。至「識胡雛有反相」，謂安禄山，其事亦見通鑑同卷，語殊不經，而唐人盛傳之。

庭梅詠寄人

早花常犯寒，繁實常苦酸。何事上春日，坐令芳意闌？夭桃定相笑，遊妓肯回看？君問調金鼎，方知正味難。

【校】

〔寄人〕崇本人上有友字。按：此詩意在諷當時權貴，以無友字者爲是。

【注】

〔金鼎〕書説命：若作和羹，用汝作鹽梅。

【箋證】

按：詩意是以庭梅自喻，所寄之人必稍有怨懟者，故題中隱其名，與前後數首皆當是貶謫後所作。

詠古二首有所寄

車音想轔轔，不見綦下塵。可憐平陽第，歌舞嬌青春。金屋容色在，文園詞賦新。一朝復得幸，應知失意人。

寂寥照鏡臺，遺基古南陽。真人昔來遊，翠鳳相隨翔。目成在桑野，志遂貯椒房。豈無三千女？初心不可忘。

【校】

〔綦下〕紹本、崇本綦均作纂。

〔寂寥〕紹本、崇本、畿本均作寂寂。全唐詩寥下注云：一作寞，一作寂。

〔南陽〕全唐詩陽下注云：一作方。按：作方者蓋校者不知此是詠陰麗華事而臆改。

〔目成〕崇本成作城，誤。

【箋證】

按：此二首皆詠漢代后妃之事。第一首平陽第指漢武帝之衞皇后本爲平陽主之謳者，金屋指陳皇后，被貶居長門宫，文園謂司馬相如爲文園令，爲陳后作長門賦以冀復幸也。第二首指漢光武帝微時所慕之陰麗華，南陽新野人也。真人者，謂光武有「白水真人」之號。照鏡臺未詳。後漢書陰皇后紀言明帝謁陵，視太后鏡匳中物，感動悲涕，令易脂澤裝具，左右皆泣。或即指此。題云有所寄，則明是假古事以寓意也。第一首言其人既亦曾遭貶，則不應因己身復得志而忘同被貶斥之人。第二首言彼此交誼已深，不應得新忘舊。禹錫交遊之中，如此之比當不可一一數，不知所諷者果爲何人，然以本集卷十與刑部韓侍郎一書及外集卷一始至雲安寄兵部韓侍郎中書白舍人二公近曾遠守故有屬焉一詩觀之，似元和十三年（八一八）以後，韓愈駸駸得政，而禹錫望其援手頗深。禹錫之初貶，與愈相先後，刺連州亦正愈被放之地，而禹錫與愈之相稔又在貞元中，與此二首所託諷者最相近。

詠史二首

驃騎非無勢，少卿終不去。世道劇頽波，我心如砥柱。

賈生明王道，衞綰工車戲。同遇漢文時，何人居貴位？

【箋證】

按：此二首譏諷之意尤爲明顯。第一首譏世態之炎涼，一旦失勢，便忘舊誼。第二首譏朝廷不辨賢佞，以重任付諸庸才。

〔少卿終不去〕少卿爲任安字。漢書霍去病傳：「迺置大司馬位，大將軍、票騎將軍皆爲大司馬。（注：晉灼曰：悉加大司馬者，欲令票騎將軍去病與大將軍青等耳。）定令，令票騎將軍秩禄與大將軍等。自是後青日衰而去病日益貴，青故人門下多去事去病，輒得官爵，唯獨任安不肯去。」

〔衞綰工車戲〕汪師韓韓門綴學五：「漢書：綰以戲車爲郎，事文帝，功次遷中郎將。應劭曰：能左右超乘。顔師古則曰：戲車若今弄車之技。然綰亦似在誼後，非同時也。綰在文帝時未嘗居貴位，魏泰隱居詩話已辨之矣。而改戲車作車戲以趁韻，亦覺未安。」

苦雨行

悠悠飛走情，同樂在陽和。歲中三百日，常恐風雨多。天人信遐遠；時節易蹉跎。洞房有明燭，無乃酣且歌？

【校】

〔常恐〕紹本、崇本、明鈔本恐均作苦，全唐詩恐下注云：一作苦。

〔無乃〕全唐詩乃下注云：一作妨。

【箋證】

按：此詩雖以苦雨爲題，有歲不我與，美人遲暮之感，必仍是貶謫後作。

萋兮吟

天涯浮雲生，争蔽日月光。窮巷秋風起，先摧蘭蕙芳。萬貨列旗亭，恣心注明璫。名高毁所集，言巧智難防。多謂行大道，斯須成太行。莫吟萋兮什，徒使君子傷。

【校】

〔多謂〕紹本、崇本、全唐詩多作勿。

【箋證】

按：此詩題用詩巷伯：「萋兮斐兮，成是貝錦。彼譖人者，亦已大甚」語。詩意亦憾讒諂之蔽明，自是永貞、元和間初貶時所作。參之本集卷十上杜司徒書、卷十八上門下武相公啓，及柳河東集寄許京兆孟容書等篇，可以了然於劉、柳受謗之酷，而無怪其憤悒屢形於言也。

經檀道濟故壘

萬里長城壞，荒營野草秋。秣稜多士女，猶唱白符鳩。史云：當時人歌曰：可憐白符鳩，枉殺檀江州。

【箋證】

按：禹錫此詩雖爲行役弔古之作，疑亦爲長慶中罷裴度相位而致慨。禹錫長慶四年（八二四）至寶曆二年（八二六）之間在和州，故得經道濟故壘。

〈檀道濟〉南史一五檀道濟傳略云：宋武帝建義，道濟與兄韶、祗等從平京城。……文帝即位，遷征南大將軍、開府儀同三司、江州刺史。……進位司空，鎮壽陽。……道濟立功前朝，威名甚重，左右腹心並經百戰，諸子又有才氣，朝廷疑畏之。……（元嘉）十二年（四三五），上疾篤，會魏軍南伐，召道濟入朝。……十三年（四三六）春，將遣還鎮，下渚未發，有似鶮鳥，集船悲鳴，會上疾動，義康矯詔入祖道，收付廷尉，及其子等八人並誅。時人歌曰：可憐白浮鳩，枉殺檀江州。道濟見收，憤怒氣盛，目光如炬，俄爾間引飲一斛，乃脱幘投地曰：乃壞汝萬里長城。魏人聞之皆曰：道濟已死，吴子輩不足復憚。自是頻歲南伐，有飲馬長江之志。

二十七年（四五〇），魏軍至瓜步，文帝登石頭城，望之甚有憂色，歎曰：若道濟在，豈至此？

〔白符鳩〕按：宋書樂志引楊泓拂舞序曰：自到江南，見白符舞，或言白鳧鳩舞，云有此來數十年，察其詞旨，乃是吴人患孫皓虐政，思屬晉也。南齊書樂志云：舞叙云，白符或云白符鳩舞，出江南。白者金行，符，合也，符鳩雖異，其義是同。又樂府詩集四九：吴均白附鳩、白浮鳩各一篇，引古今樂録：白附鳩倚歌，亦曰白浮鳩，本拂舞曲也。

題攲器圖

秦國功成思税駕，晉臣名遂歎危機。無因上蔡牽黄犬，願作丹徒一布衣。

【校】

〔秦國〕崇本作嬴相。

【注】

〔攲器〕韓詩外傳：孔子觀于周廟，有攲器焉。孔子曰：「此謂何器？」對曰：「此蓋爲宥坐之器。」孔子曰：「聞宥坐之器，滿則覆，虛則攲，中則正。有之乎？」對曰：「然。」

〔上蔡〕史記李斯列傳：斯與其中子俱執，顧謂曰：吾欲與若復牽黄犬，出上蔡東門，逐狡兔，豈可得乎？遂父子相哭，而夷三族。

〔丹徒〕按晉書諸葛長民傳：劉毅之誅，長民歎曰：貧賤常思富貴，富貴必履機危。今日欲爲丹徒布衣，豈可得也？

【箋證】

按：李晟、馬燧、渾瑊三人在德宗朝皆幾於不克自全。禹錫此詩若在早年，則當是爲三帥作，若在中年，則當是爲裴度作，要之必有所指。

聚蚊謡

沈沈夏夜閑堂開，飛蚊伺暗聲如雷。嘈然歘起初駭聽，殷殷若自南山來。喧騰鼓舞喜昏黑，昧者不分聰者惑。露花滴瀝月上天，利觜迎人看不得。我軀七尺爾如芒，我孤爾衆能我傷。天生有時不可遏，爲爾設幄潛匡牀。清商一來秋日曉，羞爾微形飼丹鳥。

【校】

〔閑堂〕全唐詩閑作蘭。

〔聰者〕全唐詩聰作聽。

〔看不〕全唐詩看作著。

〔我軀〕全唐詩我下注云：一作微。

〔匡牀〕崇本、明鈔本均作藜牀。

【箋證】

按：衆呴漂山，聚蚊成雷，蓋古諺，見漢書景十三王傳。云「殷殷若自南山」來者，「殷其雷，在南山之陽」，詩召南語也。丹鳥者，大戴禮夏小正篇：「八月丹鳥羞白鳥。」注：「丹鳥者螢也，白鳥者謂蚊蚋也，羞進也，不盡食也。」此詩乃借聚蚊成雷之諺以喻讒者之衆。「天生有時」以下四句謂讒邪之人雖凶惡，禦之亦自有術，終有一日殲滅之也。

百舌吟

曉星寥落春雲低，初聞百舌間關啼。花柳滿空迷處所，摇動繁英墜紅雨。笙簧百囀音韻多，黄鸝吞聲燕無語。東方朝日遲遲升，迎風弄景如自矜。數聲不盡又飛去，何許相逢緑楊路。緜蠻宛轉似娱人，一心百舌何紛紛？酡顔俠少停歌聽，墜珥妖姬和睡聞。可憐光景何時盡，誰能低回避鷹隼？廷尉張羅自不關，潘郎挾彈無情損。天生羽族爾何微？舌端萬變乘春輝。南方朱鳥一朝見，索寞無言高下飛。

【校】

〔花柳〕崇本、英華柳均作枝，紹本、畿本作樹，全唐詩作樹，注云：一作枝。

〔自矜〕全唐詩矜下注云：一作驚。

〔何許〕全唐詩許下注云：一作處，英華與一作同。

〔紛紛〕崇本、英華均作紛紜。

〔索寞〕紹本、崇本、全唐詩寞均作漠。全唐詩注云：一作寞。

〔高下〕全唐詩高作蒿。

【注】

〔百舌〕按禮記月令「反舌無聲」。鄭注：「反舌，百舌也。」御覽九二三引易通卦驗：「反舌鳥乃能反復其舌，隨百鳥之音。」

【箋證】

按：廷尉張羅用漢書鄭當時傳：「下邽翟公爲廷尉，賓客填門，及廢，門外可設爵羅。」潘郎用晉書潘岳傳：「岳少時常挾彈出洛陽道。」此篇之致慨於讒夫，與聚蚊謡大旨相同，而更含蓄婉妙。「天生羽族」以下四句與前篇「天生有時」以下四句結構涵義均相同。朱鳥本南方七宿之總稱，史記天官書：「南宮朱鳥權衡。」借以喻高貴之羽族。

又按：前人之評此詩者，吴幵優古堂詩話云：「李長吉有桃花亂落如紅雨之句，以此名世。

予觀劉禹錫詩云：花枝滿空迷處所，摇落繁英墜紅雨。劉、李同出一時，決非相爲剽竊。」宋長白柳亭詩話云：「劉夢得詩：花枝滿空迷處所，摇動繁英落紅雨，實自李長吉桃花亂落如紅雨化來，而馬西樵謂劉、李出於一時，並非剽竊。吾謂寸金不换丈鐵，昌谷爲優。」以上二人之説相較，實以吴氏爲優。宋氏尤不根之談。

飛鳶操

鳶飛杳杳青雲裏，鳶鳴蕭蕭風四起。旗尾飄揚勢漸高，箭頭砉劃聲相似。長空悠悠霽日懸，六翮不動凝飛煙。遊鶤朔雁出其下，慶雲清景相回旋。忽聞飢烏一噪聚，瞥下雲中爭腐鼠。騰音礪吻相喧呼，仰天大嚇疑鵷雛。畏人避犬投高處，俛啄無聲猶屢顧。青鳥自愛玉山禾，仙禽徒貴華亭露。樸遬危巢向莫時，毰毸飽腹蹲枯枝。遊童挾彈一麾肘，臆碎羽分人不悲。天生衆禽各有類，威鳳文章在仁義。鷹隼儀形螻蟻心，雖能戾天何足貴？

【校】

〔風四起〕全唐詩風下注云：一作飛。

〔凝飛煙〕崇本凝飛二字乙。文粹飛作非，全唐詩作風，注云：一作飛。

〔遊鶤〕文粹、全唐詩鶤作鷗。紹本作鶤。

〔朔雁〕紹本、崇本、明鈔本、文粹、全唐詩朔均作翔。

〔一噪聚〕文粹作噪相聚。

〔疑鴛雛〕結一本疑作慘，非。

〔俛啄〕結一本啄作吻，非。

〔華亭〕全唐詩亭下注云：一作山。按：此指鶴言，自當作華亭。

〔樸遬〕紹本遬作捒，崇本作樕。全唐詩遬下注云：一作棘。按：作棘者必非。

〔毰毸〕文粹作陪䰇，較古。

〔遊童〕此二句崇本麾上脱一字，分下增飛字，恐是校者誤改。

〔麾肘〕全唐詩肘下注云：一作射。

【箋證】

按：此詩極力刻畫居高位者忘身徇利之醜態。據篇末「鷹隼儀形螻蟻心」一語，疑指武元衡任御史中丞時之夙怨。又據「臆碎羽分」一語，更疑作此詩在元和十年元衡被刺以後。

〔青鳥自愛玉山禾〕鮑照代空城雀詩：「誠不及青鳥，遠食玉山禾。」爲此句所本。

秋螢引

漢陵秦苑遥蒼蒼，陳根腐葉秋螢光。夜空寥寂金氣淨，千門九陌飛悠揚。紛綸暉映互明滅，金鑪星噴鐙花發。露華洗濯清風吹，攢昂不定招摇垂。高麗罘罳過珠網，斜歷璇題舞羅幌。曝衣樓上拂香幃，承露臺前轉仙掌。槐市諸生夜對書，北窗分明辨魯魚。行子東山起征思，中郎騎省悲秋氣。銅雀人歸自入簾，長門帳開來照淚。誰言向晦常自明，童兒走步嬌女争。天生有光非自衒，遠近低昂暗中見。撮蚊袄鳥亦夜飛，翅如車輪人不見。

【校】

〔寥寂〕紹本、崇本、中山集均作寂寥。

〔紛綸〕明鈔本作紛紛。

〔攢昂〕崇本昂作茅。

〔過蛛網〕全唐詩過作照。

〔對書〕全唐詩對作讀，注云：一作對。

〔帳開〕崇本作悵望，非。明鈔本開作空。

〔夜飛〕織本飛下注云一作起，全唐詩與一作同，注云：一作飛。

〔人不見〕全唐詩作而已矣，注云：一作人不見。按：作换韻者似勝。

【箋證】

按：此詩運用螢事，出以錯綜變化，化盡隸事痕迹，爲歌行中特創之格，前此未之見，後此則李商隱淚詩似之，辛棄疾「緑樹聽啼鴂」一詞亦似之。而禹錫詩尤爲超妙。末韻「撮蚊妖鳥亦夜起，翅如車輪而已矣。」不獨雄勁，亦洗盡凡俗，詩意雖激切，而風華掩映，情韻不匱，乃集中之傑構，亦禹錫所獨長。

又按：此四篇命名曰謡，曰吟，曰操，曰引，而皆以天生二字冠於末章，以揭明其本旨，必爲一時有爲而作，百舌、秋螢二篇精采照耀，尤可決其在中年詩力最深時，疑在元和十一二年（八一六八一七）間，蓋此時心境稍優閑也。

〔罘罳〕通鑑二四五胡注：「唐宫殿中罘罳以絲爲之，狀如網，以捍燕雀，非如漢宫闕之罘罳也。程大昌曰：罘罳者，鏤木爲之，其中疏通可以透明，或爲方空，或爲連鎖，其狀扶踈，故曰罘罳。罘罳之名既立，於是隨其所施而附著以爲之名。……又有網户，刻爲連文，遞爲綴屬，其形如網也。宋玉曰：網户朱綴刻方連，是也。既曰刻，則是雕木爲之，其狀如網耳。後世因此遂有直織絲網而張之簷窗以護禽雀者。」按：罘罳之釋不同，胡、程二氏之説，與此詩所用者較相近。又據唐語林二引禹錫之説云：「罘罳者，復思也，今之板障屏牆也。」然則禹錫於罘罳曾有所考。此詩云高麗罘罳，正是作屏障解。

華山歌

洪鑪作高山，元氣鼓其橐。俄然神功就，峻拔在寥廓。靈蹤露指爪，殺氣見棱角。凡木不敢生，神仙聿來託。天資帝王宅，以我爲關鑰。能令下國人，一見換神骨。高山固無限，如此方爲嶽。丈夫無特達，雖貴猶碌碌。

【校】

〔聿來〕明鈔本聿作幸。

〔以我〕全唐詩我下注云：一作此。

〔下國〕崇本下作萬。

〔一見〕全唐詩一下注云：一作不。

【箋證】

按：此乃詠華山而非遊華山詩，疑禹錫少年求名時往來華州，見華嶽而興此感。唐制進士多取華州解，詩所謂「能令下國人，一見換神骨」，或即指此。外集卷三有詩題云：「貞元中，侍郎舅氏牧華州，時予再忝科第，前後由華覲謁，陪登伏毒寺屢焉，亦曾賦詩題於梁棟，今典馮翊，暇日登樓，南望三峰，浩然生思，追想昔年之事，因成篇題舊寺。」又本集卷三十有詩題云：「途次敷水驛，伏覩華州舅氏昔日行縣題詩處，潸然有感。」似禹錫早年經此多次，此詩亦似少年意氣風發時所作。

又按：宋長白柳亭詩話云：「劉夢得華山歌：靈跡露指爪，殺氣現頭角……丈夫無特達，雖貴猶碌碌。柳子厚水簾詩：靈境不可狀，鬼工諒難求。忽如朝玉皇，天冕垂前旒。骨力傲岸，撐拄全篇。」現頭角三字殆宋氏記憶之誤。此詩閎識孤懷，而筆力又足以達之，宋氏所評頗切。

摩鏡篇

流塵翳明鏡，歲久看如漆。門前負局生，爲我一摩拂。萍開緑池滿，暈盡金波溢。白日照空心，圓光走幽室。山神袄氣沮，野魅真形出。卻思未摩時，瓦礫來唐突。

【校】

〔摩鏡〕崇本、畿本、文粹摩均作磨，下同。

〔負局生〕全唐詩生作人，注云：一作生。

〔萍開〕崇本、文粹萍作萍，是。

〔野魅〕英華魅作獸。

【注】

〔負局〕按列仙傳：負局先生者，語似燕代間人。因摩鏡，輒問主人，得毋有疾苦者？若有，輒出紫丸赤藥與之，莫不愈。

【箋證】

按：此詩與本集卷一之砥石賦詞旨有相近處，而尤有待時而動之意。或亦在朗州時寫此以自慰。與本卷昏鏡詞用意各別。

〔山神袄氣沮〕此二句疑用王度古鏡記中事，王文載太平廣記，過繁不具引。其中一節云：「度歸長安，至長樂坡。（按長樂坡詳卷十七）宿於主人程雄家，雄新受寄一婢，頗甚端麗，名曰鸚鵡。度既稅駕，將整冠履，引鏡自照，鸚鵡遥見，即便叩首流血，云不敢住，度因召主人問其故，雄云：兩月前有一客攜此婢從東來，時婢病甚，客便寄留，云還日當取，此不復來，不知其婢之由也。度疑精魅，引鏡逼之，便云乞命，即變形，度即掩鏡曰：汝先自敍，然後變形，當捨汝命。婢再拜自陳云：某是華山府君廟前長松下千歲老貍，大行變惑，罪合至此，遂爲府君捕逐，逃於河渭之間，爲下邽陳思慕義女，蒙養甚厚，嫁鸚鵡與同縣人柴華，鸚鵡與華意不相愜，逃而東，出韓城縣，爲行人李无傲所執。无傲粗暴丈夫也，遂將鸚鵡遊行數歲，昨隨至此，忽爾見留，不意遭逢天鏡，隱形無路。」此節亦見太平御覽七一二引。其語荒誕不經，禹錫用此，不過藉以喻光明洞照，妖邪遁耳。

有獺吟

有獺得嘉魚，自謂天見憐。先祭不見食，捧鱗望清玄。人立寒沙上，心專脰著肩。漁翁以爲妖，舉塊投其前。呼兒貫魚歸，與獺同烹煎。關關黃金鶚，大翅摇江煙。下見盈尋魚，投身擘洪漣。攫拏隱嶙去，哺雛林岳巔。鴟鳥知伺隙，遥噪莫敢前。長居青雲路，彈射無由緣。何地無江湖，何水無鮪鱣？天意不宰割，菲祭徒虔虔。空餘知禮重，載在淹中篇。

【校】

〔不見〕紹本、崇本、全唐詩、英華見均作敢。

〔脰著肩〕紹本、崇本著均作肩，畿本下注云：一作眼悁悁，英華、全唐詩均與一作同，全唐詩注云：一作脰著肩。

〔其前〕崇本、英華、全唐詩前均作咽。

〔鴟鳥知〕紹本、畿本鳥作烏。紹本、崇本、全唐詩知均作欲。

〔莫敢〕結一本敢作非，誤。

【箋證】

按：禮記月令：「仲春之月，獺祭魚。」故此詩云：「載在淹中篇。」漢書藝文志：「禮古經者，出於魯淹中也。」此詩大旨謂獺爲知禮之獸而反遭屠害，寓意固自顯然。

又按：此卷舊有總題，曰雜興三十一首，是爲詩集之首卷，據各篇之意旨及風格，除經檀道濟故壘一首外，似時之相去皆不甚遠，在詩集中最爲禹錫自道其懷抱之作。本集卷二十劉氏集略説云：「及謫於沅、湘間，爲江山風物之所蕩，往往指事成歌詩，或讀書有所感，輒立評議。」正即指此等詩篇而言，意者此卷猶是禹錫所手定。要之，讀劉集者，此卷尤不可忽。

劉禹錫集箋證卷第二十二

五言今體三十首

春日退朝

紫陌夜來雨，南山朝下看。戟枝迎日動，閣影助松寒。瑞氣卷綃縠，遊光泛波瀾。御溝新柳色，處處拂歸鞍。

【校】

〔光泛〕全唐詩泛下注云：一作浮。

【箋證】

按：此詩初無寓意，詞旨平淺，疑是貞元末年禹錫初登朝時所作。

經東都安國觀九仙公主舊院作

仙院御溝東，今來事不同。門開青草日，樓閉緑楊風。將犬昇天路，披霓赴月宮。武皇曾駐蹕，親問主人翁。

【校】

〔九仙〕崇本、明鈔本無仙字，非。英華作九公子，尤誤。全唐詩注云：一作九公子。

〔將犬〕全唐詩犬下注云：一作火。

〔披霓〕全唐詩霓作雲，注云：一作霓。

【箋證】

按：安國觀爲九仙公主故宅，於史尚無明徵。唐兩京城坊考五：「定鼎門街東第二街安國女道士觀，本太平公主宅，安慶緒囚甄濟于安國觀，見舊書忠義傳。」此一說。唐語林七：「政平坊安國觀，明皇時玉真公主所建，門樓高九十尺，而柱端無斜。殿南有精思院，琢玉爲天尊老君之像，葉法善、羅公遠、張果先生並圖形於壁。院南池引御渠水注之，壘石像蓬萊、方丈、瀛洲三山。女冠多上陽宮人。其東爲國學相接。咸通中，有書生云：常聞山池内步虚笙磬之音。盧尚書有詩云：夕照紗窗起暗塵，青松繞殿不知春。閒看白首誦經者，半是宮中歌舞人。」此又一說。

考唐代諸帝女多以受籙奉道爲名，配偶之間殊不盡守繩墨。然苟非其人已得罪，恐未敢遽斥其陰私。此詩用竇太主幸董偃事，指斥過甚。九仙公主蓋當時俗稱，其封號未詳，終未敢定其爲誰某。依語林則爲玉真公主。玉真公主見李白集，未嘗下嫁，且不受邑封，似不應詆其失德。依城坊考則爲太平公主。新唐書太平公主傳稱武后丐主爲道士，真築宮如方士薰戒，其一生縱恣赫奕，遺宅宜爲人指點，未知是否。至此詩「仙院御溝東」之句頗與語林所敘景物合。

〔主人翁〕漢書東方朔傳：「初，帝姑館陶公主號竇太主，堂邑侯陳午尚之。午死，主寡居，年五十餘矣，近幸董偃。……上（武帝）臨山林，主自執宰蔽膝，道入登階就坐，坐未定，上曰：願謁主人翁。主迺下殿去簪珥，徒跣頓首謝曰：妾無狀，負陛下，身當伏誅，陛下不致之法，頓首死罪。有詔謝主簪履，起之東廂，自引董君，隨主前，伏殿下，主迺贊：館陶公主胞（庖）人臣偃昧死再拜謁，因叩頭謝。上爲之起，有詔賜衣冠上。偃起走就衣冠，主自奉食進觴。當是時，董君見尊不名，稱爲主人翁。」詩用此事，以喻公主之不檢，爲君主所容縱。

附録一　金石録二七

右唐玉真公主墓誌，王縉撰。誌云：公主法號無上，真字玄玄，天寶中更賜號曰持盈爾。誌又云：中宗時封昌興縣主，睿宗時封昌興公主，後改封玉真，進爲長公主。唐史但云封崇昌縣主，而以昌興爲崇昌者，皆其闕誤。誌又云：元年建辰月卒，而史以爲卒于寶應中，非也。

按：新唐書公主傳云：「天寶三載（七四四），上言曰：先帝許妾捨家，今仍叨主第，食租賦，誠願去公主號，罷邑司，歸之王府。玄宗不許。又言：妾高宗之孫，睿宗之女，陛下之女弟，於天下不爲賤，何必名繫主號資湯沐，然後爲貴？請入數百家之産，延十年之命？帝知至意，乃許之。薨寶應時。」寶應與元年即是一年，蓋肅宗上元二年九月去年號但稱元年，次年四月即改寶應，傳與誌實無甚差别，金石録之言非是。又按：通鑑二二一：「上皇愛興慶宮，自蜀歸即居之。上（肅宗）時自夾城往起居，上皇亦間至大明宮。左龍武大將軍陳玄禮、内侍監高力士久侍衛上皇，上又命玉真公主、如仙媛、内侍王承恩、魏悦及梨園弟子常娛侍左右。」考異云：「常侍言旨作九仙媛，唐曆作九公主女媛。今從新、舊傳，蓋舊宮人也。」頗疑九仙公主即玉真公主，常侍言旨爲唐人記載，宜較可信，或玉真公主不欲仍襲公主之稱，故特製九仙媛之稱，而外間即呼爲九仙公主，唐曆字小異，或傳寫偶誤耳。玉真公主既以寶應元年卒，則與玄宗、肅宗之卒正爲同時，豈宮廷中有變故，爲李輔國等所害耶！

附録二　王建九仙公主舊莊詩

仙居五里外門西，石路親回御馬蹄。天使來栽宮裏樹，羅衣自買院前溪。野牛行傍澆花井，本主分將灌藥畦。樓上鳳皇飛去後，白雲紅葉屬山雞。

蜀先主廟

漢末謡：黄牛白腹，五銖當復。

天下英雄氣，千秋尚凛然。勢分三足鼎，業復五銖錢。得相能開國，生兒不象賢。淒涼蜀故妓，來舞魏宮前。

【校】

〔天下〕全唐詩下作地，注云：一作下。

【箋證】

按：清一統志：昭烈帝廟在奉節縣東，方輿勝覽：去縣六里。杜甫詠懷古跡詩「蜀主窺吴幸三峽，崩年亦在永安宮」，與此詩皆指夔州之蜀先主廟。自是禹錫任夔州刺史時之作。〔五銖錢〕瀛奎律髓云：「胡澹庵有詩云：須令民去思，如漢思五銖。自注謂五銖起於元狩五年（前一一八），新室罷之。民思以五銖市買，莽法，復挾五銖錢者投四裔。光武因馬援言復之，民以爲便。董卓悉壞五銖，曹操爲相復之。自魏至梁、陳、周、隋，皆以五銖爲便。唐武德四年，鑄開通元寶，五銖始不復見。夢得此詩用三足鼎、五銖錢，可謂精當矣。」

觀八陣圖

軒皇傳上略，蜀相運神機。水落龍蛇出，沙平鵝鸛飛。波濤無動勢，鱗介避餘威。會有知兵者，臨流指是非。

【校】

〔臨流〕全唐詩流下注云：一作岐。

【箋證】

按：此亦在夔州時據所目覩而作。唐語林二：「王武子曾在夔州之西市，俯臨江岸沙石，下看諸葛亮八陣圖，箕張翼舒，鵝形鶴勢，聚石分布，宛然尚存。峽水大時，三蜀雪消之際，瀕滂滉瀁，大樹十圍，枯槎百丈，破𥕢（廣記作磑，是）巨石，隨波塞川而下，水與岸齊，雷奔山裂，聚石爲堆者斷可知也。及乎水已平，萬物皆失故態，惟陣圖小石之堆，標聚行列依然，如是者垂六七百年間，淘灑推激，迨今不動。劉禹錫曰：是諸葛公誠明一心，爲先主効死，況此法出六韜，是太公上智之材所構，自有此法，惟孔明行之。所以神明保持一定而不可改也。東晉桓温征蜀過此，曰：此常山蛇陣，擊頭則尾應，擊尾則頭應，擊其中則頭尾皆應。常山者地名，其蛇兩頭，出於常山，其陣適類其蛇之兩頭，故名之也。温遂勒銘曰：望古識其真，臨源愛往跡。恐君遺事節，聊下南山石。」此節出劉賓客嘉話録，而今本嘉話録多訛脱不可校。觀此詩知與禹錫平日所説相符。嘉話録即韋絢在夔州聞諸禹錫之言，見聞自是親切。

〔八陣圖〕八陣圖始見水經注，云：「江水又東，逕諸葛亮圖壘，石磧平曠，望兼川陸，有亮所造八陣圖，東跨故壘，皆累細石爲之。自壘西去，聚石八行，行間相去二丈，今以水漂蕩，歲月消損，高處可二三尺，下處磨滅殆盡。」方輿勝覽云：「荆南圖經云：在奉節縣西南七里。又云：在永安宫南一里。渚下平磧上有孔明八陣圖，聚細石爲之，各高五丈，皆棋布相當，中間相去九尺，中開南北巷，悉廣正五尺，凡六十四聚，或爲人散亂，及爲夏水所没，及水退後依然如故。又有二十四聚，作兩層，其後每層各十二聚。」又太平寰宇記引盛弘之荆州記云：「壘西聚石爲八行，行八聚，聚間相去二丈許，謂之八陣圖。因曰：八陣既成，自今行師更不復敗。八陣及壘皆圖兵勢行藏之權，自後深識者所不能了。桓温伐蜀經之，以爲常山蛇勢，此蓋意言之。」據此諸説，知詩中所云：「水落龍蛇出，沙平鵝鸛飛」，及「會有知兵者，臨流指是非」，皆有所本，非禹錫自造意也。

八月十五夜玩月

天將今夜月，一徧洗寰瀛。暑退九霄浄，秋澄萬景清。星辰讓光彩，風露發晶英。能變人間世，翛然是玉京。

【校】

〔十五〕紹本、崇本、畿本、全唐詩五下均有日字，是。

【箋證】

按：白居易有答夢得八月十五日夜翫月見寄詩「南國碧雲客，東京白首翁。松江初有月，伊水正無風」云云，當是答外集卷二之一首，非答此首。此詩或是少作，故語甚平淺，別無寓意。

許給事見示哭工部劉尚書詩因命同作

漢室賢王後，從叔望出河間。孔門高弟人。濟時成國器；樂道任天真。特達圭無玷；堅貞竹有筠。總戎寬得衆；市義貴能貧。護塞無南牧；馳心拱北辰。乞身來闕下；賜告卧漳濱。榮耀初題劍；清羸已拕紳。宮星徒列位；隙日不回輪。自昔追飛侶；今爲侍從臣。素弦哀已絶；青簡歎猶新。未遂揮金樂；空悲撤瑟晨。淒涼竹林下，無復見清塵。從叔自渭北節度以疾歸朝，比及拜尚書，竟不克中謝。

【校】

〔望出〕紹本、崇本、中山集出均作在。

〔高弟〕紹本、崇本、畿本、中山集弟均作第。

〔市義〕崇本市作布。

〔自昔〕明鈔本作昔自。

〔不克中謝〕崇本無克字。

【注】

〔賢王〕謂河間獻王德，漢書本傳稱其修學好古，實事求是。

〔宮星〕據詞意當是劉公濟歿後贈官爲東宮三師。

〔侍從臣〕唐制給事中稱兩省供奉官，故曰侍從臣。

【箋證】

按：權德輿有詩題爲哭劉四尚書，注云：「勒於碑陰。」詩云：「士友惜賢人，天朝喪守臣。才華推獨步，聲氣幸相親。理析寰中妙，儒爲席上珍。笑言成月旦，風韻挹天真。丹地膺推擇，青油寄撫循。豈言朝象魏，翻是卧漳濱。命賜龍泉重，追榮蜜印陳。撤絃驚物故，庀具見家貧。牢落風悲笛，汍瀾涕泫巾。只嗟蒿里月，非復柳營春。黃絹碑文在，青松隧路新。音容無處所，歸作北邙塵。」許詩未見，劉、權二詩既同用一韻，又俱爲十二聯，詩體全同，恐許詩亦如此。

〔許給事〕謂許孟容，舊唐書一五四、新唐書一六二均有傳。據傳，貞元十四年（七九八），轉兵部郎中，未滿歲，遷給事中，蓋自此至元和初皆官給事中未改官。禹錫與相往還，當在貞元末年。此後惟元和十年（八一五）禹錫至京或一與相見，則孟容已遷吏部侍郎矣。

〔劉尚書〕謂劉公濟。德宗紀：貞元十八年（八〇二），以同州刺史劉公濟爲鄜州刺史，鄜坊丹延節度使。二十年，以鄜坊丹延節度使劉公濟爲工部尚書，正禹錫官監察御史時也。又柳河東集先友記云：劉公濟，河間人，寬厚碩大，與物無忤。爲渭北節度，入爲工部尚書卒。唐會要云：謚曰敬。公濟爲河間人，與此詩「漢室賢王後」之語合。

〔未遂揮金樂〕此用漢書疏廣傳：「此金者，聖主所以惠養老臣也，故樂與鄉黨宗族共饗其賜。」廣爲太子太傅與此詩上文「宫星徒列位」相應，蓋公濟歿後贈東宫三師也。

奉和中書崔舍人八月十五日夜玩月二十韻

暮景中秋爽，陰靈既望圓。騰精浮碧海，分照接虞淵。迥見孤輪出，高從倚蓋旋。二儀含皎澈，萬象共澄鮮。整御當西陸，舒光麗上玄。從星變風雨，順日助陶甄。遠近同時望，晶熒此夜偏。運行調玉燭，潔白應金天。曲沼凝瑶鏡，通衢若象筵。逢人盡冰雪，遇境即神仙。引素吞銀漢，凝清洗緑煙。皐禽警露下，鄰杵思風前。水是還珠浦，山成種玉田。劍沈三尺影，燈罷九枝然。象外行無迹，寰中影有遷。稍當雲闕正，未映斗城懸。静對揮宸翰，閑臨襞彩牋。境同牛渚上，宿在鳳池邊。興掩尋安道，詞勝命仲宣。從今紙貴後，不復詠陳篇。

【校】

〔騰精浮碧海〕全唐詩騰作浮，注云：一作騰；浮作離，注云：一作浮。

〔皎澈〕崇本、英華澈均作潔。

〔凝瑤鏡〕紹本、崇本、全唐詩凝均作疑。

〔遇境〕英華境作景。全唐詩作景，注云：一作境。

〔行無迹〕全唐詩行作形。

〔有遷〕畿本、全唐詩有下注云：一作自，英華注云：雜詠作自。

【箋證】

按：丁居晦承旨學士院壁記：崔羣，元和二年（八〇七）十一月六日自左補闕充。七年（八一二）四月二十九日遷中書舍人。九年（八一四）六月二十六日出院。在此前後未見其他崔姓之中書舍人。疑此詩即是和崔羣者。然禹錫是時方在謫籍，詩中雖有「遠近同時望，晶瑩此夜偏」之語，略寓升沉之慨，究似與二人交誼之深淺不甚合，仍當存疑。

又按：集中涉及崔羣者，尚有本集卷十七、外集卷二、六、八等篇。

奉和淮南李相公早秋即事寄成都武相公

八柱共承天，東西别隱然。遠夷争慕化，真相故臨邊。並進夔龍位，仍齊龜鶴年。相公詩有齊年並進之句也。同心舟已濟，造膝璧常聯。對領專征寄，遥持造物權。斗牛添氣色，井絡静氛煙。獻可通三略，分甘出萬錢。漢南趨節制，趙北賜山川。玉帳觀渝舞，虹旌獵楚田。步嫌雙綬重，夢入九城偏。秋與離情動，詩從樂府傳。聆音還竊抃，不覺撫么弦。李中書自揚州見示詩本，因命仰和。

【校】

〔題〕全唐詩早下注云：一作暮。

〔别隱然〕明鈔本别作列。

〔趙北〕英華趙作淮，誤。全唐詩趙下注云：一作淮。按：此二句皆指李吉甫，吉甫封趙國公。

〔秋與〕全唐詩與作雨，注云：一作興，一作與。

〔詩從〕全唐詩作新詩，注云：一作詩從。

【注】

〔李相公〕謂李吉甫。

〔武相公〕謂武元衡。

〔雙綬〕唐人以節度兼觀察爲兩使，故云雙綬。

【箋證】

按：憲宗紀：武元衡以元和二年（八〇七）自宰相出鎮西川，八年徵還。據李吉甫傳，元和四年（八〇九）出鎮淮南，六年（八一一）復入知政事。則此詩必作於四年以後，六年以前，禹錫時在朗州。注云李中書自揚州見示詩本，知吉甫於禹錫有拳拳之意。稱李中書者，吉甫於元和二年（八〇七）爲中書侍郎同平章事，出鎮仍帶此銜。關於吉甫、元衡事，參見本集卷十三、十八各篇。

附録　武元衡和詩（按：李吉甫原詩未見）

楊州隋故都，（按：字從木，故與竹字爲偶。）竹使漢名儒。翊聖恩華異，持衡節制殊。朝廷連受脤，台座接訏謨。金玉裁王度，丹書奉帝俞。九重辭象魏，千萬握兵符。鐵馬秋臨塞，虹旌夜渡瀘。江長梅笛怨，天遠桂輪孤。浩歎煙霜曉，芳期蘭蕙蕪。雅言書一札，賓海雁東隅。歲月奔波盡，音徽霧雨濡。蜀江分井絡，錦浪入淮湖。獨抱相思恨，關山不可踰。

元和癸巳歲仲秋詔發江陵偏師問罪蠻徼後命宣慰釋兵歸降凱旋之辰率爾成詠寄荆南嚴司空

蠻水阻朝宗，兵符下渚宫。前籌得上策，無戰已成功。漢使星飛入，夷心草偃同。歡謡開竹棧，拜舞擲桑弓。就日知冰釋，投人念鳥窮。網羅三面解，章奏九門通。卉服聯操袂，雕題盡鞠躬。降幡秋練白，驛騎晝塵紅。火號休傳警，機橋罷亘空。登山不見虜，振旆自生風。江遠煙波静，軍回氣色雄。佇看聞喜後，金石賜元戎。

【校】

〔率爾〕結一本率作卒，誤。

〔歡謡〕全唐詩歡作歌，注云：一作歡。

〔九門〕全唐詩門下注云：一作重，英華與一作同。

【注】

〔渚宫〕輿地紀勝云：廣記云：「江陵故城在東南有渚宫。」元和郡縣志云：「楚别宫。」左傳曰：「王在渚宫。」水經注云：「今城，楚船官地也，春秋之渚宫。」

【箋證】

按：嚴司空謂嚴綬，舊唐書一四六有傳，新唐書一二九附嚴挺之傳，以綬爲挺之從孫也。據傳：「大曆中登進士第，累佐使府，貞元中由侍御史充宣歙團練副使，爲其使劉贊委遇，政事多所咨訪。十二年（七九六），贊卒，綬掌宣歙留務，傾府藏以進獻，由是有恩。召爲尚書刑部員外郎。天下賓佐進獻，由綬始也。未幾河東節度使李説嬰疾，事多曠弛，行軍司馬鄭儋代綜軍政，既而説卒，因授儋河東節度使。是時姑息四方諸侯，未嘗特命，帥守物故，即用行軍司馬爲帥，冀軍情厭服。儋既爲帥，德宗選朝士可以代儋爲行軍司馬者，因綬前日進獻，上頗記之，命檢校司封郎中充河東行軍司馬。不周歲儋卒，遷綬銀青光禄大夫……充河東節度支度營田觀察處置等使。元和元年……夏平，加綬檢校左僕射，尋拜司空，（按此仍是檢校司空，非真拜）……四年，入拜尚書右僕射。綬雖名家子，爲吏有方略，然鋭於勢利，不存名節，人士以此薄之。……尋出鎮荆南，進封鄭國公。」據紀，綬鎮荆南始於元和六年（八一一），禹錫在朗州，爲其巡屬，不得不屈己承奉。其人非端士，與韋皋、裴均皆首向憲宗勸進者，王、韋之及禍，綬與有力焉。又按：此詩題云元和癸巳歲，元和八年（八一三）也。通鑑二三八——九，元和六年（八一一）閏月辛卯朔，黔州賊帥張伯靖寇播州、費州。八年（八一三）七月丁未，辰溆賊帥張伯靖請降，辛亥，以伯靖爲歸州司馬，委荆南軍前驅使。綬傳云：「有溆州蠻首張伯靖者，殺長吏，據辰、錦等州，連九洞以自固，詔綬出兵討之，綬遣部將李忠烈賚書曉諭，盡招降之。」此爲唐史污蔑少數民族之記載，題中所云，即指此事。

武陵書懷五十韻　并引

按天官書，武陵當翼軫之分，其在春秋及戰國時，皆楚地。後爲秦惠王所并，置黔中郡。漢興，更名曰武陵，東徙於今治所。常林義陵記云：初項籍殺義帝於郴，武陵人曰：天下憐楚而興，今吾王何罪乃見殺？郡民縞素哭於招屈亭，高祖聞而義之，故亦曰義陵。今郡城東南亭舍其所也。晉、宋、齊、梁間皆以分王子弟，事存於其書。永貞元年，余始以尚書外郎出補連山守，道貶爲是郡司馬。至則以方志所載而質諸其人民。顧山川風物皆騷人所賦，乃具所聞見而成是詩，因自述其出處之所以然。故用書懷爲目云。

西漢開支郡，南朝號戚藩。四封當列宿，百雉俯清沅。高岸朝霞合，驚湍激箭奔。積陰春暗度，將霽霧先昏。俗尚東皇祀，謡傳義帝寃。桃花迷隱跡，楝葉慰忠魂。户算資漁獵，鄉豪恃子孫。照山畬火動，蹋月俚歌喧。擁檝舟爲市，連甍竹覆軒。披沙金粟見，拾羽翠翹翻。茗坼滄溪秀，蘋生枉渚暄。蒼溪茶爲邑人所重，枉渚近在郭東。禽驚格磔起，魚戲噞喁繁。按本草經曰：鷓鴣聲如鉤輈格磔者是也。沈約臺榭故，李衡墟落存。隱侯臺、木奴洲並在。湘靈悲鼓瑟，泉客泣酬恩。露變蒹葭浦，星懸橘柚村。

虎咆空野震，鼉作滿川渾。鄰里皆遷客，兒童習左言。炎天無冽井，霜月見芳蓀。清白家傳貴，詩書志所敦。列科叨甲乙，從宦出丘樊。結友心多契，馳聲氣尚吞。士安曾重賦，元禮許登門。草檄嫖姚幕，巡兵戊己屯。築臺先自隗，送客獨留髡。遂結王畿綬，來觀衢室尊。鳶飛入鷹隼，魚目儷璵璠。曉燭羅馳道，朝陽闢帝閽。王正會夷夏，月朔盛旗旛。獨立當瑤闕，傳訶步紫垣。按章清犴獄，視祭潔蘋蘩。御曆昌期遠，傳家寶祚蕃。繇文光夏啓，神教畏軒轅。内禪因天性，膺圖授化元。繼明懸日月，出震統乾坤。大孝三朝備，洪恩九族惇。百川宗渤澥，五岳輔崑崙。何幸逢休運？微班識至尊。校緡資筦榷，復土奉山園。時以本官判度支鹽鐵等，兼崇陵使判官。一失貴人意，徒聞太學論。直廬辭錦帳，遠守愧朱轓。巢幕方猶燕，搶榆尚笑鯤。邅回過荆楚，流落感涼温。旅望花無色，愁心醉不惛。春江千里草，暮雨一聲猿。問卜安冥數，看方理病源。帶賒衣改製，塵澀劍成痕。三秀悲中散，二毛傷虎賁。來憂禦魑魅，歸願牧雞豚。就日秦京遠，臨風楚奏煩。南登無灞岸，旦夕上高原。

【校】

〔義之〕全唐詩義作異，非。

〔東南〕崇本二字乙。

〔舍其所也〕崇本舍作是。

〔楝葉〕全唐詩楝下注云：一作練，紹本、崇本與一作同。

〔枉渚暄〕全唐詩暄下注云：一作妍。按：妍字出韻，非。

〔邑人所重〕明鈔本重下有惜字，下近在作亦在。崇本同。

〔禽鶩〕全唐詩鶩下注云：一作鳴。

〔鼓瑟〕崇本瑟作曲。

〔習左言〕崇本習作盡。

〔家傳貴〕紹本、崇本貴作遺，全唐詩作遠。

〔心多〕〔氣尚〕崇本、明鈔本均乙。

〔犴獄〕纖本犴作岸。

〔膺圖〕全唐詩膺作雄。

〔兼崇陵使〕崇本兼上有案字，下有充字，明鈔本無兼崇二字。

〔荆楚〕紹本、崇本、纖本楚均作郢。

〔魑魅〕紹本、崇本二字乙，誤。

【注】

〔桃花〕按此句指桃花源在武陵。

〔泉客〕即淵客。文選左思吳都賦：淵客慷慨而泣珠。注：淵客即鮫人也。述異記：南海中有鮫人，水居如魚，不廢機織，其眼能泣，泣則出珠。唐避高祖諱，改淵爲泉。

〔三秀〕按文選嵇康幽憤詩：煌煌靈芝，一年三秀。予獨何爲，有志不就。詩即用此意。

【箋證】

按：此詩自篇首至「霜月見芳蓀」，皆武陵之沿革古蹟及風土物産，而錯雜述之。自「清白家傳貴」至「元禮許登門」言己之家世科第出身。「草檄嫖姚幕」以下二韻言從事淮南杜佑幕府，「遂結王畿綬」以下四韻言由渭南主簿入仕朝中。「獨立當瑶闕」以下二韻言爲監察御史，按章指推獄，視祭指監祭。「御曆昌期遠」以下六韻言順宗、憲宗相繼嗣位。「何幸逢休運」以下二韻言己在永貞時之任要職，校緡謂判度支鹽鐵案，復土謂爲崇陵使判官。「一失貴人意」以下皆言貶官之事。「徒聞太學論」用東漢太學生張鳳論救皇甫規等事。此詩自是初至朗州時所作。「問卜安冥數，看方理病源」及「塵澀劍成痕」等句，正與本集卷一之何卜賦、砥石賦、卷十答道州薛郎中論方書書等篇可相印證，知禹錫詩文皆本於實事，非綜覽全集，不能深知其意。

又按：前人評此詩者，丹鉛總録二一云：「儲光羲詩：落落燒霧明，農夫知雨止。耿湋詩：向人微月在，報雨早露生。此即諺所謂朝霞不出市，暮霞走千里也。劉禹錫武陵詩：積陰春暗度，將霽霧先昏。耿湋詩：晚雷期稔歲，重霧報晴天。皆用老農占驗語。予舊日秋成詩云：草頭占月暈，米價問天河。亦用諺語：日暈長江水，月暈草頭空；又七月七夕視天河顯晦，卜米價豐賤，蓋老農有驗之占云。」此亦足證禹錫之留心農事，采謡諺入詩。

〔義陵〕詩引中於義陵之名所由來言之較詳，而改義陵爲武陵則稍略，於義爲未足。考晉書潘京傳：趙廞嘗問曰：貴郡何以名武陵？京曰：「鄙郡本名義陵，在辰陽縣界，與夷相接，數爲所攻，光武時移東出，共議易號，傳曰止戈爲武，詩稱高平曰陵，於是名焉。」（續漢書郡國志注引先賢傳同）此亦可備一説。

〔招屈亭〕輿地紀勝云：「今郡南亭即其所，在安濟門之右，沅水之濱。每端午日，以角黍餇飯，揚桴中流，競渡以濟，邦人縱觀。」又云：「唐龍朔中，縣令蔡朝英重修，且刻石以紀其事。」本集卷二十四酬朗州崔員外與任十四兄侍御同過鄙人舊居見懷之什云：「昔日居鄰招屈亭，楓林橘樹鷓鴣聲。」則招屈亭即禹錫在朗州時寓舍附近，宜其稔習也。當與卷九機汲記參看。

〔楝葉〕按：此句指祭屈原事。吴均續齊諧記。有五月五日作粽，并帶楝葉五花絲之記載。

〔枉渚〕元和郡縣志云：「枉水出武陵縣南蒼山，名曰枉渚。楚詞云：朝發枉渚，夕宿辰陽，亦謂此也。」清一統志云：「枉水在武陵縣南，一名蒼溪，源出金霞山，東北流經善德山入沅。」

〔沈約〕輿地紀勝云：「沈公臺碑在武陵西南三里光福寺竹林中，今猶存古碑，題額云重游沈公臺記，碑字漫滅不可讀。記謂沈約爲沅南令，按約傳未嘗令沅南也。」清一統志云：「沈約臺在光福寺古樟樹下，按宋時武陵屬郢州，蔡興宗爲郢州刺史，引沈約爲安西外兵參軍兼記室，約必曾至武陵，故有此臺，非以令沅故也。」

〔李衡〕水經注沅水注云：「龍陽縣之汜洲長二十里，吴丹陽太守李衡植柑於其上，臨死，勑其子曰：吾州里有木奴千頭，不責衣食，歲絹千匹。吴末，衡柑成。」此事其他記載多有之，禹錫援此説謂之木奴洲，非洲名木奴也。

〔二毛傷虎賁〕此句用事稍隱曲。文選潘岳秋興賦序：「余春秋三十有二，始見二毛，以太尉掾兼虎賁中郎將，寓直於散騎之省。」以虎賁稱潘岳，爲湊韻而已。

經伏波神祠

蒙蒙篁竹下，有路上壺頭。漢壘麏鼯鬬，蠻溪霧雨愁。懷人敬遺像，閲世指東流。自負霸王略，安知恩澤侯？鄉園辭石柱，筋力盡炎洲。一以功名累，翻思馬少遊。

【校】

〔霧雨〕明鈔本霧作暮，非。

〔指東〕崇本指作想。按：黄庭堅墨蹟亦書作想。

〔鄉園〕英華園作原。

【注】

〔馬少遊〕馬援本傳：從容謂官屬曰：吾從弟少遊常哀吾慷慨多大志，曰：士生一世，但取衣食裁足，乘下澤車，御欵段馬，爲郡掾吏，守墳墓。鄉裏稱善人，斯可矣。致求盈餘，但自苦耳。

【箋證】

按：清一統志云：「馬伏波祠有三：一在武陵縣南沅水上。一在桃源縣東高吾鋪，臨沅水。一在桃源縣南二里。」未知孰是禹錫所經。篇末「一以功名累，翻思馬少遊」二語，自是禹錫貶謫中有此感。

〔壺頭〕後漢書馬援傳章懷注：「壺頭，山名也，在今辰州沅陵東。武陵記曰：此山頭與東海方壺山相似，因名壺頭山也。」又云：武陵記曰：「壺頭山邊有石窟，即援所穿室也。」

〔鄉園辭石柱〕馬援爲扶風平陵人，石柱未詳所出。

聞董評事疾因以書贈　董生奉内典。

繁露傳家學，青蓮譯梵書。火風乖四大，文字廢三餘。攲枕晝眠晚，折巾秋鬢疏。武皇思視草，誰許茂陵居？

【校】

〔乖四大〕明鈔本乖作乘。

〔眠晚〕全唐詩晚作静，注云：一作晚。

【注】

〔四大〕圓覺經：我今此身四大和合，謂地水火風。

【箋證】

按：外集卷十董府君墓誌，董侹曾官大理評事。又云「中年奉浮屠，説三乘」，則此詩即贈董侹無疑。繁露用董仲舒著春秋繁露，三餘則用董遇語。魏略云：董遇字季直，善治老子、左氏傳。人有從學者，云苦渴無日，遇言當以三餘，或問三餘之意，遇言冬者歲之餘，夜者日之餘，陰雨者時之餘。此以二董切其姓。茂陵居用史記司馬相如傳：相如常稱病閒居，不慕官爵，拜爲孝文園令，既病免，家居茂陵。視草則用漢書淮南王安傳：武帝方好藝文，以安屬爲諸父，辨博善爲文辭，甚尊貴之，每爲報書及賜，常召司馬相如等視草乃遣。此又兩典合用，仍與問疾意相關，組織精切，而風韻高華，禹錫詩上承大曆而下啓温、李，脈絡分明可尋。此詩尤其彰明較著者。

〔青蓮譯梵書〕王維有詩題云：「苑舍人能書梵字，兼達梵音，皆曲盡其妙。」詩云：「蓮花法藏心懸悟，貝葉經文手自書。」苑舍人謂苑咸。咸酬詩云：「蓮花梵字本從天，華省仙郎早悟禪。」

贈澧州高大夫司馬霞寓

前年牧錦城，馬蹋血泥行。千里追戎首，三軍許勇名。殘兵疑鶴唳，空壘辨烏聲。一誤雲中級，南遊湘水清。

【校】

〔牧錦城〕崇本牧作收，畿本牧作收，注云：一作牧。全唐詩作牧，注云：一作收。按：作收者指平劉闢事。

【注】

〔空壘〕左傳襄十八年，齊師夜遁，師曠告晉侯曰：烏烏之聲樂，齊師其遁。

【箋證】

按：高霞寓，舊唐書一六二、新唐書一四一均有傳。傳云：「貞元中，徒步造長武城使高崇文，待以猶子之分，擢授軍職，累奏憲宗，甚見委信。元和初，詔授兼御史大夫，從崇文將兵擊劉闢，連戰皆克，下鹿頭城，降李文悦、仇良輔。蜀平，以功拜彭州刺史，尋繼崇文爲長武城使，封感義郡王。元和五年（八一〇），以左威衛將軍隨吐突承璀擊王承宗，又加左散騎常侍。明年，改豐州刺史、三城都團練防禦使，六遷至檢校工部尚書。元和十年（八一五），朝廷討吴元濟，以霞寓宿將，乃析山南東道爲兩鎮，以霞寓爲唐鄧隨節度使。霞寓雖稱勇敢，素昧機略，至於統制，尤非所長。及達所部，乃率兵趣蕭陂，與賊決戰，既小勝，又進至文城柵，賊軍僞敗而退，霞寓逐之不已，因爲伏兵所掩，王師大衂，霞寓僅以身免。坐貶歸州刺史。後以恩例徵爲右衛大將軍。十三年（八一八），出爲振武節度使。」此詩稱之爲澧州司馬，似可補史傳之闕。或先貶澧州司馬而量移歸州刺史。據詩中「前年牧錦城」之句，自是指擊劉闢之事，「一誤雲中級」則指蔡州失律也。然元和十年（八一五）以後，禹錫已刺連州，無由與霞寓相遇，據詩意則確指霞寓無疑，或是遥寄之耳。又按：禹錫與霞寓別有一段傳説。唐語林六：「劉禹錫守連州，替高霞寓，後入爲羽林將軍，自京附書曰：以承眷輒請自代矣。公曰：感，然有一話。曾有老嫗山行，見一獸如大蟲，羸然跬步而不進，若傷其足者，嫗因即之，而虎舉其足以示嫗，嫗看之，乃有芒刺在掌下，因爲拔之。俄而奮迅鬬吼，別嫗而去，似媿其恩者。及歸，翌日，自外擲麋鹿狐兔至於庭者，日無闕焉。嫗登垣視之，乃前傷虎也。因爲親族具言其事而心異之。」此説之誕妄不待言，霞寓之敗軍也，在元和十一年（八一六）之六月，其貶歸州刺史也，在七月，通鑑二三九有月日可據，禹錫固早已在連州矣。焉得有替霞寓之事？至於霞寓爲羽林將軍舉禹錫自代之説，據唐會要所載建中元年（七八〇）勅文，常參官清望官外，外官惟節度、觀察、防禦、軍使、城使、都知兵馬使、刺史、少尹、赤令、畿令在上表讓一人之列，霞寓與禹錫官班迥異，無由舉代，此皆可置勿論。

〔雲中級〕漢書馮唐傳載其對文帝之語云：「今魏尚爲雲中守，其軍市租盡以饗士卒，匈奴遠避，不近雲中之塞。虜嘗一入，尚擊之，所殺甚衆，上功幕府，一言不相應，文吏以法繩之。且尚坐上功首虜差六級，陛下下之吏，削其爵，罰作之。由此言之，陛下雖得李牧，不能用也。」禹錫用此，爲霞寓鳴不平也。

宿誠禪師山房題贈二首

宴坐白雲端，清江直下看。來人望金刹，講席繞香壇。虎嘯夜林動，鼉鳴秋澗寒。衆音徒起滅，心在淨中觀。

不出孤峯上，人間四十秋。視身如傳舍，閲世甚東流。法爲因緣立，心從次第修。中宵問真偈，有住是吾憂。

【校】

〔徒起滅〕全唐詩徒下注云：一作從。

〔淨中觀〕全唐詩淨下注云：一作定。

〔甚東流〕全唐詩甚作似，注云：一作甚。

【注】

〔有住〕金剛經：應生無所住心，若心有住，即爲非住。

【箋證】

按：此詩無年月可考，據「清江直下」之句，似在江南諸郡，又與晚泊牛渚一詩相次，或是夔、和二州往來時所作。又全唐詩以第二首收入白居易卷中，恐非。

晚泊牛渚

蘆葦晚風起，秋江鱗甲生。殘霞忽變色，遊雁有餘聲。戍鼓音響絶，漁家燈火明。無人能詠史，獨自月中行。

【校】

〔變色〕紹本、崇本、畿本、英華變均作改。全唐詩變下注云：一作改。

〔遊雁〕紹本、崇本、英華遊均作遠，畿本作旅，惟結一本、中山集作遊，疑是旅之壞字。

【注】

〔詠史〕按晉書文苑傳：袁宏少孤貧，以運租自業，謝尚時鎮牛渚，秋夜乘月，率爾與左右微服泛江。會宏在舫中諷詠，遂駐聽久之，遣問焉。答曰：袁臨汝郎誦詩。即其詠史之作也。尚即迎升舟，與之談論，申旦不寐。

【箋證】

按：輿地紀勝云：「采石山在當塗縣北二十餘里，牛渚北一里。江源記云：高旅於此取石，因名采石山，北臨江有磯曰采石，曰牛渚。」此詩當是禹錫上和州時或罷和州遊建康時所作。

又按：前人之評此詩者，陸游入蜀記云：「采石一名牛渚，與和州對岸，江面比瓜洲爲狹……然微風輒浪作不可行。劉賓客云：蘆葦晚風起，秋江鱗甲生，謂此磯也。」又按：此詩首聯「蘆葦晚風」與「秋江鱗甲」互文爲對，此是律體中之别一格，可徵禹錫詩之多變化而不拘拘於常規也。

罷郡歸洛陽閑居

十年江外守，旦夕有歸心。及此西還日，空成東武吟。花間數琖酒，月下一張琴。聞説功名事，依前惜寸陰。

【校】

〔江外〕全唐詩外作海。

〔數琖〕全唐詩琖作抔。

【箋證】

按：詩中有「空成東武吟」之句。考鮑照、沈約皆有東武吟，大抵寓時移事異，榮華徂謝之感。鮑詩云：「將軍既下世，部曲亦罕存。時事一朝異，孤績誰復論？」「棄席思君幄，疲馬戀君軒。願垂晉主惠，不愧田子魂。」禹錫蓋有取其意，復申之曰：「聞説功名事，依前惜寸陰。」自謂用世之志未曾少衰也。禹錫以元和十年（八一五）授連州刺史、後歷刺夔、和二州，至寶曆二年

（八二六）罷和州，正與「十年江外守」之語相合。其自和州歸抵洛陽，在大和元年之春，至夏間始除主客郎中分司東都，（見本集卷十七舉姜補闕倫自代狀）故作此詩時猶閒居待命。

城中閑遊

借問池臺主，多居要路津。千金買絶境，永日屬閑人。竹逕縈紆入，花林委曲巡。斜陽衆客散，空鎖一園春。

【校】

〔城中〕紹本、崇本、畿本中均作東。全唐詩作東，注云：一作中。

〔委曲巡〕崇本巡作循。

【箋證】

按：此首與前詩相次，當亦是在洛陽閑居時作。唐代仕宦中人多營園墅於洛陽，諸家詩中已屢見。宋李格非洛陽名園記云：「方唐貞觀開元之間，公卿貴戚開館列第於東都者號千餘邸」是也。白居易亦有題洛中第宅一詩云：「水木誰家宅，門高占地寬。懸魚挂青甃，行馬護朱欄。春榭籠煙暖，秋庭鎖月寒。松膠黏琥珀，筠粉撲琅玕。試問池臺主，多爲將相官。終身不曾到，唯展宅圖看。」與禹錫此詩語氣絶相似，而白集亦編在罷蘇州歸洛陽時，尤似與禹錫同時有此作。

要之諷刺貴遊中人，不言可喻。

罷郡歸洛陽寄友人

遠謫年猶少，初歸鬢已衰。閑門故吏去，静室老僧期。不見蜘蛛集，頻爲僂句欺。潁微囊未出，寒甚谷難吹。濩落唯心在，平生有己知。商歌夜深後，聽者竟爲誰。

【校】

〔閑門〕〔静室〕紹本、崇本、畿本、中山集、全唐詩均乙。

〔僂句〕全唐詩作佝僂，注云：一作僂句。

【箋證】

按：此詩與罷郡歸洛陽閒居一首自是同時之作。彼詩用世之志未衰，此詩語意則多憤激迫切，蓋待命久而不勝抑鬱也。「不見蜘蛛集」者，金樓子：「龔舍隨楚王朝，宿未央宫，見蜘蛛焉，四面縈網羅，有蟲觸之，退而不能出焉。舍歎曰：仕宦，人之羅網也，豈可淹歲？於是挂冠而退。時人謂爲蜘蛛隱。」「頻爲僂句欺」者，左傳昭二十五年：「臧昭伯如晉，臧會竊其寶龜僂句，以卜爲信與僭，僭吉。……及昭伯從公，平子立臧會，會曰：僂句不余欺也。」上句言己之枉從仕宦，下句言時命之乖違。題云寄友人，或是寄朝中之權要，望其汲引。

陝州河亭陪韋五大夫雪後眺望因以留别與韋有布衣之舊一别二紀經遷貶而歸

雪霽大陽津，城池表裏春。河流添馬頰，原色動龍鱗。萬里獨歸客，一桮逢故人。登高向西望，關路正飛塵。

【校】

〔韋五〕結一本五作伍，誤，當依紹本、崇本。

〔一别二紀〕此四字崇本在句尾。

〔大陽津〕結一本大作太，誤。

〔登高〕紹本、崇本登作因，全唐詩注云：一作因。

〔飛塵〕崇本飛作無。

【箋證】

按：韋大夫當指韋弘景，舊唐書一五七、新唐書一一六均有傳。岑仲勉唐人行第録據舊唐書一六八韋温傳，開成末出爲陝號觀察，疑即其人。然開成末，禹錫官已貴，年已高，與此詩「萬里獨歸客」之語氣不合，與詩題尤相剌謬。檢文宗紀，寶曆二年（八二六）三月丙申，以吏部侍郎韋弘景爲陝虢觀察使，至大和二年（八二八）二月丁亥朔，以兵部侍郎王起爲陝虢觀察使，代韋弘景，以弘景爲尚書左丞。是時禹錫正自和州北歸，據詩意，當是大和二年（八二八）之春入京過陝。時地景物皆吻合，其爲弘景，證據甚確，實與韋温無涉。此詩前後數首序次井然，禹錫自和州歸洛陽小住，於授分司官，次年春初，復奉召入京，以原官直集賢院，由編詩之次第觀之，不啻自述年譜，亦不容更致疑也。

又按：詩題云「與韋大夫有布衣之舊」。蓋相識在登第之前。弘景本傳云：「貞元中，始舉進士，爲汴州浙東從事。元和三年（八〇八）拜左拾遺，充集賢殿學士，轉左補闕，尋召入翰林爲學士，……改吏部度支郎中。張仲方貶李吉甫謚，上怒，貶仲方，弘景坐與仲方善，出爲綿州刺史。宰相李夷簡出鎮淮南，奏爲副使，賜以金紫，入爲京兆少尹，遷給事中。劉士涇以駙馬交通邪倖，穆宗用爲太僕卿，弘景與給事中薛存慶封還詔書。……時蕭俛以清直在位，弘景議論常所輔助，遷刑部侍郎，轉吏部侍郎。……二歲，改陝虢觀察使，歲滿徵拜尚書左丞。……會吏部員外郎楊虞卿以公事爲下吏所訕，獄未能辨，詔下弘景與憲司就尚書省詳讞，虞卿多朋游，人多嚮附之，弘景素所不悦，時已請告在第，及準詔就召，以公服來謁，弘景謂之曰：有勅推公。虞卿失容自退。轉禮部尚書，充東都留守。……大和五年（八三一）五月卒。」新唐書云：「弘景以直道進，議論持正有守，當時風教所倚賴，爲長慶名卿。」褒之甚至。觀其人似亦非與禹錫同氣類者。

〔河亭〕陝州河亭唐人常用爲吟詠之資，如姚鵠有奉和秘監從翁夏日河亭晚望詩。秘監從翁謂姚合。合有題河上亭一首云：「亭亭水上亭，魚躑水禽鳴。九曲何時盡，千峰今日清。……」蓋即指此。合亦曾爲陝虢觀察使。

〔大陽津〕清一統志：「大陽津在陝州北，黄河津濟之處，即古茅津。左傳文公三年，秦伯伐晉，自茅津濟，是也。」

途中早發

中庭望啓明，促促事晨征。寒樹鳥初動，霜橋人未行。水流白煙起，日上彩霞生。隱士應高枕，無人問姓名。

【校】

〔無人〕崇本無作田。

【箋證】

按：前後兩篇皆大和二年（八二八）入京途中作，則此篇亦必是也。前詩云：「雪霽大陽津，城池表裏春。」此首又有「寒樹」「霜橋」之語，是年春寒必重，當在二月以前。

初至長安 時自外郡再授郎官。

左遷凡二紀，重見帝城春。老大歸朝客，平安出嶺人。每行經舊處，卻想似前身。不改南山色，其餘事事新。

【校】

〔再授〕崇本授作受，誤。

【箋證】

按：禹錫以永貞元年乙酉（八〇五）外謫，二紀則當爲大和二三年戊申己酉（八二八、八二九）間，錢大昕養新録以禹錫直集賢院入都爲大和二年事，是也。唐人以嶺南爲惡地，故以平安出嶺爲幸。觀次首及觀戊申秋稼，則此次至長安爲大和二年春無疑。禹錫雖曾以元和十年之春一度被召還京，然不及兩月，後又遠貶，永貞中同朝之人，升沉存没，萬有不齊，眼中所見，事事皆新，即杜甫所謂「聞道長安似弈棋」及「王侯第宅皆新主，文武衣冠異昔時」之意也。

又按：此詩格調已啓晚唐，爲四靈所本，可徵禹錫詩派沾溉之廣。

大和戊申歲大有年詔賜百寮出城觀秋稼謹書盛事以俟采詩者

長安銅雀鳴，秋稼與雲平。玉燭調寒暑，金風報順成。川原呈上瑞，恩澤賜閑行。欲及重城掩，猶聞歌吹聲。

【校】

〔報順成〕全唐詩報下注云：一作振。

〔及重〕英華作返皇，非。全唐詩及作反，注云：一作及，重下注云：一作皇。

〔歌吹〕全唐詩歌下注云：一作舞。

【箋證】

按：大和戊申爲大和二年（八二八），禹錫已除主客郎中直集賢院矣。白氏長慶集亦有此題。時居易爲祕書監。

附録　白居易同題之作

清晨承詔命，豐歲閱田閭。膏雨抽苗足，涼風吐穗初。早禾黄錯落，晚稻緑扶疏。好入詩家詠；宜令史館書。散爲萬姓食，堆作九年儲。莫道如雲稼，今秋雲不如。

早秋集賢院即事 時爲學士。

金數已三伏，火星正西流。樹含秋露曉，閣倚碧天秋。灰琯應新律，銅壺添夜籌。商飆從朔塞，爽氣入神州。蕙草香書殿，槐花點御溝。山明真色見，水静濁煙收。早歲忝華省，再來成白頭。幸依羣玉府，有路向瀛洲。

【校】

〔秋露〕崇本秋作清。

〔御溝〕全唐詩溝下注云：一作樓。

〔水静〕崇本、畿本静作浄。全唐詩注云：一作浄。

〔有路〕畿本有下注云：一作未。末句全唐詩作未路尚瀛洲，未下注云：一作有。尚下注云：一作向。

【箋證】

按：穆天子傳：「天子北征東還，乃循黑水，至於羣玉之山，阿平無險，四徹中絶，先王之所謂策府。」唐人多以羣玉府喻書殿，此詩自注「時爲學士」，集賢學士固儒臣之華選。禹錫此時於流落之餘，始有騰達之望，故有「幸依羣玉府，有路向瀛洲」之句。此時距永貞已遠，禹錫之負謗亦漸有以自明，「山明真色見，水静濁煙收」，乃其所以寓意也。

又按：舊唐書職官志：開元十三年（七二五），與學士張説等宴於集仙殿，因改名集賢，改修書使爲集賢書院學士。初定制以五品已上官爲學士，六品已下爲直學士，每宰相爲學士者爲知院事，常侍一人爲副知院事。集賢學士之職，掌刊緝古今之經籍以辨明邦國之大典，凡天下圖書之遺逸，賢才之隱滯，則承旨而徵求焉。其有籌策之可施於時，著述之可行於代者，較其才藝而考其學術而申表之，凡承旨撰集文章、校理經籍，月終則進課於内，歲終則考最於外。禹錫官爲郎中，是五品以上，故貼職爲學士。本集卷十五蘇州謝上表有云：「在集賢院四换新霜，供進新書二千餘卷。」其居此職亦可謂能舉其職事者。禹錫以大和二年（八二八）入院，五年（八三一）出刺蘇州，詩乃新入院時作。

〔集賢院〕集賢院所在不一。唐會要六四：「集賢院，西京在光順門大衢之西，命婦院北，本命婦院之地，開元十一年（七二三）分置，北院全取命婦院舊屋。興慶宫院在和風門外横街之南。二十四年（七三六），張九齡遺直官魏光禄先入京造此院。華清宫院在宫北横街之西。」

金陵懷古

潮滿冶城渚，日斜征虜亭。蔡洲新草緑，幕府舊煙青。興廢由人事，山川空地形。後庭花一曲，幽怨不堪聽。

【校】

〔冶城〕英華冶作臺。

〔蔡洲〕畿本、全唐詩蔡下注云：一作芳，英華與一作同。

【箋證】

按：本集卷二十四金陵五題引云：「余少爲江南客而未遊秣陵。」又外集卷八有罷和州遊建康詩云：「秋水清無力，寒山暮多思。」則禹錫以寶曆二年（八二六）之末離和州無疑，此詩有「蔡洲新草緑」之句，又似應指春初，時令不合，懷古而兼即景之詩亦非可漫爲之，終當存疑。

〔冶城〕六朝事迹編類：「冶城：今天慶觀即其地也。本吴冶鑄之所，因以爲名。寰宇記：晉元帝大興初，以王導疾久，方士戴洋云：君本命在申，地有冶，金火相爍不利，遂移冶城於石頭城東，以其地爲園。徐廣晉記云：成帝適司徒府觀冶城園，即此也。」

〔征虜亭〕景定建康志：「征虜亭在石頭塢，東晉太元中創。」李白夜下征虜亭詩：「船下廣陵去，月明征虜亭。山花如繡頰，江火似流螢。」

〔蔡洲〕讀史方輿紀要二〇：「蔡洲，府（江寧）西二十五里。志云：在江寧縣西南十八里石頭西岸，一名蔡家溼。晉蘇峻之亂，陶侃等入援，舟師至於蔡洲。又殷仲堪以江陵畔，前鋒楊佺期、桓玄軍至石頭，既而回軍蔡洲。盧循犯建康，引兵向新亭，回泊蔡洲。宋以拓跋燾入寇至瓜步，詔分軍屯蔡洲，又遊邏上自于湖，下接蔡洲。齊建元初，魏主宏遣兵入寇，詔寘五軍於蔡洲，先爲云備。梁侯景圍臺城，合州刺史鄱陽王範遣其世子嗣與西豫州刺史裴之高等將兵入援，軍於蔡洲。又陳霸先等討侯景，大軍進姑孰，先鋒次蔡洲。一名張公洲。侯景之亂，司州刺史柳仲禮亦入援，至横江，裴之高自張公洲遣船渡仲禮，是也。承聖初，王僧辯等敗侯景將侯子鑒於南洲，督諸軍至張公洲，乘潮入淮。志云：蔡洲周回五十三里，張公洲周回三里，在江寧縣西南五里，蓋蔡洲之别渚云。」按：詩中「蔡洲新草緑」之句即致慨於此地之昔經征戰，與西塞山之「故壘蕭蕭蘆荻秋」語意相近。

〔幕府〕輿地紀勝云：「幕府山在建康郡西二十五里。」六朝事迹編類云：「晉元帝渡江，丞相王導建幕府於此。」

晝居池上亭獨吟

日午樹陰正，獨吟池上亭。静看蜂教誨，閑想鶴儀形。法酒調神氣，清琴入性靈。浩然機已息，几杖復何銘？

【箋證】

按：此詩曾寄示白居易，故白集中閑園獨賞詩中注云：因夢得所寄蜂鶴之詠，成此篇以和之，而禹錫復有答詩，見外集卷四。疑是大和元年（八二七）禹錫在洛陽，而居易已入京，故寄示之。觀編詩之次第，似不應在晚年，蓋晚年閒居皆與居易同在洛陽也。

〔蜂教誨〕詩小宛：「螟蛉有子，蜾蠃負之。教誨爾子，式穀似之。」爾雅釋蟲：「蜾蠃蒲盧。」注云：「即細腰蜂也。」此詩用經訓，深曲而精切，亦禹錫詩之所獨長。

分司東都蒙襄陽李司徒相公書問因以奉寄

早忝金馬客，晚爲商洛翁。知名四海内，多病一生中。舉世往還盡，何人心事同？幾時登峴首，恃舊揖三公。

【校】

〔晚爲〕紹本晚作曉，誤；全唐詩注云：一作暮。

〔恃舊〕結一本恃作懷，紹本、崇本、英華均作恃，全唐詩注云：一作懷。按：揖三公是用漢書汲黯傳「大將軍有揖客」語，作恃者於義爲長。結一本恐爲淺人所臆改。

【注】

〔李司徒〕謂李程，詳箋證。

【箋證】

按：此詩有「晚爲商洛翁」之句，自是開成元年（八三六）以後禹錫爲太子賓客分司時之作。

其時鎮襄陽者爲李程。程，舊唐書一六七、新唐書一三一均有傳。傳云：開成二年（八三七）三月，檢校司徒，出爲山南東道節度使，未幾即卒。繼之者爲牛僧孺。程亦以貞元二十年（八〇四）自使府從事入朝爲監察御史，正與禹錫蹤跡相同。傳又云：其年充翰林學士，順宗即位，爲王叔文所排，罷學士。然似與禹錫無大嫌怨。程以元和十三年（八一八）六月始爲鄂岳觀察使，值禹錫北歸過武昌時，有酬酢之作。在外集卷九中。卞孝萱劉禹錫年譜以此詩之李司徒相公爲李逢吉，逢吉再鎮襄陽乃在寶曆末大和初，其時禹錫方自和州北歸，與「晚爲商洛翁」之詩意不合，必非是。

又按：韓愈集中有除官赴闕至江州寄鄂岳李大夫詩云：「湓城去鄂渚，風便一日耳。不枉故人書，無因帆江水。……我昔實愚惷，不能降色辭。子犯亦有言，臣猶自知之。公其務貰過，我亦請改事。桑榆儻可收，願寄相思字。」知程與愈有隙。據愈集赴江陵途中有寄程詩，則程在翰林時，尚無嫌怨。此後至元和十年（八一五），程知制誥，與愈同時同官，殆即以此時語言相失。程於柳宗元似相厚，禹錫有代程祭柳文，見外集卷十。又元稹與程有姻連，似皆韋氏之壻，其貽蜀五首之一寄李中丞表臣云：「韋門同是舊親賓，獨恨潘牀簟有塵。……倅戎何事勞專席，老掾甘心逐衆人。」謂程爲西川行軍司馬也。禹錫與程相厚，或亦以柳與元之故。集中涉及程者，尚有本集卷十八、二十三、二十八、外集卷四、五、十各篇。此詩末聯云：「幾時登峴首，恃舊揖三公。」非多年之故交不能作此語，結一本恃舊作懷舊，失詩意矣。

奉和吏部楊尚書太常李卿二相公策免後即事述懷贈答十韻

文雅關西族，衣冠趙北都。有聲真漢相，無纇勝隋珠。當軸龍爲友，臨池鳳不孤。九天開内殿，百辟看晨趨。誠滿澄敧器，成功别大鑪。餘芳在公論，積慶是神扶。步武離台席，回翔集帝梧。銓材秉秦鏡，典樂去齊竽。蕭灑風塵外，逢迎詩酒徒。唯應待華誥，更食萬錢廚。

【校】

〔百辟〕全唐詩辟下注云：一作拜。

〔澄敧器〕崇本澄作懲。

〔華誥〕紹本、崇本、英華誥均作晧，全唐詩作誥，注云：一作晧。

〔更食〕全唐詩食下注云：一作入。

【箋證】

按：楊尚書謂楊嗣復，舊唐書一七六、新唐書一七四均有傳。李卿謂李珏，舊唐書一七三、新唐書一八二均有傳。據武宗紀：「（開成）五年（八四〇）正月二日，文宗暴卒。（按：文宗、武宗紀均云以四日卒，此暴卒二字未安，或宫禁事秘，二日已卒而倉卒未發喪也。然古人用卒字不必竟指死亡，病至不知人亦謂之卒。文選甘泉賦注引桓譚新論：「雄作甘泉賦一昔始成，夢腸出，收而内之，明日遂卒。」而文賦注引同書則云：「及覺，病喘悸少氣。」是其證。錢大昕養新録一四疑卒字爲傳寫之誤，似不然。）宰相李珏以樞密使劉弘逸奉密旨以皇太子監國，（按：謂陳王成美）兩軍中尉仇士良、魚弘志矯詔迎潁王於十六宅。……初，楊賢妃有寵於文宗，而莊恪太子母王妃失寵怨望，爲楊妃所譖，王妃死，太子廢。及開成末年，帝多疾，無嗣，賢妃請以安王溶嗣，帝謀於宰臣李珏，珏非之，乃立陳王，至是仇士良立武宗（潁王），欲歸功於己，乃發安王舊事，故二王與賢妃皆死。……八月十七日，葬文宗皇帝於章陵。知樞密劉弘逸、薛季稜率禁軍護駕至陵所，二人素爲文宗獎遇，仇士良惡之，心不自安，因是掌兵，欲倒戈誅士良、弘志。鹵簿使兵部尚書王起、山陵使崔倰覺其謀，先諭鹵簿諸軍。是日弘逸、季稜伏誅。（按：通鑑已據楊嗣復傳駁紀之誤，以弘逸、季稜之死爲次年事。）門下侍郎同平章事楊嗣復檢校吏部尚書潭州刺史、充湖南都團練觀察使，中書侍郎同平章事李珏檢校兵部尚書桂州刺史、充桂管防禦觀察等使。御史中丞裴夷直爲杭州刺史，皆坐弘逸、季稜黨也。」又舊唐書一七六楊嗣復傳云：「先是以敬宗子陳王爲皇太子，中尉仇士良違遺令立武宗。武宗之立既非宰相本意，甚薄執政之臣，其年秋，李德裕自淮南入輔政，九月，出嗣復爲湖南觀察使。明年，誅樞密薛季稜、劉弘逸。（按：此與紀不合。）中人言：二人頃附嗣復、李珏，不利於陛下。武宗性急，立命中使往湖南、桂管殺嗣復與珏。

宰相崔鄲、崔珙等亟請開延英，因極言國朝故事，大臣非惡逆顯著，未有誅戮者，願陛下復思其宜。帝良久改容曰：朕纘嗣之際，宰相何嘗比數？李珏、季稜志在扶册陳王，嗣復、弘逸志在樹立安王，立陳王猶是文宗遺旨，嗣復欲立安王，全是希楊妃意旨。嗣復嘗與妃書云：姑姑何不效則天臨朝？珙等曰：此事曖昧，真虚難辨。帝曰：楊妃曾臥疾，妃弟玄思，文宗令入内侍疾月餘，此時通導意旨。朕細問内人，情狀皎然，我不欲宣出於外。向使安王得志，我豈有今日？然爲卿恕之。乃追潭、桂二中使，再貶嗣復潮州刺史。」又一七三李珏傳云：「（開成）三年（八三八），楊嗣復輔政，薦珏以本官（户部侍郎）同平章事。珏與固言、嗣復相善，自固言得位，相繼援引居大政，以傾鄭覃、陳夷行、李德裕三人，凡有奏議，必以朋黨爲謀，屢爲覃所廷折之。武宗即位之年九月，與楊嗣復俱罷相，出爲桂州刺史、桂管觀察使。三年（八四三），長流驩州。」新唐書則云：「爲文宗山陵使，會秋大雨，梓宫至安上門，陷于濘不前，罷爲太常卿。（通鑑同）終以議所立貶江西觀察使，再貶昭州刺史。」（按：傳多采裴光裕東觀奏記。）又通鑑二四六記此事云：「初，知樞密劉弘逸、薛季稜有寵於文宗，仇士良惡之。上（武宗）之立，非二人及宰相意，故楊嗣復出爲湖南觀察使，李珏出爲桂管觀察使，士良屢譖弘逸等於上，勸上除之。（三月）乙未，賜弘逸、季稜死。遣中使就潭、桂州誅嗣復及珏。户部尚書杜悰奔馬見李德裕曰：天子年少，新即位，兹事不宜手滑。丙申，德裕與崔珙、崔鄲、陳夷行三上奏，又邀樞密使至中書，使入奏，以爲德宗疑劉晏動摇東宫而殺之，中外咸以爲寃，兩河不臣者由兹恐懼，得以爲辭。德宗後悔，録其子孫。文宗疑宋申錫交通藩邸，竄謫至此，既而追悔，爲之出涕。嗣復、珏等若有罪惡，乞更加重貶。必不可容，亦當先行訊鞫，俟罪狀著白，誅之未晚。今不謀之於臣等，遽使誅之，人情莫不震駭，願開延英賜對。至晡時開延英，召德裕等入，德裕等泣涕極言……」考武宗之黜楊、李，爲文宗朝政争之繼續，朝士與宦官宮妾之間，極盡迎拒向背之變化，而朝士與朝士之間黨争起伏亦因之而存草蛇灰綫之關係。楊、李二人顯與李德裕不合，故舊唐書於德裕力救楊、李一事不載隻字。而新唐書及通鑑則皆略采李氏獻替記之説歸功於德裕。蓋德裕入相之初，若有誅戮大臣之舉，則德裕必爲衆矢所攻，而德裕一派亦必興兔死狐悲之感，德裕之不能不出全力以争之，乃情事之必然者也。通鑑不采舊紀繫劉弘逸、薛季稜之誅於開成五年（八四〇），而斷然繫之於會昌元年（八四一），（説見考異）然王起、崔倰既舉發劉、薛之密謀，豈有如此顯謀廢立之舉而能遲至次年乃予以誅殺乎？於事理終覺未瑩。此一事也，紀傳之所以參差，殆亦由於宮廷事祕，得諸傳聞而無實據。頗疑王、崔二人之舉發，實即出於仇士良黨羽之指使，加劉、薛以莫須有之罪名。不然，劉、薛既統率護靈駕之禁軍，禁軍爲内官所私有，外廷無從過問久矣，况王、崔文臣，敢與之爲敵乎？且是時楊妃與陳、安二王皆死，文宗之親暱已盡矣，劉、薛縱欲爲文宗復仇，至多不過殺仇士良而已，尚有何人堪擁立乎？武宗初立時，所急欲除者，楊妃、二王及劉、薛，而於楊、李，則以其爲文臣不甚足爲患，故未之深怒。通鑑載五月先罷楊嗣復爲吏部尚書，八月始以山陵之咎罷李珏爲太常卿。而據此詩則二人尚於罷相後從容賦詩，一似不知危機暗伏者，亦可見舊紀以嗣復等之貶爲坐弘逸、季稜黨一語爲不盡確也。是時武宗恐僅知其無意於擁立，尚未聞仇士良之譖訴耳。禹錫作是詩時距病歿已不過年餘，殆已不關心朝局，故和詩僅作酬應之泛語，亦徵其與楊、李無深交。

又按：李珏之貶，舊紀云端州司馬，舊傳云長流驩州，新傳云昭州刺史，未詳岐異之故。

門下相公榮加册命天下同歡忝沐眷私輒敢申賀

册命出宸衷，官儀自古崇。特膺平土拜，光贊格天功。再佩扶陽印，常乘鮑氏驄。七賢遺老在，猶得詠清風。

【校】

〔題〕全唐詩敢作感。

〔格天功〕全唐詩功下注云：一作宮。

【箋證】

按舊唐書裴度傳，大和四年（八三〇）六月詔門下侍郎同中書門下平章事……裴度……可司徒平章軍國重事……仍備禮册命。考度於元和十年（八一五）自御史中丞爲門下侍郎同平章事，長慶元年（八二一）進位檢校司空，此後即守司徒，未再爲司空，與平土之句不合。惟王涯傳大和九年（八三五）五月正拜司空，仍令所司册命，又涯曾於長慶三年（八二三）爲御史大夫，與鮑氏驄之語亦合。七賢之句，當是以王戎爲此。若然，則是甘露變前不久所作，禹錫與甘露四相不甚有往還，惟涯是貞元舊交。但果爲賀涯之作與否，仍未敢遽定。

病中一二禪客見問因以謝之

勞動諸賢者，同來問病夫。添爐擣雞舌，灑水淨龍鬚。身是芭蕉喻，行須邛竹扶。醫王有妙藥，能乞一丸無？

【校】

〔擣雞舌〕崇本擣作壽，誤。畿本擣雞下注云：一作烹雀。全唐詩作烹雀舌，注云：一作擣雞舌。

〔邛竹〕全唐詩注云：一作竹杖。

【箋證】

按：此詩編在和吏部楊尚書太常李卿詩之後，當在開成、會昌之間，疑禹錫已屬疾將歿矣。但二詩皆依然精切如平時，不見絲毫頹唐之態。

〔雞舌〕太平御覽九八一引抱朴子：「或以雞舌黄連乳汁煎之注之，諸有百疹之在目，愈而更加精明倍常。」俞益期箋曰：外國老胡説，衆香共是一木，木花爲雞舌香。」夢溪筆談二六：「予集靈苑方，論雞舌香以爲丁香母，蓋出陳氏拾遺。今細考之尚未然。按齊民要術云：雞舌香世以其似丁字，故一名丁子香，即今丁香是也。日華子云：雞舌香治口氣，所以三省故事，郎官日含雞舌香，欲其奏事對答，其氣芬芳，此正謂丁香治口氣，至今方書爲然。」

〔芭蕉喻〕涅槃經云：「是身不堅，猶如蘆葦、伊蘭水沫、芭蕉之樹。」又云：「譬如芭蕉，生實則枯，一切衆生身亦如是。」

劉禹錫集箋證卷第二十三

古調十六首

登司馬錯故城

秦昭王命錯征五溪蠻，城在武陵沅江南。

將軍將秦師，西南奠遐服。故壘清江上，蒼煙晦喬木。登臨值蕭辰，周覽壯前躅。塹平陳葉滿，墉高秋蔓緑。廢井抽寒菜，毀臺生穭穀。耕人得古器，宿雨多遺鏃。楚塞鬱重疊，蠻溪紛詰曲。留此數仞基，幾人傷遠目？

【校】

〔將秦師〕全唐詩注云：一作實秦帥。

〔晦〕全唐詩注云：一作昧。

〔蕭辰〕結一本蕭作肅，誤。

〔周覽〕崇本周作同，非。

〔寒菜〕畿本，英華菜均作萊。

〔得古器〕紹本得作傳。

〔遠目〕英華、全唐詩遠均作送。

【箋證】

按：此詩題下注云：「秦昭王命錯征五溪蠻，城在武陵沅江南。」當是禹錫自注。蓋禹錫在朗州數年登覽遺興之作，故有「幾人傷遠目」之句。

卧病聞常山旋師策勳宥過王澤大洽因寄李六侍御

寂寂重寂寂，病夫卧秋齋。夜蟲思幽壁，槁葉鳴空階。南國異氣候，火旻尚昏霾。瘴煙跕飛羽，沴氣傷百骸。昨聞凱歌旋，飲至酒如淮。無戰陋丹水；垂仁輕槀街。清廟既策勳，圓丘俟燔柴。車書一以混，幽遠靡不懷。逐客顛頟久，故鄉雲雨乖。禽魚各有化，予欲問齊諧。

【校】

〔侍御〕全唐詩御作郎，注云：一作御。按：作郎者誤。

〔雲雨〕崇本雲作風。

【箋證】

按：李六侍御謂李景儉，見白氏長慶集（詳岑仲勉唐人行第録）。舊唐書一七一景儉傳云：「貞元十五年（七九九）登進士第，性俊朗，博聞强記，頗閲前史，詳其成敗，自負王霸之略，於士大夫間無所屈降。貞元末，韋執誼、王叔文東宫用事，尤重之，待以管、葛之才。叔文竊政，屬景儉居母喪，故不及從坐。韋夏卿留守東都，辟爲從事。竇羣爲御史中丞，引爲監察御史。羣以罪左遷，景儉坐貶江陵户曹，累轉忠州刺史。元和末入朝，執政惡之，出爲澧州刺史。與元稹、李紳相善，時紳、稹在翰林，屢言於上前，及延英辭日，景儉自陳己屈，穆宗憐之，追詔拜倉部員外郎，月餘驟遷諫議大夫。性既矜誕，寵擢之後，凌蔑公卿大臣，使酒尤甚，中丞蕭俛、學士段文昌相次輔政，景儉輕之，形於談謔。二人俱訴之穆宗，不獲已，貶之。制曰：諫議大夫李景儉擢自宗枝，嘗深儒術，薦歷臺閣，亦分郡符，動或違仁，行不由義，附權幸以虧節，通姦黨之陰謀，衆情皆疑，羣議難息。據因緣之狀，當寘嚴科；順長養之時，特從寬典。勉宜省過，無或徇非。可建州刺史。未幾元稹用事，自郡召還，復爲諫議大夫。其年十二月，景儉朝退，與兵部郎中知制誥馮宿、庫部郎中知制誥楊嗣復、起居舍人温造、司勳員外郎李肇、刑部員外郎王鎰等同謁史官獨孤朗，乃於史館飲酒。景儉乘醉詣中書謁宰相，呼王播、崔植、杜元穎名而疏其失，辭頗悖慢，宰相遜言止之，旋奏貶漳州刺史。是日同飲於史館者皆貶逐。景儉未至漳州，而元稹作相，改授楚州刺史。

議者以景儉使酒，淩忽宰臣，詔令纔行，遽遷大郡，稹懼其物議，追還授少府少監，從坐者皆召還，而景儉竟以忤物不得志而卒。」觀景儉之生平，蓋本與禹錫爲同氣類者，故爲王、韋所知賞，而柳宗元亦其所厚，其關鍵尤在元稹，元氏長慶集有留呈夢得子厚致用題藍橋驛一詩，致用爲景儉字，見柳宗元集獨孤申叔墓碣。禹錫亦有微之鎮武昌中路見寄藍橋懷舊之作淒然繼和一詩，見外集卷六，似即指此。景儉以竇羣之累貶江陵户曹，是元和三年（八〇八）事，正與稹貶江陵同時。景儉刺忠州，與白居易爲前後任，其自忠州召還亦在元和末。然稹與劉、柳以元和十年（八一五）同被召還，而行程必有先後，其在藍橋驛留呈劉、柳，宜也，劉、柳之外，兼及景儉，則景儉必亦曾於是時同被召矣。又景儉與李翱亦有舊，且行迹相似。新唐書翱傳云：「初，諫議大夫李景儉表翱自代，景儉斥，翱下除朗州刺史，久之召爲禮部郎中，翱性峭鯁，論議無所屈，仕不得顯官，怫鬱無所發，見宰相李逢吉，面斥其過失。……」翱亦不入逢吉、宗閔之黨者。

又按：通鑑二三八略載：元和四年（八〇九），王士真死，承宗求襲朝廷割德、棣二州分畀薛昌朝，承宗不奉命，乃命吐突承璀爲招討使討之，昭義節度使盧從史與通謀，承璀誘執從史，遂乘此罷兵。五年（八一〇）七月，王承宗遣使自陳爲盧從史所離間，乞輸貢賦，請官吏，許其自新。李師道等數上表請雪承宗，朝廷亦以師久無功，制雪承宗，以爲成德節度使，復以德、棣二州與之，悉罷諸道行營將士，共賜布帛二十八萬端匹，加劉濟中書令。即此詩題所謂「常山旋師，宥過策勳」也。禹錫與景儉皆在謫籍，朗州與江陵相去不遠，故有同病相憐之慨。詩意望赦甚切，而不料是後竟無大赦之詔也。又按：恒州恒山郡，至元和十五年（八二〇）始避穆宗名改鎮州及常山，此已云常山，當是偶從古名。

謁枉山會禪師

我本山東人，平生多感慨。弱冠遊咸京，上書金馬外。結交當世賢，馳聲溢四塞。勉修貴及早，狃捷不知退。錙銖揚芬馨，尋尺招瑕纇。淹留郢南鄙，摧頹羽翰碎。安能咎往事？且欲去沈痗。吾師得真如，自在人寰内。哀我墮名網，有如翾飛輩。曈曈揭智炬，照使出昏昧。静見玄關啓，歆然初心會。夙尚一何微？今得信可大。覺路明證入，便門通懺悔。悟理言自忘，處屯道猶泰。色身豈吾寶？慧性非形礙。思此靈山期，未卜何年載。

【校】

〔枉山〕全唐詩枉作柱。

〔狃捷〕全唐詩捷下注云：一作健。

〔南鄙〕全唐詩鄙作都，注云：一作鄙。

〔往事〕崇本事作來。

〔自在〕纖本自下注云：一作寄。全唐詩與一作同。

〔智炬〕全唐詩炬作燭。

〔可大〕纖本大作美。

〔便門〕崇本門作開。

〔末卜〕紹本、崇本卜作來，全唐詩注云：一作來。

【箋證】

按：太平寰宇記：朗州武陵縣：枉山在郡東十七里。輿地紀勝：一名善德山，在武陵縣東九里。此詩自是貶朗州後，失意之餘，託禪修以自慰解。唐時士大夫大抵如此。

〔我本山東人〕杜牧罪言云：「兵祖於山東，胤於天下，不得山東，兵不可去。山東之地，禹畫九土曰冀州。舜以其分太大，離爲幽州爲并州，程其水土與河南等，常重十一二。」此唐人所謂山東之明確詮解。顧炎武謂：「古所謂山東者，華山以東。管子言：楚者山東之强國也。史記引賈生言：秦并兼諸侯，山東三十餘郡。後漢陳元傳言：陛下不當都山東。蓋自函谷關以東總謂之山東。」（日知録三一）此則秦、漢時所謂山東較爲廣闊，文士涉筆不妨兼用兩義。黄汝成日知録集釋謂顧氏注杜牧云云似謂專指今之山西，則未檢罪言原文，不知杜意固包括山西、河北也。禹錫自稱爲山東人，自是泛指非生長關輔者而已。本集卷十七蘇州上後謝宰相狀云：「某山東一書生。」卷二十五答東陽于令涵碧圖詩云：「如山東書生。」山東書生乃自謙鄙陋，不足齒京輦貴游之意，初非謂山東之人也。餘詳見蘇州上後謝宰相狀箋證中。

善卷壇下作 在枉山上。

先生見堯心，相與去九有。斯民既已治，我得安林藪。道爲自然貴，名是無窮壽。瑶壇在此山，識者常回首。

【校】

〔題〕英華作善養臺下作。

〔枉山〕畿本枉作柱。

〔去九有〕全唐詩去下注云：一作公，英華與一作同。

〔林藪〕英華作山藪，山下注：一作林。

【注】

〔善卷〕莊子讓王篇：舜以天下讓善卷，善卷曰：余立於宇宙之中，冬日衣皮毛，夏日衣葛絺。春耕種，形足以勞動。秋收斂，身足以休食，日出而作，日入而息，逍遥於天地之間，而心意自得。吾何以天下爲哉。悲夫！子之不知余也。遂不受。於是去而入深山，莫知其處。

【箋證】

按：清一統志云：善卷壇在武陵縣東。方輿勝覽：善德山有善卷壇，善卷先生所游處也。

武陵觀火詩

楚鄉祝融分，炎火常爲虞。是時直突煙，發自晨炊徒。盲風扇其威，白晝曛陽烏。操綆不暇汲，循牆寧避踰？怒如列缺光，迅與棼輪俱。聯延掩四達，赫奕成洪鑪。洶疑雲濤翻，颯若鬼神趨。當前迎焮艴，是物同膏腴。金烏入梵天，赤龍遊玄都。騰煙透窗户，飛燄生欒櫨。火山摧半空，星雨灑中衢。瑶壇被髹漆，寶樹攢珊瑚。花縣與琴焦，旗亭無酒濡。市人委百貨，邑令遺雙鳧。餘勢下隈隩，長熛烘舳艫。吹熒照水府，炙浪愁天吴。災罷雲日晚，心驚視聽殊。高灰辨廪庾，黑土連闤闠。衆燼合星羅，遊氛鑠人膚。厚地藏宿熱，遥林呈驟枯。火德資生人，庸可一日無？御之失其道，敲石彌天隅。晉庫走龍劍，吴宫傷燕雛。五行有沴氣，先哲垂訏謨。宋鄭同日起，時當賢大夫。無苟自可樂，弭患非所圖。賢守恤人瘼，臨煙駐驪駒。弔傷色慘怛，唁失詞劬愉。下令蠲里布，指期輕市租。閈垣適未立，苫蓋自相娱。山木行翦伐，江泥宜墐塗。魯臣不必葺，何用徵越巫？

【校】

〔炎火〕紹本、崇本炎均作災，畿本作災，注云：一作炎。

〔循牆〕崇本循作修。

〔寧避〕全唐詩寧作還，注云：一作甯。

〔列缺〕紹本、崇本列作烈。

〔棼輪〕全唐詩棼作芬，注云：一作棼。

〔四達〕全唐詩達作遠，注云：一作達。

〔洪鑪〕崇本洪作烘，非。

〔金烏〕崇本烏作鳥。

〔花縣〕全唐詩花作光，注云：一作花。

〔琴焦〕全唐詩注云：一作焦琴。

〔吹熒〕明鈔本熒作螢。全唐詩作焚，注云：一作熒。

〔無苛〕畿本苛作奇，注云：一作苛。

〔喧失〕全唐詩喧作顔，注云：一作喧。

〔苫蓋〕紹本苫作苦，誤。

〔魯臣不必葺〕全唐詩魯作邑，注云：一作魯。葺作曾，注云：一作葺。

【箋證】

按：竇常赴朗州刺史任先寄禹錫詩有「元和癸巳歲」語，是元和八年（八一三），此詩中之賢守，當指常。據本集卷九武陵北亭記有「表火道」一語。若然，則當作於元和八九年間。詩有「無苛自可樂，弭患非所圖」之句，乃一篇之主旨，謂任事者但能不苛已難得，更何敢望其能預防災患乎？

〔晉庫〕晉書五行志：「惠帝元康五年閏月庚寅，武庫火。……王莽頭、孔子屐、漢高祖斬白蛇劍及二百八萬器械一時蕩盡。」

〔吴宫〕按：李白雙燕離詩：「雙燕復雙燕，雙飛令人羨。玉樓珠閣不獨棲，金窗繡户長相見。柏梁失火去，因入吴王宫。吴宫又焚蕩，雛盡巢亦空。」太平御覽引吴地記云：「春申君都吴宫，加巧飾，春申君死，吏照燕窟失火，遂焚。」詩用此事。

〔宋鄭同日起〕左傳昭十八年：「宋、衛、陳、鄭皆火，……子産使……司馬司寇列居火道，行火所焮，城下之人伍列登城……書焚室而寬其征，與之材，三日哭，國不市。」

〔魯臣〕左傳昭二十三年：「叔孫所館者，雖一日必葺其牆屋，去之如始至。」魯臣之語指此。

〔越巫〕文選張衡西京賦：「柏梁既災，越巫陳方。建章是經，用厭火祥。」李善注：「漢書曰：柏梁災，越俗有火災，復起屋，必以大，用勝服之。」

崔元受少府自貶所還遺山薑花以詩答之

故人博羅尉，遺我山薑花。采從碧海上，來自謫仙家。雲濤潤孤根，陰火照晨葩。淨搖扶桑日，豔對瀛洲霞。世人愛芳辛，搴擷忘幽遐。傳名入帝里，飛馹辭天涯。王濟本尚味，石崇方鬬奢。雕盤多不識，綺席乃增華。驛馬損筋骨，貴人滋齒牙。顧予藜藿士，特此空嘆嗟。

【校】

〔題〕以詩答之，崇本作答以詩。

〔淨搖〕全唐詩淨作靜。

〔愛芳〕全唐詩注云：一作受苦。

〔雕盤〕全唐詩雕下注云：一作堆。

【箋證】

按：舊唐書一六三崔元略傳云：「弟元受，登進士第，高陵尉，直史館。元和初，于皋謨爲河北行營糧料使，元受與韋岵、薛巽、王湘等皆爲皋謨判官，分督供饋，既罷兵，或以皋謨隱没贓罪，除名賜死，元受從坐，皆逐嶺表，竟坎壈不達而卒。」皋謨之死，通鑑繫於元和六年（八一一），則是第一次討王承宗之役也。此詩以博羅尉稱元受，足補史闕。其自貶所還，未知是何年。博羅爲嶺南循州屬，未必道出連州，詩有「傳名入帝里」之句，或是大和中禹錫在長安時。則亦可謂久謫於外矣。

〔山薑花〕本草綱目：「蘇頌曰：今閩、廣皆有之。劉恂嶺表録異云：莖葉皆薑也，但根不堪食，亦與豆蔻花相似而微小爾。花生葉間，作穗如麥粒，嫩紅色。南人取其未大開者，謂之含胎花。以鹽水淹藏，入甜糟中，經冬如琥珀色，辛香可愛。李時珍曰：與杜若之山薑名同物異。」本集中涉及山薑花者，又有外集卷五和鄭相公一詩。蓋唐人以此爲珍味。田雯古歡堂集云：「邢昺爾雅疏云：陶弘景本草注言山薑甚詳。又太上導仙銘云：子欲長生，當服山精。子欲輕翔，當服山薑。蓋山薑、山精、山薊、山蓮，朮之同種而異名者，其爲物無奇葩艷蕊，佳果美實，而久服輕身，有辟穀止渴之功。」而不言山薑花可食，未知果與禹錫所詠者爲一物否。據詩中雕盤綺席及貴人滋齒牙之語，非服餌之需，乃飲食之味也。

途中早發

馬蹋塵上霜，月明江頭路。行人朝氣鋭，宿鳥相辭去。流水隔遠村，縵山多紅樹。悠悠關塞内，來往無閑步。

【校】

〔江頭〕紹本、崇本、畿本、明鈔本江均作岡。

【箋證】

按：此詩雖未能定爲何時所作，玩其所寫景物，必不在中原，疑在赴貶朗州時。首句云：「馬踏塵上霜」，據本集卷二十傷我馬詞，知其赴貶朗州時實以騎往也。

和董庶中古散調詞贈尹果毅

昔聽東武吟，壯年心已悲。如何心濩落，聞君苦辛辭？言有窮巷士，弱齡頗尚奇。讀得玄女符，生當事邊時。借名遊俠窟，結客幽并兒。往來長楸間，能帶雙鞬馳。崩騰天寶末，塵暗燕南陲。爟火入咸陽，詔徵神武師。是時占軍募，插羽揚金羈。萬夫列轅門，觀射中戟支。誓當雪國讎，親愛從此辭。中宵倚長劍，起視蚩尤旗。介馬晨蕭蕭，陣雲竟天涯。陰風獵白草，旗槊光參差。勇氣貫中腸，視身忽如遺。曾擒白馬將，虜騎不敢追。貴臣上戰功，名姓隨意移。終歲肌骨苦，他人印纍纍。謁者既清宫，諸侯各罷戲。上將賜北第，門戟不可窺。眥血下沾襟，天高問無期。卻尋故鄉路，孤影空相隨。行逢里中舊，樸遬昔所嗤。一言合侯王，腰佩黄金龜。問我何自苦？可憐真數奇。遲回顧徒御，得色懸雙眉。翻然悟世途，撫己昧所宜。田園已蕪没，流浪江海湄。鷙禽毛翮摧，不見翔雲姿。衰容蔽逸氣，孑孑無人知。寂寞草玄徒，長吟下書帷。爲君發哀韻，若扣瑶林枝。有客識其真，潺湲涕交頤。勸爾一桮酒，陶然足自怡。

【校】

〔庶中〕崇本、明鈔本作中庶，誤。

〔心濩落〕紹本、崇本、畿本心作今，是。

〔苦辛〕全唐詩二字乙。

〔借名〕崇本名作問。

〔南陲〕全唐詩南下注云：一作幽。

〔爟火〕崇本爟作烽。

〔占軍〕崇本占作召，亦通。按：唐人以召募之兵爲軍募，崇本下募字作幕，則恐非是。

〔覩射〕崇本射作我。

〔曾擒〕全唐詩曾作生，注云：一作曾。

〔樸遬〕結一本遬作簌，誤。全唐詩注云：一作宿。

〔遲回〕崇本作低佪。

〔徒御〕結一本徒作從，誤。

〔得色〕崇本得作慘。

〔悟〕紹本作悞，非。

〔翔雲〕全唐詩注云：一作高翔。

〔書帷〕紹本、崇本帷均作幃。

〔若扣〕全唐詩注云：一作粲若。

〔勸爾〕全唐詩勸作飲，注云：一作勸。

【箋證】

按：此詩代尹果毅追述天寶末從軍而至今抱屈淪落之事。首四句言己亦在窮途，以下至「虜騎不敢追」言尹曾苦戰有功，以下至「孑孑無人知」言他人多取富貴而尹獨淪於窮困。「寂寞草玄徒」以下則指董庶中爲尹作詩而已和之也。唐代屢興戰役，驅人入白刃，幸得不死，而所以爲酬者不過空名之告身，不足一飽，甚且爲部將所抑，並此空名而亦向隅。王維所謂「衞青不敗由天幸，李廣無功緣數奇。自從棄置便衰朽，世事蹉跎成白首」，不待天寶亂後固已如此。

又按：董庶中爲董侹之字，參見本集卷二十二聞董評事疾詩及外集卷十董府君墓誌銘。

〔果毅〕舊唐書職官志：諸府左右果毅都尉各一人，上府果毅從五品，下中府正六品上，上下府從六品上。蓋武官之授果毅，僅同於文官之散官。雖繫折衝府之名，仍須自謀職事。觀州府銜推之以某府折衝果毅繫銜，其輕賤可知。（見卷十四各表）唐會要五九：「貞元六年（七九〇），中書門下奏：『所管諸府，自折衝以下總無料錢，例多闕乏，空有府額，其鎮戍官等或有任者，不過數員。』」即指此。

望衡山

東南倚蓋卑，維嶽資柱石。前當祝融居，上拂朱鳥翮。青冥結精氣，磅礴宣地脈。還聞膚寸陰，能致彌天澤。

【箋證】

按：此當是禹錫元和十年（八一五）再貶連州時道中所作，末句寓意，可知非流連風景也。又杜甫有望嶽詩，說者謂極寫遥望之意。今觀此詩，尤能以簡勝繁。杜云：「牲璧忍衰俗，神其思降祥。」已掃盡詩人流連風景之習。此詩以「能致彌天澤」一語作結，閎識孤懷，尤令庸流咋舌矣。

〔倚蓋〕初學記一：「桓譚新論：天如蓋轉，右旋，日月星辰隨而東西。河圖挺佐輔曰：百世之後，地高天下，如此千歲之後而天可倚杵，洶洶莫知始終。」倚蓋當即用此。

〔前當視融居，上拂朱鳥翮〕韓愈謁衡嶽廟詩：「紫蓋連延接天柱，石廩騰擲堆祝融。」杜甫望嶽詩：「南嶽配朱鳥，秩禮自百王。」史記天官書：「南宮朱鳥權衡。」索隱引春秋緯文耀鉤曰：「南宮赤帝，其精爲朱鳥。」

遊桃源一百韻

沅江清悠悠，連日鬱岑寂。回流抱絶巘，皎鏡含虚碧。昏旦遞明媚，煙嵐紛委積。香蔓垂緑潭，暴龍照孤磧。此下潭名緑羅，磧名暴龍。淵明著前志，子驥思遠蹠。子驥事見陶先生本記。寂寂無何鄉，密爾天地隔。金行太元歲，漁者偶探賾。尋花得幽蹤，窺洞穿闇隙。依微聞雞犬，豁達值阡陌。居人互將迎，笑語如平昔。廣樂雖交奏，海禽心不懌。揮手一來歸，故溪無處覓。緜緜五百載，市朝幾遷革。有路在壺中，無人知地脈。皇家感至道，聖祚自天錫。金闕傳本枝，玉函留寶曆。禁山開祕宇，復户潔靈宅。詔隸二十户免徭以奉灑掃。藥檢香氛氳，醮壇煙冪冪。我來塵外躅，瑩若朝酲析。崖轉對翠屏，水窮留畫鷁。三休俯喬木，千級攀峭壁。旭日聞撞鐘，綵雲迎躡屐。遂登最高頂，縱目還楚澤。平湖見草青，遠岸連霞赤。幽尋如夢想，緜思屬空闃。夤緣且忘疲，耽玩近成癖。清猿伺曉發，瑶草陵寒坼。祥禽舞葱蘢，珠樹摇的轢。羽人顧我笑，勸我税歸軛。霓裳何飄飄？童顏潔白皙。重巖是藩屏，馴鹿受羈靮。樓居邇清霄，蘿蔦成翠帟。仙翁遺竹杖，王母留桃核。姹女飛丹砂，青童護金液。寶氣浮鼎耳，神光生劍脊。虛無天樂來，僁窣鬼兵役。丹丘肅朝禮，玉札工紬繹。枕中淮南方，牀下阜鄉舄。明鐙坐遥夜，幽籟聽淅瀝。因話近世仙，聳然心神惕。乃言瞿氏子，骨狀非凡格。往事黄先生，羣兒多侮劇。謷然不屑意，元氣貯肝鬲。往往遊不歸，洞中觀博弈。言高未易信，猶復加訶責。一旦前致辭，自云仙期迫。言師有道骨，前事常被謫。如今三山上，名字在真籍。悠然謝主人，後歲當來覿。言畢依庭樹，如煙去無跡。觀者皆失次，驚追紛絡繹。日莫山逕窮，松風自蕭槭。適逢修蛇見，瞋目光激射。如嚴三清居，不使恣搜索。唯餘步江勢，八趾在沙磧。至今東北隅，表以壇上石。列仙徒有名，世人非目擊。如何庭廡際，白日振飛翮。洞天豈幽遠？得道如咫尺。一氣無死生，三光自遷易。因思人閒世，前路何湫窄。瞥然此生中，善祝期滿百。大方播羣類，秀氣肖翕闢。性靜本同和，物牽成阻阨。是非鬬方寸，葷血昏精魄。遂令多夭傷，猶喜見斑白。喧喧車馬馳，苒苒桑榆夕。共安緹繡榮，不悟泥途適。紛吾本孤賤，世業在逢掖。九流宗指歸，百氏旁攟摭。公卿偶慰薦，鄉曲謬推擇。居安白社貧，志傲玄纁辟。功名希自取，簪組俟揚歷。書府早懷鉛，射宮曾發的。起草香生帳，坐曹烏集柏。賜宴聆簫韶，侍祠閱琮璧。嘗聞履忠信，可以行蠻貊。自述希古心，妄恃干時畫。巧言忽成錦，苦志徒食蘗。平地生峯巒，深心有矛戟。曾波一震盪，弱植忽淪溺。北渚弔靈均，長岑思亭伯。禍來昧幾兆，事去空歎惜。塵累與時深，流年隨漏滴。才能疑木雁，報施迷夷跖。楚奏繫鍾儀，商歌勞甯戚。稟生非懸解，對境方感激。自從嬰網羅，每事問龜策。王正降雷雨，環玦賜遷斥。儻復夷平人，誓將依羽客。買山構精舍，領徒開講席。冀無身外憂，自有閑中益。道牙期日就，塵慮乃冰釋。且欲遺姓名，安能慕竹帛？長生尚學致，一溉豈虛擲？芝朮資糇糧，煙霞拂巾幘。黃石履看墮，洪崖肩可拍。聊復嗟蜉蝣，何煩哀虺蜴？青囊既深味，瓊葩亦屢摘。縱無西山資，猶免長戚戚。

【校】

〔連日〕紹本、崇本、全唐詩日均作山。

〔暴龍〕崇本暴作曝，下注文同。

〔此下〕紹本、崇本、全唐詩此均作山。

〔蘗檢〕紹本、崇本蘗均作蘖。

〔朝醒〕全唐詩醒作星。

〔還楚澤〕崇本還作環，似是。

〔寒坼〕畿本坼作折。

〔的皪〕崇本、畿本、全唐詩的均作玓。

〔霓裳〕紹本、崇本、畿本裳均作衣。

〔邇〕全唐詩作彌，注云一作彌。

〔工紬繹〕中山集工作五，疑是互字。

〔瞀然〕全唐詩瞀下注云：一作瞥。

〔常被〕崇本、畿本、中山集常均作嘗。

〔步江〕紹本、崇本、畿本、全唐詩江均作綱。

〔湫窄〕全唐詩湫作狹，注云：一作湫。

〔期滿〕崇本期作擬。

〔自述〕全唐詩述下注云：一作迷。紹本、崇本與一作同。

〔時晝〕崇本晝作書，誤。

〔忽淪〕紹本、崇本、畿本忽均作果。

〔繫鍾儀〕畿本繫下注云：一作縶。全唐詩與一作同，注云：一作繫。

〔儻復〕全唐詩復作伏，注云：一作復。

〔道牙〕纖本牙作才，注云：一作芽。全唐詩與一作同。

〔一溉〕全唐詩溉下注云：一作暨。

〔何煩〕紹本、崇本煩作頻。

〔西山資〕紹本、崇本資均作姿，全唐詩注云：一作姿。

【箋證】

按：此詩首從總敍沅江風物遞入桃花源，自「緜緜五百載」以下言唐代始重此仙跡。「我來塵外躅」以下言己遊蹤至此，與道士縱談。「因話近世仙」以下言因聞瞿童飛昇之傳説。「因思人間世」以下言世人之徇物忘真。「紛吾本孤賤」以下言己讀書取科第，從事使府，爲郎官御史，志在濟時，而遭忌被斥。「自從嬰網羅」以下言倘得賜環，即當隱居求志，不復他求矣。據「王正降雷雨，環玦賜遷斥」之語，或指元和三年（八〇八）受册尊號之恩赦。全詩語意亦似初至貶所，尚日冀牽復，若謫至九年（八一四），又有縱逢恩赦不與量移之詔，則幾於絶望矣。此詩假遊桃源而懷仙跡，以其地所傳説之瞿童爲中心，不復蹈襲陶潛桃花源記中語，因卷二十六別有桃源行一篇以詠之也。瞿童曾備受人之訶責與詘笑，禹錫蓋借喻己之遭讒，一篇警策全在一謫字，神仙不經之説，當非其意之所在。

〔瞿氏子〕按：太平廣記四五：「黄尊師修道於茅山，法籙絶高，靈應非一。弟子瞿道士年少，不甚精懇，屢爲黄師所答。草堂東有一小洞，高八尺，荒蔓蒙蔽，似蛇虺所伏。一日瞿生又怠惰，爲師所箠，逡巡避杖，遂入此洞。黄公驚異，遣去草搜索，一無所見，食頃方出，持一棋子，曰：適觀棋時人留殞見遺，此秦人棋子也。黄公方怪之，尚意其狐狸所魅，亦不甚信。茅山世傳仙府，學道者數百千，皆宗黄公，悉以爲德業階品尋合上昇，每至良辰，無不瞻望雲鶴。明年八月望夜，天氣晴肅，月光如晝，中宵雲霧大起，其雲五色，集於窗牖間，仙樂滿庭，復有步虚之聲。弟子皆以爲黄公上仙之期至矣，遽備香火，黄公沐浴朝服以候真侣，將曉，氛煙漸散，見瞿生乘五色雲自東方出在庭中，靈樂鸞鶴，彌漫空際，於雲間再拜黄公曰：尊師即當來，更務修造，亦不久矣。復與諸徒訣别，乘風遂去，漸遠不見，隱隱猶聞衆樂之音。金陵父老每傳此事。」（出逸史）核以此詩，語意全合。惟逸史云茅山金陵，而詩云在桃源，據洞中秦人之語，應由桃源附會。禹錫當是聞於其地之人，列爲其地之事，逸史或有脱誤。又新唐書藝文志有温造瞿童述一卷，注云：大曆中，辰溪童子瞿柏庭昇仙，造爲朗州刺史，追述其事。其書撰在禹錫之後。

又按：狄中立桃源觀山界記（見全唐文七六一）：「八跡壇在祠堂北一百八步瞿童上昇處。足印八跡，後人思之，立壇於其所，因以爲名，今奉敕醮祭皆在斯壇。秦人洞在障山中峯之陰，厥狀如門，巨石屏蔽，靈跡猶存。……桃源洞在祠堂北大江南岸，漁人黄道真見桃花處，備於陶淵明、伍安貧記云。會昌元年（八四一）十二月二十一日，軍事判官前華州下邽縣尉狄中立記。」尤爲此詩瞿氏子之一證。詩中之八趾，此作八跡，傳説稍殊，不足異也。

客有爲余話登天壇遇雨之狀因以賦之

清晨登天壇，半路逢陰晦。疾行穿雨過，卻立視雲背。白日照其上，風雷走於内。滉瀁雪海翻，槎牙玉山碎。蛟龍露鬐鬣，神鬼含變態。萬狀互相生，百音以繁會。俯觀羣動静，始覺天宇大。山頂自澂明，人間已霶霈。豁然重昏斂，涣若春冰潰。反照入松門，瀑流飛縞帶。遥光泛物色，餘韻吟天籟。洞府撞仙鐘，村墟起夕靄。卻見山下侶，已如迷世代。問我何處來？我來雲雨外。

【校】

〔相生〕全唐詩作生滅。

〔澂明〕明鈔本澂作徵，全唐詩作晶，注云：一作澂。

【箋證】

按：朱注杜詩憶昔行云：「王屋山絶頂曰天壇，濟水發源處，是也。」清一統志云：「天壇山即王屋山絶頂，軒轅祈天之所，故名。東曰日精峯，西曰月華峯。」此詩疑是禹錫在洛陽閑居時之作，洛陽去王屋較近故也。禹錫少年時侍親，中年爲主客郎中分司，晚年爲賓客分司，三度居洛陽，其爲少年、中年、晚年所作，未敢遽定。據詩微露人事無常之慨，以大和初居洛陽時爲近。又按：前人之評此詩者，施補華峴傭説詩云：「劉夢得天壇遇雨作，變化奇幻，已開東坡之先聲。」其論良是。

有僧言羅浮事因爲詩以寫之

君言羅浮上，容易見九垠。漸高元氣壯，洶湧來翼身。夜宿最高峯，瞻望浩無鄰。海黑天宇曠，星辰來逼人。是時當朏魄，陰物恣騰振。日光吐鯨背，劍影開龍鱗。倏若萬馬馳，旌旗聳奫淪。又如廣樂奏，金石含悲辛。疑其有巨靈，怪物盡來賓。陰陽迭用事，乃俾夜作晨。咿喔天雞鳴，扶桑色昕昕。示彼千萬里，湧出黃金輪。下視生物息，霏如隙中塵。醯雞仰甕口，亦謂雲漢津。世人信耳目，方寸度大鈞。安知視聽外，怪愕不可陳？悠悠想大方，此乃栖水濱。知小天地大，安能識其真？

【校】

〔恣騰〕明鈔本恣作恐。

〔示彼〕紹本、崇本、中山集、全唐詩均作赤波，似是。

〔萬里〕崇本里作重。

〔悠悠〕紹本、崇本均作悠然。

【箋證】

按：輿地紀勝云：「元和志云：在博羅縣西北二十八里，羅山之西有浮山，蓋蓬萊之一阜，浮海而至，與羅山並體，故曰羅浮，峻天之峯四百三十有二焉。事見袁彦伯記。又南越志云：高三千六百丈，周圍三百二十七里。苟非羽化，莫能登焉。」禹錫在朗州連州皆恒與僧徒往還，此詩尤疑是在連州作。

秋江早發

輕陰迎曉日，霞霽秋江明。草樹含遠思，襟懷有餘清。凝睇萬象起，朗吟孤憤平。渚鴻未矯翼，而我已遐征。因思市朝人，方聽晨雞鳴。昏昏戀枕衾，安見天地英？納爽耳目變，玩奇筋骨輕。滄洲有奇趣，浩蕩吾將行。

【校】

〔枕衾〕紹本、崇本、中山集、全唐詩二字均乙。

〔天地〕紹本、崇本、畿本、中山集均作元氣。

〔浩蕩〕全唐詩蕩作然，注云：一作蕩。

【箋證】

按：此詩意趣暢適。考禹錫赴朗州及去朗州皆在冬日，去連州亦在冬日，且奉喪柩，至其赴連州時，中途正在夏間，皆與詩之情景不合。疑永貞元年（八〇五）九月初聞連州刺史之貶，行至江南作，故有「朗吟孤憤平」之句，其意氣猶頗傲兀也。然無確證。

裴祭酒尚書見示春歸城南青松隖別墅寄王左丞高侍郎之什命同作

早宦閱人事，晚懷生道機。時從學省出，獨望郊園歸。野彴度春水，山花映巖扉。石頭解金章，林下步緑薇。青松鬱成隖，修竹盈尺圍。吟風起天籟，蔽日無炎威。危逕盤羊腸，連甍聳翬飛。幽谷響樵斧，澄潭環釣磯。因高見帝城，冠蓋揚光輝。白雲難持寄，清韻投所希。二公如長離，比翼翔太微。含情謝林壑，酬贈駢珠璣。顧予久郎潛，愁寂對芳菲。一聞丘中趣，再撫黃金徽。

【校】

〔題〕全唐詩南下注云：一作東。

〔晚懷〕英華晚作脱，誤。全唐詩注云：一作曉。
〔澄潭〕英華潭作江，注云：集作潭。全唐詩作江。
〔長離〕全唐詩注云一作鳳雛。
〔贈駢〕英華作唱迸，注云：一作唱駢。全唐詩注云：一作唱迸。
〔郎潛〕畿本、全唐詩郎下均注云：一作即。
〔撫黄〕英華、全唐詩均注云：一作聽撫。

【箋證】

按：此詩題所涉裴、王、高三人，其所歷官皆在大和四五（八三〇、八三一）年頃，禹錫時爲禮部郎中，故有郎潛之句。四人皆以文學爲職者，然年輩以禹錫爲最高。

〔裴祭酒〕謂裴通。唐會要六六：大和五年（八三一）十一月，國子祭酒裴通奏云云，其時正相當。考新唐書藝文志：「裴通易書一百五十卷。」注：「字又玄，士淹子，文宗訪以易義，令進所撰書。」蓋即其人。

〔王左丞〕謂王起。舊唐書一六四、新唐書一六七皆附其兄王播傳中，傳云：「貞元十四年（七九八）擢進士第，釋褐集賢校理，登制策直言極諫科，授藍田尉。宰相李吉甫鎮淮南，以監察充掌書記，入朝爲殿中，遷起居郎、司勳員外郎、直史館。元和十四年（八一九），以比部郎中知制誥。穆宗即位，拜中書舍人。長慶元年（八二一），遷禮部侍郎。（按此語贅）其年，錢徽掌貢士，爲朝臣請託，人以爲濫。詔起與同職白居易覆試，覆落者多。徽貶官，起遂代徽爲禮部侍郎，掌貢二年，得士尤精。先是，貢舉猥濫，勢門子弟，交相酬酢，寒門俊造，十棄六七。及元稹、李紳在翰林，深怒其事，故有覆試之科。及起考貢士，奏當司所選進士，據所考雜文先送中書，令宰臣閱視可否，然後下當司放牓，從之。議者皆以爲起雖避是非，失貢職也。故出爲河南尹，入爲吏部侍郎。文宗即位，加集賢學士，判院事。以兄播爲僕射輔政，不欲典選部，改兵部侍郎。大和二年（八二八），出爲陝虢觀察使，兼御史大夫。四年（八三〇），入拜尚書左丞。」起在當時爲屢主文衡者，科第門生甚衆。禹錫與之常有往還。集中涉及起者，有本集卷十七、二十四、二十八、外集卷四、五等篇。可參看。

〔高侍郎〕謂高釴。舊唐書一六八、新唐書一七七均有傳。傳云：「字翹之。元和初進士及第，判入等，補祕書省校書郎，累遷至右補闕，充史館修撰。十四年（八一九），上疏請不以内官爲京西北和糴使。十五年（八二〇），轉起居郎，依前充職。釴孤貞無黨，而能累陳時政得失。長慶元年（八二一），穆宗憐之，面賜緋於思政殿，仍命以本官充翰林學士。二年（八二二），遷兵部員外郎，依前充職。四年（八二四）四月，禁中有張韶之變，敬宗幸左軍，是夜，釴從帝宿於左軍。翌日賊平，賞從臣，賜釴錦綵七十匹。……寶曆二年（八二六）三月，罷學士守本官。大和三年（八二九）七月，授刑部侍郎。四年（八三〇）冬，遷吏部侍郎。銓綜之司，官業振舉。七年（八三三），出爲同州刺史，兼御史中丞。」釴雖未掌文衡，而其弟鍇則久典試事有名，其子湜亦於咸通末主文見稱，故王起、高釴二人皆氣類相近者。

和河南裴尹侍郎宿齋太平寺詣九龍祠祈雨二十韻

有事九龍廟，潔齋梵王祠。玉簫何時絶？碧樹空涼颸。吏散埃𡌴息，月高庭宇宜。重城肅穆閉，澗水潺湲時。人稀夜復閑，慮静境亦隨。緬懷斷鼇足，凝想乘鸞姿。朱明盛農節，膏澤方愆期。瞻言五靈瑞，能救百穀萎。咿喔晨雞鳴，闌干斗柄垂。修容謁神像，注意陳正詞。驚飆起泓泉，若調雷雨師。黑煙聳鱗甲，灑液如棼絲。豐隆震天衢，列缺揮火旗。炎空忽淒緊，高霤懸綆縻。生物已霶霈，溼雲稍離披。丹霞啓南陸，白水含東菑。熙熙飛走適，藹藹草樹滋。浮光動宫觀，遠思盈川坻。吴公敏於政，謝守工爲詩。商山有病客，言賀舒龐眉。

【校】

〔題〕纖本太下注云：一作天。

〔凝想〕崇本凝作疑，誤。

〔斗柄〕全唐詩注云：一作杓，英華與一作同。

〔若調〕紹本、崇本、英華調均作召。全唐詩作調，注云：一作召。

【箋證】

按：文宗紀，開成二年（八三七）三月壬辰，以兵部侍郎裴潾爲河南尹。七月乙亥，以久旱徙市，閉諸坊門。此詩題云祈雨，即指是時。禹錫方爲太子賓客分司東都，故得和其詩，詩中「商山有病客」之句，禹錫自謂也。

〔裴尹〕裴尹謂裴潾，裴潾，舊唐書一七一、新唐書一一八均有傳。傳云：「河東人，少篤學，工隸書。大和七年（八三三），遷左散騎常侍，充集賢殿學士，集歷代文章，續昭明太子文選，成三十卷，目曰大和通選。開成元年（八三六），轉兵部侍郎，二年（八三七），加集賢院學士判院事，尋出爲河南尹，三年（八三八）四月卒。贈户部尚書。潾以道義自處，事上盡心，尤嫉朋黨，故不爲權幸所知。」

〔太平寺〕唐兩京城坊考五：洛陽歸義坊太平寺，垂拱二年（六八六）太平公主建。

冬夜宴河中李相公中堂命筝歌送酒

朗朗鵾雞弦，華堂夜多思。簾外雪已深，坐中人半醉。翠娥發清響，曲盡有餘意。酌我莫憂狂，老來無逸氣。

【校】

〔筝歌〕明鈔本筝作笙，與詩句不相應，誤。

〔朗朗〕全唐詩注云：一作琅琅，英華與一作同。

【箋證】

按：李相公謂李程，已見本集卷十八、二十二。程之第一次任河中節度使爲大和四年（八三〇），六年（八三二）七月内召。第二次復鎮河中，則在九年（八三五）六月，禹錫方在汝州任，恐無緣能至河中，或於十月除同州時便道一訪程話舊，固未可知。卞孝萱劉禹錫年譜敍此詩於大和五年（八三一），禹錫赴任蘇州時，理亦有之。蓋程本宗室進士，由試日五色賦破題「德動天鑒，祥開日華」二語大獲一時浮譽，傳亦稱其性放蕩不修儀檢，滑稽好戲，死謚曰繆，其志行可知。此詩亦有狎玩之意，似程耽聲伎之娱，禹錫亦恃舊倚醉盡歡。禹錫有將赴蘇州途出洛陽留守李相公累申宴餞寵行話舊形於篇章謹抒下情以申仰謝一詩，見外集卷六，謂李逢吉也。彼詩詞意甚莊，此詩獨否。本事詩載逢吉奪禹錫歌妓，又載李紳邀至第中，禹錫作「司空見慣渾閑事，斷盡蘇州刺史腸」之詩，因以妓贈之。頗疑司空之官與逢吉不合而與程合，以情分而論，亦程密而逢吉疏，恐是禹錫在程飲席上有戲謔之語，被人傳説，加以裝點，又復以訛傳訛，張冠李戴。參味此詩，不無草蛇灰綫之迹。果爾，則此詩似可定爲赴任蘇州時所作矣。至雲谿友議云：「夫人遊尊貴之門，常須慎酒。昔赴吴臺，揚州大司馬杜公鴻漸爲余開宴，沉醉歸驛亭，似醒見二女子在旁，驚非我有也。乃曰：郎中席上與司空詩，特令二樂伎侍寢。且醉中之作都不記憶。明旦，修狀啓陳謝，杜公亦優容之，何施面目也。余郎署州牧，輕忤三司，豈不難也！詩曰：高髻雲鬟宫樣妝，春風一曲杜韋娘。司空見慣尋常事，斷盡蘇州刺史腸。」杜鴻漸時代不相接，更不足辨。觀其語氣，似采自劉賓客嘉話録，而今本嘉話録無之。雲谿友議文字多支離不可信，此其一端也。至於本事詩云：「劉尚書禹錫罷和州，爲主客郎中、集賢學士，李司空罷鎮在京，慕劉名，嘗邀至第中，厚設飲饌，酒酣，命妙妓歌以送之，劉於席上賦詩曰……李因以妓贈之。」但以司空爲李姓，而未實舉其名，似較核實，然若所云，劉方罷和州，則蘇州刺史四字又從何而來耶？太平廣記一七七引此條却逕改作李紳，則紳在寶曆、大和之間皆無緣與禹錫相見，且紳彼時未居節鎮，更非司空。以此種種言之，若禹錫果有此詩，則爲李程而作猶近情理耳。惟猶有待考者，據舊傳，程於河中節度使内加檢校司空，是大和六年事。是時禹錫已在蘇州矣。詩稱程爲司空似略早。或者「斷盡蘇州刺史腸」之語，出於事後旁人所製之話柄，非禹錫自道，則稱程爲司空自無足怪。但本集卷二十八有將赴汝州途出浚下留辭李相公詩，云「鄂渚一別十四年」，自是指程，禹錫自蘇赴汝在大和八年（八三四），上溯元和十五年（八二〇）二人在武昌相見確爲十四年，則中間似無會面之事，仍以禹錫赴任同州時便道赴蒲州晤程爲較確，而稱之爲司空亦與程之歷官相符。

劉禹錫集箋證卷第二十四

七言五十六首

西塞山懷古

西晉樓船下益州，金陵王氣漠然收。千尋鐵鎖沈江底，一片降幡出石頭。人世幾回傷往事？山形依舊枕寒流。今逢四海爲家日，故壘蕭蕭蘆荻秋。

【校】

〔西晉〕缺本、全唐詩均注云：一作王濬。

〔漠然〕英華漠下注云：一作黯。缺本、全唐詩均與一作同。全唐詩注云一作漠。

〔人世〕全唐詩此句下注云：一作荒苑至今生茂草。

〔寒流〕全唐詩寒作江，注云：一作寒。

〔今逢〕英華、全唐詩此句下均注云：一作而今四海歸皇化，兩岸蕭蕭蘆荻秋。今逢下全唐詩又注云：一作從今。

【箋證】

按：此詩傳爲金陵懷古之作。全唐詩話云：「長慶中，元微之、劉夢得、韋楚客同會樂天舍，論南朝興廢，各賦金陵懷古詩。劉滿引一杯，飲已即成曰：王濬樓船下益州，……白公覽詩曰：四人探驪龍，子先獲珠，所餘鱗爪何用耶？於是罷唱。」其言殊不可信。無論長慶中，禹錫在夔州，無緣與元、白相會，禹錫自言罷和州方遊建康，其所作金陵五題乃以他人有此作而發興爲之，他日示白，爲白所稱賞，（見本卷）何復有金陵懷古之可言耶？蓋禹錫自夔州東下，經西塞山，覩遺壘而有所感也。三國志吳志孫皓傳注引干寶晉紀云：「王濬治船於蜀，吾彥取其流柹以呈孫皓，曰：晉必有攻吳之計，宜增建平兵，建平不下，終不敢渡江。皓弗從。」建平即夔州。禹錫自夔州來，故尤憶及王濬行軍之路，而王濬之舉兵又確爲吳之存亡所繫，得吾彥之言而可證。此詩作爲西塞山懷古，則意甚深切，作爲金陵懷古，則平淺無奇。出於禹錫，則胸中自然所有，出於他人，則漠然無痛癢之關矣。後之論詩者雖津津道此詩之佳，而不解禹錫之行蹤，未得其肯綮，徒爲扣槃捫燭之説而已。姑録數條如左。袁枚隨園詩話云：「劉夢得金陵懷古，只詠王濬樓船一事，而後四句全是空描，當時白太傅謂其已探驪珠，所餘鱗甲無用，真知言哉！不然，金陵典故豈王濬一事，而劉公胸中豈止曉此一典哉？」汪師韓詩學纂聞云：「劉夢得金陵懷古詩，當時白香山謂其已探驪珠，所餘鱗甲何用。以今觀之，王濬樓船纔一事耳，而多至四句，前則疑於偏枯，山城水國，蘆荻之鄉，觸目盡爾，後則嫌其空泛也。抑何元白閣筆易易耶？余竊有説焉。金陵之盛，至吴而始著，至孫皓而西藩既摧，北軍飛渡，興亡之感始甚。假使感古者取三國六代事衍爲長律，便使一句一事，包舉無遺，豈成體製？夢得之專詠晉事也，尊題也。下按云：人世幾回傷往事，若有上下千年縱横萬里在其筆底者。山形枕水之情景，不涉其境，不悉其妙。至於蘆荻蕭蕭，履清時而依故壘，含蘊正靡窮矣。所謂驪珠之得，或在於斯者歟！」薛雪一瓢詩話云：「劉賓客西塞山懷古，似議非議，有論無論，筆著紙上，神來天際，氣魄法律，無不精到。洵是此老一生傑作，自然壓倒元白。」施補華峴傭説詩云：「劉夢得金陵懷古詩，王濬樓船四語，雖少陵動筆不過如是，宜香山之縮手。五六人世幾回二句平弱不稱，收亦無完固之力，此所以成晚唐也。」

又按：白居易探驪獲珠鱗爪何用之説必是由金陵五題引申：「吾知後之詩人不復措詞矣」一語傳訛附會，詳見本卷後篇。白所贊者爲金陵五題，非西塞山懷古也。

〔西塞山〕水經注江水：「江之右岸有黄石山，即黄石磯也。山連延江側，東山偏高，謂之西塞，東對黄公九磯，所謂九圻者也。兩山之間爲闕塞。」又元和郡縣志云：「鄂州武昌縣：西塞山在縣東八十五里，竦峭臨江。」輿地紀勝云：「西塞山在大冶縣東五十里。袁宏東征賦云：沿西塞之峻崿。今俗呼爲道士磯。」

〔鐵鎖〕通鑑八一：「吴人於江磧要害之處並以鐵鎖横截之，又作鐵椎長丈餘，暗置江中，以逆拒舟艦。濬作大筏數十，方十餘步，縛草爲人，被甲持杖，令善水者先行，遇鐵椎，椎輒着筏而去。又作大炬長十餘丈，大數十圍，灌以麻油，在船前，遇鎖然炬燒之，須臾融液斷絶，於是船無所礙。……王濬自武昌徑趨建業，……兵甲滿江，旌旗燭天，威勢甚盛。」然則並非於西塞山特有戰役。此題云西塞山懷古，結句又有故壘之語，自是唐時尚存吴人所築軍壘遺迹。

陽山廟觀賽神

梁松南征至此，遂爲其神，在朗州。

漢家都尉舊征蠻，血食如今配此山。曲蓋幽深蒼檜下，洞簫愁絶翠屏間。荆巫脈脈傳神語，野老娑娑啓醉顔。日落風生廟門外，幾人連蹋竹歌還？

【校】

〔愁絶〕英華愁下注云：一作歡，全唐詩注云：一作吹。

【箋證】

按：方輿勝覽云：「梁山在武陵縣北三十九里，舊名陽山。按舊注云：陽山之女，雲夢之神，嘗以夏首秋分獻魚。唐天寶六載（七四七），始改梁山，漢梁松廟食於此，故以名山。」又輿地紀勝云：「唐元和四年（八〇九），董侹撰修陽山廟碑，唐大和九年（八三五），刺史劉端夫賽請陽山神文，又沱潛别有陽山廟，董、劉二碑在焉。徐鍇方輿記遂謂梁松征蠻死於此，遂爲其神。樂史寰宇記亦祖於此。不知後漢書載松征蠻，歸死洛陽，與此所載不同。」梁松之説固不足信，雲夢神之説尤誕妄。又按：後漢書梁統傳附載梁松事云：「少爲郎，尚光武女舞陰長公主，再遷虎賁中郎將。……光武崩，受遺詔輔政，後坐事下獄死。」通鑑四四：「初，援嘗有疾，虎賁中郎將梁松來候之，獨拜牀下，援不答。松去後，諸子問曰：梁伯孫帝壻，貴重朝廷，公卿以下莫不憚之，大人柰何獨不爲禮？援曰：我乃松父友也。雖貴何得失其序乎？援討武陵蠻失利，帝乃使松乘驛責問援，因代監軍。會援卒，松因是搆陷援。」此詩題注云「梁松南征」，未知何據，援死後未聞松行止何似，其全師而還者乃宗均也。詩云漢家都尉舊征蠻，尤非事實。松官非都尉，答帝請稱駙馬都尉，漢時尚無此制。松奉使至援軍中，道出武陵，則誠有之。詩云：「荆巫脈脈傳神語」，寫土俗之崇信巫覡耳。又按：寶刻類編劉禹錫條下有陽山祠神二碑。文不傳。

〔荆巫〕史記封禪書集解：「文潁曰：巫，掌神之位次者也。范氏世仕於晉，故祠祝有晉巫，范會支庶留秦爲劉氏，故有秦巫，劉氏隨魏都大梁，故有梁巫，後徙豐，豐屬荆，故有荆巫。」此亦姑備一説，巫自是楚之舊俗，詩亦泛言之耳。

〔連蹋〕西京雜記：「漢宮女以十月十五日相與聯臂踏歌爲節，歌赤鳳來。」連蹋即聯臂踏歌之意。

漢壽城春望

古荆州刺史治亭，其下有子胥廟兼楚王故墳。

漢壽城邊野草春，荒祠古墓對荆榛。田中牧豎燒芻狗，陌上行人看石麟。華表半空經霹靂，碑文纔見滿埃塵。不知何日東瀛變，此地還成要路津？

【箋證】

按：漢書地理志：武陵郡索縣：王先謙補注云：「續志：後漢更名漢壽。劉注：去雒陽二千里。沅水注：澹水出漢壽縣西楊山，南流東折，逕其縣南。縣治索城，即索縣之故城也。闞駰以爲興水，是水又東歷諸湖，方南注沅，亦曰漸水也。水所入處謂之鼎口。沅水自臨沅來東入龍陽縣，合漸水，又逕龍陽縣北，合壽溪下入長沙下雋。一統志：今武陵龍陽縣地，故城在縣東北六十里。」考續漢書郡國志：漢壽故索，陽嘉三年更名，刺史治。宋書州郡志：荆州刺史，漢治武陵漢壽，魏晉治江陵。乃此詩題注所本也。唐時改漢壽爲龍陽，似已非劇邑，詩意亦頗寫其蕭條之景，故云何日還成要路津。然漢時刺史所治，不過行部時使車暫止之處，非如後世刺史必在名城重鎮，備官屬，統軍民也。

又按：以上二首皆禹錫在朗州時游覽故跡之作。

後梁宣明二帝碑堂下作

玉馬朝周從此辭，園陵寂寞對豐碑。千行宰樹荆州道，暮雨蕭蕭聞子規。

【校】

〔園陵〕絶句園作國。崇本陵作林。

【注】

〔宰樹〕公羊傳僖三十三年：宰上之木拱矣。注：宰，冢也。

【箋證】

按：後梁宣、明二帝事具於周書蕭詧傳，傳云：「詧，梁武帝之孫，昭明太子之第三子。中大通三年（五三一），進封岳陽郡王，東揚州刺史。初，昭明卒，梁武帝舍詧兄弟而立簡文，内常愧之。詧既以其兄弟不得爲嗣，常懷不平。……大同元年（五三五），除雍州刺史。詧以襄陽形勝之地，又是梁武創基之所，遂克己勵節，樹恩於百姓。太清中，爲張纘所搆，與梁元帝有隙，攻元帝於江陵，不克，（魏）大統十五年（五四九），乃遣使稱藩，請爲附庸。十六年（五五〇），册命詧爲梁王，於襄陽置百官，承制封拜。魏恭帝元年（五五四），太祖會柱國于謹伐江陵，詧以兵會之。及江陵平，太祖立詧爲梁主，居江陵東城，資以江陵一州之地，其襄陽所統盡歸於我。詧乃稱皇帝於其國，年號大定，其慶賞刑威，官方制度，並同王者，惟上疏則稱臣，奉朝廷正朔。在位八載，年四十四，（周）保定二年（五六二）二月薨，其羣臣等葬之於平陵，謚曰宣皇帝。詧疆土既狹，居常怏怏，每誦老馬伏櫪，志在千里。烈士暮年，壯心不已，未嘗不盱衡扼腕歎咤者久之，遂以憂憤發背而殂。高祖又命其太子巋嗣位，年號天保。……隋文帝執政，尉遲迥、王謙、司馬消難等各起兵。時巋將帥皆密請與師，與迵等爲連衡之勢，進可以盡節於周氏，退可以席卷山南，巋固以爲不可。俄而消難奔陳，迵等相繼破滅。隋文帝既踐極，恩禮彌厚。開皇二年（五八二），隋文帝備禮納巋女爲晉王妃，（按：此即隋煬帝之蕭后。）巋在位二十三載，年四十四，五年（五八五）五月薨，其羣臣葬之於顯陵，謚曰孝文（當作明）皇帝。隋文帝又命其太子蕭琮嗣位，年號廣運。……徵琮叔父岑入朝，因留不遣，後置江陵總管以監之。琮之二年（五八二），隋文帝又徵琮入朝，琮率其臣下二百餘人朝於長安，隋文帝於是廢梁國，梁二主各給守墓十户。尋拜琮爲柱國，封莒國公。自詧初即位，歲在乙亥，至是歲在丁未，凡三十有三歲矣。」此詩云「玉馬朝周」，正以喻琮之被廢於隋也。後梁諸帝之子孫入隋唐多貴顯，爲上族。巋之子瑀且相唐太宗，聯姻唐室，宜令狐德棻修周書，特爲二主立傳，比於載記，而加以褒詞。禹錫同時友人詠此者，元稹楚歌之一云：「梁業雄圖盡，遺孫世業消。宣明徒有號，江漢不相朝。碑碣高臨路，松枝半作樵。唯餘開聖寺，猶學武皇妖。」（按：字句疑有訛。）吕温題梁宣帝陵二首云：「即讐終自翦，覆國豈爲雄？假號孤城裏，何殊在甬東？祀夏功何薄，尊周義不成。凄涼庾信賦，千載共傷情。」「凄涼庾信賦」者，指哀江南賦中「伯兮叔兮同見戮於猶子」一語也。蕭詧骨肉相殘，引狼入室，卒致爲人傀儡，徒擁虛名，坐困一隅而仍不能守，喪家亡國，辱莫甚焉，禹錫不着多語而憤慨之意自見。以下二首皆經荆州時懷古之作。

〔碑堂〕輿地紀勝云：「白碑驛（集古録作白石碑驛）在江陵界，唐蕭嵩爲其祖立碑于驛之北，劉禹錫有題梁宣明二帝墓詩。又云：梁宣、明二帝陵在府西北六十里紀山。」然則此碑蓋爲開元中所建，非後梁當時所立也。金石録跋尾云：「右唐立梁宣帝、明帝二陵碑，開元二十一年（七三三），其裔孫嵩追建，其前題銀青光禄大夫黄門侍郎同中書門下平章事，而姓名已殘缺。按唐紀，開元二十一年（七三三），韓休實爲此官，然則此碑乃休之文也。碑後題金紫光禄大夫行光禄卿駙馬都尉而姓名已殘缺，蓋嵩之子衡也。」

荆州道懷古

南國山川舊帝畿，宋臺梁館尚依稀。馬嘶古樹行人歇，麥秀空城澤雉飛。風吹落葉填宮井，火入荒陵化寶衣。徒使詞臣庾開府，咸陽終日苦思歸。

【校】

〔題〕紹本、崇本州作同。

〔古樹〕全唐詩樹作道，注云：一作樹。

〔澤雉〕全唐詩澤作野，注云：一作澤。

〔荒陵〕全唐詩陵下注云：一作墳，一作林。

【注】

〔庾開府〕周書四一庾信傳：「臺城陷後，信奔于江陵，梁元帝承制除御史中丞……來聘于我，屬大軍南討，遂留長安，江陵平，拜使持節、撫軍將軍、右金紫光禄大夫、大都督……遷驃騎大將軍開府儀同三司。……時陳氏與朝廷通好，南北流寓之士，各許還其舊國。陳氏乃請王褒及信等十數人。高祖唯放王克、殷不害等，信及褒並留而不遣。尋徵爲司宗中大夫。世宗、高祖並雅好文學，信特蒙恩禮，至於趙、滕諸王，周旋欵至，有若布衣之交，羣公碑誌多相請託。唯王褒頗與信相埒，自餘文人莫有逮者。信雖位望通顯，常有鄉關之思，乃作哀江南賦以致其意。」賦之末句云：「咸陽布衣，非獨思歸王子。」

【箋證】

按：自東晉以來，荆州常爲重鎮，擁兵上游，遥綰朝政，故梁元帝戀此不肯還都建康。詩云「舊帝畿」，又云「宋臺梁館」，乃概括三百年中史事言之。而於最近後梁之事言之尤深切也。與上一首蓋皆禹錫行經荆州時作，并疑爲永貞（八〇五）初貶南行至此所作。此詩中兩聯平頭不黏，猶是舊格，元和以後不復有此矣。末聯「徒使詞臣庾開府，咸陽終日苦思歸」，謂庾信由江陵聘魏，自此被留於北，哀江南賦末云：「咸陽布衣，非獨思歸王子。」詩用此語。

朗州竇員外見示與澧州元郎中郡齋贈答長句二篇因而繼和

鴛鷺差池出建章，綵旗朱户欝相望。新恩共理犬牙地，昨日同含雞舌香。白芷江邊分驛路，山桃蹊外接甘棠。應憐一罷金閨籍，枉渚逢春十度傷。

【校】

〔因而〕明鈔本而作以。

〔蹊外〕英華蹊作溪。

〔逢春〕全唐詩二字下注云：一作相逢。

【注】

〔竇員外〕謂竇常，見卷九武陵北亭記。

〔元郎中〕待考。

〔犬牙〕朗州之北即澧州，故云犬牙地。漢書文帝紀注：「犬牙言地形之交相入也。」

〔雞舌〕漢官儀：「尚書郎含雞舌香奏事。」謂二人皆自郎官出守也。

〔枉渚〕見卷二十二武陵書懷箋證。

【箋證】

按：詩有「枉渚逢春十度傷」之句，必爲元和九年（八一四）在朗州作，至十年（八一五）之春則已由朗州赴召入京矣。竇員外謂竇常，褚臧言竇常傳（全唐文七六一）：「元和六年（八一一）由侍御史入爲水部員外郎，亦既二歲，婚嫁未畢，求牧守之官，出爲朗州刺史。」據常赴任時寄禹錫詩有元和癸巳歲（八一三）之語，即元和八年，尤足證此詩之爲次年春間所作。

〔白芷江〕輿地紀勝云：「芷江在武陵縣東八十里。武陵記云：乃沅水之别派。劉禹錫在朗州，與澧州元郎中詩曰：芷江蘭浦恨無梁，芷江謂朗州也。又曰：白芷江頭分驛路，又曰：十見蠻江白芷生。」清一統志云：「芷水在龍陽縣西。方輿勝覽：即資水之别派，兩岸多生杜蘅白芷，故名。」

早春對雪奉寄澧州元郎中

新賜魚書墨未乾，賢人暫屈遠人安。朝驅旌旆行時令，夜見星辰憶舊官。梅蘂覆階鈴閣煖，雪峯當户戟枝寒。寧知楚客思公子，北望長吟澧有蘭。

【校】

〔暫屈〕全唐詩屈作出。

【注】

〔鈴閣〕晉書羊祜傳：鈴閣之下侍御者不過十數人。漢魏以後，長官治事之處皆稱鈴閣，侍應之人則稱鈴下。

〔思公子〕用楚辭：沅有芷兮澧有蘭，思公子兮未敢言。

【箋證】

按：元郎中尚未能考出何名。王闓運評此詩云：「反用謫居意更深於慰。」（見湘綺樓説詩）似未足以窺其隱。禹錫之意蓋謂元以郎官出守澧州爲遠謫，己則求稍向北至澧州已足爲慰矣。參之本集卷十上杜司徒書中「北距澧浦」數語，可以略知禹錫此時之心情。

〔夜見星辰〕後漢書李固傳：「今陛下之有尚書，猶天之有北斗也。」蓋用此意而兼用漢明帝「郎官上應列宿」語。

竇朗州見示與澧州元郎中早秋贈答命同作

鄰境諸侯同舍郎，芷江蘭浦恨無梁。秋風門外旌旗動，曉露庭中橘柚香。玉簟微涼宜白晝，金笳入莫應清商。騷人昨夜聞鶗鴂，不歎流年惜衆芳。

【校】

〔鶗鴂〕全唐詩注云：一作啼鳥。

【箋證】

按：以上三首皆在朗州時酬答之作，此首尤牽率無味，以芷江蘭浦分貼朗、澧二州，聊一點題而已。

衢州徐員外使君遺以縞紵兼竹書箱因成一篇用答佳貺

按此郡本自婺州析置，徐自台州遷。

爛柯山下舊仙郎，列宿來添婺女光。遠放歌聲分白紵，知傳家學與青箱。水朝滄海何時去？蘭在幽林亦自芳。聞道天台有遺愛，人將琪樹比甘棠。

【校】

〔題〕明鈔本貺作贈。

〔徐自〕結一本徐下衍州字。

〔水朝〕紹本、崇本朝作潮。

【注】

〔爛柯山〕按清一統志：爛柯山在西安縣南二十里，杜佑通典謂之石橋山，以中有石橋也。道書謂之青霞第八洞天，一名石室山。梁任昉述異記：晉王質入山采樵，見二童子對弈，質置斧坐觀，童子與質一物如棗核，含之不饑，局終，童子指示曰：汝柯爛矣。質歸鄉里已及百歲，無復舊時人。

【箋證】

按：韓愈集徐偃王碑載徐放爲衢州刺史，徐員外蓋即其人，時代差相合也。舊唐書地理志：垂拱二年，分婺州之信安、龍丘置衢州。故詩有「列宿來添婺女光」之句。

〔縞紵〕新唐書地理志：婺州土貢綿葛紵布等，縞紵，蓋與竹書箱同爲衢州之所産也。

唐秀才贈端州紫石硯以詩答之

端州石硯人間重，贈我應知正草玄。闕里廟堂空舊物，開方竈下豈天然？玉蠩吐水霞光静，綵翰摇風絳錦鮮。此日傭工記名姓，因君數到墨池前。

【校】

〔應知〕全唐詩應作因。

〔廟堂〕紹本、崇本、畿本堂均作中，是。

〔開方〕崇本開作門。

〔數到〕全唐詩到作致。

【注】

〔闕里〕水經注泗水：漢武帝時，魯恭王壞孔子舊宅，……牀前有石硯一枚，作甚朴，云平生時物也。

〔開方〕待考。

〔墨池〕按墨池傳説不一。宋九域志：王右軍墨池在越州之會稽郡。按臨川亦有王右軍墨池。宋曾鞏作墨池記。

【箋證】

按：詩有「贈我應知正草玄」之句，疑禹錫在朗州時有志著書，故云。

〔端州紫石硯〕李賀有楊生青花紫石硯歌云：「端州石工巧如神，踏天磨刀割紫雲。傭刓抱水含滿脣，暗灑萇弘冷血痕。紗帷晝暖墨花春，輕漚漂沫松麝熏。乾膩薄重立脚勻，數寸秋光無日昏。圓毫促點聲静新，孔硯寬頑（一作碩）何足云？」此足徵元和中盛以端州紫石硯爲貴。

又按：東坡題跋：「杜叔元……蓄一硯，云家世相傳是許敬宗硯，始亦不甚信之。後官於杭州，漁人於浙江中網得一銅匣，其中有鑄成許敬宗字。硯有兩足正方，而匣亦有容足處，不差毫毛，始知真敬宗物。……乃問莘老求而得硯，端溪紫石也，而滑潤如玉，殺墨如風，其磨墨處微窪，真四百餘年物也。」據此，則唐初已重端硯。

又按：鄒炳泰午風堂叢談：「柳公權論硯云：端溪石爲硯至妙，益墨，青紫色者可直千金，水中石其色青，山半石紫，山頂石尤潤如豬肝色者佳，貯水處有赤白黄點，世謂鸜鵒眼，脈理黄者謂之金綫。相硯之法始此。宋人論端硯三坑石雖詳，不若柳説之簡確也。劉禹錫有謝唐秀才端州紫石硯詩，李賀有青花紫石硯歌，李咸用有端溪硯詩，端石之重，唐時已然矣。」皆足見唐代習尚。

覽董評事思歸之什因以詩贈

幾年油幕佐征東，郤泛滄浪狎釣童。攲枕醉眠成戲蝶，抱琴閑望送歸鴻。文儒自襲膠西相，倚杖能齊塞上翁。更説扁舟動鄉思，青菰已熟奈秋風。

【校】

〔倚杖〕紹本、崇本、畿本、英華杖均作伏，似是。全唐詩作伏，注云：一作杖。

【注】

〔膠西相〕謂董仲舒。

【箋證】

按：董評事謂董侹，據外集卷十董府君墓誌，評事蓋其在使幕中所署之銜。惟侹最後爲荆南節度推官，詩不當云「油幕佐征東」，或前此尚爲他鎮幕職。侹以元和七年（八一二）卒，禹錫作此詩時，殆去其卒不遠，所謂思歸，未知究指何處。

又按：集中涉及侹者，尚有本集卷十九、二十二、二十三，外集卷十各篇。

松滋渡望峽中

渡頭輕雨灑寒梅，雲際溶溶雪水來。夢渚草長迷楚望，夷陵土黑有秦灰。巴人淚應猿聲落，蜀客船從鳥道回。十二碧峯何處所？永安宮外是荒臺。

【校】

〔是荒臺〕王夫之唐詩評選作有荒苔。全唐詩是下注云：一作有。

【箋證】

按：由江陵南至朗州，西至夔州，皆當經松滋。禹錫之赴貶朗州，是往湘南中途聞命，似不當由此路。據詩意亦似赴夔州刺史任，其時正在長慶元二年（八二二）冬末春初，與「寒梅雪水」之句亦相合。

又按：前人之評此詩者，王夫之唐詩評選云：「自然感慨，盡從景得，斯謂景中藏情。七言以句長得敗者，率用單字雙字垛砌如累卵。字字有意，則謇吃不了，有無意之字，則是五言而故續凫項也。不知者偏於此著力，謂之句眼，如蚓已斷而黏以膠，兩頭自活，著力處即死。故七言之聖證，惟有字欲長行，意欲一色，錢、劉以下，以此律之，都不入耳。惟杜襄陽能用四字，亦解一意。要惟筆力高秀，卓絶古今故能爾爾，夢得多用三字，韓信之餘，定推曹參野戰，餘子碌碌，何足道哉！」蓋夫之之意，謂此詩夢渚草、夷陵土、巴人淚、蜀客船之類，意一貫而字不能增減，乃七言詩之勝義也。

〔松滋〕舊唐書地理志：荆州，松滋：亦漢縣名，屬廬江郡，晉時松滋縣人避亂至此，乃僑立松滋縣，因而不改。

〔夷陵〕太平御覽一六七引十道志：「夷陵郡，春秋戰國並楚地。史記：秦昭王二十九年，秦將白起攻楚，燒夷陵。」

〔永安宮〕三國志蜀志先主傳：「先主殂于永安宮。」太平寰宇記：「劉先主改魚復爲永安，仍於州西七里列置永安宮。」

揚州春夜李端公益張侍御登段侍御平仲密縣李少府暢祕書張正字復元同會於水館對酒聯句追刻燭擊銅鉢故事遲輒舉觥以飲之逮夜艾羣公沾醉紛然就枕余偶獨醒因題詩於段君枕上以志其事

寂寂獨看金燼落，紛紛只見玉山穨。自羞不是高陽侶，一夜星星騎馬回。

【校】

〔題〕全唐詩仲作路，注云：一作仲。

〔星星〕崇本作醒醒。全唐詩注云：一作惺惺。

【箋證】

按：此詩題中所列諸人，皆揚州杜佑使府同幕。但惟段平仲傳載其爲杜佑掌書記，餘人則不載於史傳。獨稱李益爲端公者，蓋益帶侍御史，官階較高，其帶殿中、監察者，則但稱侍御。揚州大鎮，杜佑又久居此任，故所辟多知名之士。禹錫少年之作罕存集中，此篇尤爲可珍。

〔李端公益〕唐詩紀事云：「益，姑臧人，大曆四年（七六九）登第。其受降城聞笛詩，教坊樂人取爲聲樂度曲。又有寫征人歌、早行詩爲圖畫者，迴樂峯（按：當作烽，指烽台。）前沙似雪之詩是也。益有心疾，不見用。及爲幽州劉濟營田副使，獻詩有感恩知有地，不上望京樓之句，左遷右庶子。年且老，門人趙宗儒自宰相罷免，年七十餘，益曰：此吾爲東府所送進士也。聞者憐益之困，後遷禮部尚書，致仕卒。」此文不甚確，營田副使不得云左遷右庶子，文中疑有脱誤。別詳附録。外集卷三和令狐相公言懷寄河中楊少尹詩亦涉及益，稱爲李尚書。益，舊唐書一三七、新唐書一二八均有傳。

〔張侍御登〕張登見新唐書藝文志，有集六卷，注云：「貞元漳州刺史。」全唐詩小傳：南陽人，江南士掾，滿歲，計相表爲殿中侍御，董賦江南，俄拜漳州刺史。」別詳附録。

〔段侍御平仲〕段平仲，舊唐書一五三、新唐書一六二均有傳。傳云：「武威人，登進士第。杜佑、李復相繼鎮淮南，皆表平仲爲掌書記，復移鎮華州、滑州，仍爲從事。（按：李復自華州鎮滑州，據紀爲貞元十年（七九四）事，未見其鎮淮南年月。）入朝爲監察御史。平仲磊落尚氣節，嗜酒傲言。時德宗春秋高，多自聽斷，由是庶務壅隔，事或不理。中外畏上嚴察，無敢言者。平仲嘗謂人曰：主上聰明神武，臣下畏懼不言，自循默耳。如平仲一得召見，必當大有開悟。貞元十四年（七九八），京師旱，詔擇御史郎官各一人發廩賑恤。平仲與考功員外郎陳歸當奉使，因辭得對。乃入近御座，粗陳本事。上察平仲意有所畜，以歸在側不言，及奏事畢退，平仲獨不退，欲有奏啓，上因兼留歸問之，聲色甚厲，雜以他語。平仲錯愕，都不得言，因誤稱其名，上怒，叱出之。平仲蒼黄又誤趨御障後，歸下階連呼乃得出。由是坐廢七年，然亦因此名顯。後除屯田、膳部二員外郎，東都留守判官，累拜右司郎中。元和初，遷諫議大夫。内官吐突承璀爲招討使，征鎮州，無功而還。平仲與吕元膺抗疏論列，請加黜責，轉給事中。自在要近，朝廷有得失未嘗不論奏。時人推其狷直，轉尚書左丞，（按：新唐書作右丞，與本集卷三十合，是。）以疾改太子左庶子卒。」

〔李少府暢〕李暢待考。

〔張正字復元〕登科記考云：「劉禹錫送張盥赴舉序：古人以偕受學爲同門友，今人以偕昇名爲同年友，余與張盥爲丈人，由是道也。又贈詩云：永懷同年友，追想出谷晨。三十二君子，齊飛凌煙旻。按唐人謂同年之父爲同年丈人，禹錫蓋與張盥之父同年，疑即張復元，俟考。」又文苑英華載有張復元風光草際浮詩及太清宮觀紫極舞賦。又登科記考引嘉話録云：「唐柳宗元與劉禹錫同年及第，題名於慈恩塔，談元茂秉筆，時不欲名姓彰者曰押縫板子上者，（按此句有脱誤。）率多不達，或即不久物故。柳起草暗斟酌之。張復元以下，馬徵、鄧文佐名盡著版子矣。」據此則復元之仕履必不騰達，或且未幾云亡也。又唐語林一及太平廣記一八六引嘉話録：「宣平鄭相之銓衡也……陳諷、張復元各注畿縣尉，請换縣，允之，既而張却請不换。鄭榜子引張，纔入門，報已定，不可改，時人服之。」此禹錫所記之涉及復元者。

附録一　朱駿聲李益傳（傳經室文集八）

李益，字君虞，隴西姑臧人。肅宗朝宰相揆之族子，行第居十。始八歲，燕戎亂華。大曆四年（七六九），年二十，登進士第，明年至長安，有僕秋鴻隨之。二十三，以書判登拔萃科，授鄭縣尉，久不調，北游河朔，劉濟辟爲營田副使。獻詩有「不上望京樓」之句。十八載多在兵間。憲宗聞其名，召爲祕書少監，集賢殿學士。自負才地，多所凌忽。諫官舉其幽州怨望詩句，降居散秩。尋復用爲太子賓客，集賢學士判院事，轉右散騎常侍。長慶初，益府試官時所送進士趙宗儒年七十六罷相，已三十餘年，而益猶爲常侍。大和初，以禮部尚書致仕卒。益長於詩歌，貞元末，與宗人李賀齊名，每作一篇，爲教坊樂人賂得，唱爲供奉歌辭。其征人歌、早行篇，好事者畫爲屏障。「迴樂峯前沙似雪」之句，世以爲歌。「開簾風動竹，疑是故人來」句，名妓閨秀輒誦之。爲尚書時，有宗人庶子同姓名，人謂尚書爲文章李益，庶子爲門户李益。爲人夙有癡疾，多猜忌，防閑妻妾特甚，時謂妬癡爲李益疾云。初故霍王有寵婢浄持生女小玉。王薨，弟兄以其賤庶遣居於外，易姓鄭，遂爲娼家，女才色雙絶，益在長安，諧慕繾綣，遂約偕老，居二載，日夕不離，厥後益授尉之官，時玉纔十八，益二十有二。玉曰：「君至三十，可別娶以成大禮，玉亦願畢入空門耳。」益之任後，假往東都覲親，太夫人已爲聘長安甲族盧女，益家貧，涉歷江淮貸婚貲，而自以負約，不令玉聞其事，音問遂隔。玉痛憶成疾。嘗以幼小上鬟時紫玉釵遣侍婢貨錢十二萬賂以訪益，益二十四就親長安，終不欲一往玉許，玉偵知之，日夜悲泣，病遂革。時有一豪士挾益行，强之見玉，陳數語，一慟而絶。後月餘，益婚於盧，忽得心疾，時有所見，輒疑盧曖昧事，繼訟於官出盧，其侍妾有廣陵營十一娘者最寵，益出必以浴斛覆之，封署爲識。又嘗蓄一利劍，謂侍婢輩曰：此信州葛溪鐵，惟斷作罪過頭。大率所近婦人即加猜忌，至於三娶率如初，故散灰扃户之談著於史籍。益逸事時時見於小説家，爰附綴焉。

附録二　權德輿唐故漳州刺史張君集序（全唐文四九三）

清河張登，剛潔介特，不趨和從俗，循性屬詞，發爲英華，以河南士掾滿歲，計相表爲殿中侍御史，董賦江南，無何，授漳州刺史。居七年，坐公事受劾，吏議侵誣，胸臆約結，感疾不起。君疾卑譎細人，白黑太明，矯枉憤厲，往往過正。故其賦有云：「鷮必鬥而知斃，龍雖屠而不馴。」又云：「賤而榮兮跌而喪，痛一世之紛綸。」皆所以感慨頓挫放言，而兆憂賈禍，恒必由之。二十年間，數免希遷，志力相盭，斯亦從古才士之所患也。（唐詩紀事略同）

逢王十二學士入翰林因以詩贈 時貞元二十年，王以藍田尉充學士。

廄馬翩翩禁外逢，星槎上漢杳難從。定知欲報淮南詔，促召王褒入九重。

【校】

〔十二〕紹本字模餬，崇本作二十，是。

〔二十年〕全唐詩作二十二年，誤。

【注】

〔廄馬〕詳見外集卷七浙西李大夫示述夢詩。

〔星槎〕荆楚歲時記：張騫尋河源，乘槎經月，至一處見城郭如州府，室内有一女織。又見一丈夫牽牛飲河。騫問曰：此是何處？答曰：可問嚴君平。織女取支機石與騫俱還。後至蜀問君平，君平曰：某年某月客星犯牛斗。支機石爲東方朔所識。

【箋證】

按：王十二謂王涯，已見本集卷二，十二當作二十或二十一。唐語林六：永寧王二十、光福王八二相皆出於先安邑李丞相之門。韓愈集亦有酬王二十舍人涯雪中見寄詩，又赴江陵途中寄贈王二十補闕李十一拾遺李二十六員外翰林三學士詩，謂王涯、李建、李程也。惟孟郊集有與王二十一員外涯遊枋口柳溪詩，又有與王二十一員外涯遊昭成寺詩，或當時即兩稱之也。涯本傳：貞元八年（七九二）進士擢第，登宏詞科，釋褐藍田尉。二十年（八〇四）十一月，召充翰林學士，拜右拾遺，左補闕，起居舍人，皆充内職。與詩注合，正禹錫任監察御史時。禹錫自渭南主簿入爲監察，於涯之自藍田尉之入翰林，仍有企羡之意，故以「星槎上漢杳難從」爲喻。此蓋二人相識之始，後此則升沉迥判，大和初，二人雖同在京，涯方爲計相，聲勢赫奕，恐未嘗爲禹錫援手。然大和末汝州、同州之除，正涯在相位之時，或亦由其援引。甘露之變，涯被慘害，禹錫當不能不追念平生，特不敢形諸語言耳。

〔欲報淮南詔〕漢書淮南王安傳：武帝以安屬爲諸父，辯博善爲文辭，甚尊重之，每爲報書及賜，常召司馬相如等視草乃遣。此詩云：「定知欲報淮南詔，促召王褒入九重。」時代不相接，乃借王褒以切王姓，非誤用典也。又古人爲詩，驅使故事，但取大意，聊資比附，如王維之「衞青不敗由天幸」，亦是其例。

闕下口號呈柳儀曹

綵仗神旗獵曉風，雞人一唱鼓蓬蓬。銅壺漏水何時歇？如此相催即老翁。

【校】

〔蓬蓬〕畿本作逢逢，全唐詩注云：一作逢逢。

【箋證】

按：柳儀曹謂柳宗元，貞元二十一年（八〇五），宗元初轉禮部員外郎，二人皆年甫三十，而詩意已有遲暮之感，其獲躁進之譏，殆亦有由。

〔鼓蓬蓬〕新唐書百官志：「左右金吾衛左右街使掌分察六街徼巡。日暮鼓八百聲而門閉，五更二點，鼓自内發，諸街鼓承振，坊市門皆啓，鼓三千撾，辨色而止。」李賀有官街鼓一詩云：「曉聲隆隆催轉日，暮聲隆隆催月出。漢城黄柳映新簾，柏陵飛燕埋香骨。磓碎千年日長白，孝武秦皇聽不得。從君翠髮蘆花色，獨共南山守中國。幾回天上葬神仙，漏聲相將無斷絶。」語意與此詩相發明。

監祠夕月壇書事 其禮用晝。

西皞司分晝夜平，羲和亭午太陰生。鏗鏘揖讓秋光裏，觀者如雲出鳳城。

【校】

〔用晝〕中山集用作周，誤。

〔鏗鏘〕全唐詩注云：一作鏘鏘。

〔秋光〕崇本、明鈔本光均作風。

【箋證】

按：此當是貞元十九、二十年（八〇三、八〇四）禹錫爲監察御史時所作，應在前一首之前。

附録　柳宗元監察使壁記

周禮，祭僕視祭祀有司百官之戒具，誅其不敬者。漢以侍御史監祠。唐開元禮：凡大祠若干，中祠若干，咸以御史監視，祠官有不如儀者以聞。其刻印移書則曰監祭使。寶應中尤異其禮，更號祠祭使，俄復其初。又制，凡供祠之吏，雖當齋戒，得以決罰。由是禮與敬無不足者。聖人之於祭祀，非必神之也，蓋亦附之教也。事於天地，示有尊也，不肅則無以教敬。事於宗廟，示廣孝也，不肅則無以教愛。事於有功烈者，示報德也，不肅則無以勸善。凡肅之道，自法制始。奉法守制，由御史出者也。故將有事焉，則祠部上其日，吏部上其官，奉制書以來告，然後頒于有司，以謹百事。太常修其禮，光禄合其物，百工之役，先一日咸至于祠而考閲焉。御史會公卿有司執簡而臨之。故其粢盛牲牢酒醴菜果之饌，必實于庖廚，鐘鼓笙竽琴瑟戛擊之樂，籩簴綴兆之數，必具于庭内，樽彝罍洗俎豆醆斝之器，必絜于壇堂之上。奉奠之士，贊禮之童，樂工舞師洎執役而衛者，咸引數其實。設篚朴于堂下以修官刑，而羣吏莫敢不備物。羅奏牘于几上以嚴天憲，而衆官莫敢不盡誠。而祭之日，先升立于西階之上以待卒事。其禮之周旋、樂之節奏，必周知之。退而視其燔燎瘞埋，終之以敬也。居常則飭四方祀貢之物，以時登于王府，服器之修具，祠宇之繕理，牛羊毛滌之節，三宫御廩之實，畢備而聽命焉。舊以監察御史之長居是職。貞元十九年(八〇三)十二月，御史多缺，予班在三人之下，進而領焉。明年，中山劉禹錫始復舊制，由禮與敬以臨其人，而官事益理。制令有不宜于時者，必復于上，革而正之，于是始爲記，求簿書得爲是職者若干人書焉。

戲贈崔千牛

學道深山許老人，留名萬代不關身。勸君多買長安酒，南陌東城占取春。

【校】

〔許老〕紹本、崇本、畿本、絶句許均作虚。

【箋證】

按：舊唐書職官志，左右千牛衛爲十六衛之一，千牛備身，左右執弓箭以宿衛，以崔千牛蓋備身之流。許老人未詳。崔、許蓋在當時各有人所共知之本事，今無從徵實矣。

元和甲午歲詔書盡徵江湘逐客余自武陵赴京宿於都亭有懷續來諸君子

雷雨江湖起卧龍，武陵樵客躡僊蹤。十年楚水楓林下，今夜初聞長樂鐘。

【校】

〔雷雨〕紹本、崇本、畿本、中山集雷均作雲。按：雷雨取易解卦之義，作雲者非。

〔江湖〕紹本、崇本、畿本、絶句湖均作湘。全唐詩作山，注云：一作湘，一作湖。

【箋證】

按：元和甲午爲元和十年（八一五），禹錫被召還京，同被召者不止王、韋一獄中人，元稹亦以是時自唐州司馬被召。據紀，劉、柳等以三月乙酉再貶，乙酉爲十四日，而稹以三月二十五日再貶通州司馬。可見此次召而復貶，有始而主之者，有從而沮之者。而史不具言。通鑑二三九云：「王叔文之黨坐謫官者十年不量移，執政有憐其才欲漸進之者，悉召至京師，諫官争言其不可，上與武元衡亦惡之。」此沿舊史而爲之詞，實非止王叔文之黨也。恐元稹之外仍有他人，今未能考得耳。意者執政或爲李吉甫，吉甫發此議，未幾而卒。武元衡、張弘靖、韋貫之等言於憲宗，事遂中變，而禹錫之遭嫉忌尤甚，故獨得最遠之謫郡也。此詩以武陵樵客自喻，以卧龍喻續來之遷客，詩意頗露欣快，尚不料覆雨翻雲如是之速也。

江陵嚴司空見示與成都武相公唱和因命同作

南荆西蜀大行臺，幕府旌門相對開。名重三司平水土，威雄八陳役風雷。彩雲朝望青城起，錦浪秋經白帝來。不是郢中清唱發，誰當丞相掞天才？

【箋證】

按：嚴司空謂嚴綬，已見本集卷二十二寄荆南嚴司空詩。綬本傳云：前後統臨三鎮，皆號雄藩，所稱士親睹爲將相者凡九人。據元稹所撰行狀，綬乃大曆八年（七七三）張謂知貢舉下進士，所謂所稱士九人，武元衡蓋其一也。元衡以元和八年（八一三）自西川徵還入相，此詩之作自在未徵入以前，禹錫仍在郎州。不宜編在此處。

又按：武元衡酬嚴司空荆南見寄詩云：「金貂再領三公府，玉帳連封萬户侯。簾捲青山巫峽曉，煙開碧樹渚宫秋。劉琨坐嘯風清塞，謝朓題詩月滿樓。白雪調高歌不得，美人南國翠蛾愁。」嚴詩未見。

徵還京師見舊番官馮叔達

前者匆匆襆被行，十年顦顇到京城。南宫舊吏來相問，何處淹留白髮生。

【校】

〔番官〕崇本番作曹，誤。必校者不詳番官之義而臆改，番官見唐六典。

〔南宫〕崇本宫作曹。按：南宫謂尚書省，即南曹也。

【箋證】

按：此番官必禹錫爲屯田員外郎時之尚書省掾吏，元和十年（八一五）還京重遇之而有感。番官者，唐六典一：「隋令稱掌事，皇朝稱掌固，主守掌倉庫及廳事鋪設，職與古殊，與亭長皆爲番上下，通謂之番官。轉入府史，從府史轉入令史，選轉皆試判。」又番官得經管公廨錢。唐會要九三：「諸司置公廨本錢，以番官貿易取息，計員多少爲月料。」南宫者，唐人通以爲尚書省之稱。見本集卷二一奚公神道碑箋證。

故洛城古牆

粉落椒飛知幾春，風吹雨灑旋成塵。莫言一片危基在，猶過無窮來往人。

【箋證】

按：此當爲禹錫初罷和州歸洛陽時有感而作。

元和十一年自朗州承召至京戲贈看花諸君子

紫陌紅塵拂面來，無人不道看花回。玄都觀裏桃千樹，盡是劉郎去後栽。

【校】

〔十一〕英華無一字，是。按：禹錫等之召還，正在元和十年（八一五）之春，非十一年。

〔去後〕全唐詩去下注云：一作別。英華與一作同。

【箋證】

按：玄都觀之有桃花，唐人詩中所屢見。姚合遊昊天玄都觀詩有云：「陰徑紅桃花，秋壇白石生。」章孝標玄都觀栽桃詩有云：「驅使鬼神功，攢栽萬樹紅。薰香丹鳳闕，妝點紫瓊宮。」孝標爲元和十四年（八一九）進士，與禹錫所謂「盡是劉郎去後栽」者正合。又蔣防有玄都樓桃詩云：「舊傳天上千年熟，今日人間五日香。紅軟滿枝須作意，莫交（教）方朔施偷將。」則似亦詠玄都觀桃者。

又按：禹錫以元和十年（八一五）春至京，正是看桃花時，此亦寫實，非必遽有所刺。詩題「十一年」，誤衍一字，是年三月已再貶連州矣。

〔玄都觀〕唐兩京城坊考四：「崇業坊玄都觀，隋開皇二年，自長安故城徙通道觀於此，改名玄都觀，東與大興善寺相比。初，宇文愷置都，以朱雀街南北盡郭有六條高坡，象乾卦，故於九二置宮殿以當帝王之居，九三立百司以應君子之數。九五貴位，不欲常人居之，故置此觀及興善寺以鎮之。」此必當時所傳之妄說。

再遊玄都觀絶句 并引

余貞元二十一年爲屯田員外郎時，此觀未有花。是歲出牧連州，尋貶朗州司馬，居十年，召至京師。人人皆言有道士手植仙桃，滿觀如紅霞，遂有前篇以志一時之事。旋又出牧，今十有四年，復爲主客郎中。重遊玄都，蕩然無復一樹，唯兔葵燕麥動摇於春風耳。因再題二十八字以俟後遊。時大和二年三月。

百畝中庭半是苔，桃花浄盡菜花開。種桃道士歸何處？前度劉郎今又來。

【校】

〔此觀〕崇本觀下有中字。

〔有花〕崇本花下有木字。

〔尋貶〕紹本無尋字，非。

〔紅霞〕崇本紅作晨，上有爍字。

〔旋又〕崇本又作左，誤。

〔今十〕崇本、本事詩今上均有于字。

〔復爲〕崇本復作得。

〔重遊玄都〕崇本玄都作兹觀。

〔三月〕崇本下有某日二字。

〔中庭〕英華、全唐詩均作庭中。

〔浄盡〕崇本浄作静，全唐詩浄下注云：一作開，一作落。

〔今又〕紹本、崇本、本事詩又作獨，才調集作復，全唐詩注云：一作獨。

【箋證】

按：本事詩云：「劉尚書自屯田員外左遷朗州司馬，凡十年始徵還，方春作贈看花諸君子曰：紫陌紅塵拂面來……其詩一出，傳於都下，有素嫉其名者，白於執政，又誣其有怨憤。他日見時宰，與坐，慰問甚厚，既辭，即曰：近者新詩未免爲累，奈何！不數日出爲連州刺史。其自敍云：貞元二十一年余爲屯田員外時……」錢大昕養新録辨之云：「劉禹錫傳：由和州刺史入爲主客郎中，復作遊玄都詩，且言始謫十年還京師，道士植桃，其盛如霞，又十四年過之，無復一存，唯兔葵燕麥動摇春風耳。以詆權近。聞者益薄其行，俄分司東都。今以禹錫集考之，再遊玄都絶句在大和二年（八二八）三月，是歲歲次戊申，而自和州刺史除主客郎中分司東都，則在大和元年（八二七）六月，是分司在前題詩在後也。以郎中分司東都本是一事，初未到京師也。次年以裴度薦起元官直集賢院，方得還都，玄都詩正在此時，距元和十年（八一五）乙未自朗州被召，恰十四年矣。集中又有蒙恩轉儀曹郎依前充集賢學士舉韓湖州自代詩，可見初入集賢猶是主客郎中，後乃轉禮部也。史云以薦爲禮部郎中集賢直學士，猶未甚核。至玄都詩雖含譏刺，亦詞人感慨今昔之常情，何至遂薄其行？史家不考年月，誤仞分司與主客爲兩任，疑由題詩獲咎，遂甚其詞耳。」以上錢氏之説，徵之集中各詩，皆的然無疑。舊唐書之誤，在大和二年（八二八）自和州刺史徵還拜主客郎中，二年當作元年。其誤猶小。新唐書則云：俄分司東都，又云：裴度薦爲禮部郎中集賢直學士，非獨事之先後不符，直學士之直字亦與唐制不合。錢氏所糾皆指新唐書而言。自唐史採摭傳説，幾於衆口一詞，牢不可破，一似禹錫真以桃花詩而妨仕進者。殊不知同貶者尚有永貞一案中人，又有不在此案中之元稹。何嘗皆緣此詩？甚矣史之難盡信也。然禹錫爲此二詩，固必爲當時傳誦，惡之者從而加謗，諒亦事實耳。又按：前人之評此詩者，瞿佑歸田詩話云：「劉夢得初自嶺外召還，賦看花詩云：玄都觀裏桃千樹，盡是劉郎去後栽。以是再黜，久之又賦詩云：種桃道士歸何處？前度劉郎今又來。譏刺並及君上矣。晚始得還，同輩零落殆盡。有詩云：昔年意氣壓羣英，幾度朝回一字行。二十年來零落盡，兩人相遇洛陽城。又云：休唱貞元供奉曲，當時朝士已無多。又云：舊人惟有何戡在，更與殷勤唱渭城。蓋自德宗後，歷順、憲、穆、敬、文、武、宣凡八朝，暮年與裴、白優游緑野堂，有在人稱晚達，於樹比冬青之句，又云：莫道桑榆晚，爲霞尚滿天。其英邁之氣老而不衰如此。」此論非無見地，而以禹錫歷宣宗朝，又謂自嶺外召還，皆信筆之誤，不足據。

〔兔葵燕麥〕容齋三筆三：劉禹錫再遊玄都觀詩序云：唯兔葵燕麥動摇春風耳。今人多引用之。

予讀北史邢劭傳，載劭一書云：國子雖有學官之名，而無教授之實，何異兔絲燕麥南箕北斗哉？然則此語由來久矣。爾雅曰：莃，兔葵。蘥，雀麥。郭璞注曰：頗似葵而葉小，狀如藜。雀麥即燕麥，有毛。廣志曰：兔葵瀹之可食。古歌曰：田中兔絲，何嘗可絡？道邊燕麥，何嘗可穫？皆見於太平御覽。上林賦：葴析苞荔。張揖注曰：析似燕麥，音斯。葉庭珪海録碎事云：「兔葵苗如龍芮，花白莖紫。燕麥草似麥，亦曰雀麥。但未詳出於何書。」又丹鉛總録四：「古樂府云：道旁兔絲，何嘗可絡？田中燕麥，何嘗可穫？言虚名無用也。蓋兔絲非絲而有絲之名。劉禹錫文作兔葵燕麥，非也。」按：禹錫自用爾雅，非用古樂府，兔葵燕麥以言不種而自生之草耳。

望夫石　正對和州郡樓。

終日望夫夫不歸，化爲孤石苦相思。望來已是幾千載，只似當時初望時。

【校】

〔題〕崇本石作山。

〔千載〕全唐詩載下注云：一作歲。

〔當時〕全唐詩時下注云：一作年。

【箋證】

按：太平寰宇記：「望夫山在太平州當塗縣北四十七里。昔有人往楚，累歲不還，其妻登此山望夫，乃化爲石，其山臨江，周圍五十里，高一百丈。」李白集有望夫山詩，爲姑孰十詠之一。此詩題注云正對和州郡樓，即白所詠之望夫山也。他如水經注，濁漳水又東北歷望夫山，太平御覽五二引世説，武昌陽新縣有望夫石，引輿地志，南陵縣有女觀山，俗傳婦人化爲石，輿地紀勝江州德安縣有望夫山，異説紛紜，不可究詰，非禹錫此詩所指也。此詩自是在和州時詠古之作。

又按：前人之評此詩者，吴曾辨誤録云：「陳無已詩話：望夫石在處有之，古今詩人惟用一律，惟劉夢得云：望來況是幾千歲，只是當年初望時。語雖拙而意工。」字句小異，蓋記憶偶疏。又吴文溥南野堂筆記云：「古今題望夫山詩，如劉夢得：望來已是幾千載，只似當年初望時。顧況：山頭日日風和雨，行人歸來應有語，乃最好。」

金陵五題 并引

余少爲江南客而未遊秣陵，嘗有遺恨。後爲歷陽守，跂而望之。適有客以金陵五題相示，逌爾生思，欻然有得。他日友人白樂天掉頭苦吟，歎賞良久，且曰石頭題詩云：潮打空城寂寞回，吾知後之詩人不復措詞矣。餘四詠雖不及此，亦不孤樂天之言爾。

【校】

〔引〕紹本、崇本、全唐詩均作序，非。

〔逌爾〕結一本逌作迺。按：語出文選班固答賓戲，作逌者是。

〔石頭題詩〕紹本、崇本、畿本、中山集均無題字。

【箋證】

按：子劉子自傳（外集卷九）：天寶末，舉族東遷，後爲浙西從事。故有少爲江南客之語。詩引又云：未遊秣陵，嘗有遺恨。此詩自是在和州時作，及罷和州，即往遊金陵矣。

石頭城

山圍故國周遭在，潮打空城寂寞回。淮水東邊舊時月，夜深還過女牆來。

【注】

〔石頭城〕元和郡縣志：江南道潤州上元縣，石頭城在縣西四里，即楚之金陵城也。吴改爲石頭城。建安十六年（二一一），吴大帝修築，以貯財寶軍器，有戍。

〔淮水〕太平御覽六五引江寧圖經曰：淮水北去縣一里。又引輿地志曰：秦始皇巡會稽，鑿斷山阜，此淮即所鑿也，亦名秦淮。

〔女牆〕釋名釋宫室：城上垣曰睥睨，亦曰女牆，言其卑小。比於城若女子之於丈夫也。

【箋證】

六朝事迹編類云：「吴孫權沿淮立柵，又於江岸必争之地築城，名曰石頭，常以腹心大臣鎮守之。今石城故基乃楊行密稍遷近南，夾淮帶江以盡地利。其形勢與長干山連接。輿地志云：環七里一百步，在縣西五里，去臺城九里，南抵秦淮口，今清涼寺之西是也。諸葛亮論金陵地形云：鍾阜龍蟠，石城虎踞，真帝王之宅，正謂此也。」禹錫詩引中頗道此詩之妙，後之論者亦無異詞。蓋其微旨在指出天險之不足恃也。又前人之評此詩者，焦氏筆乘云：「山圍故國周遭在，潮打空城寂寞回，樂天嘆爲警絶。子瞻云：山圍故國城空在，潮打西陵意未平，則又以己意斡旋用之，然不及劉。」

烏衣巷

朱雀橋邊野草花，烏衣巷口夕陽斜。舊時王謝堂前燕，飛入尋常百姓家。

【校】

〔舊時〕紹本、崇本、畿本時均作來，全唐詩注云：一作來。按：作來較合唐人語。

【箋證】

按：前人之評此詩者，謝榛四溟詩話云：「作詩有三等語：堂上語，堂下語，階下語，知此三者，可與言詩矣。凡上官臨下官，動有昂然氣象，開口自别。若李太白：黄鶴樓中吹玉笛，江城五月落梅花。此堂上語也。凡下官見上官，所言殊有條理，不免局促之狀，若劉禹錫：舊時王謝堂前燕，飛入尋常百姓家。此堂下語也。凡訟者説得顛末詳盡，猶恐不能勝人，若王介甫：茅簷長埽淨無苔，花木成蹊手自栽。此階下語也。」又沈德潛唐詩别裁云：「言王謝家成民居耳，用筆巧妙，此唐人三昧也。」

〔朱雀橋〕輿地紀勝云：「按宫苑記，吴立，初名太航門，南臨淮水，北直宣陽門，去臺城七里。晉孝武太元三年，起朱雀門，上有兩銅雀，楣上刻木爲龍虎，對立左右。」朱雀橋即對朱雀門之橋也。

〔烏衣巷〕輿地紀勝云：「秦淮南去朱雀橋不遠，至晉紀瞻立宅烏衣巷，王導自卜烏衣宅。南史謝密傳：琨風格高峻，少所交納，惟與族子靈運、瞻、曜、弘微並以文義賞會，常共宴處，居在烏衣巷，故謂之烏衣之遊。」

〔王謝〕王謝二字後人有異説。草堂詩話云：「建安嚴有翼藝苑雌黄曰：劉夢得詩云：朱雀橋邊野草花……朱雀橋、烏衣巷皆金陵故事。輿地志：晉時王導自立烏衣宅，宋時諸謝曰烏衣之聚，皆此巷也。王氏謝氏乃江左衣冠之盛者。故杜甫詩云王謝風流遠，又云從來王謝郎，是也。比觀劉斧摭遺小説又曰：王榭，金陵人，世以航海爲業。一日海中失船，泛一木登岸，見一翁一嫗，皆衣皁，引榭至所居，乃烏衣國也。以女妻之。既久，榭思歸，復乘雲軒泛海，至其家，有一燕棲於梁上，榭以手招之，即飛來臂上，取片紙書小詩繫於燕尾曰：誤到華胥國裏來，玉人終日苦憐才。雲軒飄去無消息，灑淚臨風幾日迴。來春，燕又飛來榭身上，有詩云：昔日相逢冥數合，如今睽遠是生離。來春縱有相思字，三月天南無雁飛。至來歲竟不至，因目榭所居爲烏衣巷。劉斧改謝爲榭，以王榭爲一人姓名，其言既怪誕，遂託名於錢希白，終篇又取劉夢得詩以實其事。希白不應如此之謬，是直劉斧之妄言耳，不足信也。」又吴曾辨誤録云：「近世小説尤可笑者，莫如劉斧摭遺集所載烏衣傳引劉禹錫詩朱雀橋邊野草花，……遂以爲唐朝金陵人姓王名榭因海舶入燕子國，其意以烏衣爲燕子國也。其説甚詳。殊不知王者王導等人也，謝者謝鯤之徒也。余按世説，諸王諸謝世居烏衣巷。丹陽記曰：烏衣之起，吴時烏衣營所處也。江左初立，琅邪諸王所居。審此，則名營以烏衣，蓋軍兵所衣衣服，因此得名。摭遺之説亦何繆耶？」

臺城

臺城六代競豪華，結綺臨春事最奢。萬户千門成野草，只緣一曲後庭花。

【注】

〔臺城〕按六朝事迹一：建康實録：晉成帝咸和七年（三三二）新宫成，名建康宫。注：即今之所謂臺城也。在縣東北五里，周圍八里。又按輿地志云：同泰寺南與臺城隔路，今法寶寺及圓寂寺即古同泰寺之基，故法寶寺亦名臺城院。以此考之，法寶圓寂二寺之南蓋古臺城地也。今之基址尚在，元和初陸喬家於丹陽，一夕有叩門者曰我沈約也，呼左右召青箱來，俄一兒至，約指謂曰：此吾子也，近從吾過臺城，命爲感舊詩，因諷曰：「六代舊山川，興亡幾百年。繁華今寂寞，朝市昔喧闐。夜月瑠璃水，春風卵色天。傷時與懷古，垂淚國門前。」楊修之有詩云：「六朝遺跡好山川，宫闕灰寒草樹煙。江令白頭歸故國，多情合賦黍離篇。」

【箋證】容齋續筆五云：「晉、宋間謂朝廷禁省曰臺，故稱禁城爲臺城，官軍爲臺軍，使者爲臺使，卿士爲臺官，法令爲臺格，需科則曰臺有求須，調發則曰臺所遣兵。劉夢得賦金陵五詠故有臺城一篇。今人於他處指言建康爲臺城，則非也。」

生公講堂

生公説法鬼神聽，身後空堂夜不扃。高坐寂寥塵漠漠，一方明月可中庭。

【箋證】按：方輿勝覽云：「在虎丘寺。生公，異僧竺道生也。講經於此，無人信者，乃聚石爲徒，與講至理，石皆點頭。」此首所詠，似去金陵較遠，亦列在金陵五題，未詳其故。又按：前人之評此詩者，游潛夢蕉詩話云：「劉夢得虎丘寺生公講堂詩，疊山選注以爲詩意笑生公也。予意生公何足笑哉？况亦言淺意直甚矣。夢得蓋以生公比當時執政者。言其在日假恩寵以令百僚，莫敢有違，思神亦聽之也。次句言身後子孫不守，門牆已非。三句四句則言聲消勢盡，殊非前日華盛景象，無復及其門者，惟明月夜深可中庭耳。與石頭城夜深還過女牆來意同，可字有味。」（見學海類編）考禹錫之詩固往往言在此而意在彼，亦不宜過涉附會揣測，此詩謂笑生公固不然，必謂指執政，亦附會也。

〔可中庭〕詩人玉屑一五引洪駒父詩話曰：「山谷至廬山一寺，與羣僧圍爐，因舉生公講堂詩，末云，一方明月可中庭，一僧率爾云：何不曰一方明月滿中庭？山谷笑去。」又丹鉛總録一八：「劉禹錫生公講堂詩：高坐寂寥塵漠漠，一方明月可中亭。山谷、須溪皆稱其可字之妙。按佛祖統紀載宋文帝大會沙門，親御地筵，食至良久，衆疑日過中，僧律不當食，帝曰：始可中耳。生公乃曰：白日麗天言可中，何得非中？遂舉箸而食。禹錫用可中字本此。蓋即以生公事詠生公堂，非杜撰也。彼言白日可中，變言明月可中，尤見其妙。」又：張相詩詞曲語辭匯釋云：「可猶當也。劉禹錫詩：高坐寂寥塵漠漠，一方明月可中庭。言當庭也。按此可字或疑可作恰字解。然周邦彦南柯子詞：曉來階下按新聲，恰有一方明月可中庭。若作恰字解，則有兩恰字矣。故知可中庭者即當中庭也。又楊无咎雨中花慢詞詠中秋：想嫦娥應念，待久西厢，爲可中庭。言特爲當中庭也。若云爲恰中庭，則不詞矣。侯寘西江月詞：可庭明月綺窗開，簾幕低垂不卷。若云恰庭，則更不詞矣。以上三詞均從劉詩出，可以證劉詩之義。白居易宿張雲舉院詩：隔房招好客，可室致芳筵。可室言當室也。陳與義題繼祖蟠室詩：日斜疎竹可窗影，正是幽人睡足時。可窗言當窗也。」以上張氏之説亦有未諦處。白居易紅線毯詩：披香殿廣十丈餘，紅線織成可殿鋪，與明月可中庭之意正同。謂恰好也。今北京語猶然。況周頤蕙風簃隨筆云：「羅隱詩：可中用作鴛鴦被。可中，恰宜也。宋人亦用之。」此亦一説。詞家運用劉詩，固不必盡合也。

江令宅

南朝詞臣北朝客，歸來唯見秦淮碧。池臺竹樹三畝餘，至今人道江家宅。

【注】

〔江令宅〕六朝事迹七：江令宅，陳尚書令江總宅也。建康實録及楊修之詩注云：南朝鼎族多夾青溪，江令宅尤占勝地，後主嘗幸其宅，呼爲狎客。今城東段大夫約之宅正臨青溪，即其地也。故王荆公詩云：昔時江令宅，今日段侯家。此可驗也。

【箋證】

按：李壁王荆公詩集注云：「江總，陳人也，仕至尚書令，陳亡入隋，爲上開府，開皇中卒。

劉禹錫詩：池臺竹樹三畝餘，至今人道江家宅。青溪實連秦淮。按建康志：江總宅在青溪大橋北，與孫瑒宅對夾青溪。」

又按：五七言近體連章，最後一首用仄韻，亦唐人之法。

謝寺雙檜

揚州法雲寺謝鎮西宅，古檜存焉。

雙檜蒼然古貌奇，含煙吐霧鬱參差。晚依禪客當金殿，初對將軍映畫旗。龍象界中成寶蓋，鴛鴦瓦上出高枝。長明燈是前朝燄，曾照青青年少時。

【注】

〔長明燈〕隋唐嘉話：江寧縣寺有晉長明燈。歲久火色變青而不熱，隋文帝平陳，已訝其古，至今猶存。

【箋證】

按：此詩爲禹錫罷和州刺史北歸過揚州遊覽古跡之作。張邦基墨莊漫録云：「揚州呂吉甫觀文宅，乃晉鎮西將軍謝仁祖宅也。在唐爲法雲寺，有雙檜在焉。劉禹錫有詩。吉甫家居時，檜尚依然。李之儀端叔用夢得詩韻云：故迹悲涼古木奇，相公庭下蔚參差。霜根半露出林虎；畫影全舒破賊旗。寶界曾迴鋪地色；節旄遠映插雲枝。劉郎風韻知誰敵，儒帥端能表異時。」

又按：禹錫同時人詠法雲寺雙檜者，張祜云：「謝家雙植本圖榮，樹老人因地變更。朱頂鶴知深蓋偃白眉僧見小枝生。高臨月殿秋雲影，静入風簷夜雨聲。縱使百年爲上壽，緑陰終借暫時行。」温庭筠云：「晉朝名輩此離羣，想對濃陰去住分。題處尚尋王内史；畫時應是顧將軍。長廊夜静聲疑雨；古殿秋深影勝雲。一下南臺到人世，曉泉清籟更難聞。」與禹錫此詩風格皆相近，庭筠年輩稍後，其集中有輓禹錫詩，必曾受其詩法，此詩亦可爲證。

韓信廟

將略兵機命世雄，蒼黄鍾室歎良弓。遂令後代登壇者，每一尋思怕立功。

【箋證】

按：楚州有韓信廟。陳羽宿淮陰作云：「秋燈點點淮陰市，楚客聯檣宿淮水。夜深風起魚鼈腥，韓信祠堂月明裏。」此自亦是禹錫罷和州刺史北歸過楚州遊覽古跡之作，殆亦寓時事之感。蓋裴度自長慶中屢被排擠，罷兵權，復去相位，寶曆中雖自興元召還，終不能重用也。末云：「遂令後代登壇者，每一尋思怕立功」，意固顯然。

秋夜安國觀聞笙

織女分明銀漢秋，桂枝梧葉共颼飀。月露滿庭人寂寂，霓裳一曲在高樓。

【校】

〔月露〕崇本露作落。

【箋證】

按：安國觀已見本集卷二十二經東都安國觀九仙公主舊院作一詩箋證中。此詩仍沿初唐之式，律詩有兩聯同爲平起或仄起者，不避平頭，禹錫與白居易猶偶用此格，晚唐以後，不復見古法矣。

洛中寺北樓見賀監草書題詩

高樓賀監昔曾登，壁上筆蹤龍虎騰。中國書流讓皇象，北朝文士重徐陵。偶因獨見空驚目，恨不同時便伏膺。唯恐塵埃轉磨滅，再三珍重囑山僧。

【校】

〔筆蹤〕崇本筆作神。

〔讓皇象〕全唐詩讓作尚，注云：一作讓。

【箋證】

按：賀監謂賀知章。知章，會稽人，舊唐書一九〇、新唐書一九六均有傳。傳云：「醉後屬詞，動成卷軸，文不加點，咸有可觀。又善草隸書，好事者供其牋翰，每紙不過數十字，共傳寶之。」又云：「性放曠，善談笑，當時賢達皆傾慕之。」又云：「先是神龍中，知章與越州賀朝、萬齊融、揚州張若虛、邢巨，湖州包融俱以吳越之士，文詞俊秀，名揚於上京。」蓋當時南人以詞翰傾動北方如此，故此詩有「中國書流讓皇象，北朝文士重徐陵」之句。禹錫亦工書者，本集卷二十有論書一篇，外集卷七有與柳宗元論書各詩，宜其見知章墨迹而歎賞也。

又按：温庭筠亦有詩題云：「祕書省有賀監知章草題詩，筆力遒健，風尚高遠，拂塵尋玩，因有此作。」與禹錫意同，知古人所謂草隸皆指章草。柳宗元所長亦章草也。

〔皇象〕樊南文集會昌一品集序：「皇休明之草勢沈著。」馮浩注：「吳録：皇象，字休明，廣陵江都人，工書，中國善書者不能及也。王僧虔名書録：吳人皇象能草，世稱沈著痛快。」以皇象比賀知章，尤見禹錫之隸事精切。

〔徐陵〕南史徐摛傳附陵事迹云：「文、宣之世，國家有大手筆，必命陵草之。其文頗變舊體，緝裁巧密，多有新意。每一文出，好事者已傳寫成誦，遂傳於周、齊，家有其本。」此詩云「北朝文士重徐陵」，皆據史而言，亦非泛泛。

聞韓賓擢第歸覲以詩美之兼賀韓十五曹長時韓牧永州

零陵香草滿郊坰，丹穴雛飛入翠屏。孝若歸來呈畫讚，孟陽別後有山銘。蘭陔舊地多纔結，桂樹新枝色更青。爲報儒林丈人道，如今從此鬢星星。

【校】

〔呈畫讚〕全唐詩呈作成，注云：一作呈。

〔多纔結〕紹本、崇本、畿本、明鈔本多均作花。全唐詩注云：一作多。

〔更青〕崇本、英華更均作尚。全唐詩作更，注云：一作尚。

〔從此〕崇本、明鈔本、英華此均作放，似較勝。

【箋證】

按：韓賓當是韓曄之子。唐會要七六：大和二年（八二八）閏三月，賢良方正能直言極諫科韓賓及第。又杜牧集有韓賓除户部郎中制。嘉定赤城志：大中三年（八四九）四月，韓賓爲台州刺史。新唐書世系表載賓官亳州刺史，或即賓所終之官。

〔韓十五〕舊唐書一三五王叔文傳末云：「韓曄，宰相滉之族子……累遷尚書司封郎中。叔文敗，貶池州刺史，尋改饒州司馬，量移汀州刺史，又轉永州卒。」曄行第爲十五無疑。然曄除永州刺史在長慶中，其子賓若以大和二年制科及第，似不應曄猶在永州，或賓先已登進士第，未可知也。又禹錫在永貞中，爲屯田員外郎，曄爲司封郎中，同爲郎官，故相稱以曹長。

〔孝若〕晉書夏侯湛傳云：「字孝若。父莊，淮南太守。湛幼有盛才，文章宏富，善構新詞。」其東方朔畫贊云：「大人來守此國，僕自東都，言歸定省，覩先生之縣邑，想先生之高風。徘徊路寢，見先生之遺像；逍遥城郭，觀先生之祠宇。慨然有懷，乃作頌焉。」詩中「孝若歸來呈畫讚」，用此事。

〔孟陽〕晉書張載傳云：「字孟陽，父收，蜀郡太守。載性閑雅，博學有文章。太康初至蜀省父，道經劍閣，載以蜀人恃險好亂，因著銘以作誡。」又文選五六李善注引臧榮緒晉書曰：「益州刺史張敏見而奇之，乃表上其文，世祖遣使鐫石紀焉。」詩中「孟陽别後有山銘」，用此事。

寄楊八壽州

風獵紅旗入壽春，滿城歌舞向朱輪。八公山下清淮水，千騎塵中白面人。桂嶺雨餘多鶴迹，茗園晴望似龍鱗。聖朝方用敢言者，次第應須舊諫臣。

【校】

〔楊八〕全唐詩楊下注云：一作韓。按：作韓者誤。

【箋證】

按：楊八謂楊歸厚，已見本集卷八鄭州刺史東廳壁記箋證。據外集卷十祭虢州楊庶子文：「五剖符竹，皆有聲績。」蓋歷刺萬、唐、壽、鄭、虢五州也。（詳見岑仲勉唐人行第録）其刺虢州在大和六年（八三二），刺鄭州在大和四年（八三〇），則逆推刺壽州當在長慶、寶曆之間，與禹錫刺夔州、和州約略同時。歸厚在壽州，似尚有政績可稱，故祭文有「壽春武斷，姦吏奪魄」之語。元和七年（八一二），歸厚以左拾遺貶國子主簿分司，實緣面劾中官許遂振，故有敢言者之譽。「次第應須舊諫臣」，須與次首合看，亦確有所指也。

又按：集中涉及歸厚者，有本集卷八、十八、外集卷一、五、六、十等篇。

〔桂嶺〕此用淮南王招隱士「桂樹叢生兮山之幽」，以切壽春之地，非桂林之桂。

〔茗園〕新唐書地理志，壽州土貢有茶，所謂「茗園晴望似龍鱗」，指藝茶之地。

李賈二大諫拜命後寄楊八壽州

諫省新登二直臣，萬方驚喜捧絲綸。則知天子明如日，肯放淮陽高卧人。

【校】

〔則知〕畿本則作側。按：古語但有則聞，罕見則知，蓋唐人則即往往通用，則知猶即知。

〔淮陽〕畿本陽下注云：一作南，全唐詩與一作同，注云：一作陽。按：此用汲黯事，與上文直臣語相應，且切合楊歸厚官拾遺，作淮南者非。

【箋證】

按：穆宗紀，長慶二年（八二二）七月辛亥，以贈司徒忠烈公李憕子源爲諫議大夫，賜緋魚袋。四年（八二四）正月，澤潞判官賈直言新授諫議大夫，劉悟上表乞留，從之。所謂李、賈二大諫，似即指此。大諫，唐人通以稱諫議大夫。楊歸厚曾以劾中官負直聲，故以汲黯爲比，望其内召也，按其時尤可證歸厚在壽州當長慶、寶曆之間。

宣上人遠寄賀禮部王侍郎放榜後詩因而繼和

禮闈新榜動長安，九陌人人走馬看。一日聲名徧天下，滿城桃李屬春官。自吟白雪銓詞賦，指示青雲惜羽翰。借問至公誰印可，支郎天眼定中觀。

【校】

〔惜羽翰〕紹本、崇本、中山集、全唐詩惜均作借。

〔印可〕崇本印作即，非。

〔天眼〕全唐詩天下注云：一作大。按：作大者非。

【注】

〔印可〕按維摩經：不于三界現身意，是爲晏坐，不起滅定，而見諸威儀，是爲晏坐，能如是晏坐，佛所印可。

【箋證】

按：宣上人謂廣宣，詳見本集卷二十九箋證。王侍郎謂王起。舊唐書一六四王播傳載，起以長慶元年（八二一）遷禮部侍郎，掌貢二年，得士尤精。唐摭言云：「王起於會昌中放第二榜，内道場詩僧廣宣以詩寄賀云：從辭鳳閣掌絲綸，便向青雲領貢賓。再闢文場無枉路，兩開金榜絶寃人。眼看龍化門前水，手放鶯飛谷口春。明日定歸台席去，鶺鴒原上共陶鈞。起答曰：延英面奉入青闈，亦選工夫亦選奇。在冶只求金不耗，用心空學秤無私。龍門變化人皆望，鶯谷飛鳴自有時。獨喜向公誰是證，彌天上士與新詩。」摭言所記微有誤，會昌中當作長慶中，蓋會昌中起已官至僕射，而長慶初起方自中書舍人遷禮部侍郎，與廣宣之詩首二句正合。起詩全唐詩未收，未詳其故。又元稹亦有和王侍郎酬廣宣上人觀放榜後相賀詩云：「渥洼徒自有權奇，伯樂書名世始知。競走牆前希得儁，高懸日下表無私。都中紙貴流傳後，海外金填姓字時。珍重劉繇因首薦，爲君送和碧雲詩。」唐詩紀事所載略同。諸詩比而觀之，餘人不過泛言賀其得士，惟禹錫與稹皆就放榜言之，詩家持律固當如此，尚非漫作諛詞之比。禹錫此詩當是在夔州作。

〔支郎天眼〕高僧傳：「支謙，月氏國優婆塞也，漢末來中國，至洛陽，受業於支亮，博覽經籍。爲人細長黑瘦，眼多白而睛黃。時人語曰：支郎眼中黃，形軀雖細是智囊。」天眼略用此意。

贈東嶽張鍊師

東嶽真人張鍊師，高情雅淡世間希。堪爲烈女書青簡，久事元君住翠微。金縷機中抛錦字，玉清壇上著霓衣。雲衢不要吹簫伴，只擬乘鸞獨自飛。

【校】

〔雅淡〕崇本淡作贍，似於義爲長。

〔烈女〕全唐詩烈作列，按：此即用劉向列女傳之意，不當作烈。

〔壇上〕崇本壇作臺。全唐詩作臺，注云：一作壇。

【箋證】

按：唐六典：「道士修行有三號：一曰法師，二曰威儀師，三曰律師。其德高思精，謂之鍊師。」此詩中之張鍊師乃女冠，詳詩意可知。

〔元君〕太平御覽六七四引十洲記：「太霞之中，太虛元君之所處也。」道經中元君所居屢見不勝舉。皆虛誕之詞耳。

祕書崔少監見示墜馬長句因而和之

麟臺少監舊仙郎，洛水橋邊墮馬傷。塵汙腰間青盭綬，風飄掌上紫遊韁。上車著作應來問，折臂三公定送方。猶賴德全如醉者，不妨吟詠入篇章。

【校】

〔題〕崇本無見字。

〔青盞〕幾本盞下注云：一作襞，全唐詩與一作同。崇本、明鈔本均作綬帶。

【注】

〔上車著作〕顏氏家訓：梁朝全盛之時，貴游子弟多無學術。諺云：「上車不落則著作，體中何如則秘書。」

〔折臂三公〕晉書三四羊祜傳：有相墓者，言祜祖墓有帝王氣，祜遂鑿之。相者曰：「猶出折臂三公。」

〔德全如醉〕莊子達生篇：夫醉者之墜車，雖疾不死，骨節與人同，而犯害與人異，其神全也。乘亦不知也，墜亦不知也，死生驚懼不入乎其胸中，是故遻物而不慴。彼得全於酒而猶若是，而況得全於天乎。

【箋證】

按：禹錫交遊中崔姓者皆未爲祕書少監。詳此詩首二句之意，乃自郎官爲少監分司東都者，必禹錫同時之分司官也。

寄楊虢州與之舊姻

避地江湖知幾春，今來本郡擁朱輪。阮郎無復里中舊，楊僕卻爲關外人。各繫一官難命駕，每懷前好易沾巾。玉城山裏多靈藥，擺落功名且養神。

【校】

〔與之舊姻〕崇本四字是題下小注。

〔每懷〕全唐詩懷下注云：一作追。

【箋證】

按：楊虢州謂楊歸厚。外集卷十祭虢州楊庶子文云：「惟私之愛，與衆無比。」用詩碩人「譚公惟私」之語，謂二人爲僚壻也，故曰與之舊姻。楊氏世爲虢州弘農人，故云本郡。漢楊僕家居宜陽，恥其不在關内，乞移秦關而東之，使關反在外。事見漢書武帝紀。歸厚爲虢州刺史時，禹錫方在蘇州，亦見祭楊庶子文，故有各繫一官之句。楊僕句蓋亦憐其落拓之意。

秋日題竇員外崇德里新居

竇時判度支案。

長愛街西風景閑，到君居處暫開顔。清光門外一渠水，秋色牆頭數點山。疏種碧松通月朗，多栽紅藥待春還。莫言堆案無餘地，認得詩人在此間。

【校】

〔暫開〕全唐詩暫下注云：一作便。

〔通月〕全唐詩通下注云：一作過。

〔多栽〕崇本栽作裁。

【箋證】

按：竇員外當是竇鞏。舊唐書一五五、新唐書一七五均附竇羣傳中。舊傳云：「元和二年（八〇七）登進士第，袁滋鎮滑州，辟爲從事，滋改荆、襄二鎮，皆從之，掌管記之任。平盧薛平又辟爲副使。入朝，拜侍御史，歷司勳員外，刑部郎中。元稹觀察浙東，奏爲副使，檢校祕書少監，兼御史中丞，賜金紫。稹移鎮武昌，鞏又從之。」但不言其爲度支判官。又傳云：「鞏能五言詩，昆仲之間，與牟詩俱爲時所賞重。」與此詩之末句意合。元氏長慶集中多有與友封往還之詩，友封，鞏字也。

〔崇德里〕唐兩京城坊考四：朱雀門街西第二街崇德坊本名宏德，神龍初改。司勳員外郎竇鞏宅。引禹錫此詩。又引褚藏言竇鞏傳：公北歸，道途遘疾，迨至輦下，告終于崇德里之私第。鞏又有宅在永寧坊。此詩首句云「長愛街西風景閑」，與崇德里之地望正合。

蒙恩轉儀曹郎依前充集賢學士舉韓湖州自代因寄七言

翔鸞闕下謝恩初，通籍由來在石渠。暫入南宮判祥瑞，還歸内殿閱圖書。故人猶在三江外，同病凡經二紀餘。今日薦君嗟久滯，不唯文體似相如。

【校】

〔湖州〕英華、全唐詩湖均作潮，非。

〔江外〕崇本外作水，非。

【箋證】

按：舊唐書禹錫本傳云：累轉主客郎中、集賢院學士，新唐書本傳云：宰相裴度兼集賢殿大學士，雅知禹錫，薦爲禮部郎中、集賢直學士。證以此詩題，知皆稍誤。詩題云轉儀曹郎者，自主客郎中轉禮部郎中也。依前充集賢學士者，前此已以主客郎中充集賢學士也。錢大昕養新録考之已審，見本卷再遊玄都觀詩。此詩足補史傳之漏略。除禮部郎中當有薦人自代一狀，集中已佚。又按：舊唐書一四八裴垍傳云：「垍奏：集賢御書院，請準六典，登朝官五品已上爲學士，六品已下爲直學士，自非登朝官，不問品秩，均爲校理。」據錢大昕説：登朝官即指常參官，謂文官五品以上及兩省（中書門下）供奉官、監察御史、員外郎、太常博士也。又列舉李益以祕書少監爲集賢殿學士，馮宿以左散騎常侍兼集賢殿學士，孔敏行以司勳員外郎爲集賢殿學士，牛僧孺以考功員外郎爲集賢殿學士。（見廿二史考異五五）禹錫以禮部郎中本官當爲集賢學士，新唐書本傳云之直學士，必誤。

〔韓湖州〕韓湖州謂韓泰。新唐書一六八王叔文傳附載，韓泰字安平，有籌畫，伾、叔文所倚重，能決大事，以户部郎中神策行營節度司馬貶虔州司馬，終湖州刺史。舊唐書失載湖州一官。泰守湖州，已帶中丞，見外集卷八寄湖州韓中丞詩，官資雖較高，唐人終以朝官爲重，故禹錫薦之爲郎中不嫌也。

〔石渠〕此禹錫以遠祖之事自比也。漢書劉向傳：會初立穀梁春秋，徵更生受穀梁，講論五經於石渠。注引三輔舊事，石渠閣在未央大殿北，以藏祕書。

〔判祥瑞〕舊唐書職官志，禮部郎中，凡祥瑞皆辨其名物，有大瑞、上瑞、中瑞，皆有等差。唐制六部官多僅擁虚名，除吏部掌選尚有實職外，餘皆供繫銜之用而已，禮部郎中之判祥瑞尤爲無稽。此詩所謂暫入南宫，還歸内殿，乃實寫當時之重兼職而輕本官也。

途次華州陪錢大夫登城北樓春望因覩李崔令狐三相國唱和之什翰林舊侣繼踵華城山水清高鸞鳳翔集皆忝夙眷遂題是詩

城樓四望出風塵，見盡關西渭北春。百二山河雄上國，一雙旌旆委名臣。壁中今日題詩處，天上同時草詔人。莫怪老郎呈濫吹，宦途雖别舊情親。

【校】

〔雄上國〕英華雄作歸，注云：集作推。全唐詩注云：一作歸。

〔詩處〕英華、全唐詩處下注云：一作句。

〔老郎〕崇本老作毛，非。

〔呈濫〕明鈔本呈作成。

〔雖別〕崇本雖作離，非。

【箋證】

按：錢大夫謂錢徽，舊唐書一六八、新唐書一七七均有傳。舊傳云：「徽，貞元進士擢第，從事戎幕。元和初入朝，三遷祠部員外郎，召充翰林學士。六年（八一一），轉祠部郎中知制誥。八年（八一三），改司封郎中賜緋魚袋，職如故。九年（八一四），拜中書舍人。十一年（八一六），王師討淮西，詔朝臣議兵。徽上疏，言用兵累歲，供饋力殫，宜罷淮西之征，憲宗不悦，罷徽學士之職，守本官。長慶元年（八二一），爲禮部侍郎。時宰相段文昌出鎮蜀川，文昌好學，尤喜圖書古畫，故刑部侍郎楊憑兄弟以文學知名，家多書畫，鍾、王、張、鄭之蹟，在書斷、畫品者，兼而有之。憑子渾之求進，盡以家藏書畫獻文昌，求致進士第。文昌將發，面託錢（按：錢字衍。）徽，繼以私書保薦。翰林學士李紳亦託舉子周漢賓於徽，及榜出，渾之、漢賓皆不中選，李宗閔與元稹素相厚善，初稹以直道譴逐久之，及得還朝，大改前志，由逕以徽進達，宗閔亦急於進取，二人遂有嫌隙。楊汝士與徽有舊，是歲，宗閔子壻蘇巢，及汝士季弟殷士俱及第，故文昌、李紳大怒。文昌赴鎮辭日，内殿面奏，言徽所放進士鄭朗等十四人皆子弟藝薄，不當在選中。穆宗以其事訪於學士元稹、李紳，二人對與文昌同。遂命中書舍人王起、主客郎中知制誥白居易，於子亭重試，内出題目孤竹管賦、鳥散餘花落詩，而十人不中選。……尋貶徽爲江州刺史，中書舍人李宗閔劍州刺史，右補闕楊汝士開江令。……明年，遷華州刺史、潼關防禦、鎮國軍等使。文宗即位，徵拜尚書左丞。大和元年（八二七）十二月，復授華州刺史。二年（八二八）秋，以疾辭位，授吏部尚書致仕。三年（八二九）三月卒。」元和、長慶以後，牛、李黨盛，士大夫雨雲翻覆，恩怨相尋，不可究詰。錢徽典試被訐，與淮西用兵之持異議，皆其中綫索之尤顯著者。故須詳察其前後事跡，乃知其所以陷黨争之故。

〔三相國〕李絳，元和二年（八〇七）爲翰林學士，十年（八一五）爲華州刺史。崔羣同時爲翰林學士，以長慶二年（八二二）任武寧軍節度使，爲副使王智興所逐，改華州刺史。令狐楚元和九年（八一四）爲翰林學士，十三年（八一八）出爲華州刺史，各見紀傳。三人皆於元和末爲相，與詩題合。徽以大和元年（八二七）十二月復授華州，次年即去位，而此詩題云途次華州，陪錢大夫登城北樓春望，必大和二年（八二八）之春也，即禹錫以主客郎中、集賢學士被召入京之時。故結句有老郎濫吹之感。

又按：白氏長慶集有詩題云：「華城西北，雉堞最高，崔相公首創樓臺，錢左丞繼種花果，合爲勝境，題在雅篇。歲暮獨遊，帳然成詠。」錢左丞亦謂錢徽，當與禹錫來遊之時相先後，所述風物亦頗有相似者，可連類並觀。

三鄉驛樓伏覩玄宗望女几山詩小臣斐然有感

開元天子萬事足，唯惜當時光景促。三鄉陌上望仙山，歸作霓裳羽衣曲。仙心從此在瑤池，三清八境相追隨。天上忽乘白雲去，世間空有秋風詞。

【校】

〔八境〕紹本、崇本、英華、文粹、全唐詩境均作景，是。

〔追隨〕全唐詩追下注云：一作催。

〔空有〕全唐詩空下注云：一作惟。

【注】

〔秋風詞〕漢武帝故事：帝行幸河東，祠后土，顧視帝京，忻然中流，與羣臣飲讌，自作秋風辭。

【箋證】

按：太真外傳注。謂霓裳羽衣曲者，是玄宗登三鄉驛望女几山所作也。羊士諤亦有過三鄉驛望女几山詩。夢溪筆談云：「霓裳羽衣曲，劉禹錫詩云：三鄉陌上望仙山，歸作霓裳羽衣曲。

又王建詩云：聽風聽水作霓裳。白樂天詩注云：開元中西涼府節度楊敬述造。鄭嵎津陽門詩注云：葉法善嘗引上入月宫，聞仙樂，及上歸，但記其半，遂於笛中寫之。會西涼府都督楊敬述進婆羅門曲，與其聲調相符，遂以月中所聞爲散序，用敬述所進爲其腔，而名霓裳羽衣曲，諸説各不同。……」今觀禹錫詩題甚明白，蓋玄宗實有此游仙之詩，不然，唐之臣子何能虚構？特因遊仙之感而引起他日作霓裳曲之事，非真謂霓裳由此而造也。白、鄭之説，自與禹錫此詩所指各殊，唐人述唐事，大致不容相去過遠。

又按：女几山，清一統志云：在宜陽縣西九十里，元和志云：在福昌縣西南三十里。此詩似爲禹錫大和二年（八二八）春間由洛陽入長安途次所作。詩意頗含譏諷。

洛下初冬拜表有懷上京故人

鳳樓南面控三條，拜表郎官早渡橋。清洛曉光鋪碧簟，上陽霜葉翦紅綃。省門簪組初成列，雲路鴛鸞想退朝。寄謝慇懃九天侣，槍榆水擊各逍遥。

【箋證】

按：禹錫以大和元年（八二七）六月除主客郎中分司東都，此詩當作於是年初冬。唐會要二六：「開元十一年（七二三）七月五日勑：三都留守，兩京每月一起居，北都每季一起居，並遣使。」蓋唐制，東都分司官别無職事，只於月朔拜表起居。張籍送令狐尚書赴東都留守詩云：「每領羣臣拜章慶（一作表），半開門仗日曈曈。」亦其一證。

又按：此詩姚合和作題云「劉禹錫主客冬初拜表懷上都故人」，所題官銜必不誤。詩云：「九陌喧喧騎吏催，百官拜表禁城開。林疎曉日明紅葉，塵凈寒霜覆緑苔。玉佩聲微班始定，金函光動案初來。此時共想朝天客，謝食方從閤裏迴。」似合此時亦不在京。禹錫詩有「槍榆水擊各逍遥」之句，頗露不平之意，蓋主客分司之授殊爲失望也。較本集卷二十五之爲郎分司寄上都同舍一首當略在後。

尉遲郎中見示自南遷牽復卻至洛城東舊居之作因以和之

曾遭飛語十年謫，新受恩光萬里還。朝服不妨遊洛浦，郊園依舊看嵩山。竹含天籟清商樂，水遶庭臺碧玉環。留作功成退身地，如今只是暫時閑。

【校】

〔看嵩山〕全唐詩看下注云：一作著。

【箋證】

按：登科記考，尉遲汾爲貞元十八年（八〇二）權德輿下進士，爲韓愈所薦，見摭言。韓集中有與尉遲生書，事迹不詳。又考姚合有尉遲少卿郊居詩云：「卿仕在關東，林居思不窮。朝衣挂壁上，厩馬放田中。隅坐唯禪子，隨行只藥童。砌莎留宿露，庭竹出清風。濃翠生苔點，辛香發桂叢。蓮池伊水入，石逕遠山通。愚者心還静，高人跡自同。無能相近住，終日羡鄰翁。」據詩意亦在洛陽，似即其人。

又按：白居易亦有答尉遲少監水閣重宴詩云：「人情依舊歲華新，今日重招往日賓。雞黍重回千里駕，林園暗换四年春。水軒平寫琉璃鏡，草岸斜鋪翡翠茵。聞道經營費心力，忍教成後屬他人！」亦與禹錫詩意相近。而三詩稱其官不同，尚待考。

洛中謝福建陳判官見贈

潦倒聲名擁腫材，一生多故苦邅迴。南宫舊籍遥相管，東洛閑門晝未開。静對道流論藥石，偶逢詞客與瓊瑰。怪君近日文鋒利，新向延平看劍來。

【校】

〔題〕紹本、崇本、全唐詩謝均作酬。

〔閑門〕全唐詩閑下注云：一作關。

【箋證】

按：此亦大和元年（八二七）以主客郎中分司東都時作，故有「南宫舊籍」、「東洛閑門」之語。陳判官未知何名，其人蓋奉使入京者。不稱其所帶京銜，蓋以與詩之末句相應也。古人皆先成詩而後製題，故題中之字必與詩中之意相呼應。

始聞秋風

昔看黄菊與君别，今聽玄蟬我卻回。五夜颼飀枕前覺，一年顔狀鏡中來。馬思邊草拳毛動，鵰盼青雲睡眼開。天地肅清堪四望，爲君扶病上高臺。

【箋證】

按：前人之評此詩者，沈德潛唐詩别裁云：「君字未知所謂。下半首英氣勃發，少陵操管，不過如是。」此論道出禹錫經挫折不改素志之氣概。特猶有未能融會處。蓋禹錫初貶在永貞元年（七八五）九月，責授官依例即日發遣，故云「昔看黄菊與君别」，君謂秋風也。今閲二十三年，方得再到北方初聞秋風。其意謂昔别正在秋時，今又因秋風而復有奮飛之意，以示用世之志曾未稍衰也。禹錫以大和元年（八二七）六月除主客分司，猶不免失望，逾夏及秋，不復自餒矣。

「馬思邊草」一聯，陸游取其意作秋聲詩云：「人言悲秋難爲情，我喜枕上聞秋聲。快鷹下韝爪觜健，壯士撫劍精神生。」

和蘇十郎中謝病閑居時嚴常侍蕭給事同過訪歎初有二毛之作

清羸隱几望雲空，左掖鴛鸞到室中。一卷素書銷永日，數莖斑鬢對秋風。菱花照後容雖改，蓍草占來命已通。莫怪人人驚蚤白，緣君尚是黑頭翁。

【校】

〔題〕崇本同下無過字，畿本毛下無之字，非。

〔命已〕英華命作夢。

〔尚是〕紹本、崇本、中山集、英華尚均作合，黑頭翁作黑頭公。按：語意全別，晉書諸葛恢傳：「恢弱冠知名，試守即丘長，轉臨沂令，爲政和平。避地江左，王導嘗謂曰：明府當爲黑頭公。」

【箋證】

按：蘇十郎中待考。嚴常侍者，據文宗紀，大和四年（八三〇）三月，以華州刺史嚴休復爲右散騎常侍。以此知禹錫作此詩時尚在禮部郎中、集賢學士任，未赴蘇州以前。惟嚴常侍、蕭給事二人並舉，而詩云「左掖鴛鸞到室中」，給事屬門下省，則嚴亦當爲左散騎常侍，同屬門下省，或史誤左爲右也。蕭給事未詳何人。疑是蕭俛諸弟之一。休復事别詳外集卷一和嚴給事聞唐昌觀玉蕊花下有游仙詩箋證。

酬淮南廖參謀秋夕見過之作

休公昔爲揚州從事參謀，從釋子反初服。

揚州從事夜相尋，無限新詩月下吟。初服已驚玄髮長，高情猶向碧雲深。語餘時舉一杯酒，坐久方聞數處砧。不逐繁華訪閒散，知君擺落俗人心。

【校】

〔休公〕崇本無休字，中山集、全唐詩均作林公，誤。

〔反初服〕崇本無服字。

〔已驚〕全唐詩驚下注云：一作經。

〔碧雲〕全唐詩碧下注云：一作白。

〔數處〕全唐詩數作四，注云：一作數。

【箋證】

按：廖參謀之名未詳，本集卷二十八又有送廖參謀東遊詩。彼詩有「望嵩樓上忽相見」之語，望嵩樓在汝州。此詩則似大和元年（八二七）在洛陽時所作，故云「不逐繁華訪閑散」也。又按：苕溪漁隱叢話引蔡寬夫詩話云：「唐搢紳自浮屠易業者頗多。劉禹錫答廖參謀：初服已驚玄髮長，高情猶向碧雲深，……皆顯言之，蓋當時不自以爲諱，近世言還俗，雖里民且恥之也。」

題王郎中宣義里新居

愛君新買街西宅，客到如遊鄠杜間。雨後退朝貪種樹，申時出省趁看山。門前巷陌三條近，牆内池亭萬境閑。見擬移居作鄰里，不論時節請開關。

【注】

〔鄠杜〕班固西都賦：「商洛緣其限，鄠杜濱其足。」李善注：扶風有鄠縣、杜陽縣。

【箋證】

按：唐兩京城坊考四：宣義坊在朱雀門街西第二街。王郎中無考。

又按：郎中爲常參官，每日入朝，申時出省，則唐時省郎治事之晷刻可由此考見。宣義坊在朱雀街西，詩中「街西宅」三字非泛設。此坊爲清明渠所經，故有池亭之勝。蓋禹錫於大和二年

（八二八）初入長安時有此餘暇。

酬朗州崔員外與任十四兄侍御同過鄙人舊居見懷之什時守吴郡

昔日居鄰招屈亭，楓林橘樹鷓鴣聲。一辭御苑青門去，十見蠻江白芷生。自此曾沾宣室召，如今又守闔閭城。何人萬里能相憶，同舍仙郎與外兄。任侍御予外兄，崔員外南宫同官。

【箋證】

按：崔員外與任侍御俱待考，崔即朗州刺史也。招屈亭已見本集卷二十二。此詩爲禹錫大和六年（八三二）任蘇州刺史後所作，距爲朗州司馬時將二十年矣。

美温尚書鎮定興元以詩寄賀

旌旗入境犬無聲，戮盡鯨鯢漢水清。從此世人開耳目，始知名將出書生。

【校】

〔犬無〕絶句犬作大。

〔耳目〕英華耳作眼。

【箋證】

按：温尚書謂温造，舊唐書一六五、新唐書九一均有傳。舊唐書一六四李絳傳云：「（大和）三年（八二九）冬，南蠻寇西蜀，詔徵赴援，絳於本道募兵千人赴蜀，及中路，蠻軍已退，所募皆還。興元兵額素定，募卒悉令罷歸。四年（八三〇）二月十日，絳晨興視事，召募卒以詔旨諭而遣之，仍給以廪麥，皆怏怏而退。監軍使楊叔元貪財怙寵，怨絳不奉己，乃因募卒賞薄，衆辭之際，以言激之，欲其爲亂，以逞私憾。募卒因監軍之言，怒氣益甚，乃譟聚趨府，劫庫兵以入使衙，絳方與賓僚會宴，不及設備，聞亂北走登陴。衙將王景延力戰以禦之，兵折矢窮，景延死，絳乃爲亂兵所害。」温造傳則云：「文宗以造氣豪嫉惡，乃授右散騎常侍、興元尹、山南西道節度使。造辭赴鎮，以興元召亂之狀奏之。文宗盡悟其根本，許以便宜從事。帝慮用兵勞費，造奏曰：臣計諸道之兵已迴，俟臣行程至褒縣，望賜臣密詔，使受約束，比臣及興元，諸軍相續而至，臣用此足矣。乃授造手詔四通，神策行營將董重質、河中都將温德彝、郃陽都將劉士和等，咸令禀造之命。造行至褒城，會興元都將衛志忠征蠻迴，謁見造，即留以自衛，密與志忠謀，又召亞將張丕、李少直各諭其旨。暨發褒城，以八百人爲衙隊，五百人爲前軍，入府分守諸門。造下車置宴，所司供帳於廳事，造曰：此隘狹不足以饗士卒，移之牙門。坐定，將卒羅拜，志忠兵周環之，造曰：吾欲問新軍去住之意，可悉前，舊軍無得錯雜。勞問既畢，傳言令坐，有未至者，因令昇酒巡行，及酒匝，未至者皆至，牙兵圍之亦合，坐卒未悟，席上有先覺者，揮令起，造傳言叱之，因帖息不敢動。即召坐卒，詰以殺絳之狀，志忠、張丕夾階立，拔劍呼曰殺！圍兵齊奮，其賊首教練使丘鑄等并官健千人皆斬首於地，血流四注，監軍楊叔元在坐，遽起求哀，擁造靴以請命，遣兵衞出之，以俟朝旨，勑旨配流康州。其親刃絳者斬一百斷，號令者斬三斷，餘並斬首，内一百首祭李絳，三十首祭王景延、趙存約等，並投屍於江。」造之殘忍如此，而禹錫乃以戮盡鯨鯢頌之，是但爲李絳快復讐，而忘其語之過矣。是時禹錫正在長安，故能備聞其事。

劉駙馬水亭避暑

千竿竹翠數莲紅，水閣虚涼玉簟空。琥珀琖紅疑漏酒，水精簾瑩更通風。賜冰滿盌沈朱實，法饌盈盤覆碧籠。盡月逍遥避煩暑，再三珍重主人翁。

【校】

〔琖紅〕全唐詩紅下注云：一作烘，各本均與一作同。

〔漏酒〕全唐詩漏下注云：一作瀉。

〔簾瑩〕全唐詩瑩下注云：一作密。

〔盡月〕紹本、崇本、英華月均作日。

〔避煩〕全唐詩注云：一作却，英華與一作同。

【箋證】

按：劉駙馬當是順宗女雲英公主所嫁之劉士涇，士涇事附載舊唐書一五二、新唐書一七〇劉昌傳中。舊傳云：「士涇，德宗朝尚主，官至少列十餘年，家富於財，結託中貴，交通權倖。憲宗朝遷太府卿。制下，給事中韋弘景等封還制書，言士涇不合居九卿，辭語激切。憲宗謂弘景曰：士涇父有功於國，又是戚屬，制書宜下。弘景奉詔。士涇善胡琴，多遊權倖之門，以此爲之助，時論鄙之。」禹錫爲之作詩，蓋唐時主壻多好招邀朝士文人，以博名聲，故唐人集中屢以此爲題，一時風氣如此，不足異也。

述舊賀遷寄陝虢孫常侍

南宫左輔，兩處交代。

南宫幸襲芝蘭後，左輔曾交印綬來。多病未離清洛苑，新恩已歷望仙臺。關頭古塞桃林静，城下長河竹箭回。聞道隨車有零雨，此時偏動子荆才。

【注】

〔左輔〕同州爲三輔中之左馮翊，故云左輔。

〔桃林〕通鑑地理今釋：自潼關至函谷俱謂之桃林塞。

〔竹箭〕御覽六一引慎子：河下龍門流駛如竹箭，駟馬追之不及。

【箋證】

按：禹錫以大和九年（八三五）授同州刺史，孫常侍謂孫簡。文宗紀：開成三年（八三八）二月丁未，以同州刺史孫簡爲陝虢觀察使，簡即於開成元年（八三六）替禹錫者，故有「南宮左輔，兩處交代」之語，二人或亦曾於主客禮部二郎官互爲前後任也。馮浩玉谿生集注云：舊書文苑孫逖傳：逖曾孫簡、範並舉進士，會昌後兄弟並居顯秩，歷諸道觀察，簡兵部尚書。

〔隨車有零雨〕此句用孫楚事以切其姓。文選孫楚征西官屬送於涉陽侯詩：「晨風飄歧路，零雨被秋草。」注：「臧榮緒晉書曰：孫楚，字子荆。」又隨車二字兼用鄭弘事。後漢書鄭弘傳注：「謝承書曰：弘消息繇賦，政不煩苛，行春大旱，隨車致雨。」禹錫詩中用典靈活，往往如此。

酬端州吳大夫夜泊湘川見寄一絶

夜泊湘川逐客心，月明猿苦血沾襟。湘妃舊竹痕猶淺，從此因君染更深。

【校】

〔端州〕全唐詩端作瑞，注云：一作端；州，崇本作才，均誤。

【箋證】

按：吴大夫謂吴士矩，舊唐書無傳，新唐書一五九有傳。云：「士矩文學早就，喜與豪英游，故人人助爲談説。開成初，爲江西觀察使，饗宴侈縱，一日費凡十數萬。初至，庫錢二十七萬緡，晚年纔九萬。軍用單匱無所仰。事聞，中外共申解，得以親議，（按士矩爲章敬皇后弟吴湊之姪）文宗弗窮治也，貶蔡州别駕。諫官執處其罪，不納。於是御史中丞狄兼謩建言，陛下擢任士矩，非私也。士矩負陛下而治之，亦非私也。請遣御史至江西即訊，使杜江淮它鎮循習意。帝聽，乃流端州。」士矩爲元稹總角交，且有戚誼。元集中有寄吴士矩端公五十韻，是稹貶江陵士曹時作，有云：「昔在鳳翔日，十歲即相識。伯舅各驕縱，仁兄未摧抑。」新唐書傳中疑亦采其語。士矩與白居易亦相交好，參見外集卷四，吴方之見示獨酌小醉及吴方之見示聽江西故吏朱幼恭歌等篇。方之當即士矩之字。此詩是開成中士矩貶端州時作，禹錫已請老於洛陽矣。蓋因觸舊時身所經歷，故語意沉痛。

劉禹錫集箋證卷第二十五

雜體詩三十九首

翠微寺有感

吾王昔遊幸，離宫雲際開。朱旗迎夏早，涼軒避暑來。湯餅賜都尉，寒冰頒上才。龍髯不可望，玉坐生浮埃。

【校】

〔夏早〕紹本、崇本早均作畢。全唐詩作早，注云：一作畢。

【箋證】

按：杜甫重過何氏五首有云：「雲薄翠微寺，天清皇子陂。」仇兆鼇注云：「朱注：唐書：長安縣南五十里太和谷有太和宫，武德八年（六二五）置，貞觀十年（六三六）廢，二十一年（六四七）

復置，曰翠微宮，籠山爲苑。元和中以爲寺。長安志：翠微宮在萬年縣外終南山之上。公詩已云翠微寺，恐非元和間所改也。」考舊唐書太宗紀，貞觀二十一年（六四七）夏四月乙丑，營太和宮於終南山之上，改爲翠微宮，五月戊子，幸翠微宮。二十三年（六四九）四月己亥，復幸翠微宮。自此不復返矣。故此詩末有「龍髯不可望」之句。「吾王昔遊幸」，用孟子「吾王不遊吾何以休」之語。「離宮雲際開」，恰與杜詩「雲薄翠微寺」之語相映發。蓋宮在終南之上，有縹緲凌雲之概，又宮爲避暑而設，故有「朱旗」、「涼軒」、「湯餅」、「寒冰」之語。其摹景隸事精切不移如此。頗似永貞元年（八〇五）之夏，襄事德宗山陵時所作，由今感昔，故詩題下「有感」二字。

又按：唐會要三〇：「（貞觀）二十一年（六四七）四月九日，上不豫，公卿上言，請修廢太和宮，厥地清涼，可以避暑。臣等請徹俸禄，率子弟，微加功力，不日而就。手詔曰：比者風虚頗積，爲弊至深。況復炎景蒸時，温風鏗節，沉痾屬此，理所不堪，久欲追涼，恐成勞擾，今卿等有請，即相機行。於是遣將作大監閻立德於順陽王第取材瓦以建之。包山爲苑，自裁木至於設幄，九日而畢功。因改爲翠微宮。正門北開，謂之雲霞門，視朝殿名翠微殿，寢名含風殿。」含風殿即紀所稱太宗所終之處，蓋此後即廢而爲寺矣。

又按：楊大年談苑云：「宮在驪山絶頂，太宗嘗避暑於此，後改爲寺，寺亦廢。」此説非也。李白集有答長安崔少府叔封遊終南翠微寺太宗皇帝金沙泉見寄詩，明云在終南山，與史合。李詩亦有「鼎湖夢淥水，龍駕空茫然」之句，與此詩亦合。

又按：本集中五言諸作多介在古近體之間，唐人詩體固往往變化不拘一格也。

〔湯餅賜都尉〕世説：「何晏面絶白，文帝疑其著粉，後以湯餅啖之，大汗出，隨以衣自拭，色轉皎然。」又拾遺記：「世祖微時，樊曄饋餅一笥，帝不忘，徵遷河東都尉，曰：一笥餅得都尉，何如？」詩蓋兼用此二事。

連州臘日觀莫傜獵西山

海天殺氣薄，蠻軍部伍囂。林紅葉盡變，原黑草如燒。圍合繁鉦息，禽興大旆摇。張羅依道口，嗾犬上山腰。猜鷹慮奮迅，驚麏時跼跳。瘴雲四面起，臘雪半空消。箭頭餘鵠血，鞍傍見雉翹。日莫還城邑，金笳發麗譙。

【校】

〔部伍〕全唐詩部作步，注云：一作部。

〔如燒〕紹本、崇本、全唐詩如均作初。

〔慮奮〕崇本慮作屢。

【箋證】

按：莫傜之名，見隋書地理志長沙郡下，云：「其男子但著白布褌衫，更無巾袴，其女子青布衫斑布裙，通無鞋屩。婚嫁用鐵鈷鏻爲聘財。武陵、巴陵、零陵、桂陽、澧陽、衡山、熙平皆同焉。其喪葬之節，頗同於諸左云。」熙平即連州。本集卷二十六有莫傜歌，皆是禹錫在連州時所記民風。

觀舞柘枝二首

胡服何葳蕤，僊僊登綺墀。神飆獵紅蕖，龍燭然金枝。垂帶覆纖腰，安鈿當嫵眉。翹袖中繁鼓，傾眸遡華榱。燕餘有舊曲，淮南多冶詞。欲見傾城處，君看赴節時。

山雞臨清鏡，石燕赴遥津。何如上客會，長袖入華茵？體輕似無骨，觀者皆聳神。曲盡回身處，曾波猶注人。

【校】

〔僊僊〕全唐詩下僊字注云：一作姬。

〔然金枝〕全唐詩然作映，注云：一作然。

〔嫵眉〕明鈔本嫵作細。

〔傾眸〕崇本眸作牟。

〔燕餘〕全唐詩餘作秦。

〔身處〕全唐詩處下注云：一作去，紹本、崇本與一作同。

【箋證】

按：太平御覽五七四引樂苑曰：「羽調有柘枝曲，商調有掘柘枝，此舞因曲爲名，用二女童，鮮衣帽，帽施金鈴，抃轉有聲。其來也，於二蓮花中藏之，花拆而後見，對舞中之雅妙者也。」此詩中之「神颷獵紅蕖」，或即指此。唐人詩中摹寫柘枝舞容者至多，别詳外集卷二和樂天柘枝詩箋證。

君山懷古

屬車八十一，此地阻長風。千載威靈盡，赭山寒水中。

【校】

〔屬車〕結一本車作居，誤。按：史記孝文本紀索隱引漢官儀：天子鹵簿屬車八十一乘。

【箋證】

按：水經注以是山湘君之所遊處，故曰君山。此詩有「千載威靈盡」之語，蓋不采其説。史記秦始皇本紀：浮江至湘山祠，逢大風，幾不得渡，使刑徒三千人皆伐湘山樹，赭其山。詩乃指此。禹錫蓋於赴任連州時，路經岳州而作此。

秋江晚泊

長泊起秋色，空江涵霽暉。暮霞千萬狀，賓鴻次第飛。古戍見旗迥，荒村聞犬稀。軻峨艑上客，勸酒夜相依。

【校】

〔千萬〕中山集千作十，誤。

【箋證】

按：此詩雖不能遽定爲何時所作，玩其詞意，則有荒涼蕭瑟之感，似與本集卷二十三秋江早發詩同時。

步出武陵東亭臨江寓望

鷹至感風候，霜餘變林麓。孤飄帶日來，寒江轉沙曲。戍遥旗影動，津晚櫓聲促。月上彩霞收，漁歌遠相續。

【校】

〔寓望〕全唐詩寓下注云：一作偶。

【箋證】

按：以下皆當是禹錫任朗州司馬時所作。白氏長慶集江州司馬廳記云：「自武德（按：當作至德，以下所述之情事皆發生於安史亂後也。）以來，庶官以便宜制事，大攝小，重侵輕。郡守之職總於諸侯帥，郡佐之職移於部從事。故自五大都督府至於上中下郡司馬之事盡去，唯員與俸在。凡内外文武官左遷右移者第居之，凡執役事上與給事於省寺軍府者遥署之，凡任久資高、耄昏軟弱不任事而時不忍棄者實莅之。莅之者，進不課其能，退不殿其不能，才不才一也。……刺史守土臣，不可遠觀遊，羣吏執事官，不敢自暇佚，惟司馬綽綽可以從容於山水詩酒間。」此於諸州司馬之閑曠無聊，得以遊覽自遣，言之可謂深切著明。柳宗元之在永州，禹錫之在朗州，與居易之在江州，其境與情一也。考唐肅、代以後，遍設節度觀察使，而定制之并、荆、揚、益、恒五大都督府已僅存虚名。節度觀察自辟判官、參謀、掌書記，都督以下之長史司馬皆無所用矣。判官、參謀、掌書記之類皆幕職，即居易所稱之部從事也。支郡有事，則使府之幕職往理之，或刺史縣令缺，皆得以幕職權知。不惟此也，甚且以司馬爲遥署之官，故本集卷十六有權知容州都督府司馬孫愓之名，其繫銜在容州爲司馬，而其實職則在同州爲防禦知衙官。唐制名實之相懸殊有如此者。抑居易猶專爲司馬一官言之，若刺史名實亦未必相符，則未備言也。唐中葉以後，刺史之禄入雖優於京官，然朝命久不行於兩河，而沿邊之州又非文臣所能理，故自郎官出任刺史，多在江、嶺、巴、蜀各州，類皆以微累得之，其人雖不盡如居易所云左遷右移者，亦大抵懷有遷謫之感。較之司馬，秩任雖稍尊，其視此官如傳舍則一。姑就居易、宗元、禹錫三人而論，三人皆位望不同尋常，故交遍在朝列，不難旦夕騰達，雖屈居司馬，而爲其州刺史者亦必不敢以尋常僚佐待之。司馬固閑官，刺史自視亦未嘗非閑官也。因此下各詩多爲禹錫在朗州司馬任時之作，宜略知其時爲刺史、司馬者之心境，故引居易之言而連類及之。

秋日送客至潛水驛

候吏立沙際，田家連竹溪。楓林社日鼓，茅屋午時雞。雀噪晚禾地，蝶飛秋草畦。驛樓宫樹近，疲馬再三嘶。

【校】

〔題〕崇本無至潛水驛四字。

〔楓林〕紹本楓作神。

〔宫樹〕英華樹下注云：一作榭，全唐詩注云：一作榭，明鈔本與一作同。

【箋證】

按：潛水驛未詳所在，據詩似是江鄉之景，沙際竹溪，楓林茅屋，必非指兩京近處，故宫樹必爲官樹之訛。

〔候吏〕後漢書王霸傳：「光武南馳至下曲陽，傳聞王郎兵在後，至滹沱河，候吏還曰：河水流澌，無船不可濟。官屬大懼，光武令霸往視之，霸即詭曰：冰堅可渡。官屬皆喜。光武笑曰：候吏果妄語也。」候乃伺望之意。此詩用候吏，蓋謂州縣長吏送迎過境之官，必遣人伺其行程也。意者朗州爲西南往來孔道，故有送迎過客之事。

晚歲登武陵城顧望水陸悵然有作

星象承烏翼，蠻陬想犬牙。俚人祠竹節，仙洞閉桃花。城基歷漢魏，江源自賨巴。華表廖王墓，菜地黄瓊家。霜輕菊秀晚，石淺水文斜。樵音遶故壘，汲路明寒沙。清風稍改葉，盧橘始含葩。野橋鳴驛騎，叢祠發迥笳。跳鱗避舉網，倦鳥寄行查。路塵高出樹，山火遠連霞。夕曛轉赤岸，浮藹起蒼葭。軋軋渡溪槳，連連赴林鴉。叫閽道非遠，賜環期自賒。孤臣本危涕，喬木在天涯。

【校】

〔烏翼〕紹本烏作鳥。

〔閉桃花〕結一本、中山集閉均作開，非。

〔城基〕全唐詩基下注云：一作塞。
〔廖王〕紹本、崇本王均作立。
〔墓〕全唐詩注云一作冢。
〔始含〕紹本、崇本、畿本、中山集始作如，非。按：盧橘蓋謂枇杷，正於冬月作花。
〔鳴驛〕明鈔本鳴作明，全唐詩作過。
〔渡溪〕全唐詩溪作水。

【箋證】

按：此詩與本集卷二十二之武陵書懷當約略爲同時所作。詩體頗似齊梁新詩之格局，禹錫詩源出六朝，晚年猶爲此體，見外集卷四。杜甫大雲寺贊公房詩及奉酬薛十二丈判官見贈詩皆與此同一機杼。

〔俚人〕俚爲民族名，見博物志。自漢以後，多泛指西南民族而言。此詩云：俚人祠竹節，則附會後漢書西南夷傳之夜郎竹王神之説。傳云：「夜郎者，初有女子浣於遯水，有三節大竹流入足間，聞其中有號聲，剖竹視之，得一男兒，歸而養之。及長，有才武，自立爲夜郎侯，以竹爲姓。武帝元鼎六年（前一一一），平南夷爲牂柯郡，夜郎侯迎降，天子賜其王印綬，後遂殺之。夷獠咸以竹王非血氣所生，甚重之，求爲立後。牂柯太守吴霸以聞，天子乃封其三子爲侯，死配食其父，今夜郎縣有竹王三郎神是也。」注云：「前書地理志曰：夜郎縣有遯水，東至廣鬱。華陽國志云：遯水通鬱林，有三郎祠，皆有靈響。又云：竹王所捐破竹，於野成竹林，今王祠竹林，是也。」

〔賓巴〕風俗通云：「巴有賓人剽勇。」詩意但謂武陵之江源出巴蜀耳。

〔廖王〕三國志蜀志廖立傳，嘗爲巴郡太守，徙長水校尉。後廢爲民，徙汶山郡。廖王疑爲廖立之誤，然亦似與武陵無關。下句菜地黄瓊家，菜似當作采，黄瓊亦非封於武陵境内者，皆疑未能釋。

湖州崔郎中曹長寄三癖詩自言癖在詩與琴酒其詞逸而高吟詠不足昔柳吴興亭皋隴首之句王融書之白團扇故爲四韻以謝之

視事畫屏中，自稱三癖翁。管絃泛春渚，旌旆拂晴虹。酒對青山月，琴韻白蘋風。會書團扇上，知君文字工。

【注】

〔柳吴興〕南史柳惲傳：少工篇什，爲詩云：「亭皋木葉下，隴首秋雲飛。」琅邪王融見而嗟賞，因書齋壁及所執白團扇。歷平越中郎將，廣州刺史，再爲吴興太守。

【箋證】

按：崔郎中謂崔玄亮，舊唐書一六五、新唐書一六四均有傳。白氏長慶集唐故虢州刺史贈禮部尚書崔公墓誌銘云：「公諱玄亮，字晦叔……解褐祕書省校書郎，從事宣、越二府，奏授協律郎、大理評事。朝廷知其才，徵授監察，轉殿中，歷侍御史，膳部、駕部員外郎，洛陽令，密州刺史……换歙州刺史……徵拜刑部郎中，謝病不就，俄改湖州刺史，政如密歙。……入爲祕書少監，改曹州刺史，兼御史中丞，謝病不就，拜太常少卿，遷諫議大夫。」舊唐書本傳云：「大和初，入爲太常少卿。四年，拜諫議大夫。……來年宰相宋申錫爲鄭注所搆，獄自内起，京師震懼，玄亮首率諫官十四人詣延英請對。」墓誌雖亦述其事而詞殊隱約。

又按：白氏長慶集賀湖州崔十八使君詩云：「貞元科第忝同年……爲是蓬萊最後仙。」自注云：「貞元初同登科，崔君名在最後。」據嘉泰吴興志：崔玄亮，長慶三年（八二三）十一月二十二日自刑部郎中拜。則此詩當作於長慶四年（八二四），居易在杭州，禹錫在和州。

又登科記考一四：貞元十一年（七九五）進士二十七人，崔玄亮。乃據舊唐書本傳。但居易爲貞元十六年（八〇〇）進士，傳有誤。

爲郎分司寄上都同舍

籍通金馬門，身在銅駝陌。省闥晝無塵，宫樹遠凝碧。荒街淺深轍，古渡潺湲石。唯有嵩丘雲，堪誇早朝客。

【校】

〔身在〕畿本、全唐詩身作家。

〔遠凝碧〕全唐詩遠作朝，注云：一作遠。

〔荒街〕全唐詩此句下注云：一作荒階蘚淺深，英華與一作同，注云：集作荒街淺深轍。

【注】

〔銅駝陌〕晉書索靖傳：靖有先識遠量，知天下將亂，指洛陽宫門銅駝，歎曰：會見汝在荆棘中耳。

【箋證】

按：唐人通稱長安爲上都或上京。禹錫以大和元年（八二七）六月除主客郎中分司東都，與在上都之郎官有榮枯喧寂之殊，禹錫此時初聞此命，頗不自得，故有「唯有嵩丘雲，堪誇早朝客」之語，與本集卷二十四洛下初冬拜表有懷上京故人一詩可參看。

登陝州城北樓卻寄京都親友

獨上百尺樓，目窮思亦愁。初日徧露草，野田荒悠悠。塵息長道白，林清宿煙收。回首雲深處，永懷帝鄉遊。

【校】

〔題〕崇本、明鈔本、全唐詩寄均作憶。紹本、崇本、全唐詩都均作師。

〔亦愁〕全唐詩亦下注云：一作自。

〔帝鄉遊〕全唐詩作鄉舊遊，注云：一作帝鄉遊。

【箋證】

按：詩題云卻寄，則當是去長安時留別之作，當列於次首之後。陝州城北樓爲風景勝地，過客常所留連題詠，如陸暢有宿陝府北樓奉酬崔大夫詩。

請告東歸發灞橋卻寄諸僚友

征途出灞涘，回首傷如何？故人雲雨散，滿目山川多。行車無停軌，流景同迅波。前歡漸成昔，感歎益悲歌。

【校】

〔征途〕英華途作徒。

〔雲雨〕英華雨作水，注云：集作雨。全唐詩注云：一作雨。

〔悲歌〕紹本、崇本、英華、全唐詩悲均作勞，似是。

【箋證】

按：題云請告東歸，又云卻寄，亦是去長安時留别之作。外集卷九子劉子自傳有「授太子校書，官司閑曠，得以請告奉温清」之語，自即此時之作。卷六因論訊甿一篇之如京師，亦謂此行也。禹錫少作所存無多，此作亦有别於老成風格。

秋晚題湖城驛上池亭

秋次池上館，林塘照南榮。塵衣紛未解，幽思浩已盈。風蓮墜故萼，露菊含晚英。恨爲一夕客，愁聽晨雞鳴。

【校】

〔題〕紹本、崇本、全唐詩上池二字均乙。

〔愁聽〕崇本聽作懷。

【注】

〔南榮〕文選司馬相如上林賦：「偓佺之倫，暴於南榮。」郭璞注：榮，屋南檐也。

【箋證】

按：湖城屬虢州，此詩亦自是京洛途中所作，與前詩爲一時之事。其非以貶謫出京，殆無疑義。蓋永貞(八〇五)九月連州之貶，取道商顔，不由陝虢，而元和十年(八一五)之再貶，又非秋季，至大和中由長安赴任蘇州，又在殘冬，皆不合。前二詩所詠亦皆似秋間風景，故可斷爲同時。

平蔡州三首

蔡州城中衆心死，祆星夜落照河水。漢家飛將下天來，馬箠一揮門洞開。賊徒崩騰望旗拜，有若羣蟄驚春雷。狂童面縛登檻車，太白夭矯垂捷書。相公從容來鎮撫，常侍郊迎負文弩。四人歸業閭里間，小兒跳踉健兒舞。

汝南晨雞喔喔鳴，城頭鼓角音和平。路傍老人憶舊事，相與感激皆涕零。老人收泣前致辭，官軍入城人不知。忽驚元和十二載，重見天寶承平時。

九衢車馬渾渾流，使臣來獻淮西囚。四夷聞風失匕筯，天子受賀登高樓。妖童擢髮不足數，血污城西一抔土。南風無火楚澤間，夜行不鎖穆陵關。策勳祀畢天下泰，猛士按劍看常山。時唯常山不庭。

【校】

〔河水〕紹本、崇本、中山集、英華河均作壕，全唐詩注云：一作河。

〔太白〕紹本、崇本、中山集、全唐詩太白均作大帛。按：此指露布言，作大白大帛均通，惟不當作太白。

〔收泣〕全唐詩泣下注云：一作淚，崇本、明鈔本均與一作同。

〔重見〕全唐詩重下注云：一作喜。

〔失匕筯〕崇本筯作箸，英華作皆失據，全唐詩注云：一作皆失據，一作皆失筯。

〔高樓〕明鈔本高作南。

〔妖童〕崇本、英華妖作祅，非。

〔南風〕紹本、崇本、中山集、全唐詩風均作峯，全唐詩注云：一作烽，一作風。

〔楚澤間〕英華間作潤。

〔祀畢〕紹本、崇本、中山集、全唐詩祀均作禮。

【箋證】

按：詩中一云狂童，再云妖童，謂吴元濟也。其實元濟年非童幼，禹錫蓋惡憲宗之淫刑，誅及稚孺耳。舊唐書一四五吴少誠傳：「元濟至京，憲宗御興安門受俘，百寮樓前稱賀，乃獻廟社，徇于兩京，斬之於獨柳，時年三十五。其夜失其首，妻沈氏没入掖庭，弟二人，子三人，流于江陵誅之，判官劉協庶七人皆斬。」

又按：禹錫與元稹志尚略同，於憲宗之窮兵黷武，深所不取。稹之連昌宮詞云：「今皇神聖丞相明，詔書纔下吳蜀平。官軍又取淮西賊，此賊亦除天下寧。年年耕種宮前道，今年不遣子孫耕。老翁此意深望幸，努力廟謨休用兵。」其詞尤直。及長慶中，稹爲相，與裴度不合，殆亦由不主黷武窮兵也。禹錫在謫籍中，不能昌言用兵之非。然此詩末句云「猛士按劍看常山」，自是指武人狃於平蔡之功，又欲南征北伐，騷然無已。

又按：唐語林二：「劉禹錫又曰：爲文自鬭異一對不得。予嘗爲大司徒杜公之故吏，司徒冢嫡之薨於桂林也，柩過渚宮，予時在朗州，使一介具奠酹，以申門吏之禮。爲一祭文云：事吳之心，雖云已矣；報智之志，豈可徒然？報智，人或用之，事吳，自思得者。（按：事吳，用左傳：事吳敢不如事主。）柳八駁韓十八平淮西碑云：左飧右粥，何如我平淮西雅云仰父俯子？禹錫曰：美憲宗俯下之道盡矣。柳曰：韓碑兼有冒子，使我爲之，便說用兵討叛矣。禹錫曰：韓碑柳雅，予詩云：城中晨雞喔喔鳴，城頭鼓角聲和平。美李愬入蔡城也。又詩落句言：始知元和十二載，四海重見昇平時。言十二載者，因以記淮西平之年。段相文昌重爲淮西碑，碑頭便曰：韓宏爲統，公武爲將。用左氏欒書將中軍，欒黶佐之，文勢也甚善。亦是效班固燕然碑樣。又曰：修史爲愬傳，收蔡州，徑入爲能。禹錫曰：我則不然。若作史官，以愬得李祐。釋縛委心用之爲能。入蔡非能，乃一夫勇耳。」此是采自劉賓客嘉話録，而文義多不可解，姑録以存疑。平蔡州在元和十二年（八一七）之冬，遠方聞之必在次年，禹錫與宗元各在連、柳州任，何由會合？恐傳述之詞而記之者粗略不加審耳。

又按：詩人玉屑五引隱居詩話云：「人豈不自知耶？及其自愛文章，乃更大繆，何也？劉禹錫詩固有好處，及其自稱平淮西詩云：城中喔喔晨雞鳴，城頭鼓角聲和平，爲盡李愬之美。又云：始知元和十二載，四海重見昇平年，爲盡憲宗之美，吾不知此兩聯爲何等語也。」此則殊未解禹錫之意，徒爲皮相之論。

〔常侍〕常侍謂李愬。舊唐書一三三李晟傳附愬事云：檢校左散騎常侍兼鄧州刺史、御史大夫、充隋唐鄧節度使。通鑑二四〇：「度建彰義節，將降卒萬餘人入蔡州。李愬具櫜鞬出迎，拜於道左，度將避之，愬曰：蔡人頑悖，不識上下之分數十年矣。願公因以示之，使知朝廷之尊。度乃受之。」詩云：「相公從容來鎮撫，常侍郊迎負文弩。」正指此事。

〔汝南晨雞〕此出古樂府：「東方欲明星爛漫，汝南晨雞登壇唤。」蔡州爲汝南郡，正切其地。

〔穆陵關〕通鑑一五一：梁大通元年，司州刺史夏侯夔帥壯武將軍裴之禮等出義陽道，攻魏平静、穆陵、陰山三關，皆克之。注云：水經注：木陵關在黄武山東北，晉西陽城西南。按：此詩云，南風無火，夜行不鎖，蓋自南方言之，可越關北行無阻也。以此知淮西用兵時，自安黄出光蔡之路不通。禹錫方在連州，立言自當如此。即一地名之微，亦非泛用也。

平齊行二首

胡塵昔起薊北門，河南地屬平盧軍。貂裘代馬繞東岳，嶧陽孤桐削爲角。地形十二虜意驕，恩澤含容歷四朝。魯人皆科帶弓箭，齊人不復聞簫韶。今朝天子聖神武，手握玄符平九土。初哀狂童襲故事，文告不來方震怒。去秋詔下誅東平，官軍四合猶嬰城。春來羣烏噪且驚，氣如壞山墮其庭。牙門大將有劉生，夜半射落欃槍星。帳中虜血流滿地，門外三軍舞連臂。驛騎函首過黄河，城中無賊天氣和。朝廷侍郎來慰撫，耕夫滿野行人歌。泰山沈寇六十年，旅祭不饗生愁煙。今逢聖君欲封禪，神使陰兵來助戰。祅氛埽盡河水清，日觀杲杲卿雲見。開元皇帝東封時，百神受職争奔馳。千軍猛簴順流下，洪波涵淡浮熊羆。侍臣燕公秉文筆，玉檢告天無愧詞。當今叡孫承聖祖，岳神望幸河宗舞。青門大道屬車塵，共待葳蕤翠華舉。

【校】

〔科帶〕畿本、中山集、全唐詩科均作解，非。按：科即攤派之意，此指藩鎮厚植兵力，非魯人之過。淺人不得其旨以致誤改。

〔羣烏〕中山集烏作鳥。

〔壞山〕紹本壞作懷，誤。

〔舞連臂〕崇本作舞臂盟，注云：一作連臂盟，英華與一作同。全唐詩注云：一作舞臂盟。

〔開元〕崇本以此下爲第二首，非。

〔千軍〕紹本、崇本、畿本、中山集、全唐詩軍均作鈞。

【箋證】

按：此詩逐句可得疏釋者如下。「河南地屬平盧軍」者，舊唐書李正己傳，本隨平盧軍節度侯希逸至青州，後軍人逐希逸，立正己，朝廷因授平盧淄青節度等使，遂爲定制，淄青屬河南道也。「地形十二」者，通鑑二四〇胡注：十二州，鄆、兖、曹、濮、淄、青、齊、海、登、萊、沂、密也。「四朝」者，代、德、順、憲也。「初哀狂童襲故事」者，謂李師古卒，師道自立，憲宗以蜀川方擾，不能加兵也。「去秋詔下誅東平」者，謂元和十三年（八一八）七月，下制罪狀李師道，令宣武、魏博、義成、武寧、横海兵共討之也。「牙門大將有劉生」者，謂十四年（八一九）二月，其都知兵馬使劉悟自陽穀令士卒曰：入鄆人賞錢百緡，使士皆飽食執兵，夜半聽鼓三聲絶，即行，人銜枚，馬縛口，遇行人，執留之，人無知者。比至，子城已洞開，惟牙城拒守，俄知力不支，皆投弓於地。悟勒兵升廳事，使捕李師道等，皆斬之，函師道父子三首送田弘正，弘正大喜，露布以聞。「朝廷侍郎來慰撫」者，謂命户部侍郎楊於陵爲淄青宣撫使，自廣德以來垂六十年，藩鎮跋扈，河南北三十餘州自除官吏，不供貢賦，至是盡遵約束也。又「侍臣燕公秉文筆」者，舊唐書禮儀志記開元東封之事云：「玄宗曰：朕今此行，皆爲蒼生祈福，更無祕請，宜將玉牒出示百寮，使知朕意。」蓋即中書令張説之詞。

城西行

城西簇簇三叛族，叛者爲誰蔡吴蜀。中使提刀出禁來，九衢車馬轟成雷。臨刑與酒杯未覆，仇家白官先請肉。守吏能然董卓臍，飢烏來覘桓玄目。城西人散泰街平，雨洗血痕春草生。

【校】

〔成雷〕全唐詩成作如，注云：一作成。

〔白官〕崇本白作百，非。

【箋證】

按：此詩刺濫誅也。首言「三叛族」，結言「雨洗血痕」，微旨可見。蓋憲宗之世，專務刑戮，於吴元濟已見前矣，於李錡則并其子師回腰斬之，於劉闢則韓愈元和聖德詩寫其慘毒之狀云：「取之江中，枷脰械手。婦女纍纍，啼哭拜叩。來獻闕下，赤立傴僂。牽頭曳足，先斷腰膂。次及其徒，體骸撐柱。末乃取鬬，駭汗如寫。揮刀紛紜，爭刌膾脯。」觀二人之命意措詞，禹錫較有斟酌。三叛之誅非一時事，而禹錫總敍以一詩，知其深有所感，作此詩時當亦在元和十三年（八一八）。當列平蔡州之後，平齊行之前。蓋李師道之平在十四年（八一九）也。

又按：通鑑二二〇：至德二載（七五七），斬達奚珣等十八人于城西南獨柳樹下。胡注引劉昫曰：獨柳樹在長安子城西南隅。唐之刑場在此，故詩以城西爲名。

〔桓玄目〕桓玄梟首大航，見於史。至飢烏覘目，並非實事。晉書五行志：「桓玄既篡，童謠曰：草生及馬腹，烏啄桓玄目。」禹錫用此。

武昌老人說笛歌

武昌老將七十餘，手把庾令相問書。自言少小學吹笛，早事曹王曾賞激。往年鎮戍到蘄州，楚山蕭蕭笛竹秋。當時買材恣搜索，典卻身上烏貂裘。古苔蒼蒼封老節，石上孤生飽風雪。商聲五音隨指發，水中龍應行雲絕。曾將黃鶴樓上吹，一聲占盡秋江月。如今老去語猶遲，音韻高低耳不知。氣力已無心尚在，時時一曲夢中吹。

【校】

〔老將〕文粹將作人。全唐詩作人，注云：一作時。

〔相問〕文粹問作聞。

〔少小〕全唐詩注云：一作年少。

〔鎮戍到〕全唐詩注云：一作征鎮戍，文粹與一作同。

〔買材〕紹本、崇本、文粹材均作林。

〔石上〕全唐詩上下注云：一作山，崇本與一作同，非。

〔商聲五音〕崇本商作高，似是。全唐詩注云：一作商音五聲。

〔語猶遲〕文粹語作與，全唐詩語猶作語尤，注云：一作與猶。

〔已無〕全唐詩無作微。

【注】

〔黄鶴樓〕水經注：江之右岸有船官浦，歷黄鵠西而南，船官浦東即黄鵠山，林澗甚美。山下謂之黄鵠岸，岸下有灘。目之爲黄鵠灘。黄鵠山東北對夏口城。案：古鵠鶴字通，黄鵠山即黄鶴山；樓枕其首。李白詩：「黄鶴樓中次玉笛，江城五月落梅花。」

【箋證】

按：此詩雖無年月可據，然據「手把庾令相問書」之語，此武昌老人必是持有鄂岳觀察使之書函來謁禹錫者，既編列在以上三詩之後，此時觀察鄂岳者正是李程，與禹錫素交，則似可斷爲元和十三四年（八一八、八一九）間所作。

又按：蘄州出笛，見杜牧寄澧州張舍人笛詩。又韓愈鄭羣贈簟詩亦云：「蘄州笛竹天下知。」羣芳譜云：「蘄竹出蘄州，以色匀者爲簟，節疏者爲笛。」

〔早事曹王〕曹王謂李皐，舊唐書一三一、新唐書八〇均有傳。據傳，德宗初年，爲江西節度使，討梁崇義，遣兵進拔蘄州。詩云：「往年鎮戍到蘄州」，正指其事。

西山蘭若試茶歌

山僧後檐茶數叢，春來映竹抽新茸。宛然爲客振衣起，自傍芳叢摘鷹觜。斯須炒成滿室香，便酌砌下金沙水。驟雨松聲入鼎來，白雲滿盌花裴回。悠揚噴鼻宿酲散，清峭徹骨煩襟開。陽崖陰嶺各殊氣，未若竹下莓苔地。炎帝雖嘗未解煎，桐君有籙那知味？新芽連拳半未舒，自摘至煎俄頃餘。木蘭墜露香微似，瑶草臨波色不如。僧言靈味宜幽寂，采采翹英爲嘉客。不辭緘封寄郡齋，甎井銅鑪損標格。何況蒙山顧渚春，白泥赤印走風塵。欲知花乳清泠味，須是眠雲跂石人。

【校】

〔宛然〕崇本宛作莞，紹本、中山集均作苑。

〔炒成〕崇本炒作碾。

〔墜露〕全唐詩作霑，注云：一作墜。

〔跂石〕崇本跂作臥。

【注】

〔桐君〕方輿勝覽：「桐君山在嚴州，有人采藥，結廬桐木下，指桐爲姓，故以得名。」桐君茶録：「巴東有真香茗，煎飲令人不眠。」

〔蒙山〕茶譜：蒙山中頂曰上清峯，茶最難得，俟雷發聲採之。

【箋證】

按：詩有「不辭緘封寄郡齋」之句，自是大和六年（八三二）後蘇州刺史任時作。又據「春來映竹抽新茸」之句，六年之春初至，恐未能有此閒暇，以七年春所作爲近似。

又按：唐時貢茶是一擾民之政。袁高茶山詩云：「禹貢通遠俗，所圖在安人。後王失其本，職吏不敢陳。亦有姦佞者，因兹欲求伸。動生千金費，日使萬姓貧。我來顧渚源，得與茶事親。甿輟耕農耒，采采實苦辛。一夫旦當役，盡室皆同臻。……未知供御餘，誰當分此珍。」乃親見茶山農民之苦者之言。禹錫此詩所謂「白泥赤印走風塵」云云，亦譏士大夫不知民間疾苦也。又皎然杼山集有顧渚行寄裴方舟詩，亦備言採茶之苦。云：「我有雲泉鄰渚山，山中茶事頗相關。鶗鴂鳴時芳草死，山家漸欲收茶子。伯勞飛日芳草滋，山僧又是採茶時。由來慣採無近遠，陰嶺長兮陽崖淺。大寒山下葉未生，小寒山中葉未卷。吴婉攜籠上翠微，蒙蒙香刺罥春衣。迷山乍被落花亂，度水時驚啼鳥飛。家園不遠乘露摘，歸時露彩猶滴瀝。初看怕出欺玉英，更取煎來勝金液。昨夜西峯雨色過，朝尋新茗復如何！女宮露澀青芽老，堯市人稀紫筍多。紫筍青芽誰得識，日暮採之長太息。清泠真人待子元，貯此芳香思何極！」皎然即當地人，故知之尤審也。

〔西山蘭若〕朱長文吳郡圖經續記云：「洞庭山出美茶，舊入爲貢。……近年山僧尤善製茗，謂之水月茶，以院爲名也。頗爲吳人所貴。」高德基平江紀事云：「洞庭西山中有水月禪院者，……創於梁天監三年，舊名明月禪院。」詩中所謂西山蘭若蓋即指此。

〔顧渚〕唐國史補：「湖州有顧渚之紫筍，常州有義興之紫筍，皆茶也。」新唐書一九六陸龜蒙傳：「置園顧渚山下，歲取租茶，自判品第。」太平寰宇記云：「顧渚在長興縣西北三十里，山中多産茶以充貢。」又云：「顧山在長興西北四十里。正(貞)元以後，每歲進奏顧山紫筍茶，役工三萬人，累月方畢。」

廟庭偃松詩 并引

侍中後閤前有小松，不待年而偃。丞相晉公爲賦詩，美其猶龍蛇然。植于高檐喬木間，上嵌旁軋，盤蹙傾亞，似不得天和者。公以遂物性爲意，乃加憐焉。命畚土以壯其趾，使無攲，索綯以牽其榦，使不仆。盥漱之餘以潤之，顧盼之輝以照之。發於人心，感召和氣。無復夭閼，坐能敷舒。歸之跧蹙，化爲奇古。故雖袤丈而有偃號焉。予嘗詣閤白事，公爲道所以，且示以詩，竊感嘉木之逢時，斐然成詠。

勢軋枝偏根已危，高情一見與扶持。忽從顛頷有生意，卻爲離披無俗姿。影入巖廊行樂處，韻含天籟宿齋時。謝公莫道東山去，待取陰成滿鳳池。

【校】

〔待年〕全唐詩注云：一作特立。

〔上嶔〕全唐詩嶔作嵌。

〔旁軋〕崇本無旁字。

〔之餘〕結一本餘作飲，誤。

〔人心〕紹本、崇本、中山集、全唐詩人均作仁。

〔成詠〕崇本詠作韻。

〔待取〕全唐詩注云：一作時取。

【注】

〔晉公〕謂裴度。

〔索綯〕繩也。詩豳風七月，晝爾于茅，宵爾索綯。

【箋證】

按：詩序中之侍中謂裴度。度有奉酬中書相公至日圜丘攝事合於中書後閣宿齋移止於集賢院敍懷見寄一詩，蓋中書門下各有後閣可居。序云侍中後閣，詩又有「韻含天籟宿齋時」之句，蓋度於文宗初即位時加門下侍郎，侍中爲門下省官，故居侍中後閣。度爲集賢殿大學士，禹錫爲學士，故得詣閣白事。大和四年（八三〇），度出鎮襄陽，故詩必作於四年前。詩云：「勢軋枝偏根已危，高情一見與扶持。」自寓身世之感。禹錫深蒙度之援引，於此可證。

答東陽于令涵碧圖詩 并引

東陽令于興宗，丞相燕國公之猶子。生綺襦紈袴間，所見皆貴盛，而挈然有心如山東書生。前年白有司，願爲親民官以自效，遂補東陽。及莅官，以簡易爲治，故多暇日。一旦於縣五里偶得奇境，埋没於翳薈中。于生自以有特操而生於公侯家，由覆廕入仕，常忽忽歎息。因移是心，開抉泉石，芟去蘿蔦，斧凡材，畚息壤，而清溪翠巖森立坌來。因構亭其端，題曰涵碧。碧流貫于庭中，如青龍蜿蜒，冰澈射人。樹石雲霞列于前，昏旦萬狀。惜其居地不得有聞於時，故圖之來乞詞。既無負尤物，予亦久翳蘿蔦者，睹之慨然。遂賦七言，以貽後之文士。

東陽本是佳山水，何況曾經沈隱侯？化得邦人解吟詠，如今縣令亦風流。新開潭洞疑仙境，遠寫丹青到雍州。落在尋常畫師手，猶能三伏凛生秋。

【校】

〔題〕崇本無詩字。全唐詩涵作寒。

〔挈然〕崇本挈作絜，畿本作潔。

〔特操〕崇本特作持。

〔忽忽〕畿本忽作悤，非。

〔碧流〕崇本無碧字。

〔久翳〕崇本翳下多薈字。

〔文士〕崇本士下有矣字。

【注】

〔東陽〕據地理志，婺州屬縣東陽，垂拱二年分烏傷縣，取舊郡名。

〔燕國公〕謂于頔。

〔沈隱侯〕謂沈約。方輿勝覽云：八詠樓在東陽子城西，即沈隱侯元暢樓。

【箋證】

按：于令謂于興宗，據詩引知其爲于頔之子。全唐詩小傳：「興宗，大中時御史中丞守綿州，後爲洋州節度。」其東陽涵碧亭詩云：「高低竹雜松，積翠復留風。路劇陰谿裏，寒生暑氣中。」注云：「金華志：興宗，寶曆初令東陽。」詩有「遠寫丹青到雍州」之語，則禹錫方在京，寶曆初距大和不遠，當是禹錫直集賢院之時。涵碧亭，據方輿勝覽，在東陽縣北五里，峴山之下。

〔丞相燕國公〕于頔曾爲山南東道節度使，加同平章事，其祖爲北周燕文公于謹，故以丞相燕國公稱之。禹錫涉及頔者尚有本集卷十、三十等篇。

贈致仕滕庶子先輩　時及第八人中最長。

朝服歸來晝錦榮，登科記上更無名。壽觴每使曾孫獻，勝境長攜衆妓行。矍鑠據鞍時騁健，殷勤把酒尚多情。凌寒卻向山陰去，衣繡郎君雪裏迎。時令子爲御史，主務在越中。

【校】

〔題〕紹本八作人，崇本無此字。全唐詩長作老。

〔無名〕紹本、崇本、明鈔本名均作兄，全唐詩注云：一作名。黄丕烈校語云：兄字爲是，所謂及第人中最長也。

〔時騁〕崇本、明鈔本、英華時均作能。全唐詩時下注云：一作能。

【注】

〔登科記〕摭言：「唐張倬，柬之之孫，數舉進士不第，捧登科記頂上戴之，曰：此千佛名經也。」按新唐書藝文志：崔氏唐顯慶登科記五卷，李奕唐登科記二卷。

【箋證】

按：全唐詩小傳：「滕珦，東陽人，歷茂王傅，大和中以右庶子致仕。」又唐會要六七：「大和三年（八二九）四月，右庶子致仕滕珦奏：伏蒙天恩致仕，今欲歸家，鄉在浙東。」詩有「凌寒卻向山陰去」之語，或上表雖四月，至冬始成行。是年禹錫正在京。同時贈詩者，如白居易云：「春風秋月攜歌酒，八十年來翫物華。已見曾孫騎竹馬，猶聽侍女唱梅花。入鄉不杖歸時健，出郭乘軺到處誇。兒著繡衣身衣錦，東陽門户數滕家。」朱慶餘云：「常懷獨往意，此日去朝簪。丹詔榮歸騎，清風滿故林。諸侯新起敬，遺老重相尋。在處饒山水，堪行在所心。」禹錫自注云：「時令子爲御史，主務在越中。」白詩尤可與此相印證。

詠樹紅柿子

曉連星影出，晚帶日光懸。本因遺采掇，翻自保天年。

【校】

〔題〕崇本、畿本、英華、全唐詩均無樹字。

〔采掇〕英華、全唐詩掇作摘。

【箋證】

按：樹紅柹子是唐時俗語，蓋謂不供食用者。但詩必有爲而發，或是在朝時見旅進旅退之具僚而刺之。

庭竹

露滌鉛粉節，風揺青玉枝。依依似君子，無地不相宜。

【箋證】

按與前詩似是一時所作。

臺城懷古

清江悠悠王氣沈，六朝遺事何處尋？宮牆隱嶙圍野澤，鸛鶂夜鳴秋色深。

【箋證】

按：此詩當與本集卷二十二之金陵懷古一首參看，彼詩云「蔡洲新草緑」，此詩有「秋色深」

之語，必非一時所作，疑此在禹錫寶曆二年（八二六）罷和州後遊金陵時。

又按：此詩爲絶句中之古體。

題壽安甘棠館二首

公館似仙家，池清竹逕斜。山禽忽驚起，衝落半巖花。

門前洛陽道，門裏桃源路。塵土無煙霞，其間十餘步。

【校】

〔桃源〕全唐詩源作花。

〔無煙霞〕紹本、崇本、全唐詩無均作與。

【箋證】

按：清一統志云：河南府，壽安故城，今宜陽縣治，相傳爲周時召伯聽政之所。壽安乃自洛陽赴長安之孔道，孟郊有壽安西渡奉别鄭相公詩云：「洛河向西道，石波横磷磷。清風送君子，車遠無還塵。」又云：「東都清風縅，君子西歸朝。」詩作於元和六年（八一一），鄭餘慶自東都留守入爲兵部尚書時。與此詩「門前洛陽道」之意正合。甘棠館乃往來寄宿之驛舍，唐人每樂道其風景之幽勝，足以洗滌塵囂。王建題壽安南館詩云：「明蒙（一作發）竹間亭，天暖幽桂碧。雲去四面山，水接當階石。涇樹浴鳥痕，破苔卧鹿跡。不緣塵駕觸，堪作商皓宅。」南館即甘棠館之一部。樊川集題壽安縣甘棠館御溝詩云：「一渠東注芳華苑，苑鎖池塘百歲空。水殿半傾蟾口澀，爲誰流下蓼花中。」又太平廣記三五〇引纂異録云：「會昌元年（八四一）春，孝廉許生下第東歸，將宿於甘泉店，甘棠館西一里已來，逢白衣叟……至噴玉泉牌堠之西……」此是託諷甘露四相事。皆可略見其風景，無怪此詩云公館似仙家也。又唐人風尚於甘棠館留名姓，集古録八：「右甘泉館題名，自唐德宗貞元以來，止於會昌，文字多已磨滅，惟高元裕、韋夏卿所書尚可讀。甚矣，人之好名也，其功德之盛，固已書竹帛，刻金石，以垂不朽矣。至於登高望遠，行旅往來，慨然寓興於一時，亦必勒其姓名，留于山石，非徒徘徊俯仰以自悲其身世，亦欲來者想見其風流。……」

與歌者米嘉榮

唱得涼州意外聲，舊人唯數米嘉榮。近來時世輕先輩，好染髭鬚事後生。

【校】

〔涼州〕全唐詩涼下注云：一作梁。

〔唯數〕英華唯作難。按：此詩纖本、全唐詩注云：一作「一别嘉榮三十載，忽聞舊曲尚依然。如今世俗輕前輩，好染髭鬚事少年。」即外集卷八之米嘉榮一首。

【箋證】

按：容齋隨筆一四云：「今樂府所傳大曲皆出於唐，而以州名者五，伊、涼、熙、石、渭也。……凡此諸曲，唯伊、涼最著，唐詩詞稱之極多。」米嘉榮之姓亦表其來自西域。米姓始見於此。與次首大意相似，當是大和二年（八二八）入京以後觸感而作。

聽舊宮中樂人穆氏唱歌

曾隨織女渡天河，記得雲間第一歌。休唱貞元供奉曲，當時朝士已無多。

【箋證】

按：沈德潛云：「貞元尚多君子，元和已少其人，前人謂有西方美人之思。」（見唐詩別裁）殊爲支離附會。元和中朝士，固多於貞元中通籍者，此自是大和中追溯二十餘年前之語。

渾侍中宅牡丹

徑尺千餘朵，人間有此花。今朝見顏色，更不向諸家。

【箋證】

按：渾侍中謂渾瑊，舊唐書一三四、新唐書一五五均有傳。據傳，以平朱泚亂加侍中。又唐兩京城坊考三，朱雀門街東第四街大寧坊有河中節度使兼中書令渾瑊宅，云：白居易有看渾家牡丹詩，疑渾令之宅也。又引路巖義昌軍節度使渾偘神道碑，薨於大寧里私第。考偘即瑊之孫，徐氏未引禹錫此詩。

又按：白居易詩云：「香勝燒蘭紅勝霞，城中最數令公家。人人散後君須看，歸到江南無此花。」渾宅花事之盛可以想見。禹錫大和初入長安，始稍有遊賞之興，前後各詩皆當爲此時所作。

唐郎中宅與諸公同飲酒看牡丹

今日花前飲，甘心醉數栖。但愁花有語，不爲老人開。

【箋證】

按：唐郎中謂唐扶，舊唐書一九〇附唐次傳、新唐書八九附唐儉傳。舊傳云：「扶字雲翔，元和五年（八一〇）進士登第，累佐使府，入朝爲監察御史，出爲刺史。大和初入朝，爲屯田郎中。」禹錫得在其宅飲酒看花，正其時也。次雖久在外州，晚歲官至中書舍人，宦已漸達，而史言扶佐幕立事，登朝有名，及廉問甌閩，政事不治，身殁之後，僕妾争財，詣闕論訴，法司按劾其家財十萬貫歸於二妾。則其家頗富，宜有園林之勝矣。集中涉及扶者，尚有本集卷二十八及外集卷六各篇。

與歌者何戡

二十餘年別帝京，重聞天樂不勝情。舊人唯有何戡在，更與殷勤唱渭城。

【箋證】

按：詩云「二十餘年別帝京」，蓋在大和初，上距永貞，約有此數。中間元和十年（八一五）雖一度入京，爲時止一二月，故不數也。與米嘉榮、穆氏二詩自是約略同時之作。

〔渭城〕趙殿成王右丞集注送元二使安西詩條：「唐人歌入樂府，以爲送別之曲，至陽關句反覆歌之，謂之陽關三疊，亦謂之渭城曲。白居易晚春欲攜酒尋沈四著作詩云：最憶陽關唱，真珠一串歌。注云：沈有謳者善唱西出陽關無故人詞。又對酒詩云：相逢且莫推辭醉，聽唱陽關第四聲。注云：第四聲，勸君更盡一杯酒，西出陽關無故人也。劉禹錫與歌者詩云：舊人唯有何戡在，更與殷勤唱渭城。渭城、陽關之名，蓋因詩中詞云。」又：前人之評此詩者，沈德潛唐詩別裁云：「王維渭城詩，唐人以爲送別之曲。夢得重來京師，舊人惟一樂工，爲唱渭城送別，何以爲情也？」

與歌童田順郎

天下能歌御史娘，花前月底奉君王。九重深處無人見，分付新聲與順郎。

【校】

〔天下能〕全唐詩注云：一作天上龍。英華與一作同。

〔月底〕全唐詩月作葉，注云：一作月。

【箋證】

按：此詩中之御史娘，前人多有誤解。宋長白柳亭詩話云：「樂府雜録云：貞元中有善歌田順，爲宮中御史娘子。今據此詩，又似御史娘授曲於田順者，呼之曰郎，則非娘子可知。」禹錫詩題明云與歌童田順郎，則其人必尚年稚，本卷中聽歌之作皆在大和初，未必是貞元時也。任半塘教坊記箋訂云：「桂苑叢談：國樂婦人有永新婦、御史娘、柳青娘，皆一時之妙也。按永新婦，據王仁裕開天遺事爲玄宗時之歌者，餘二人世次如何未詳。劉禹錫與歌童田順郎詩云云，是順郎乃御史娘之弟子，必當稚年，方能寄在九重深處，如此，御史娘之時代當然較早，所供奉者宜爲玄宗。」

燕爾館破屏風所畫至精人多歎賞題之

畫時應遇空亡日，賣處難逢識別人。唯有多情往來客，强將衫袖掃埃塵。

【校】

〔燕爾〕崇本爾作耳，非。

〔掃埃〕紹本、崇本、絶句、全唐詩掃均作拂。

【箋證】

按：唐時驛舍多以某某館爲名，如本卷之壽安甘棠館，封氏聞見記之濠州高塘館，指不勝屈。故詩有「多情往來客」之語。燕爾館所在尚待考。

〔空亡〕丹鉛總録三：「正月十六日謂之秏磨日，張説秏日飲詩云：秏磨傳兹日，縱横道未宜。但令不忌醉，翻是樂無爲。又曰：上月今朝減，流傳秏磨辰。但令不事事，同醉俗中人。時日家於日之不吉者名曰空亡，亦秏磨之類。」又翟灝通俗編云：「後漢書郭躬傳桓帝時有陳伯敬者，行路聞凶，便解駕留止，還歸觸忌，則寄宿鄉亭。注引曆法曰：歸忌日四孟在丑，四仲在寅，四季在子，其日不可遠行、歸家及徙。論衡辨祟篇：塗上之暴尸，未必出以往亡，室中之殯柩，未必還以歸忌。又晁氏讀書志：空亡之説，本於史記孤虚。劉禹錫題破屏詩：畫時應值空亡日，賣處難逢識别人。」

賞牡丹

庭前芍藥妖無格，池上芙蕖浄少情。唯有牡丹真國色，花開時節動京城。

【箋證】

按：韓愈集有戲題牡丹詩云：「幸自同開俱隱約，何須相倚鬬輕盈。陵晨並作新妝面，對客偏含不語情。雙燕無機還拂掠，遊蜂多思正經營。長年是事皆拋盡，今日欄邊暫眼明。」舊注：「段成式酉陽雜俎云：前史無説牡丹者。惟謝康樂言竹間水際多牡丹。成式檢隋朝種植法，初不説牡丹，則知隋朝花藥中所無也。開元末，裴士淹奉使回至汾州，得白牡丹一窠植於長興私第。至德中馬僕射領太原，各得紅紫二色者移於城中。（按：馬燧加右僕射爲河東節度使，是建中初事，至德二字恐誤。）元和初猶少，今與戎葵角多少矣。」據此，禹錫於貞元末尚未多見牡丹，而今大和中重入長安，牡丹又已不復爲新奇之物矣。宜其不能已於詠歎也。本卷賞詠牡丹之詩凡三作，皆當約略同時。

寄陝州姚中丞 時分司東都。

八月天地肅，二陵風雨收。旌旗闕下來，雲日關東秋。禹跡想前事，漢臺餘故丘。裴回襟帶地，左右帝王州。留滯悲昔老，恩光榮徹侯。相思望棠樹，一寄商聲謳。

【校】

〔天地〕鐵本地作氣，按：與下句不偶，非。

【箋證】

按：姚中丞謂姚合。唐詩紀事：「合，宰相崇曾孫，登元和進士第，調武功主簿，又爲富平、萬年尉，寶曆中，歷監察御史。户部員外郎，出金、杭二州刺史。後爲給事中。陝虢觀察使。開成末，終祕書監。」據紀，開成四年八月庚戌朔，以給事中姚合爲陝虢觀察使，此詩首句云「八月天地肅」，正作於合赴新任之時。又注云：「時分司東都。」則禹錫自謂時方以賓客分司也。

又按：合與禹錫相往還在大和初，已見本集卷二十四冬初拜表詩箋。合有寄主客劉郎中詩云：「漢朝共許賈生賢，遷謫還應是宿緣。仰德多時方會面，拜兄何暇更論年？嵩山晴色來城裏，洛水寒光出岸邊。清景早朝吟嚴思，題詩應費益州箋。」與前詩正爲同時所作，二人蓋相識不久。合之科名雖較禹錫爲晚，而年齒不甚相懸，故有兄事論年之語。

奉酬湖州崔郎中見寄五韻

山陽昔相遇，灼灼晨葩鮮。同遊翰墨場，和樂塤篪然。一落名宦途，浩如乘風船。行當衰暮日，卧理淮海壖。猶期謝病後，共樂桑榆年。

【校】

〔名宦〕崇本名作遊。

〔行當〕崇本行作況。

〔海壖〕全唐詩壖作邊，注云：一作壖。

【箋證】

按：本卷已有湖州崔郎中寄三癖詩一首，徵之白居易有得湖州崔十八使君書喜與杭越鄰郡詩，居易在杭、崔玄亮在湖、元稹在越，而禹錫則在和州，故此詩有「卧理淮海壖」之句。惟首句「山陽昔相遇」不能詳。本集卷一有山陽城賦，云：「我止行車，賈涕於山陽之墟」，豈禹錫與玄亮少時曾共行役經山陽耶！

劉禹錫集箋證卷第二十六

樂府上

團扇歌

團扇復團扇，奉君清暑殿。秋風入庭樹，從此不相見。上有乘鸞女，蒼蒼網蟲徧。明年入懷袖，別是機中練。

【校】

〔題〕樂府作團扇郎。

〔網蟲〕全唐詩注云：一作蟲網，樂府與一作同。

【箋證】

按：文選班婕妤怨歌行云：「新裂齊紈素，皎潔如霜雪。裁爲合歡扇，團團似明月。出入君懷袖，動摇微風發。常恐秋節至，涼風奪炎熱。棄捐篋笥中，恩情中道絶。」又江文通雜體詩班婕好詠扇云：「紈扇如團月，出自機中素。畫作秦王女，乘鸞向煙霧。」皆此詩所本。

荆州歌二首

渚宫楊柳暗，麥城朝雉飛。可憐踢青伴，乘熛著輕衣。今日好南風，商旅相催發。沙頭檣竿上，始見春江闊。

【注】

〔朝雉飛〕崔豹古今注：齊宣王時處士牧犢子年五十無妻，出採薪於野，見雉雄雌相隨而飛，意動心悲，而作雉朝飛之操以自傷。

【箋證】

按：李白荆州歌云：「白帝城邊足風波，瞿塘五月誰敢過？荆州麥熟繭成蛾。繰絲憶君頭緒多，撥穀飛鳴奈妾何！」禹錫用其題而不盡襲其意。

紀南歌

風煙紀南城，塵土荆門路。天寒多獵騎，走上樊姬墓。

【校】

〔荆門〕絶句作荆南。

〔多獵騎〕全唐詩注云：一作獵獸者。

【注】

〔樊姬〕列女傳：楚莊王好獵，樊姬數諫不止，乃不食鳥獸之肉。二年，王感之而勤政事。

【箋證】

按：樂府詩集云：「酈道元水經注曰：楚之先僻處荆山，後遷紀郢，即紀南城也。十道志曰：昭王十年，吴通漳水灌紀南城入赤湖，郢城遂破。杜預左傳注曰：今南郡江陵縣北紀南城，故楚國也。」又文選謝靈運擬魏太子鄴中集詩云：「南登紀郢城。」禹錫蓋以行役所經，擬古樂府而作，前後數篇皆是。

〔樊姬墓〕張九齡有詩題云：「郢城西北有大古冢數十，觀其封域，多是楚時諸王，而年代久遠，不可復識。唯直西有樊妃冢，因後人爲植松柏，故行路盡知之。」張説亦有詩題云：「登九里臺，是樊姬墓。」

宜城歌

野水遶空城，行塵起孤驛。荒臺側生樹，石碣陽鐫額。靡靡渡行人，温風吹宿麥。

【校】

〔荒臺〕全唐詩荒下注云：一作花，樂府與一作同。

〔生樹〕全唐詩樹下注云：一作柏。

【箋證】

按：樂府詩集云：「通典曰：宜城，楚之鄢都，謂之郢，有蠻水，又有漢宜城縣，在今縣南。舊名率道，天寶中改焉。十道志曰：宜城，漢縣，宋孝武大明元年，以胡人流寓者立華山郡於大堤村，古名上供，梁爲率道，俗呼大隄，其地出美酒，故曰宜城竹葉酒也。」韓愈集有記宜城驛一文，云：「此驛置在古宜城内，驛東北有井，傳是昭王井，有靈異，至今人莫汲。驛前水傳是白起堰西山下澗，灌此城壞，楚人多死，流城東陂，臭聞遠近，因號其陂臭陂。有蛟害人，漁者避之。井東北數十步有楚昭王廟，有舊時高木萬株，多不得其名，歷代莫敢剪伐，尤多古松大竹。于太傅帥襄陽，遷宜城縣，并改造南境數驛，材木取足此林，舊廟屋極宏盛，今惟草屋一區，然問左側人，尚云每歲十月，民相率聚祭其前。廟後小城，蓋王居也。其内處偏高，廣員八九十畝，號殿城，當是王朝内之所也。多甎可爲書硯。自小城内地今皆屬甄氏。……元和十四年（八一九）二月題。」愈過宜城較禹錫過此爲晚，然寫其景物猶約略相同，以此證之，禹錫之詩非泛然而作也。

又禹錫詩雖紀行役，實導源於南朝樂府。舊唐書音樂志云：「常林歡疑是宋梁間曲，宋梁世荆、雍爲南方重鎮，（按在南朝荆指江陵，雍指襄陽。）皆皇子爲之牧，江左辭詠，莫不稱之以爲樂土，故隋王作襄陽之歌，齊武帝追憶梁鄧，梁簡文樂府歌曰：分手桃林岸，送别峴山頭。若欲寄音信，漢水向東流。又曰：宜城投（酘）酒今行熟，停鞍繫馬暫棲宿。桃林在漢水上，宜城在荆州北。荆州有長林縣，江南謂情人爲歡，常、長聲相近，蓋樂人誤謂長爲常。」温庭筠有常林歡歌，與禹錫此詩亦同紀行役，題與句法不同而已。詩云：「宜城酒熟花覆橋，沙晴緑鴨鳴咬咬。穠桑繞舍麥如尾，幽軋鳴機雙燕巢。馬聲特特荆門道，蠻水揚光色如草。錦薦金鑪夢正長，東家咿喔雞鳴早。」可資參證。

順陽歌

朝辭官軍驛，前望順陽路。野水齧荒墳，秋蟲鏤官樹。曾聞天寶末，胡馬西南騖。城守魯將軍，拔城從此去。

【校】

〔官樹〕紹本官作宫，全唐詩作宫，注云：一作官。按：足證卷二十五秋日送客至潛水驛之宫樹或亦爲官樹之誤。

【箋證】

按：唐州方城縣爲漢順陽縣。魯將軍謂魯炅，舊唐書一一四炅傳云：「禄山之亂，選任將帥，（天寶）十五載正月，拜炅上洛太守，充南陽節度使，以嶺南、黔中、山南東道子弟五萬人屯葉縣北、滍水之南，築柵四面掘壕以自固。至五月，賊將武令珣、畢思琛等來擊之，衆欲出戰，炅不許，賊於營西順風燒煙，營内坐立不得，横門扇及木争出，賊矢集如雨，炅與中使薛道等挺身遁走，餘衆盡歿。嶺南節度使何履光、黔中節度使趙國珍、襄陽太守徐浩未至，裨將嶺南、黔中、荆襄子弟半在軍，多懷金銀爲資糧，軍資器械盡棄於路如山積，至是賊徒不勝其富。炅收合殘卒保南陽郡，爲賊所圍。尋而潼關失守，賊使哥舒翰招之不從，又使僞將豫州刺史武令珣等攻之，累月不能克。武令珣死，又令田承嗣攻之，潁川太守來瑱、襄陽太守魏仲犀合勢救之，仲犀使弟孟馴爲將，領兵至明府橋，望賊而走，衆遂大敗。炅城中食盡，煮牛皮筋角而食之，米斗至四五十千，有價無米，鼠一頭至四百文，餓死者相枕藉。……炅在圍中一年，救兵不至，晝夜苦戰，人相食。至德二年五月十五日，率衆持滿傅矢，突圍而出南陽，投襄陽，田承嗣來追，苦戰二日，殺賊甚衆，賊又知其決死，遂不敢逼。……」又太平廣記三七六引廣異記：「太原王穆，唐至德初爲魯炅部將，於南陽戰敗，軍馬奔走，穆形貌雄壯，馬又奇大，賊騎追之甚衆……遂載還炅軍，軍城尋爲賊所圍。」所敍正爲兵敗被圍之事，其苦戰之狀可想。禹錫即感此事而作。蓋四五十年後身經此地，猶荒蕪滿目，不能不慨歎於被兵之慘。末二句頗露微詞。以上各詩皆似禹錫永貞初貶時道中所作，有意學樂府。

馬嵬行

緑野扶風道，黄塵馬嵬驛。路邊楊貴人，墳高三四尺。乃問里中兒，皆言幸蜀時。軍家誅佞倖，天子捨妖姬。羣吏伏門屏，貴人牽帝衣。低回轉美目，風日爲無暉。貴人飲金屑，倏忽蕣英莫。平生服杏丹，顔色真如故。屬車塵已遠，里巷來窺覦。共愛宿妝妍，君王畫眉處。履綦無復有，履組光未滅。不見岩畔人，空見凌波韈。郵童愛蹤跡，私手解鞶結。傳看千萬眼，縷絶香不歇。指環照骨明，首飾敵連城。將入咸陽市，猶得賈胡驚。

【校】

〔佞倖〕全唐詩注云：一作戚族。

〔蕣英莫〕全唐詩莫下注云：一作姿。

〔杏丹〕全唐詩杏下注云：一作古。

〔真如〕結一本真作其，誤。

〔鞶結〕紹本、崇本鞶均作縏，全唐詩作鞶。

【注】

〔指環照骨〕西京雜記：戚妃以百鍊金爲彄環，照見指骨。上惡之，以賜侍兒鳴玉、耀光等各四枚。

【箋證】

按：唐詩人詠楊妃者甚多，此詩以馬嵬爲題，自當專敍其被羣情所迫而就死。「軍家誅佞幸，天子捨妖姬」，正是事實。後人每多迂論。唐音癸籤一一引魏泰云：「老杜北征詠馬嵬事云：不聞夏殷衰，中自誅褒妲。若明皇鑒夏、殷事，畏天悔禍，自賜楊妃死，官軍無預者，可謂深識君臣大體。劉禹錫乃云：官軍誅佞幸，天子捨妖姬。白樂天云：六軍不發無奈何，宛轉蛾眉馬前死。此則爲明皇不得已誅貴妃，雖曰紀其實，豈臣子所忍言所宜言？」殊不知杜詩云：「桓桓陳將軍，仗鉞奮忠烈。」何嘗不以楊妃之死爲出於陳玄禮之主張？與禹錫所云「軍家誅佞幸」原無别，且軍家猶云軍人，亦不宜改爲官軍。又如馮浩注李商隱馬嵬詩引詩眼云：「馬嵬詩唐人尤多，如劉夢得緑野扶風道一篇，人頗誦之，其淺近乃兒童所能。」必如何方能謂之深遠，亦殊難解。

又按：後人於貴人飲金屑一語亦横生疑揣，袁枚隨園詩話云：「楊妃縊死佛堂，唐書、通鑑俱無異詞，獨劉禹錫詩……似貴妃之死乃飲金屑，非雉經矣。傳聞異詞，往往如是。」沈濤匏廬詩話則云：「劉夢得詩，貴人服金屑，乃用晉書賈后傳：趙王倫矯詔遣尚書劉宏等賫金屑酒賜后死故事，以喻當日貴妃賜死情事，或遂疑貴妃實服金屑，誤矣。」其論較通，禹錫明云「飲金屑」，其用晉書無疑。

〔空見淩波韈〕太平廣記四〇五：「玄宗至馬嵬驛，令高力士縊貴妃於佛堂梨樹之前，馬嵬媪得韈一隻，過客求而翫之，百錢一覩，得錢無數。」此事蓋唐人所盛傳。至此詩所稱指環首飾將入長安城，併寫楊妃被殺時擾攘之狀，及其平日之窮奢極侈，當亦是實録。

視刀環歌

常恨言語淺，不如人意深。今朝兩相視，脈脈萬重心。

【注】

〔刀環〕古詩：「何當大刀頭，破鏡飛上天。」樂府解題：「大刀頭者，刀頭有環也。何當大刀頭者，何日當還也。」

【箋證】

按：漢書李陵傳：昭帝立，大將軍霍光、左將軍上官桀輔政，素與陵善，遣陵故人隴西任立政等三人俱至匈奴招陵。立政等至，單于置酒，賜漢使者，李陵、衛律皆侍坐，立政等見陵，未得私語，即目視陵，而數數自循其刀環，握其足，陰諭之，言可還歸漢也。禹錫此歌似本此，唐人樂府往往用古詞而兼用他義，殊費參詳，寥寥二十字中，或有難言之隱。禹錫樂府諸作非盡漫爲擬古者。

三閣辭四首 吴聲。

貴人三閣上，日晏未梳頭。不應有恨事，嬌甚卻成愁。

珠箔曲瓊鈎，子細見揚州。北兵那得度？浪語判悠悠。

沈香帖閣柱，金縷畫門楣。回首降幡下，已見黍離離。

三人出眢井，一身登檻車。朱門漫臨水，不可見鱸魚。

【校】

〔浪語判悠悠〕崇本、文粹判均作聲。全唐詩語判作話判，注云：一作語聲。

〔門楣〕全唐詩門下注云：一作閣。

〔降幡〕畿本、全唐詩幡均作旛。

〔不可〕全唐詩注云：一作不得。

【箋證】

按：此詩皆指陳亡之事，所運用皆出於史書，疏釋於下。通鑑一七六：「（至德二年五八四）

是歲，上（後主）於光昭殿前起臨春、結綺、望仙三閣，各高數十丈，連延數十間，其窗牖壁帶，懸楣欄檻，皆以沈檀爲之，飾以金玉，間以珠翠，外施珠簾，内有寶牀寶帳，其服玩瑰麗，近古所未有。每微風暫至，香聞數里。……江濱鎮戍聞隋軍將至，相繼奏聞……帝從容謂侍臣曰：王氣在此，齊兵三來，周師再來，無不摧敗，彼何爲者邪？都官尚書孔範曰：長江天塹，古以爲限隔南北，今日虜軍豈能飛度邪？」又一七七：「（開皇九年五八九）時韓擒虎自新林進軍。……於是城内文武百司皆遁，唯尚書僕射袁憲在殿中……陳主惶遽將避匿，憲正色曰：北兵之入，必無所犯，大事如此，陛下去欲安之？臣願陛下正衣冠、御正殿，依梁武帝見侯景故事。陳主不從，下榻馳去，曰：鋒刃之下，未可交當，吾自有計。從宫人十餘出後堂景陽殿，將自投于井，憲苦諫不從，後閤舍人夏侯公韻以身蔽井，陳主與争，久之乃得入。既而軍人窺井，呼之不應，欲下石，乃聞叫聲，以繩引之，驚其太重，及出，乃與張貴妃、孔貴嬪同乘而上。……三月己巳，陳叔寶與其王公百司發建康詣長安。」此詩云：「三人出眢井，一身登檻車。」張貴妃爲高熲所殺無論矣。孔貴嬪則史無明文，未知禹錫有所據，抑想當然也。末句則哀其客死耳。疑爲禹錫罷和州後遊金陵時弔古之作，詠六朝事即仿六朝體爲之。

又按：前人之評此詩者，詩人玉屑一五引山谷云：「三閣辭四章可以配黍離之詩，有國存亡之鑑也。大概夢得樂府小章優於大篇，詩優於他文耳。」

更衣曲

博山炯炯吐香霧，紅燭引至更衣處。夜如何其夜漫漫，鄰雞未鳴寒雁度。庭前雪壓松桂叢，廊下點點懸紗籠。滿堂醉客争笑語，嘈囋琵琶青幕中。

【校】

〔更衣〕明鈔本衣作深。

〔嘈囋〕崇本作嘈嘈。

【注】

〔更衣曲〕樂府詩集：漢武帝幸平陽公主家，衛子夫善歌，每歌挑上，上起更衣，子夫因侍得幸，更衣曲其取于此。

〔博山〕西京雜記：丁緩作九層博山香罏，鏤以奇禽怪獸，皆自然飛動。

【箋證】

按：唐人喜爲歌曲以寫歡宴留連之狀，自李賀至温庭筠尤工爲此。禹錫半生憂患，早年殊鮮京洛之遊，此或是大和二年（八二八）至五年（八三一）間目覩長安豪貴之沈酣歌舞而作。詩中「庭前雪壓松桂叢，廊下點點懸紗籠」，即「平陽歌舞新承寵，簾外春寒賜錦袍」之義也。

淮陰行五首 并引

古有長干行，言三江之事悉矣。余嘗阻風淮陰，作淮陰行以裨樂府。

簇簇淮陰市，竹樓緣岸上。好日起檣竿，烏飛驚五兩。

今日轉船頭，金烏指西北。煙波與春草，千里同一色。

船頭大銅鐶，摩挲光陳陳。早晚使風來，沙頭一眼認。

何物令儂羨？羨郎船尾燕。銜泥趁檣竿，宿食長相見。

隔浦望行船，頭昂尾𫚖𫚖。無奈晚來時，清淮春浪輭。

【校】

〔以裨〕明鈔本以裨上有姑字。

〔竹樓〕畿本、中山集竹作行，似非。

〔早晚使風〕全唐詩早晚作早早，注云：一作早晚；使風注云：一作便風。

〔晚來〕紹本、絶句均作脱菜，注云：脱一作挑，崇本作洗菜，畿本、中山集、明鈔本均作挑菜，樂府作脱菓，全唐詩注云：一作挑菜。

【注】

〔三江〕書禹貢「三江既入，震澤底定」。疏：「韋昭云：吴松江，錢唐江也。吴地記云：松江東北行七十里，得三江。東北入海爲婁江，東南入海爲東江，并松江爲三江。」酈道元水經注同。

〔五兩〕淮南子：「若綄之候風。」注：「綄者，候風之羽也，楚人謂之五兩。」

【箋證】

按：禹錫所謂古有長干行，蓋即指六朝之長干曲「逆浪故相邀，菱舟不怕摇，妾家揚子住，便弄廣陵潮」等篇。李白長干行王琦注云：「劉逵吴都賦注：建業南五里有山岡，其間平地，吏民雜居，號長干，中有大長干、小長干，皆相連。大長干在越城東，小長干在越城西，地有長短，故號大、小長干。方輿勝覽：建康府有長干里，去上元縣五里，李白長干行所謂同居長干里，乃秣陵縣東里巷，江東謂山壠之間曰干。景定建康志：長干里在秦淮南。」考禹錫行蹤，寶曆二年除夕發楚州歸洛陽，見外集卷一。豈即是時甫解維而阻風淮陰耶？詩有「烟波春草句」，當是初春景物，金烏指西北，或是言轉東南風，利於西北行也。

又按：前人之評此詩者，詩人玉屑一五引山谷云：「淮陰行情調殊麗，語意尤穩切。白樂天、元微之爲之，皆不入此律也。唯無耐脱菜時不可解，當待博物洽聞者説也。」據此則宋時所見劉集無作晚來者，然按全首詩意仍以作晚來爲長。又二老堂詩話云：「余嘗見古本作挑菜時，東坡惠州新年詩，水生挑菜渚，恐用此字。」

競渡曲

競渡始於武陵，至今舉楫而相和之，其音咸呼云何在，斯招屈之義，事見圖經。

沅江五月平隄流，邑人相將浮綵舟。靈均何年歌已矣，哀謡振楫從此起。揚枹擊節雷闐闐，亂流齊進聲轟然。蛟龍得雨鬐鬣動，螮蝀飲河形影聯。刺史臨流褰翠幃，揭竿命爵分雄雌。先鳴餘勇争鼓舞，未至銜枚顔色沮。百勝本自有前期，一飛由來無定所。風俗如狂重此時，縱觀雲委江之湄。綵旗夾岸照鮫室，羅韈凌波呈水嬉。曲終人散空愁暮，招屈亭前水東注。

【校】

〔至今〕崇本、明鈔本、全唐詩至均作及。

〔云何〕崇本云作之。

〔翠幃〕按：幃當作帷。

〔未至〕崇本未作末。

〔銜枚〕紹本枚作枝。

【注】

〔競渡曲〕樂府詩集：舊傳屈原死於汨羅，時人傷之，以舟檝拯焉。因以成俗。競渡曲蓋起於此。

〔搴翠幃〕按此用東漢賈琮事，後漢書琮傳云：「琮爲冀州，傳車垂赤帷裳，琮曰：刺史當遠視廣聽，糾察美惡，何垂帷裳以自掩乎？命褰之。」杜甫詩：「杖鉞褰帷瞻具美」，用褰帷以喻刺史，唐人詩文中不可勝舉。帷裳者，出詩：「漸車帷裳。」作幃者非也。

【箋證】

按：此詩首云沅江五月，蓋禹錫在朗州，親見其土風以五月五日弔屈原，因爲競渡之戲。隋唐嘉話云：「俗五月五日競渡戲，自襄州已南，所向相傳，云屈原初沉江之時，其鄉人乘舟求之，意急而争前，後因爲此戲。」而復有爲異説者，藝苑雌黄云：「南方競渡，治其舟使輕利，謂曰飛梟，又曰水車，又曰水馬。相傳始於越王勾踐，蓋斷髮文身之俗，習水而好戰，古有其風。而荆楚歲時記則曰：五月五日爲屈原投汨羅江，人傷其死，並將舟楫拯之，至今爲俗。然考之懷沙賦，則曰：滔滔孟夏兮，草木莽莽，傷懷永哀兮，汨徂南土，似非五月五日，豈原以孟夏徂南，至五日方赴淵乎？未可知也。夢得競渡曲云：沅江五月平堤流，邑人相將浮綵舟。靈均何年歌已矣，哀謡振檝從此起。夢得蓋以此爲原事。」翟灝通俗編云：「按競渡惟以迅疾争勝，唐王建雖有競渡船頭插綵旗句，而未有言其船爲龍形者，俗以龍船爲競渡，殆未然矣。述異記云：吴王夫差作天池，池中造龍舟，日與西施爲水嬉。此事尚在屈原前。」翟説未諦，五日龍舟確是唐時湘沅風俗。張建封競渡歌云：「五月五日天晴明，楊花繞江啼曉鶯。使君來出郡齋外，江上早聞齊和聲。使君出時皆有準，馬前已被紅旗引。兩岸羅衣破暈香，銀釵照日如霜刃。鼓聲三下紅旗開，兩龍躍出浮水來。擢影斡波飛萬劍，鼓聲劈浪鳴千雷。鼓聲漸急標將近，兩龍望標目如瞬。坡上人呼霹靂驚，竿頭綵挂虹蜺暈。前船搶水已得標，後船失勢空揮橈。瘡眉血首争不定，輸岸一朋心似燒。只將輸嬴分罰賞，兩岸十舟五來往。須臾戲罷各東西，競脱文身請書上。吾今細觀競渡兒，何殊當路權相持！不思得岸各休去，會到摧車折檝時。」據舊唐書一四〇建封本傳，建封寶應中曾至江南。大曆初，道州刺史裴虯薦於觀察使韋之晉，辟爲參謀，建中初爲岳州刺史。此詩疑即作於任岳州時。觀其所敍，與禹錫之詩頗有相似處，蓋時代與地域皆相近也。兩詩皆寫龍舟之狀，明白可據。張詩全唐詩亦收入薛逢卷内，又云一作劉禹錫，則必涉前詩而誤。

又按：題下注云：「競渡始於武陵，至今舉檝而相和之，其音咸呼云何在，斯招屈之義，事見圖經。」當是禹錫自注，以釋詩中「靈均何年歌已矣，哀謡振檝從此起」之語。

隄上行三首

酒旗相望大隄頭，隄下連檣隄上樓。日暮行人争渡急，槳聲幽軋滿中流。

江南江北望煙波，入夜行人相應歌。桃葉傳情竹枝怨，水流無限月明多。

長隄繚繞水徘徊，酒舍旗亭次第開。日晚出簾招估客，軻峩大艑落颿來。

【校】

〔幽軋〕全唐詩幽下注云：一作咿。

〔滿中流〕崇本滿作在。

〔日晚出簾〕紹本、畿本、中山集、樂府、絶句出均作上，崇本、全唐詩出簾作上樓，注云：一作出簾，明鈔本四字作日曉上簾。

【注】

〔桃葉〕古今樂録：桃葉歌王子敬所作也。桃葉子敬妾，緣於篤愛，所以歌之。王獻之桃葉歌「桃葉復桃葉，渡江不用楫」。

〔竹枝〕詳見卷二十七竹枝詞。

【箋證】

按：大隄爲自古荆襄繁華之地。宋隋王誕歌云：「朝發襄陽來，暮至大隄宿，大隄諸女兒，花豔驚郎目。」詩人涉筆及大堤者不勝枚舉。李白大堤曲云：「漢水臨襄陽，花開大堤暖。佳期大堤下，淚向南雲滿。春風無復情，吹我夢魂散。不見眼中人，天長音信斷。」王琦注：「大隄東臨漢江，西自萬山經檀溪、土門、白龍池、東津渡，繞城北老龍隄，復至萬山之麓，周圍四十餘里。」考唐代之大隄實爲商旅薈萃之區，因而聲伎歌酒之娛，尤爲行役者所樂道。楊巨源之大隄曲寫之最爲真切。詩云：「二八嬋娟大隄女，開壚相對依江渚。待客登樓向水看，邀郎捲幔臨花語。

細雨濛濛滛芰荷，巴東商侶挂帆多。自傳芳酒涴紅袖，誰調妍妝迴翠娥？珍簟華燈夕陽後，當壚理瑟矜纖手。月落星微五更聲，春風摇蕩窗前柳。歲歲逢迎沙岸間，北人多識緑雲鬟。無端嫁與五陵少，離别煙波傷玉顔。」正可與禹錫此詩作注脚。

又按：此詩第一首，全唐詩亦收入晚唐李善夷卷中，題爲大隄曲。

采菱行

武陵俗嗜采菱，歲秋矣，有女郎盛遊于馬湖，薄言采之，歸以御客。古有采菱曲罕傳其詞，故賦之以俟采詩者。

白馬湖平秋日光，紫菱如錦綵鴛翔。盪舟遊女滿中央，采菱不顧馬上郎。争多逐勝紛相向，時轉蘭橈破輕浪。長鬟弱袂動参差，釵影釧文浮蕩漾。笑語哇咬顧晚暉，蓼花緣岸扣船歸。歸來共到市橋步，野蔓繫船萍滿衣。家家竹樓臨廣陌，下有連檣多估客。攜觴薦芰夜經過，醉蹋大隄相應歌。屈平祠下沅江水，月照寒波白煙起。一曲南音此地聞，長安北望三千里。

【校】

〔嗜采菱〕崇本采作荇，紹本、畿本、明鈔本采均作芰。

〔歲秋矣〕明鈔本無此三字。

〔馬湖〕崇本馬上有白字，英華此二句作白馬湖秋日紫光，菱如錦綵鴛鴦翔。

〔動參差〕全唐詩動下注云：一作拔。

〔緣岸〕崇本緣作沿。

〔扣船〕紹本、崇本、明鈔本、英華船均作舷。全唐詩作舷，注云：一作船。

【注】

〔采菱曲〕古今樂録：梁武帝改西曲，製江南弄七曲。一曰江南弄，二曰龍笛曲，三曰採蓮曲，四曰鳳笙曲，五曰採菱曲，六曰遊女曲，七曰朝雲曲。

〔白馬湖〕據輿地紀勝，白馬湖在岳州。此詩則在朗州作。

【箋證】

按：此詩與競渡曲皆禹錫在朗州時紀述其土風之作。權德輿有送湖南李侍御赴本使賦採菱亭詩云：「舊俗採菱處，津亭風景和。沅江收暮靄，楚女發清歌。曲岸縈緗葉，荒階上白波。蘭橈向蓮府，一爲枉帆過。」與此詩注所云武陵俗嗜採菱正合。

秋風引

何處秋風至？蕭蕭送雁羣。朝來入庭樹，孤客最先聞。

【箋證】

按：此詩雖不能詳其爲何年在何地，然當在謫居時，方能有此深切之感。詩以四句寫萬千情緒，有感慨而無衰颯之意，是其獨勝處，可與本卷末秋詞同看。

莫傜歌

莫傜自生長，名字無符籍。市易雜鮫人，婚姻通木客。星居占泉眼，火種開山脊。夜渡千仞谿，含沙不能射。

【校】

〔莫傜〕畿本、全唐詩傜均作猺，誤。按：劉集各本皆無作猺者，可見唐人尚無此妄造之字。

【箋證】

按：鮫人指海濱之居民，木客指叢林之居民，禹錫之詩皆紀實，特借用傳説中之名詞耳。火種指畬田，「名字無符籍」一語亦與隋書地理志所云「常免傜役」及後漢書南蠻傳：「無關梁符傳租税之賦」者合。足徵其無一字無來歷。與本卷之蠻子歌皆是在朗州時之詩。

蠻子歌

蠻語鉤輈音，蠻衣斑斕布。熏狸掘沙鼠，時節祠盤瓠。忽逢乘馬客，怳若驚麏顧。腰斧上高山，意行無舊路。

【校】

〔蠻語〕崇本語作貊，非。此句全唐詩注云：一作鉤輈語音蠻，一作蠻語音鉤輈。

〔蠻衣〕全唐詩衣下注云：一作身。

【箋證】

按：此詩暗刺州縣官吏之恣行貪暴，亦苛政猛於虎之義。所寫亦皆實狀，詩話總龜後集二四引黄常明詩話云：「夢得蠻子歌……賓客謫居朗州，而五溪習俗盡得之矣。」

又按：後漢書南蠻傳槃瓠之説多穿鑿附會，意含侮蔑，然所紀風俗當不全虛。傳中所云「衣裳斑蘭，語言侏㒧，好入山壑，不樂平曠」，即此詩所本。

洞庭秋月

洞庭秋月生湖心，曾波萬頃如鎔金。孤輪徐轉光不定，遊氣濛濛隔寒鏡。是時白露三秋中，湖平月上天地空。岳陽城頭暮角絶，蕩漾已過君山東。山城蒼蒼夜寂寂，水月逶迆繞城白。盪槳巴童歌竹枝，連檣估客吹羌笛。勢高夜久陰力全，金氣肅肅開星躔。浮雲野馬歸四裔，首冠星斗當中天。天雞相呼曙霞出，劍影含光讓朝日。日出喧喧人不閑，夜來清景非人間。

【校】

〔秋月〕紹本、崇本、明鈔本、全唐詩月下均有行字。

〔如鎔金〕全唐詩注云：如一作豁，一作鎔黄金。

〔城頭〕全唐詩城作樓，注云：一作城。

〔山城〕全唐詩山下注云：一作孤。

〔金氣〕全唐詩金下注云：一作爽。

〔星躔〕紹本、崇本、中山集、英華星均作清，畿本作清，注云：一作星。全唐詩注云：一作清。

〔野馬〕紹本、崇本馬作鳥。按：野馬用莊子逍遥遊語，作鳥似非。英華作夜鳥，亦疑爲校者臆改。

〔首冠〕畿本注云：一作遥望，全唐詩與一作同，崇本、明鈔本均作欄干。

〔清景〕崇本、英華清均作晴。

【箋證】

按：此詩有岳陽、君山語，似非在朗州作。禹錫永貞（八〇五）初貶，是否已到岳州然後折而西，今未獲明徵。據篇末「劍影含光讓朝日」及「夜來清景非人間」之句，則頗似永貞元年（八〇五）之秋初赴貶所語氣。若元和十年（八一五）貶連州，固必經岳州，但其時當在夏間，與「白露三秋中」之時節尤不合。或者與外集卷六望洞庭一首俱爲由夔州東下時遣興之作，亦未可定。

踏歌詞四首

春江月出大隄平，隄上女郎連袂行。唱盡新詞歡不見，紅霞映樹鷓鴣鳴。

桃蹊柳陌好經過，鐙下妝成月下歌。爲是襄王故宫地，至今猶自細腰多。

新詞宛轉遞相傳，振袖傾鬟風露前。月落烏啼雲雨散，遊童陌上拾花鈿。

日暮江南聞竹枝，南人行樂北人悲。自從雪裏唱新曲，直到三春花盡時。

【校】

〔題〕全唐詩詞作行，又第二首注云：一作張籍無題詩。

〔歡不見〕崇本歡作觀，畿本、全唐詩均注云：一作看，樂府歡作看，注云：一作歡。按：稱所歡爲歡，是六朝歌詞中常用語，恐一誤作觀，再誤作看耳。

〔映樹〕全唐詩映下注云：一作影，樂府與一作同。
〔細腰〕崇本腰作腹，誤。
〔江南〕崇本、畿本、樂府南均作頭。全唐詩作江頭，注云：一作江南。
〔直到〕樂府到作至。

【箋證】

按：踏歌出西京雜記，云：「漢宫女以十月十五日相與聯臂踏地爲節，歌赤鳳來。」詩有「爲是襄王故宫地」及「月落烏啼雲雨散」之句，自是作於夔州，故云：「日暮江南聞竹枝」。但隄上行亦有「桃葉傳情竹枝怨」之句，似竹枝之歌遍行於荆、襄各地。史誤以禹錫之竹枝詞爲作於朗州，殆亦以此。

又按：焦氏筆乘云：「墨子云：楚靈王好細腰，故其臣皆三飯爲節，脇息然後帶，緣牆然後起。韓非子云：楚莊王好細腰，一國皆有饑色。細腰事凡兩見，不聞襄王也。疑劉誤記。」其實傳説本無一定，焦説殊滯。

華清詞

日出驪山東，裴回照温泉。樓臺影玲瓏，稍稍開白煙。言昔太上皇，寄居此祈年。風中聞清樂，往往來列仙。翠華入五雲，紫氣歸上玄。哀哀生人淚，泣盡弓劍前。聖道本自我，凡情徒顒然。小臣感玄化，一望青冥天。

【校】

〔題〕全唐詩注云：一作華清宫詞。

〔影玲瓏〕全唐詩影下注云：一作相。

〔寄居〕紹本、崇本、畿本、全唐詩寄均作常。

【注】

〔華清〕元和郡縣志：京兆府昭應縣華清宫在驪山上，開元十一年（七二三）初置温泉宫，天寶六年（七四七）改爲華清宫，又造長生殿，名爲集靈臺，以祀神也。

〔驪山〕太平寰宇記：關西道雍州昭應縣，驪山在縣東南二里，温湯出於山下。

【箋證】

按：唐人詠華清宫者多矣，大都追想開元、天寶盛時，感往傷今而已，禹錫獨云：「聖道本自我，凡情徒顒然。」是譏玄宗既志在得仙，則今昔存亡亦不足論。或是爲渭南主簿時所作。

步虚詞二首

阿母種桃雲海際，花落子成二千歲。海風吹折最繁枝，跪捧瓊槃獻天帝。

華表千年一鶴歸，凝丹爲頂雪爲衣。星星仙語人聽盡，卻向五雲翻翅飛。

【校】

〔二千〕全唐詩二作三，注云：一作二。

〔海風〕全唐詩注云：一作滄海。

〔瓊粲〕全唐詩瓊下注云：一作金。

〔一鶴〕全唐詩注云：一作鶴一。

【注】

〔華表鶴〕搜神後記：丁令威本遼東人，學道於靈虛山，後化鶴歸遼，集城門華表柱，時有少年舉弓欲射之，鶴乃飛，徘徊空中而言曰：有鳥有鳥丁令威，去家千年今始歸，城郭如故人民非，何不學仙冢纍纍。

【箋證】

按：樂府解題：「步虛，道家所唱，備言縹緲輕舉之美。庾信有送道士步虛詞十首。」唐人集中往往有之，禹錫或是徇道士之請而作。

桃源行

漁舟何招招？浮在武陵水。拖綸擲餌信流去，誤入桃源行數里。清源尋盡花緜緜，躡花覓逕至洞前。洞門蒼黑煙霧生，暗行數步逢虚明。俗人毛骨驚仙子，争來致詞何至此？須臾皆破冰雪顔，笑言委曲問人間。因嗟隱身來種玉，不知人世如風燭，筵羞石髓勸客餐，鐙爇松脂留客宿。雞聲犬聲遥相聞，曉光葱籠開五雲。漁人振衣起出户，滿庭無路花紛紛。翻然恐迷鄉縣處，一息不肯桃源住。桃花滿溪水似鏡，塵心如垢洗不去。仙家一出尋無蹤，至今水流山重重。

【校】

〔桃源〕文粹桃作花。

〔拖〕全唐詩注云：一作垂。

〔蒼黑〕文粹黑作暗。

〔笑言〕全唐詩言下注云：一作語，樂府作語，注云：一作言。

〔人間〕全唐詩人下注云：一作世，文粹、樂府均與一作同。間，全唐詩作世，注云：一作間。

〔恐迷〕文粹迷作失，全唐詩作失，注云：一作迷。

〔不肯〕明鈔本肯作覺。

〔桃花〕文粹花作源。

〔水流〕英華作流水。全唐詩作流水，注云：一作水流。

【注】

〔石髓〕晉書嵇康傳：康遇王烈共入山，烈嘗得石髓如飴，即自服半，餘半與康，皆凝而爲石。列仙傳：卬疏者，周封史也，能行氣鍊形，煮石髓而服之，謂之石鐘乳。

【箋證】

按：此詩似當作於朗州，然有可疑者，外集卷八桃源玩月詩，劉蔇附記云：「元和中取昔事爲桃源行，後貶官武陵，復爲玩月作。」然則桃源行之作在貶朗州以前，元和二字必是貞元之誤。就詩而論，亦頗似少年精力彌滿時之格調。蓋唐人好以桃源故事供歌詠也。

又按：初學記八引盛弘之荆州記：「宋元嘉初，武谿蠻人射鹿，逐入石穴，才容人入。入穴見其旁有梯，因上梯，豁然開朗，桑果蔚然，行人翺翔，亦不以爲怪。此蠻於路所樹爲記，其後茫茫，無復髣髴。」此足證當晉、宋間盛有此類傳説，初非陶潛虚構之寓言。苕溪漁隱叢話云：「東坡云：世傳桃源多過其實，考淵明所記，止言先世避秦亂來此，則漁人所見似是其子孫，非秦人不死者也。又云殺雞作食，豈有仙而殺者乎？舊説南陽有菊水，水甘而芳，居民三十餘家，飲其水皆壽，或至百二三十歲。蜀青城山有老人村，有(見)五世孫者，道極嶮遠，生不識鹽醯。而溪中多枸杞，根如龍蛇，飲其水，故壽。近歲道稍通，漸能致五味，而壽亦益衰。桃源蓋此比也，使武陵太守得而至焉，則已化爲争奪之場久矣。嘗意天壤之間若此者甚衆，不獨桃源。苕溪漁隱曰：東坡此論蓋辯證唐人以桃源爲神仙，如王摩詰、劉夢得、韓退之作桃源行，是也。惟王介甫作桃源行，與東坡之論暗合。」高步瀛唐宋詩舉要復辨之云：「宋人所載蘇子瞻之説不盡可信，説詩不當如此。桃花源本淵明寓言，容齋三筆之説最是。後人各就所見，或以爲仙，或以爲避秦人後，皆無不可。」其實此事蘇氏論證近理，高氏囫圇辨之，非也。武陵在古代，本與外界不盡交通。其中居民不隸郡縣，自成一區域，不知有漢，因爲情理所有。陶潛假以致慨則誠然，謂爲寓言則非也。謂唐人以桃源爲神仙，亦不盡確。韓愈詩云：「初來猶自念鄉邑，歲久此地還成家。」又云：「聽終辭絶共凄然，自説經今六百年。」韓亦不以爲神仙也。王維詩云：「樵客初傳漢姓名，居民未改秦衣服。」王亦何嘗以爲神仙？劉詩不甚從避秦着筆，而云：「因嗟隱身來種玉，不知人世如風燭。」亦止於空寫。皆不得遽謂唐人以桃源爲神仙。

魏宮詞二首

日晚長秋簾外報，望陵歌舞在明朝。添鑪火欲熏衣麝，憶得分明不忍燒。

日映西陵松柏枝，下臺相顧一相悲。朝來樂府長歌曲，唱著君王自作詞。

【校】

〔添鑪火欲〕全唐詩作添爐欲爇，注云：一作欲添爐火。

〔不忍燒〕絶句燒作曉，誤。

〔相悲〕全唐詩悲作思。

【注】

〔長秋〕續漢書百官志：大長秋一人二千石。承秦將行，宦者，景帝更謂爲大長秋，或用士人，中興常用宦者，職掌奉宣中官命。

〔望陵〕陸機弔魏武帝文引魏武遺令曰：吾婕妤、妓人，皆著銅雀臺，於臺堂之上施八尺牀，繐帳，朝晡上脯糒之屬。月朝十五，輒向帳作妓。汝等時時登銅雀臺，望吾西陵墓田。

〔長歌曲〕按樂府解題云：古今注：長歌短歌，言人壽命長短各有定分，不可妄求。

【箋證】

按：通鑑二四三：「（長慶四年），初，柳泌等既誅，方士稍復因左右以進，上（穆宗）餌其金石之藥。」穆宗之死，由於妄求仙方。樂府詩集云：「古今注：長歌、短歌言人壽命長短各有定分，不可妄求。」此詩云：「朝來樂府長歌曲，唱著君王自作詞。」疑即指此。憲宗敬宗皆被害，語意即不甚合。禹錫於穆宗無挽詩，疑即借此寓意。

阿嬌怨

望見葳蕤舉翠華，試開金屋掃庭花。須臾宮女傳來信，言幸平陽公主家。

【校】

〔掃庭花〕結一本掃作鎖，全唐詩注云：一作鎖。

【注】

〔平陽公主〕漢書外戚傳：孝武衛皇后，字子夫，生微也，爲平陽主謳者，……帝祓霸上，還過平陽主，……帝獨説子夫。

【箋證】

按：通鑑二四一「（元和十五年），上（穆宗）自複道出城幸華清宫，獨公主駙馬、中尉神策六軍使帥禁兵千餘人扈從，晡時還宫。」穆宗時甫即位，即躭於遊宴，此詩蓋亦以寓諷也。

九華山 并引

九華山在池州青陽縣西南，九峯競秀，神采奇異。昔予仰太華，以爲此外無奇，愛女几荆山，以爲此外無秀。及今見九華，始悼前言之容易也。惜其地偏且遠，不爲世所稱，故歌以大之。

奇峯一見驚魂魄，意想洪鑪始開闢。疑是九龍夭矯欲攀天，忽逢霹靂一聲化爲石。不然何至今，悠悠億萬年，氣勢不死如騰屳。雲含幽兮月添冷，日凝輝兮江漾影。結根不得要路津，迥秀長在無人境。軒皇封禪登雲亭，大禹會計臨東溟。乘樏不來廣樂絶，獨與猿鳥愁青熒。君不見敬亭之山黄索漠，兀如斷岸無稜角。宣城謝守一首詩，遂使名聲齊五岳。九華山，九華山，自是造化一尤物，焉能籍甚乎人間？

【校】

〔題〕崇本、紹本、明鈔本、全唐詩山下均有歌字。

〔及今〕明鈔本及作乃。

〔悠悠〕崇本作攸攸。

〔日凝〕畿本日下注云：一作月。全唐詩與一作同。

〔雲亭〕紹本、畿本雲均作云，按：與史記封禪書合。

〔謝守〕全唐詩守下注云：一作朓。

〔名聲〕全唐詩二字乙。

【箋證】

按：禹錫以長慶四年（八二四）自夔州赴任和州，經池州至宣州，爲崔羣所款留，見外集卷八歷陽書事詩。此詩正其途中遊覽之作，與前二詩相次，尤可徵前二詩亦長慶末所作。九華山者，太平御覽四六引九華山録：「此山奇秀，高出雲表，峯巒異狀，其數有九，故號九子山焉。李白因遊江漢，覩其山秀異，遂更號曰九華。」李白集：「青陽縣南有九子山，山高數千丈，上有九峯如蓮花，按圖徵名，無所依據。太史公南遊，略而不書。事絶古老之口，復闕名賢之紀，雖靈仙往復，而賦詠罕聞，予乃削其舊號，加以九華之目。」觀禹錫此詩，以謝朓之於敬亭爲比，而不言李，似不以九華山之名爲始於李也。

送春曲

春向晚，春晚思悠哉！風雲日已改，花葉自相催。漠漠空中去，何處天際來？

春已暮，冉冉如人老。映葉見殘花，連天是青草。可憐桃與李，從此同桑棗。

春景去，此去何時回？遊人千萬恨，落日上高臺。寂寞繁花盡，流鶯歸不來。

【校】

〔題〕崇本、全唐詩下有三首二字，是。

〔相催〕文粹催作摧。

〔何處〕紹本、崇本、文粹、全唐詩處均作時。

〔春景〕全唐詩景下注云：一作竟。文粹與一作同。

〔遊人〕畿本遊字缺。

〔繁花〕文粹花作華。

〔歸不來〕全唐詩作歸莫來，注云：一作不歸來。

【箋證】

按：此詩以三字起句，頗似江南好爲由詩入詞之漸。而此詩特存古調。

初夏曲三首

銅壺方促夜，斗柄暫南回。稍嫌單衣重，初憐北户開。西園花已盡，新月爲誰來？

時節過繁華，陰陰千萬家。巢禽命子戲，園果墜枝斜。寂寞孤飛蝶，窺叢覓晚花。

緑水風初煖，青林露早晞。麥田雉朝雊，桑野人暮歸。百舌悲花盡，無聲來去飛。

【校】

〔時節過〕崇本過作遇。

〔早晞〕織本早作未。紹本早作草。

〔麥田〕全唐詩田作隴。

〔無聲〕全唐詩作平蕪，注云：一作無聲，一作絶無。

【箋證】

按：此與送春曲當是一時所作。

柳花詞三首

開從緑條上，散逐香風遠。故取花落時，悠揚占春晚。

輕飛不假風，輕落不委地。撩亂舞晴空，發人無限思。

晴天黯黯雪，來送青春暮。無意似多情，千家萬家去。

【校】

〔風遠〕崇本遠作遶。

〔春晚〕崇本夜作草。

〔黯黯〕崇本作點點。

【箋證】

按：此詩大有自佔身分之意，「輕飛不假風，輕落不委地」二語尤章章甚明。禹錫詩有以韻勝者，此類是也。王士禛論詩主神韻，而偏詆禹錫，蓋未嘗偏讀其全集。從來選詩者，於此類詩皆不措意。

送春詞

昨來樓上迎春處，今日登樓又送歸。蘭蘂殘妝含露泣，柳條長袖向風揮。佳人對鏡容色改，楚客臨江心事違。萬古至今同此恨，無如一醉盡忘機。

【校】

〔長袖〕全唐詩袖下注云：一作袂。

〔容色〕饑本色下注云：一作顔。全唐詩與一作同。

【箋證】

按：此詩有「楚客臨江心事違」之句，當是在朗州所作。詩爲七言律體，與在此前之送春曲不同，似編集者連類及之。送春曲、初夏曲、柳花詞未能詳其時代，然既以送春、初夏、柳花三者爲題，則必有用意，非止流連時物而已。頗疑元和十年（八一五），禹錫諸人既召而復貶，維時正當春末夏初。細玩此三首詞句，如「何處天際來」，「連天是青草」，「新月爲誰來」，「無聲來去飛」，「來送青春暮」，既恰合情景，以十年在外之人，甫得還京而又遠斥，其有此感豈非極自然乎？

秋詞二首

自古逢秋悲寂寥，我言秋日勝春朝。晴空一鶴排雲上，便引詩情到碧霄。

山明水浄夜來霜，數樹深紅出淺黄。試上高樓清入骨，豈知春色嗾人狂。

【校】

〔晴空〕全唐詩晴下注云：一作横。絶句與一作同。

〔豈知〕崇本、畿本、絶句知均作如。

【箋證】

按：此詩首云：「自古逢秋悲寂寥，我言秋日勝春朝。」一洗詞人悲秋之濫調，具見禹錫之抱負。「試上高樓清入骨，豈知春色嗾人狂」，語意較杜牧之「霜葉紅於二月花」尤超妙。

劉禹錫集箋證卷第二十七

樂府下

泰娘歌 并引

泰娘本韋尚書家主謳者，初尚書爲吴郡得之，命樂工誨之琵琶，使之歌且舞。無幾何，盡得其術。居一二歲，攜之以歸京師。京師多新聲善工，於是又捐去故伎，以新聲度曲，而泰娘名字往往見稱於貴遊之間。元和初，尚書薨於東京，泰娘出居民間。久之爲蘄州刺史張遜所得。其後遜坐事謫居武陵郡，遜卒，泰娘無所歸，地荒且遠，無有能知其容與藝者。故日抱樂器而哭，其音焦殺以悲。雒客聞之，爲歌其事，以足乎樂府云。

泰娘家本閶門西，門前緑水環金隄。有時妝成好天氣，走上皐橋折花戲。風流太守韋尚書，路傍忽見停隼旟。斗量明珠鳥傳意，紺幰迎入專城居。長鬟如雲衣似霧，錦茵羅薦承輕步。舞學驚鴻水榭春，歌撩上客蘭堂暮。從郎西入帝城中，貴遊簪組香簾櫳。低鬟緩視抱明月，纖指破撥生胡風。繁華一旦有消歇，題劍無光履聲絶。洛陽舊宅生草萊，杜陵蕭蕭松柏哀。妝匳蟲網厚如繭，博山鑪側傾寒灰。蘄州刺史張公子，白馬新到銅駝里。自言買笑擲黄金，月墮雲中從此始。安知鵬鳥坐隅飛？寂寞旅魂招不歸。秦嘉鏡有前時結，韓壽香銷故篋衣。山城少人江水碧，斷雁哀猿風雨夕。朱弦已絶爲知音，雲鬢未秋私自惜。舉目風煙非舊時，夢尋歸路多參差。如何將此千行淚，更灑湘江斑竹枝？

【校】

〔誨之〕樂府誨作教。

〔捐去〕崇本捐作損。按：此句用三國志王粲傳注語，作損者必校者不知出處而臆改。

〔度曲〕英華此下有教之又盡其妙一句。

〔燋殺〕纖本燋作嶕。按：作嶕者用禮記樂記語。

〔雒客〕全唐詩無雒字，注云：一本有雒字。

〔足乎〕紹本、崇本乎均作於，纖本、中山集、全唐詩均作續於。

〔天氣〕方輿勝覽此句作有時妝好乘天氣。

〔臯橋〕英華臯下注云：集作河，全唐詩注云：一作高。

〔歌撩〕明鈔本、英華撩均作傳，樂府、全唐詩均注云：一作撩。

〔抱明月〕明鈔本抱作把，非。

〔擲黄金〕英華擲作輕，注云：集作擲，一作直。

〔月墮〕全唐詩此句注云：一作月墜雲收。

〔此始〕紹本、崇本此作自，誤。

〔秦嘉〕崇本嘉作家，全唐詩注云：一作家。

〔夢尋〕全唐詩尋下注云：一作歸，樂府與一作同。

【注】

〔題劍〕後漢書韓棱傳：肅宗嘗賜諸尚書劍……自手署其名曰：「韓棱楚龍淵，郅壽蜀漢文，陳寵濟南椎成。」

【箋證】

按：此詩所指云韋尚書，當謂韋夏卿。夏卿已見本集卷十三爲京兆韋尹賀雨止表箋證。舊唐書本傳云：「大曆中與弟正卿俱應制舉，同時策入高等，授高陵主簿，累遷刑部員外郎。時久旱蝗，詔於郎官中選赤畿令，改奉天縣令。以課最第一，轉長安令。改吏部員外郎，轉本司郎中，拜給事中。出爲常州刺史。夏卿深於儒術，所至招禮通經之士。時處士竇羣寓於郡界，夏卿以其所著史論薦之於朝，遂爲門人。改蘇州刺史。貞元末，徐州張建封卒，初授夏卿爲徐州行軍司馬，尋授徐泗濠節度使。夏卿未至，建封子愔爲軍人立爲留後，因授旄鉞，徵夏卿爲吏部侍郎，轉京兆尹、太子賓客、檢校工部尚書、東都留守，遷太子少保卒，時年六十四，贈左僕射。夏卿有風韻，善談讌，與人同處終年而喜愠不形於色，撫孤姪，恩踰己子。早有時稱。其所與遊辟之賓佐皆一時名士。爲政務通適，不喜改作。始在東都，傾心辟士，頗得才彥，其後多至卿相，世謂之知人。」此詩序云：「爲吴郡」，又云：「元和初薨於東京。」仕履及年歲皆吻合。又夏卿爲永貞宰相韋執誼之從祖兄，禹錫自與有淵源，本集卷十三多爲夏卿草表。即夏卿任京兆尹時，此詩稱攜泰娘歸京師，正亦指此時。又李紳過吴門詩自注：「貞元中余以布衣多遊吴，郡中韋夏卿首爲知遇，常陪宴席，段平仲、李季何，劉從周、綦毋咸十餘輩日同杯酒。」語亦與傳相合。此詩云「風流太守韋尚書」，蓋皆紀實。

又按：前人之評此詩者，宋長白柳亭詩話云：「泰娘家在閶門西，……此敘其始也。中云：蘄州刺史張公子，……此敘其自韋而就張也。末云：舉目風煙非舊時……有感有諷，不似琵琶行攬入己身也。」此詩自是在朗州時作，因事寓感，不須再著滯相，已有迴腸蕩氣之致。

〔張愻〕令狐楚有爲人作薦昭州刺史張愻狀（全唐文五四二）云：「前件官守文維謹，持法甚精，清廉有餘，貞固無比。臣伏見嶺南風俗惰懶，苟避征徭，易成逋竄，張愻憂人若己，理郡如家，勸課農桑，置立保社。移風爲敦厚之境，徵賦無慘急之名，周於六年，其道一致。臣猥司廉察，忝守方隅，以所見聞，悉須甄録。」愻或即由昭州遷蘄州。楚爲人作奏，當在貞元七、八年（七九一、七九二）赴桂管觀察使王拱辟時，考其時亦略相當。又新唐書一五一關播傳：「時李元平、陶公達、張愻、劉承誡率輕薄子，游播門下，能侈言誕計，以功名自喜。播謂皆宰相材，數請帝用之。」此雖德宗初年事，尚不甚相遠，未必即有同姓名之人，昭州之貶，或即由元平之累未可知也。至禹錫詩序所云「坐事謫居武陵郡」，當在元和間，去夏卿之卒無幾時，愻之身歷升沉亦可謂久矣。

秋扇詞

莫道恩情無重來，人間榮謝遞相催。當時初入君懷袖，豈念寒鑪有死灰？

【箋證】

按：此首與本集卷二十六之團扇歌有殊，彼猶或是泛詠，此則明有所諷。禹錫交遊中蓋不乏之趨炎忘舊者，特無從指實其人耳。本集卷二十一詠史云：「世道劇頹波，我心如砥柱。」本卷竹枝詞云：「長恨人心不如水，等閒平地起波瀾。」皆此類也。

擣衣曲

爽砧應秋律，繁杵含淒風。一一遠相續，家家音不同。户庭凝露清，伴侶明月中。長裾委襞積，輕珮垂璁瓏。汗餘衫更馥，鈿移麝半空。報寒驚邊雁，促思聞候蟲。天狼正芒角，虎落定相攻。盈篋寄何處？征人如轉蓬。

【箋證】

按：此詩仿齊梁體，但據「天狼正芒角，虎落定相攻」二語，似爲元和十年至十二三年間用兵淮西時所作，蓋暗寓斥責之意。

七夕二首

河鼓靈旗動，姮娥破鏡斜。滿空天是幕，徐轉斗爲車。機罷猶安石，橋成不礙槎。寧知觀津女，竟夕望雲涯？

天衢啓雲帳，神馭上星橋。初喜渡河漢，頻驚轉斗杓。餘霞張錦幛，輕電閃紅綃。非是人間世，還悲後會遥。

【校】

〔姮娥〕崇本、全唐詩姮作嫦。

〔斗爲車〕全唐詩斗下注云：一作地。

〔礙槎〕紹本、崇本、畿本、英華槎均作查，似近古。

〔寧知〕英華寧下注云：集作誰。全唐詩作誰，注云：一作寧。

〔竟夕〕英華注云：集作終日。

〔神馭〕全唐詩注云：一作仙，英華與一作同。

〔張錦幃〕英華張作開。全唐詩幃下注云：一作幙。

【箋證】

按：七夕雖常見之詩材，但據「寧知觀津女，竟夕望雲涯」及「非是人間世，還悲後會遥」之句，似當爲宫闈中失寵之妃妾而作。觀津女謂漢文帝之竇后也，見漢書外戚傳。疑是指文宗時王德妃失寵爲楊賢妃所譖，是時后妃諸王事皆闕略，僅於文宗諸子傳中微語及之而已。

龍陽縣歌

縣門白日無塵土，百姓縣前挽魚罟。主人引客登大隄，小人縱觀黄犬怒。鵁鶄驚鳴遶籬落，橘柚垂芳照窗户。沙平草緑見吏稀，寂歷斜陽照縣鼓。

【校】

〔小人〕全唐詩人作兒。

〔垂芳〕全唐詩芳下注云：一作芬。

〔沙平〕崇本平作門。

〔寂歷〕全唐詩歷下注云：一作寥，結一本與一作同，似非。

【箋證】

按：朗州僅有二縣，除倚郭之武陵外，即龍陽矣。此詩當是禹錫偶爾出遊至此縣，有感於百姓畏見官吏而作，而措詞特婉妙。

〔懸鼓〕按：漢書何並傳：「令騎奴還至寺門，拔刀剥其建鼓。」注：師古曰：「建鼓一名植鼓，建，立也。謂植木而旁懸鼓焉。縣有此鼓者，所以召集號令，爲開閉之時。」此詩雖本此，唐時縣府之制當亦如此。

度桂嶺歌

桂陽嶺，下下復高高。人稀鳥獸駭，地遠草木豪。寄言千金子，知余歌者勞。

【箋證】

按：此當是禹錫初度嶺赴連州時所作，詩有「寄言千金子」之語，蓋怨執政之詞也。韓詩外傳：「飢者欲食，勞者欲歌。」庾信哀江南賦序：「窮者欲達其言，勞者須歌其事。」詩云「知余歌者勞」，本此。

插田歌 并引

連州城下俯接村墟。偶登郡樓，適有所感，遂書其事爲俚歌，以俟采詩者。

岡頭花草齊，燕子東西飛。田塍望如綫，白水光參差。農婦白紵裙，農夫緑蓑衣。齊唱田中歌，嚶儜如竹枝。但聞怨響音，不辨俚語詞。時時一大笑，此必相嘲嗤。水平苗漠漠，煙火生墟落。黄犬往復還，赤雞鳴且啄。路傍誰家郎？烏帽衫袖長。自言上計吏，年初離帝鄉。田夫詰計吏，君家儂定諳。一來長安罷，眼大不相參。計吏笑致辭，長安真大處。省門高軻峨，儂入無度數。昨來補衛士，唯用筒竹布。君看二三年，我作官人去。

【校】

〔農夫〕全唐詩夫作父。

〔田中〕全唐詩田作郢，注云：一作田。

〔年初〕畿本、全唐詩初均作幼，注云：一作初。

〔詰計吏〕紹本、崇本、全唐詩詰均作語。

〔定諳〕崇本定作足，全唐詩諳下注云：一作記，一作喻。

〔罷〕全唐詩作道。

〔儂入〕崇本入作人，誤。

【注】

〔上計吏〕史記儒林傳：二千石謹察可者，當與計偕。注：索隱曰：計，計吏也。偕，俱也。漢書朱買臣傳：買臣隨計吏爲卒，將車至長安，詣闕上書，書久不報。

【箋證】

按：此詩借長安歸來之計吏，以刺長安政局之汙濁，小引及詩中詞句皆極明顯。於農民之憎惡官吏，小吏之倚勢貪榮，有如燃犀鑄鼎，詩亦於漢魏樂府以外別具風格。

〔筒竹布〕漢書循吏傳：「文翁選郡縣小吏遣詣京師，受業博士，或學律令，減省少府用度，買刀布蜀物，齎計吏以遺博士。」此詩借用其語。筒竹布蓋謂細布可藏於竹筒。晉書王戎傳：「南郡太守劉肇賂戎筒中細布五十端。」又張載詩：「佳人贈我筒竹布。」

畬田作

何處好畬田？團團縵山腹。鑽龜得雨卦，上山燒臥木。驚麏走且顧，羣雉聲咿喔。紅燄遠成霞，輕煤飛入郭。風引上高岑，獵獵度青林。青林望靡靡，赤光低復起。照潭出老蛟，爆竹驚山鬼。夜色不見山，孤明星漢間。如星復如月，俱逐曉風滅。本從敲石光，遂致烘天熱。下種煖灰中，乘陽坼芽孽。蒼蒼一雨後，苕穎如雲發。巴人拱手吟，耕耨不關心。由來得地勢，徑寸有餘陰。

【校】

〔題〕紹本、崇本、明鈔本、全唐詩均作畬田行。

〔翬翐〕全唐詩翐下注云：一作雞。

〔輕煤〕畿本、全唐詩煤下注云：一作爍。按：作爍者非。

〔芽孽〕紹本、崇本芽作牙，全唐詩注云：一作芽。孽，注云：一作蘖。

〔巴人〕全唐詩巴下注云：一作畿。

〔餘陰〕全唐詩陰作舍，注云：一作陰。

【注】

〔畬田〕廣韻，畬訓燒榛種田，集韻云：火種也。史記平準書：江南火耕水耨。集解：應劭曰：燒草下水種稻，草與稻並生，高七八寸，因悉芟去，復下水灌之，草死，獨稻長，此所謂水耕火耨也。

又按宋許觀東齋記事云：沅湘間多山，農家惟植粟，且多在岡阜，每欲布種時，則先伐其林木，縱火焚之。俟其成灰，即播種於其間，如是則所收必倍，蓋史所言刀耕火種也。

【箋證】

按：杜甫秋日夔府詠懷奉寄鄭監李賓客詩云「燒畬度地偏」，此詩云「巴人拱手吟」，則亦必禹錫任夔州刺史時所作也。仇注杜詩引農書云：「荆楚多畬田，先縱火熂爐，候經雨下種，歷三歲土脈竭，復熂旁山，熂，燹火燎草，爐火燒山界也。」正足爲此詩「下種煖灰中，蒼蒼一雨後」等句作注。

又按：黄徹䂬溪詩話云：「劉禹錫謫連州，作畬田行云：何處好畬田，團團縵山腹。下種煖灰中，乘陽拆芽蘖。又作竹枝詞云：銀釧金釵來負水，長刀短笠去燒畬。嘗觀辰沅亦然，瘠土之民宜倍其勞，而耕及鹵莽也。夢得蠻子歌云：蠻語鈎輈音，蠻衣斑斕布。熏狸掘沙鼠，時節祠盤瓠。忽逢乘馬客，恍若驚麏顧。腰斧上高山，意行無舊路。賓客謫居朗州而五溪風俗盡得之矣。」黄氏此説，阮閱詩話總龜已駁之，謂詩有巴人之語，當作於夔州。證以杜詩，誠近是。

又按：温庭筠有燒歌云：「起來望南山，山火燒山田。微紅夕如滅，短燄復相連。差差向巖石，冉冉凌青壁。低隨迴風盡，遠照茅簷赤。鄰翁能楚言，倚鍤欲潸然。自言楚越俗，燒畬作旱田。豆苗蟲促促，籬上花當屋。廢棧豕歸欄，廣場雞啄粟。新年春雨晴，處處賽神聲。持錢就人卜，敲瓦隔林鳴。卜得山上卦，歸來桑棗下。吹火向白茅，腰鐮映赬蔗。風驅槲葉煙，槲樹連平山。迸星拂霞外，飛燼落階前。仰面呻復嚏，鴉娘咒豐歲。誰知蒼翠容，盡作官家稅。」寫畬田農民之苦與官吏之横，與吕温之道州觀野火詩皆可爲禹錫此詩旁證。

蒲桃歌

野田生蒲桃，纏繞一枝蒿。移來碧墀下，張王日高高。分岐浩繁縟，脩蔓蟠詰曲。揚翹向庭柯，意思如有屬。爲之立長架，布濩當軒緑。米液溉其根，理疏看滲漉。繁葩組綬結，懸實珠璣蹙。馬乳帶輕霜，龍鱗躍初旭。有客汾陰至，臨堂瞪雙目。自言我晉人，種此如種玉。釀之成美酒，令人飲不足。爲君持一斗，往取涼州牧。

【校】

〔日高高〕紹本、崇本、全唐詩均作日日高。

〔長架〕全唐詩架作檠，注云：一作架。

〔布濩〕崇本濩作護。按：此字可作濩，作護者乃依漢書及文選封禪文改。

〔米液〕全唐詩米下注云：一作朱。

〔躍初旭〕全唐詩躍作曜，是。

【注】

〔涼州牧〕後漢書張讓傳注引三輔決録注：孟佗以蒲陶酒一斗遺讓，讓即拜佗爲涼州刺史。

【箋證】

按：新唐書地理志，太原府貢蒲桃酒。太原之産蒲桃，蓋唐人所共知，故此詩云：「自言我晉人，種此如種玉。」外集卷三即有和令狐相公謝太原李侍中寄蒲桃詩。彼詩云：「魚鱗含宿潤，馬乳帶殘霜。」此詩云：「馬乳帶輕霜，龍鱗躍初旭。」語亦略同。詩意前半刺小人得勢，後半刺政以賄成。但自貞元以後，似少權臣黷貨鬻官之事，仍是斥宦官輩耳。

鶗鴂吟

朝陽有吟鳳，不聞千萬祀。鶗鴂催衆芳，晨間先入耳。秋風白露晞，從是爾啼時。如何上春日，唧唧滿庭飛？

【校】

〔鶗〕紹本作題，下同，誤。

〔吟鳳〕崇本、明鈔本、全唐詩吟均作鳴。

〔催衆〕崇本催作摧。

〔晨間〕崇本、文粹均作畏聞。

【箋證】

按：漢書揚雄傳顔注云：「鶗鴂常以立夏鳴，鳴則衆芳皆歇。」此詩正用此意。鶗鴂催衆芳，猶云催衆芳之衰歇也，晨間先入耳者，不聞鳴鳳之音，獨先聞鶗鴂也。吟鳳指正直觸邪之言，鶗鴂則指惡直醜正之羣吠。所謂「如何上春日，唧唧滿庭飛」，蓋謂順宗初政一新，非復德宗晚節頹唐之比，頗疑是未遭貶斥時憤時人紛紛謗議王、韋而作。自蒲桃歌以下至觀雲篇，意指略近，疑作詩先後亦不遠。

牆陰歌

白日左右浮天潢，朝晡影入東西牆。昔爲兒童在陰戲，當時意小覺日長。東鄰侯家吹笙簧，隨陰促促移象牀。西鄰田舍乏糟糠，就影汲汲舂黄粱。因思九州四海外，家家只占牆陰内。莫言牆陰數尺間，老卻主人如等閒。君看眼前光景促，中心莫學太行山。

【校】

〔天潢〕全唐詩潢下注云：一作光。

〔光景〕全唐詩景作陰。

【箋證】

按：此詩之意，借所見牆陰之日影以喻人事之悤促。得意者勿自謂可久，顯爲刺權貴之恣威福而作。而取譬殊深曲，蓋禹錫精思之結構也。

觀雲篇

興雲感陰氣，疾走如見機。晴來意態行，有若功成歸。蔥蘢含晚景，潔白凝秋暉。夜深度銀漢，漠漠仙人衣。

【校】

〔疾走〕全唐詩走作足，注云：一作走。

〔潔白〕全唐詩白下注云：一作素。

【箋證】

按：此詩在若貶若褒之間，蓋禹錫當時所感，有不能質言之者，故以迷離惝恍出之，今不得而詳矣。

沓潮歌 并引

元和十年夏五月，終風駕濤，南海羡溢。南人曰沓潮也，率三更歲一有之。余爲連州，客或爲予言其狀，因歌之附于南越志。

屯門積日無回飆，滄波不歸成沓潮。轟如鞭石矻且摇，亘空欲駕黿鼉橋。驚湍蹙縮悍而驕，大陵高岸失岧嶤。四邊無阻音響調，背負元氣掀重霄。介鯨得性方逍遥，仰鼻嘘吸揚朱翹。海人狂顧迭相招，罽衣髽首聲嘵嘵。征南將軍登麗譙，赤旗指麾不敢嚻。翌日風回沴氣消，歸濤納納景昭昭。烏泥白沙復滿海，海色不動如青瑶。

【校】

〔題〕崇本、全唐詩沓作踏。紹本無并引二字。

〔終風駕濤〕全唐詩注云：一作大風駕潮。

〔羡溢〕全唐詩羡作泛，注云：一作羡。

〔余爲連州〕全唐詩無此四字。

〔爲予〕全唐詩無此二字。

【箋證】

按：小引雖有元和十年（八一五）夏五月語，非即是時所作也。禹錫以是年三月除連州刺史，據本集卷十八謝門下武相公啓及外集卷九謝上連州刺史表，皆止云今月十一日到州上訖，惜文末無年月。然表中云：南方癘疾多在夏中，自發郴州，便染瘴瘧。詳其語氣，似到州之月爲六月也。即使其爲五月，亦未必甫到連州即聞沓潮之事。故當是到連州以後從容追記之詩。

〔沓潮〕唐音癸籤一六引遯叟云：「番禺記：兩水相合曰沓潮，蓋風駕前潮不得去，後潮之應候者復至，則爲沓潮，海不能容則溢。」沓潮之義，得此益明。

百花行

長安百花時，風景宜輕薄。無人不沽酒，何處不聞樂？長安連夜動，微雨陵曉濯。紅燄出牆頭，雪光映樓角。繁紫韻松竹，遠黄遶籬落。臨路不勝愁，輕飛去何託？滿庭蕩魂魄，照廡成丹渥。爛漫簇顛狂，飄零勸行樂。時節易晼晚，清陰覆池閣。唯有安石榴，當軒慰寂寞。

【校】

〔長安連夜動〕按：此句長安二字似誤，紹本、崇本、中山集、全唐詩均作春風。

〔紅燄〕崇本燄作豔。

〔雪光〕結一本光作花，誤。

〔輕飛〕全唐詩飛作煙。

【箋證】

按：以下數篇多詠長安情事，不宜次於沓潮歌之後。惟是否禹錫初入長安時所作，宜分別觀之，以詩之格調而論，則似以少年之作爲近。此首則顯然刺得意逞狂之輩，或在初登科時，亦未可知。

春有情篇

爲問遊春侶，春情何處尋？花含欲語意，草有鬬生心。雨頻催發色，雲輕不作陰。縱令無月夜，芳興暗中深。

【校】

〔催發〕紹本、崇本催均作唯。

【箋證】

按：此亦齊梁新體詩之風韻，而自是唐人語，禹錫之詩不拘一格，惟其所宜。此詩婉約，恰如其題，故於齊梁爲近。非必有意摹其形式也。

路旁曲

南山宿雨晴，春入鳳皇城。處處聞弦管，無非送酒聲。

【箋證】 按：此詩爲當時都城中豪家鬭奢華、耽荒宴之風氣言之。盧照鄰之長安古意，駱賓王之帝京篇，皆長言累千百，而禹錫以二十字括之。本集卷二十二之城中閑遊及初至長安二詩與此詩意趣皆相近。

〔南山〕清一統志云：「長安志：南山在長安縣南七十里，連乾祐縣界。又盩厔縣南山去縣三十里。雍録：終南山横亘關中南面，西起秦隴，東徹藍田，凡雍、岐、郿、鄠、長安、萬年相去八百里，連亘峙踞其南者，皆此一山。胡三省通鑑注：關中有南山北山，自甘泉連延至巀嶭、九嵕爲北山，自終南太白連延至商嶺爲南山。」本集卷二十二初至長安詩云：「不改南山色，其餘事事新。」語意略相關。

白鷺兒

白鷺兒，最高格。毛衣新成雪不敵。衆禽喧呼獨凝寂。孤眠芊芊草，久立潺潺石。前山正無雲，飛去入遥碧。

【箋證】

按：此詩寓意甚顯，疑當禹錫爲郎官御史時已有不諧於俗之感。毛衣新成一語必自況其少年新進也。

壯士行

陰風振寒郊，猛虎正咆哮。徐行出燒地，連吼入黄茅。壯士走馬去，鐙前彎玉弰。叱之使人立，一發如鈹交。悍睛忽星墮，飛血濺林梢。彪炳爲我席，羶腥充我庖。里中欣害除，賀酒紛號呶。明日長橋上，傾城看斬蛟。

【校】

〔鈹交〕全唐詩鈹下注云：一作鼓。按：鈹交語出左傳昭二十七年，不當作鼓。鼓字必因鈹字壞而誤改。

〔悍睛〕崇本睛作情，誤。

〔號呶〕全唐詩二字乙。

【注】

〔鈹交〕左傳昭二十七年：吴公子光、伏甲於堀室而享王，鱄設諸置劍於魚中以進，抽劍刺王，鈹交於胸。遂弑王。

〔長橋〕晉書周處傳，處謂父老曰：今時和歲豐，何苦而不樂耶？父老歎曰：三害未除，何樂之有！處曰：何謂也？答曰：南山白額猛獸，長橋下蛟，並子爲三矣。處乃入山射殺猛獸，投水搏蛟，三日三夜，殺蛟而返。入吴，尋二陸，遂篤志好學。

【箋證】

按：此當是觀獵之作，而藉以抒感慨。觀末句之意亦似暗指元和十二年（八一七）冬平吴元濟之復繼將討李師道也。

邊風行

邊馬蕭蕭鳴，邊風滿磧生。暗添弓箭力，斗上鼓鼙聲。襲月寒暈起，吹雲陰陳成。將軍占氣候，出號夜翻營。

【校】

〔斗上〕畿本、全唐詩斗下注云：一作半，中山集與一作同。

〔寒暈〕結一本暈作風，與上文複，非。

〔出號〕結一本注云：一作寒號畏翻城；紹本、畿本寒號之寒字作安字，似皆非。

【箋證】

按：此等詩題，唐人集中幾於觸目皆是，蓋緣當時文人競以從事邊軍爲出仕之捷徑，故形於諷詠，成爲風氣。不能實指其爲何人何事也。

〔出號〕按：出號爲唐時軍中習用語，外集卷二深春詩之「書號夕陽斜」，外集卷六和陳許王尚書詩之「飲中請號駐金卮」，鄭畋詩：「陛兵偏近羽林營，夜静仍傳禁號聲。」皆謂此也。大抵出號皆在夜間。

竹枝詞 并引

四方之歌，異音而同樂。歲正月，余來建平，里中兒聯歌竹枝，吹短笛擊鼓以赴節。歌者揚袂睢舞，以曲多爲賢。聆其音，中黄鐘之羽。卒章激訐如吴聲，雖傖儜不可分，而含思宛轉，有淇澳之豔。昔屈原居沅湘間，其民迎神詞多鄙陋，乃爲作九歌，到于今荆楚鼓舞之。故余亦作竹枝詞九篇，俾善歌者颺之，附于末，後之聆巴歈，知變風之自焉。

白帝城頭春草生，白鹽山下蜀江清。南人上來歌一曲，北人陌上動鄉情。

山桃紅花滿上頭，蜀江春水拍山流。花紅易衰似郎意，水流無限似儂愁。

江上朱樓新雨晴，瀼西春水縠文生。橋東橋西好楊柳，人來人去唱歌行。

日出三竿春霧消，江頭蜀客駐蘭橈。憑寄狂夫書一紙，住在成都萬里橋。

兩岸山花似雪開，家家春酒滿銀梧。昭君坊中多女伴，永安宫外踏青來。

城西門前灔澦堆，年年波浪不能摧。懊恨人心不如石，少時東去復西來。

瞿唐嘈嘈十二灘，此中道路古來難。長恨人心不如水，等閒平地起波瀾。

巫峽蒼蒼煙雨時，清猿啼在最高枝。箇裏愁人腸自斷，由來不是此聲悲。

山上層層桃李花，雲間煙火是人家。銀釧金釵來負水，長刀短笠去燒畬。

【校】

〔并引〕結一本作并序，據紹本、崇本、全唐詩改。崇本題下有九首二字。

〔里中兒〕崇本兒作見。

〔睢舞〕明鈔本睢作雜。

〔卒章〕紹本、崇本、明鈔本卒上有其字。

〔淇澳〕紹本、崇本、中山集澳均作濮。崇本淇誤作湛。

〔居沅湘〕崇本居作屈。

〔鼓〕全唐詩作歌，下同。
〔陌上〕畿本陌下注云：一作莫；紹本、崇本、全唐詩均與一作同。
〔拍山〕崇本山作江。
〔朱樓〕崇本作春來。
〔憑寄〕崇本、全唐詩憑下均注云：一作欲。
〔住在〕全唐詩作家住。
〔不能摧〕全唐詩摧下注云：一作推。
〔懊恨〕紹本、崇本、畿本、中山集恨均作惱，全唐詩作惱，注云：一作恨。
〔此中〕全唐詩注云：一作人言。

【注】

〔建平〕晉於秭歸置建平郡，故以此稱夔州。
〔白鹽山〕水經注江水：江水又東逕廣溪峽，斯乃三峽之首也。其間三十里，頹巖倚木，厥勢殆變，北岸山上有神淵，淵北有白鹽崖，高可千餘丈，俯臨神淵，土人見其高白，故因名之。太平寰宇記：山南東道夔州奉節縣：白鹽山在州城澗東。
〔萬里橋〕華陽國志：蜀都城南有江橋南渡曰萬里橋。名勝志：萬里橋亦名篤泉橋，蜀使費禕聘吴。諸葛亮祖之，歎曰：萬里之行，始于今日。故曰萬里橋。

〔昭君坊〕太平寰宇記：山南東道歸州興山縣：王昭君宅，漢王嬙即此邑之人，故云昭君之村。縣連巫峽，即其地。

〔灩澦堆〕水經注江水：江水又東逕魚復故城南，江中有孤石爲淫澦石，冬出水二十餘丈，夏則没。國史補：峽路峻急，四月五月爲尤險時，故曰：灩澦大如馬，瞿塘不可下。灩澦大如牛，瞿塘不可留。灩澦大如襆，瞿唐不可觸。

〔瞿唐〕水經注江水：江水又東逕廣溪峽，乃三峽之首。其間三十里，頽巖依木，厥勢殆變，中有瞿唐、黄龍二灘，夏水迴復，沿泝所忌。

〔巫峽〕水經注江水：江水歷峽東，逕新崩灘，其間首尾百六十里，謂之巫峽。蓋因山爲名也。自三峽七百里中，兩岸連山，略無闕處，重巖疊嶂，隱天蔽日，自非亭午夜分，不見曦月。

【箋證】

按：新唐書一六八禹錫本傳云：「(朗)州接夜郎諸夷，風俗陋甚，家喜巫鬼，每祠歌竹枝，鼓吹裴回，其聲傖儜。禹錫謂屈原居沅湘間，作九歌，使楚人以迎送神，乃倚其聲作竹枝詞十餘篇，於是武陵夷俚悉歌之。」此詩小引明云：「歲正月余來建平」，禹錫以長慶二年(八二二)正月到夔州，見卷十四夔州謝上表，夔州即建平郡，非在朗州之作。樂府詩集云：「近代曲辭竹枝：署名顧況，有小序云，竹枝本出于巴渝，唐貞元中，劉禹錫在沅湘，以俚歌鄙陋，乃依騷人九歌作竹枝新辭九章，教里中兒歌之，由是盛於貞元、元和之間。禹錫曰：竹枝，巴歙也。巴兒聯歌吹短笛擊鼓以赴節，歌者揚袂睢舞，其音協黄鐘羽，末如吴聲。含思宛轉，有淇濮之豔焉。」此説沿新唐書本傳而益訛，貞元中禹錫安得在沅湘乎？況之詩云：「帝子蒼梧不復歸，洞庭葉下荆雲飛。巴人夜唱竹枝後，腸斷曉猿聲漸稀。」亦謂是巴人之歌也。葛立方韻語陽秋一五云：「劉夢得竹枝九篇，其一云：白帝城頭春草生，白鹽山下蜀江清。其一云：瞿塘嘈嘈十二灘，此中道路古來難。其一云：城西門前灧澦堆，年年波浪不曾摧。又言昭君坊、瀼西春之類，皆夔州事，乃夢得爲夔州刺史時所作。而史稱夢得爲武陵司馬作竹枝詞，誤矣。郭茂倩樂府詩集言唐貞元中劉禹錫在沅湘，以俚歌鄙陋，乃依騷人九歌作竹枝詞九章，則茂倩亦以爲武陵所作，當是從史所書也。」其言是。高步瀛唐宋詩舉要駁葛氏之語，謂：「唐山南道朗州武陵郡，漢爲武陵郡，王莽時改建平，即今湖南武陵縣也。韻語陽秋謂爲夔州刺史時所作，大謬。」不知宋書州郡志明云：「建平太守，吴孫休永安三年分宜都立，領信陵，興山，秭歸，沙渠四縣。」信陵即唐初信州所由命名也。旋即改信州爲夔州，見舊唐書地理志。隋書亦於巫山縣下注云：舊置建平郡。不思禹錫至朗州當在永貞元年（八〇五）冬間，不得云歲正月，而至夔州則在長慶二年，（八二二）正月，確無可疑。説詩不可不以史事爲據，否則必如高氏譏葛氏爲大謬，實則自蹈之矣。

又按：劉商有秋夜聽嚴紳巴童唱竹枝歌云：「巴人遠從荆山客，回首荆山楚雲隔。思歸夜聽竹枝歌，庭槐葉落秋風多。曲中歷歷敍鄉土，鄉思綿綿楚詞苦。身騎吴牛不畏虎。手提簑笠欺風雨。猨啼日暮江岸邊，緑蕪連山水連天。來時十三分十五，一成新衣已再補。鴻雁南飛報鄰伍。在家歡樂辭家苦。天清露白鐘漏遲，淚痕滿面看竹枝。曲終寒竹風裊裊，西方落日東方曉。」白居易曲江感秋詩亦有「夜聽竹枝愁」之句。及至忠州，有聽竹枝贈李侍御云：「巴童巫女竹枝歌，懊惱何人怨咽多。暫聽遺君猶悵望，長聞教我復如何！」于鵠亦有巴女謡云：「巴女騎牛唱竹枝，藕絲菱葉傍江時。不愁日暮還家錯，記得芭蕉出槿籬。」居易以元和十四年（八一九）到忠州，禹錫時猶在連州，距其履夔州任尚早三年，而白集中有竹枝詞云：「瞿唐峽口水煙低，白帝城頭月向西。唱到竹枝聲咽處，寒猿暗鳥一時啼。竹枝苦怨怨何人，夜静山空歇又聞，蠻兒巴女齊聲唱，愁殺江南病使君。巴東船舫上巴西，波面風生雨脚齊。水蓼冷花紅簇簇，江蘺碧葉溼淒淒。江畔誰人唱竹枝，前聲斷咽後聲遲。怪來調苦緣詞苦，多是通州司馬詩。」則謂竹枝詞始於禹錫亦非也，通州司馬謂元稹，稹之爲竹枝詞蓋又先於居易。至李涉之竹枝詞四首，如：「荆門灘急水潺潺，兩岸猿啼煙滿山，渡頭多少應官去，月落西陵望不還。」則似聞風而争相效矣。

又按：前人之評此詩者，詩人玉屑一五：「山谷云：劉夢得竹枝九章，詞意高妙，元和間誠可以獨步，道風俗而不俚，追古昔而不愧。比之杜子美夔州歌，所謂同工異曲也。昔子瞻嘗聞余詠第一篇，歎曰：此奔軼絶塵，不可追也。」又何良俊四友齋叢説云：「黄山谷跋劉賓客柳枝詞云：劉賓客柳枝，雖乏曹、劉、陸機、左思之豪壯，自爲齊梁樂府之將領也。」又云：「劉夢得竹枝九首，蓋詩人工道人意中事者，使白居易、張籍爲之未必能也。」又丹鉛總録九：「宋人小説謂劉禹錫竹枝詞，瀼西春水縠紋生，乃生熟之生，信是。文選謝脁詩：遠樹曖芊芊，生煙紛漠漠。亦然。小謝之句實本靈運，靈運撰征賦云：「披宿莽以迷徑，覩生煙而知墟。」其實楊氏此論過於好奇，未必得作者之意。袁枚隨園詩話云：「劉禹錫詩：『瀼西春水縠紋生』，明是春水方生之義，而晏元獻以爲生熟之生。豈織綺縠者定用生絲不用熟絲耶？」其論較通。

楊柳枝詞九首

塞北梅花羌笛吹，淮南桂樹小山詞。請君莫奏前朝曲，聽唱新翻楊柳枝。

南陌東城春早時，相逢何處不依依？桃紅李白皆誇好，須得垂楊相發揮。

鳳闕輕遮翡翠幃，龍池遥望麴塵絲。御溝春水相輝映，狂殺長安年少兒。

金谷園中鶯亂飛，銅駝陌上好風吹。城中桃李須臾盡，争似垂楊無限時。

花萼樓前初種時，美人樓上鬬腰支。如今抛擲長街裏，露葉如啼欲恨誰？

煬帝行宫汴水濱，數株殘柳不勝春。晚來風起花如雪，飛入宫牆不見人。

御陌青門拂地垂，千條金縷萬條絲。如今綰作同心結，將贈行人知不知？

城外春風吹酒旗，行人揮袂日西時。長安陌上無窮樹，唯有垂楊綰别離。

輕盈嫋娜占年華，舞榭妝樓處處遮。春盡絮飛留不得，隨風好去落誰家？

【校】

〔發揮〕樂府揮作輝。

〔龍池〕崇本、樂府、絶句池均作墀。

〔相輝〕全唐詩相下注云：一作柳，樂府與一作同。

〔城中〕紹本、崇本、樂府、絶句中均作東，全唐詩注云：一作東。畿本作東，注云：一作中。按：作東者似是。

〔長街〕樂府長作上，注云：一作長，全唐詩注云：一作上。

〔恨誰〕全唐詩恨作向，注云：一作恨。

〔數株殘柳〕畿本株下注云：一作枝，殘下注云：一作楊。全唐詩作枝作楊，注云：一作株，一作殘。

〔晚來〕全唐詩晚下注云：一作昨，樂府與一作同。

〔青門〕全唐詩青下注云：一作東，明鈔本與一作同。

〔吹酒旗〕全唐詩吹下注云：一作滿，樂府與一作同。

〔綰別離〕各本綰多作管。

〔年華〕樂府年作春。

〔絮飛〕全唐詩飛作花，注云：一作飛。

【箋證】

按：樂府詩集：「楊柳枝，白居易洛中所製也。本事詩曰：白尚書有妓樊素善歌，小蠻善舞，嘗爲詩曰：櫻桃樊素口，楊柳小蠻腰。年既高邁，而小蠻方豐豔，乃作楊柳枝辭以託意曰：永豐西角荒園裏，盡日無人屬阿誰？及宣宗朝，國樂唱是辭，帝問誰辭，永豐在何處？左右具以對。時永豐坊西南角園内有垂柳一株，柔條極茂，因東使命取兩枝植於禁中。居易感上知名，且好尚風雅，又作辭一章云：定知玄象今春後，柳宿光中添兩星。河南盧尹時亦繼和。薛能曰：楊柳枝者，古題所謂折楊柳也。乾符五年（八七八），能爲許州刺史，飲酣，令部伎少女作楊柳枝健舞，復賦其詞爲楊柳枝新聲云。」考禹錫所作楊柳枝詞，蓋和居易之作（見附録）。楊柳枝者，歌曲之名，楊柳枝詞者，名附歌曲而實即詠楊柳之詩。至於楊柳枝之歌曲，雖盛行於白、劉之時，固非白、劉之所創。故白集楊柳枝二十韻序云：「楊柳枝，洛下新聲也，洛之小妓有歌之者，詞章音韻，聽可動人，故賦之。」樂府詩集所云，聊可資參證而已。

又按：白集别柳枝云：「兩枝楊柳小樓中，嫋娜多年伴病翁。明日放歸歸去後，世間應不要春風。」同卷又有詩題云：「前有别柳枝絶句，夢得繼和云：春盡絮飛留不得，隨風好去落誰家。又復戲答。」詩云：「柳老春深日又斜，任他飛向别人家。誰能更學孩童戲，尋逐春風捉柳花？」據此則禹錫楊柳枝詞九首未必皆一時所作，即使一時所作，亦在晚年，當居易放柳枝時。

〔龍池〕李白有侍從宜春苑賦龍池柳色初青聽新鶯百囀歌，龍池柳色蓋是唐時長安勝景。長安志九：「龍池在躍龍門南，本是平地，自垂拱、載初後，因雨水流潦成小池，後又引龍首渠支分溉之，日以滋廣。至神龍景龍中，彌亘數頃，澄澹皎潔，深至數丈，……置宮後謂之龍池。」

〔麴塵〕唐人以麴塵喻柳色，詩中所常見。姚寬西溪叢語據周禮內司服鄭司農注，鞠衣，黃桑服也，色如鞠塵，象桑葉始生。此用之柳，又象其花絮之穗耳。又苕溪漁隱叢話引復齋漫録：「余讀唐楊巨源詩，江邊楊柳麴塵絲之句，皆不知所本，其後讀夢得楊柳枝詞云……乃知巨源取此，今巨源集作緑煙絲，非也。」其實楊之時代不後於禹錫，非楊取劉詩也，宋人疏於論世，往往如此。

〔花萼樓〕唐六典：「興慶宮在皇城之東南，宮之南曰通陽門，通陽之西曰花萼樓。」注：「花萼樓西即寧王第，故取詩人棠棣之義以名樓焉。」

附録一　白居易　楊柳枝詞八首

六么水調家家唱，白雪梅花處處吹。古歌舊曲君休聽，聽取新翻楊柳枝。（按：白、劉連章之首詞意皆相同，可見二人蓋同時分賦，而各寓其身世遭際也。）

陶令門前四五樹，亞夫營裏百千條。何似東都三二月，黃金枝映洛陽橋。（按：此與劉詩金谷園中一首皆詠洛陽。）

依依裊裊復青青，勾引春風無限情。白雪花繁空撲地，緑絲條弱不勝鶯。

紅板江橋青酒旗，館娃宫暖日斜時。可憐雨歇東風定，萬樹千條各自垂。（按：以下三首皆詠蘇、杭二州，依白詩編集之次第，似可證其爲居易罷蘇州後作，若然，則禹錫同在洛陽，故禹錫之詩不涉及蘇州而多詠洛陽也。）

蘇州楊柳任君誇，更有錢唐勝館娃。若解多情尋小小，緑楊深處是蘇家。

蘇家小女舊知名，楊柳風前别有情。剥條盤作銀環樣，卷葉吹爲玉笛聲。

葉含濃露如啼眼，枝裊輕風似舞腰。小樹不禁攀折苦，乞君留取兩三條。

人言柳葉似愁眉，更有愁腸似柳絲，柳絲挽斷腸牽斷，彼此應無續得期。

附録二　范晞文　對牀夜話一則

白樂天楊柳枝云：陶令門前四五樹，亞夫營裏百千條。何似東都二二月，黄金枝映洛陽橋。劉禹錫云：金谷園中鶯亂啼，銅駝陌上好風吹。城中桃李須臾盡，争似垂楊無限時！張祜云：凝碧池邊斂翠眉，景陽樓下綰青絲。那勝妃子朝元閣，玉手和煙弄一枝。薛能云：和風煙樹九重城，夾路春陰十萬營。惟向邊頭不堪望，一株憔悴少人行。三詩皆仿白，獨薛能一首變爲淒楚耳。

附録三　吴景旭　歷代詩話一則

容齋隨筆曰：薛能晚唐人，格調不高而妄自尊大，有柳枝詞五首，最後一章曰：劉白蘇臺總近時，當初章句是誰推？纖腰舞盡春楊柳，未有儂家一首詩。自注云：劉、白二尚書繼爲蘇州刺史，皆賦楊柳枝詞，世多傳唱，但文字太僻，宫商不高耳。能之大言如此，但推杜陵，視劉、白蔑如也。今讀其詩，正堪一笑。劉之詞云：城外春風吹酒旗，行人揮袂日西時。長安陌上舞窮樹，惟有垂楊管別離。白之詞云：紅板江橋青酒旗，館娃宫暖日斜時，可憐雨歇東風定，萬樹千條各自垂。其風流氣槩豈能所可髣髴哉？吴旦生曰：皇甫湜有言，讀詩未有劉長卿一句，已呼阮籍爲老兵。筆語未有駱賓王一字，已罵宋玉爲罪人。書字未識偏旁，高談稷、契，讀書未知句讀，下視服、鄭。殆爲能言耶？黄山谷謂薛能欺世，劉後村謂能無忌憚，正自不誣。按楊柳枝本歌亡隋之曲，故陳子昂詩：萬里長江一帶開，岸邊楊柳幾千栽！錦帆未落干戈起，惆悵龍舟去不回。韓琮詩：行樂隋堤事已空，萬條猶舞舊東風。晉和凝詩：萬枝枯槁怨亡隋，似弔吴臺各自垂。是也。劉、白晚年唱和此詞，白云：古歌舊曲君休問，聽取新翻楊柳枝。又作楊柳枝二十韻，注謂洛下新聲也。劉云：請君莫奏前朝曲，聽唱新翻楊柳枝。蓋稱白傅之別創詞也。後黄鐘商有楊柳枝曲，仍是七字四句，但每句下各增三字一句，乃唐時和聲，如竹枝、漁父，皆有和聲。舊詞多側字起頭，第三字亦復側字起，聲度差穩。

浪淘沙詞九首

九曲黄河萬里沙，浪淘風簸自天涯。如今直上銀河去，同到牽牛織女家。

洛水橋邊春日斜，碧流輕淺見瓊砂。無端陌上狂風急，驚起鴛鴦出浪花。

汴水東流虎眼文，清淮曉色鴨頭春。君看渡口淘沙處，渡卻人間多少人。
鸚鵡舟頭浪颭沙，青樓春望日將斜。御泥燕子爭歸舍，獨自狂夫不憶家。
濯錦江邊兩岸花，春風吹浪正淘沙。女郎翦下鴛鴦錦，將向中流疋晚霞。
日照澄洲江霧開，淘金女伴滿江隈。美人首飾侯王印，盡是沙中浪底來。
八月濤聲吼地來，頭高數丈觸山回。須臾卻入海門去，捲起沙堆似雪堆。
莫道讒言如浪深，莫言遷客似沙沈。千淘萬漉雖辛苦，吹盡狂沙始到金。
流水淘沙不暫停，前波未滅後波生。令人忽憶瀟湘渚，回唱迎神三兩聲。

【校】

〔題〕崇本淘作濤。

〔輕淺〕全唐詩輕作清，注云：一作輕。

〔浪花〕紹本、崇本花作沙。

〔曉色〕崇本曉作晚。

〔舟頭〕全唐詩、絶句舟均作洲。按：此首全唐詩注云：一作張籍詩。

〔疋晚霞〕紹本、崇本、中山集、絶句疋均作定。

〔淘金〕全唐詩金下注云：一作沙。

〔首飾〕紹本、崇本首均作手。

〔萬灑〕崇本灑字模糊，下注去字。紹本作灑，亦注去字。全唐詩作漉，不可解。

【箋證】

按：浪淘沙當亦是當時流行之歌曲。白集浪淘沙詞六首，其一云：「隨波逐浪到天涯，遷客生還有幾家？却到帝鄉重富貴，請君莫忘浪淘沙。」與劉詩「莫道讒言如浪深，莫言遷客似沙沉。千淘萬漉雖辛苦，吹盡狂沙始見金」，頗有和答之意。當是見劉作而繼和。又全唐詩載皇甫冉浪淘沙二首云：「蠻歌荳蔻北人愁，松雨蒲風野艇秋。浪起鵁鶄眠不得，寒沙細細入江流。瀨頭細草接疏林，惡浪罾船半欲沉。宿鷺眠洲非舊浦，去年沙觜是江心。」一作皇甫松詩，詩誠不似大曆風格，且題同而詞意迥別，非可與劉詩並論。

瀟湘神詞二首

湘水流，湘水流。九疑雲物至今愁。君問二妃何處所，零陵香草露中秋。

斑竹枝，斑竹枝。淚痕點點寄相思。楚客欲聽瑶瑟怨，瀟湘深夜月明時。

【校】

〔題〕崇本有詞字，畿本作祠，注云：一作詞，又作曲。全唐詩作清湘詞，注云：一作瀟湘曲。

〔露中〕織本露下注云：一作雨。全唐詩作雨，注云：一作露。
〔欲聽〕全唐詩聽作聞。

【箋證】

按：此二首編在浪淘沙之後，恐非無意，蓋承前詩末章「令人忽憶瀟湘渚，回唱迎神三兩聲」之句而來。就瀟湘神之名觀之，自是神絃之曲，禹錫依其聲以製詞，與竹枝詞、浪淘沙詞爲一例，而瀟湘神獨於首句疊三字，遂與憶江南等同爲後此詞牌之祖。

拋球樂詞二首

五綵繡團圓，登君瑇瑁筵。最宜紅燭下，偏稱落花前。上客如先起，應須贈一船。

春早見花枝，朝朝恨發遲。及看花落後，卻憶未開時。幸有拋球樂，一杯君莫辭。

【校】

〔君莫〕全唐詩君下注云：一作更。

【箋證】

按：唐音癸籤一三：「拋球樂，酒筵中拋球爲令，其所唱之詞也。」詞譜：此調三十字者始於劉禹錫詞，四十字者始於馮延巳詞。」唐人所謂拋球樂，蓋燕飲時以之侑酒之遊戲，與打球之戲如魚玄機所謂「堅圓浄滑一星流，月杖争敲未擬休」者别是一事。此詩所謂五綵繡團圓，疑即後世之繡毬也。繡毬殆即以代花枝，故云「偏稱落花前」，又云「却憶未開時」。「上客如先起，應須贈一船」，則謂罰逃酒之客也。

楊柳枝詞二首

迎得春光先到來，淺黄輕緑映樓臺。只緣裊娜多情思，便被春風長挫摧。

巫峽巫山楊柳多，朝雲暮雨遠相和。因想陽臺無限事，爲君回唱竹枝歌。

【校】

〔題〕鐵本注云：一無柳字。全唐詩無柳字。

〔便被〕全唐詩便作更，注云：一作便。

〔挫摧〕紹本、中山集、樂府均作請挼，崇本作暗催，鐵本作請挼，注云：一作倩猜。全唐詩與一作同，注云：一作請挼、一作挫摧。

〔竹枝〕全唐詩竹下注云：一作柳。

【箋證】

按：此二首不在前九首之内者，蓋與後竹枝詞同時所作。

竹枝詞二首

楊柳青青江水平，聞郎江上唱歌聲。東邊日出西邊雨，道是無情還有晴。

楚水巴山江雨多，巴人能唱本鄉歌。今朝北客思歸去，回入紇那披緑羅。

【校】

〔無情還有晴〕紹本、崇本、中山集情均作晴，還下注云：一作却；畿本作情，下注云：一作晴；樂府作情；全唐詩作晴作却，下注云：一作情，一作還。

【箋證】

按：此二首不在前九首之内者，蓋與下紇那曲詞同時所作，樂府詩集則併作十一首矣。楊柳枝、竹枝、紇那曲，三者宛轉關情，尤足見禹錫之留意地方風土，而能得六朝民謡之真諦，爲唐代詩歌特開一境界。

又按：前人之評此詩者，苕溪漁隱叢話後集：「竹枝歌云：楊柳青青江水平，聞郎江上唱歌聲。東邊日出西邊雨，道是無情也有情。予嘗舟行苕溪，夜聞舟人唱吳歌，歌中有此後二句，餘皆雜以俚語，豈非夢得之歌自巴渝流傳至此乎？」

紇那曲詞二首

楊柳鬱青青，竹枝無限情。周郎一回顧，聽唱紇那聲。

踏曲興無窮，調同詞不同。願郎千萬壽，長作主人翁。

右，已上詞先不入集，伏緣播在樂章，今附于卷末

【校】

〔周郎〕全唐詩注云：一作同。崇本與一作同。

〔右已上詞先不入集伏緣播在樂章今附于卷末〕崇本無伏緣以下六字。似此數語爲唐人編集時所記，而宋時刊本以語氣不類而刪之。

【箋證】

按：以上二卷詩，舊本題以樂府，其實或襲樂府之舊名，或存樂府之形似，或名與實皆不得即謂之樂府。雖大體不外宛轉附物，怊悵切情，然紀時事、述風土者尤不乏，當分別觀之。

〔紇那〕新唐書一三四韋堅傳：「先是，人間唱得体（音近本，非體字）紇那歌。」舊傳較詳，云：「先

是，人間戲唱歌詞云：得体紇那也，紇囊得体耶。」是紇那爲唐時歌謡中之有聲無字者，其義則不詳。楊慎藝林伐山二〇云：「李郢上元日寄胡杭二從事詩曰：戀別山登與水登，山光水焰百千層。謝公留賞山公喚，知入笙歌阿那朋。劉禹錫夔州竹枝詞云：楚水巴山煙雨多，巴人能唱本鄉歌。今朝北客思歸去，回入紇那披緑蘿。阿那、紇那皆當時曲名。李郢詩言變梵唄爲豔歌，劉禹錫詩言翻南調爲北曲也。阿那皆葉上聲，紇那皆叶平聲，此又隨方音而轉也。」楊說亦未足深信，但備參考耳。